Les sabots de la liberté

Du même auteur

La fourche à loup, *Mazarine, 1985.*
La foire aux mules, *Mazarine, 1986.*

Romans Payot

Michelle Clément-Mainard

Les sabots de la liberté

À mes amis Pierre et Paulette Lotte.
Et à Sylvain, Marie, Florian et Marion,
qui vont continuer la généreuse lignée de mon héros.

Première partie

Chapitre Premier

La grêle et le sel

— Vas-tu arrêter, maudit drôle ? C'est rien le moment de perdre un grain de sel !

L'enfant s'arrête, surpris par l'irritation de sa grand-mère. Penchée dans l'âtre, elle brasse dans la marmite, en se retournant souvent vers la porte, ouverte sur le soleil du soir qui semble s'éteindre comme une chandelle à bout de cire, depuis un moment. Avec des bouffées d'air brûlant, c'est une lumière presque verte qui pénètre dans l'unique pièce de la maison de Queue-d'Ageasse.

— Assieds-toi... Ne viroune pas dans nos jambes.

La mère lui a parlé sans colère, en regardant dehors, elle aussi. Il ressent une atmosphère de tension et d'attente. Les poules entrent picorer devant le foyer, personne ne songe à les chasser, il voit déjà deux crottes, en beau milieu de place. A l'habitude, l'une des deux femmes prend vivement le balai, et houspille la volaille avec des « ouche-piète ! ouche-piète ! » auxquels il se joint, en agitant sa badine. Il voulait juste la prendre, cette baguette posée contre le coffre à sel, et repousser dehors « les saloperies de poules à fienter partout... », comme elles disaient de coutume, maman et la mémé.

Il s'assoit, regarde son bâton. Son grand-père René — tout le monde l'appelle René-Instruit — l'a taillé en y laissant des morceaux d'écorce qui marquent « Petit-Jean ». Il connaît les signes de son nom, il peut déjà les tracer dans la poussière de la cour. Il écrit seulement « Jean », il ne lui plaît guère d'être dénommé « Petit », pour distinguer de son père, et des masses de Jean Lotte que compte la parenté. Il ne posera plus jamais son bâton sur le coffre à sel, il le cachera dans un endroit rien qu'à lui.

Le coffre est dans le coin de l'âtre, au sec, au chaud. Il ne faut jamais toucher au sel, il le sait. Un jour, il avait ouvert la saunère et brassé dedans, juste pour le bruit. Sa mère l'avait frappé, pour la première fois. Le soir, pépé René l'avait pris entre ses genoux pour lui expliquer le sel, le travail pour le sel, tant d'argent pour acheter le sel...

— De toute la maison, petit gars, le sel c'est le plus précieux — après toi et ta sœur Jeannette.

Il s'est gardé de recommencer, l'air grave de son grand-père l'a convaincu plus sûrement que les coups. Et voilà aujourd'hui que sa grand-mère, mémé Soize toujours riante et prête aux baisers, l'a repoussé, bousculé, sur un soupçon de le voir gaspiller le sel. Il décide qu'il ne l'aime plus. Elle repose le couvercle du pot. Quand elle l'a soulevé, l'odeur du lard et des fèves a monté, l'odeur de soupe et de famille, l'odeur d'abri, de sécurité, qui se désaccorde ce soir avec l'alarme, et le chagrin, et le sentiment d'injustice qu'il éprouve.

Sa mère ne le voit pas. Elle pose les assiettes sur la table, en silence. D'habitude elle lui demande :

— Combien d'aiguilles à la pendule ?

— Rien qu'une, dans le bas.

— Alors c'est l'heure, les hommes vont rentrer. Porte la Conséquente sur la table.

« La Conséquente », c'est la mogue du pépé René, deux fois plus grande que les mogues ordinaires, il ne saurait boire dans une autre, il y tient fort. C'est pour l'enfant un honneur, chaque soir renouvelé, de poser la Conséquente devant l'assiette de son grand-père.

Elle n'a pas demandé l'heure, elle a disposé elle-même toutes les mogues. Il se sent ignoré, misérable, rejeté. Il se lève et s'accroche aux jupons de sa mère.

— Peut-être ils ne reviendront pas, ce soir...

Paf ! La gifle est tombée, l'a tiré de l'abandon. Il a mal, il ne pleure pas. « Celui-là, on pourrait lui saber la peau du cul sans qu'il jette un cri... » dit souvent le père, avec l'air de s'en glorifier.

— Si fait, ils s'en vont revenir...

La mémé s'est redressée, elle décroche le pot de la crémaillère et reprend :

— Que oui, ils vont rentrer. Ils sont braves de courage quand il faut, nos hommes, et ce soir ils ne prendront pas les chemins. C'est en crainte d'orage, qu'ils sont retardés, ils veulent mettre le foin à l'abri avant que...

La lumière a baissé soudain, un grondement encore lointain, continu et sourd, pénètre en menace dans la maison. Les deux femmes se regardent.

— Il faut qu'on aille, mère. A nous quatre, on viendra peut-être à bout, avant que ça pète.

Jean n'est pas effrayé par l'orage, tout au contraire, il aime ce bouleversement du ciel, ces entrechocs de bruit et de lumière. Sa mère, elle, en a grand-peur, prétend que, s'il était possible, elle se cacherait sous terre, durant l'orage... Quelle idée lui vient donc, aller au foin justement ce soir ? D'ailleurs, depuis que Jeanne, la petite sœur, est arrivée un jour dans le berceau — il n'était pas là, sa tante Terrassier était venue le chercher —, depuis qu'elles ont Jeannette, les deux femmes ne vont jamais aux travaux des champs. Elles gardent la vache, les chèvres et les moutons aux alentours de la maison, elles font pousser les légumes du jardin. Grand-père dit souvent : « La place des femmes et des poupons, pour nous autres les Lotte, ça n'est pas dans les creux de sillons... On est maîtres de nous, sur la goulée de benasse qui nous vient des anciens. On y travaille à notre main, sans avoir comptes à rendre. Pauvres mais libres, les Lotte, hein mon gars ? Et sans femme à nos trousses... Ça nous suffit à la maison, d'une qui fait marcher en ouvrant le bec... » Il regardait alors la mémé Soize en riant, et se tournait vers la mère avec un clin d'œil : « Et l'autre en le fermant, plus pire encore ! »

C'est vrai qu'avec ses silences, la mère est redoutable. Quand ils reviennent après deux ou trois jours d'absence, les hommes, avec leur air penaud et bravache, mémé Françoise crie et la mère se tait, ne dit mot, parfois une semaine entière ; le père finit par supplier qu'elle cause, mais qu'elle cause donc... il n'en peut plus qu'elle se taise ! Elle secoue la tête, avec la mine de dire : quand je voudrai !

Lorsque le grand-père et le père partent à l'ouvrage, en s'exclamant tous deux qu'ils seront donc benaises encore aujourd'hui sans les femmes, c'est toujours mémé Soize qui leur répond.

— Des fiers filous que vous êtes. Moi et Louise, pour sûr on aurait mieux fait de trouver d'autres galants, on n'était pas en peine, hein ma bru ? Grâlez-vous donc la couenne dans les champs, Lotte père et fils. Nous pareil, on se préfère mieux à notre ouvrage, sans vos grandes goules !

Aller rentrer le foin, ce soir, avec ceux qu'elle appelle les deux filous ? Jamais elle ne voudra. Tout se chamboule aujourd'hui pour Petit-Jean : il voit sa grand-mère recouvrir le feu à grandes pelletées de cendre, comme au moment de se coucher...

— Tu vois bien ce que je fais, ma bonne Louise. Mets la pouponne dans sa berce. Petit-Jean, si elle pleure, tu la dandoles, mais tout doux, hein, pour pas la jeter à bas, comme une fois ! Tu prends le charreton, ma bru, et deux fourches dedans... Moi je te suis, si vite que je peux. Malheur, ils sont au fin bout des Brûlis, à toucher le Bois Chard, et moi ce soir je souffre martyre, à ma pierre de genou.

— Moi aussi, moi aussi, je vais aux Brûlis, maman ! Je tiendrai la petite sœur, dans le charreton..

Cette fois on ne le rabroue pas, et pendant que la mère borde Jeannette dans son berceau, mémé Soize le prend dans ses bras ; il roule sa tête sur le rebondi du corselet, elle est douce et profonde la poitrine de mémé Soize, il s'y console de la brûlante jalousie qui l'a tenu longtemps, à la vue de sa mère allaitant Jeannette...

— Mon beau, mon roi... Si on ne va pas aider les hommes, l'orage va nous pourrir tout le foin. Et plus de foin, plus de vache. Alors, sans la vache, plus de beurre, ni de caillebottes ! Ce n'est pas toi qui nous retarderait, c'est Jeannette. Toi, tu es grand, mon... Jean, et tu vas nous aider bien plus fort en gardant la maison et la petite sœur. On est d'accord, Jean Lotte ?

Elle le repose à terre en riant, un rire bizarre qui fait comme une envie de pleurer. Elle sort vite, en chassant la dernière poule, et referme les deux battants de porte, le haut, le bas, comme pour la nuit... La lumière n'arrive plus que par la lucarne ovale de l'évier, et par le fenestron au-dessus du pétrin, du côté où le soleil ne passe jamais. Il n'a pas peur, il distingue encore assez son entourage familier... Le drôle de dessin sur la poutre maîtresse, c'est la marque d'une branche qui poussait là — son père le lui a expliqué — du temps où la poutre était grand châtaignier. Ce n'est qu'une trace de branche, et non la bête-galipote qu'elle peut devenir, certains soirs, à la lueur du charail.

Jeannette ne crie pas, dans sa berce. Tout au contraire, elle rit aux chatouilles qu'il lui fait dans le cou, elle semble écouter et comprendre le discours qu'il lui tient, pour se rassurer lui-même de paroles, dans cette obscurité qui s'épaissit.

— Je ne suis pas Petit-Jean. Je suis plus grand que toi, des masses de fois plus grand et je te garde. Si les loups viennent, ou la bête du plafond, mémé Soize a dit : « Tue-les, Jean Lotte, qu'ils ne mangent pas la petite sœur. » La petite sœur de Jean Lotte. Tu vois, j'ai mon bâton. Tape, tape, bâton !

Il chantonne, le loup, la bête, le bâton, et frappe le rebord du berceau en cadence. Jeannette rit, elle montre les deux dents qui lui sont venues, et doivent mordre la mère, lorsqu'elle tète...

Il n'entend pas le cri de sa sœur, il le voit. Le hurlement s'est confondu avec le bruit, avec l'éclair, avec la fantastique lumière blanche qui a jailli de la cheminée. Lui, il a d'abord cherché à se sauver, se cacher, s'enfuir loin de cette horreur qui vient de s'abattre sur leur maison. Arrivé à la porte, dans l'incroyable silence qui suit le fracas, il entend gémir sa petite sœur. Il revient près d'elle.

— Ne pleure pas, ma belle, ma reine. Je suis là.

Il répète en pleurant les paroles de sa mère, de sa grand-mère. Il tremble, il a peur, revenez vite, je suis votre Petit-Jean...

Jeannette s'est calmée, elle le regarde, elle sourit,

les deux petites dents brillent... Et lui s'apaise à constater qu'il a consolé la petite sœur, il se sent à nouveau grandi, considérable. « D'accord, Jean Lotte ? » Mémé Soize pouvait compter sur lui. Et même, il a si bien réussi que la pouponne s'endort, en suçotant son coin de drap. Le silence est total, à présent. Il tient rancune à Jeannette de l'abandonner, désormais inutile, de le délaisser ainsi, face à une angoisse diffuse de solitude, de danger, de nuit. Le sommeil tranquille de sa sœur le ramène à Petit-Jean, de nouveau...

Un bruit inconnu le tire de sa détresse, un crépitement vif sur le chaume du toit, aux carreaux du fenestron, aux battants de la porte, et jusque dans la cheminée. Il grimpe sur le pétrin, se colle à la vitre et pousse un cri de joie ! Du sel ! Il tombe du sel ! La terre en est blanche et brillante déjà... Il saute du pétrin, court vers la cheminée : dans le foyer, le sel fond, vient en eau. Tant de sel gaspillé, mémé Soize ne s'en consolera pas, elle qui prétend déjà que le prochain cochon « il faudra pas compter le saler, moi je sais ce qu'il reste de sous dans la tirette. Et n'allez pas me risquer les galères en fréquentant les faux sauniers, hein, les hommes ! Mon défunt parrain, il a passé près, en 60, à Brouage. Oui, je sais, vous discourez toujours que les affaires vont changer, mais je vous dis, moi, que les gabelous de 1788, ils sont aussi malins et malfaisants que ceux de 1760 ! »

Il retient tous les mots, Petit-Jean, sa mère s'en inquiète, s'en désole même, et assure que le grand-père et le père, en parlant avec lui comme s'il était un homme fait, vont pour sûr lui faire bouillir la cervelle, à trois ans juste ! Déjà il lui semble que la tête de son Petit-Jean est deux fois plus grosse que celle des enfants de son âge !

— Va, répond mémé Soize, ne te tourneboule pas. C'est de famille, comme le reste... Et au moins, durant qu'ils font leçon au drôle, ils ne songent pas à la prétentaine. Je me suis fait le même souci que toi, dans le temps : à quatre ans, ton homme savait lire dans l'almanach ! Ces Instruits...

Petit-Jean se ressent heureux et fier d'aussi bien profiter des leçon de « ces Instruits », de savoir que le sel vaut très cher pour donner de l'argent au roi, aux seigneurs et leurs belles dames, et qu'on peut se trouver à ramer jusqu'au bout de sa vie, fers et boulets aux pieds, pour avoir acheté le sel aux faux sauniers... Elles ne se lamenteront plus, la mémé et la mère, sur la saunère à moitié vide : il est sorti dans la cour, le sel tombe toujours, lui cinglant le visage d'aigres morsures. Il ramasse à pleines mains ce don du ciel et court le jeter dans le coffre. Il rit de plaisir, son sel est si blanc, si beau, à comparer avec la grisaille de celui qui coûte si gros d'argent et de soucis. Il regrette fort d'en voir rester une telle quantité, un demi-bras au moins de profondeur, mais bah ! il n'a pas le temps de se débarrasser de cette saleté, il s'active, il prend la pelle du foyer pour aller plus vite... Le coffre enfin est plein ras bord. Petit-Jean ne voit plus le vieux sel enfoui sous une blancheur de lait ; heureux, il referme le couvercle sur ce trésor.

Le sel venu de l'orage est froid, mouillé, l'enfant en a les mains glacées. Il fourgonne dans les cendres humides, dégage les braises, prend le soufflet. Le sel aime être au chaud, il va sécher vite, auprès du feu.

À la lueur des flammes qui maintenant s'élèvent, Petit-Jean voit la marmite de fer aplatie, tordue, éventrée, et la soupe répandue sur la pierre du foyer. Jamais sa mère et mémé Soize ne voudront croire qu'il n'est pas responsable de ce malheur...

— C'est tombé sur le Pommier d'Enfer. Pas sur chez nous. Reprends à l'attelage. Ton drôle, il est nez au carreau, pour rien perdre de l'amusement. La chaline nous a jamais fait peur, nous autres ! A-t-on idée ?

Louise s'est retrouvée à terre, de surprise et de frayeur, lorsque le ciel s'est ouvert derrière elle, jetant au même instant l'éclair et le fracas. Elle s'est vite relevée, malgré cette terreur de l'orage qui l'habite depuis toujours, elle a rebroussé chemin pour courir vers ses enfants, mes petits, mes petits tout seuls dans l'épouvante...

La voix de sa belle-mère l'arrête comme un coup. Une voix à l'accent de dureté inaccoutumée, chargée du reproche de ce « nous autres » qui exclut la bru Louise Beau, la retranche de la maisonnée, du clan, de la race. La vieille femme presse le pas, tient Louise par l'épaule, comme en crainte de la voir se sauver. Elles arrivent à hauteur du charreton abandonné, à la croisée de Pisse-Poule.

— Allez, tire, ma bonne fille. Moi je m'en vais pousser, si peu que je fasse ça t'aidera... Je n'ai plus grandes forces. Heureusement que toi, guère plus épaisse que trois brins de laines torsés ensemble, tu es mieux de solidité !

Louise a la certitude qu'il n'y aura nulle autre parole pour exprimer un semblant de regret, une ombre d'excuse sur la dureté et le mépris du propos précédent. « Ma bonne fille... » D'un ton empreint à nouveau de chaleur et de bienveillance, on la rétablit dans sa dignité de membre à part entière de la famille, elle n'est plus l'étrangère venue porter la honte de craindre la foudre, chez « nous autres, qui n'avons peur de rien »...

En quatre ans de mariage — et d'heureux mariage, Louise en convient sans arrière-pensées, malgré les échappées de son mari — elle a appris à la connaître, les Lotte. Admettre un tort, pour eux, c'est déjà plier l'échine, c'est se trouver en ressemblance avec tous ceux qui doivent s'incliner bas devant le Marquis de Lauzon, le Chevalier d'Anché, le Prieur de Loubigné. « Oui, notre Maître. Oui, Monsieur notre Maître. » Eux, ils assurent avoir un piquet dans les reins qui les empêche de se courber, depuis que le premier baron a affranchi le premier serf, dans la nuit de la nuit des temps. Ils sont, tout autant que les fermiers et les métayers, accablés d'impôts, assujettis aux aléas du ciel et des récoltes, en somme aussi pauvres et parfois même davantage, sur leurs minuscules enclaves de propriété. N'importe, ils y sont droit debout, comme aiment à le répéter le père et le fils, et comme vient de le faire savoir la vieille femme à sa bru, jetée à bas par la terreur de la foudre. Une telle fierté les conduit à l'excès de ne jamais se reconnaître en tort, jusque sur une vétille. Et comme ils sont, en même temps qu'emplis d'orgueil, justes et bons de cœur, il faut saisir au vol le mot qui sous-entend le soupçon de remords, l'idée que peut-être on a eu tort en actes, paroles ou jugements. « Ma bonne fille... » Louise a appris à se contenter de ces fugitives allusions, sitôt noyées dans des considérations éloignées du litige.

Encore ces modestes excuses sont-elles réservées à la proche parenté. Au regard des autres, on a toujours raison. Une ligne de conduite sans détours ni concessions permet cette roideur d'attitude, au prix d'une réputation — qui par ailleurs les flatte — de cabochards, d'intraitables, d'obstinés dans leurs défauts comme dans leurs mérites. Quelques principes intransigeants jalonnent ainsi leur vie et se transmettent sans faiblir. Louise, ce soir, vient de suivre un de ces « commandements de famille », comme dit son beau-père avec la même solennité que le curé prêchant sur les commandements de Dieu. « Les Lotte rendent souvent service, ils acceptent de retour, mais au grand jamais ne demandent. »

Elle n'a pas demandé. Elle a le cœur tordu d'angoisse, ses petits sont tout seuls. Quoique l'orage ait brusquement cessé, Louise ressent un poids de danger plus lourd encore, dans le vent qui se lève, dans les énormes nuages plombés qui s'avancent sur le Bois Chard, bordés d'une lueur de soufre.

La voix de sa belle-mère la surprend, dans ce bouleversement d'inquiétude. Une voix chaude d'affection, emplie du désir de rassurer.

— Arrête un peu, petite, que je souffle. Regarde, j'avais raison, ça consume au Pommier d'Enfer. D'ici, on voit bien notre maison. Je leur corne aux oreilles depuis trente ans, aux hommes, qu'un jour les arbres lui monteront dessus. D'un côté, remarque, ça garantit : pas de risque que le toit s'envole, même si le vent buffe grand fort !

Adossée aux chênes et aux châtaigniers, la maison basse, entourée des bâtisses de ferme, paraît minuscule dans les lointains vallonnés. Louise est réconfortée à sa vue. Ce toit de chaume épais surmonté de verdure dégage une impression de solidité, de confiance et d'abri. Elle se remet à tirer la charrette dans les cahots des ornières séchées. Elle ne voit pas les hommes, cachés par l'avancée du Bois Chard, elle les sait proches et le nuage encore alourdi, assombri, en perd un peu de sa violence menaçante. Louise perçoit derrière elle la respiration saccadée de sa belle-mère, sujette aux quintes d'étouffement. Face à l'énergie de la vieille femme, elle se reproche sa déroute passagère.

— Ne poussez plus, mère, je vous entends le respire court.

— Ne t'occupe ! Ça me fait le souffle pour le retour, quand le charreton sera plein. Une idée qui me vient : on aurait pu laisser les petits, en passant devant chez ma fille. Petit-Jean et son cousin, ils...

— Vous n'y pensez pas, mère ? Anne est aux foins, elle aussi, avec François. On n'aurait trouvé que sa belle-mère. Demander service à la vieille Terrassier, qui prétend toujours...

— Qu'elle aimerait mieux garder tous les diables d'enfer que Petit-Jean ! Tu as raison, Louise Lotte, je déparle, je vieillis.

L'œil est plein de malice, de connivence. Louise répond d'un sourire, elle a compris la leçon : on vient de la forcer, avec une fausse naïveté, à clamer elle-même ce « commandement de famille » dont elle s'irritait si fort, l'instant d'avant.

Lorsqu'elle reprend à tirer, remontée d'espoir par cette heureuse complicité, elle doute un moment de ce qu'elle voit : le nuage a crevé, au-dessus du Bois Chard. Une monstrueuse muraille de grêle et d'eau s'avance vers elles, précédée de tourbillons de foin, de branches et de feuilles hachées menu.

— Pas de justice à attendre, mon gars, même venant du ciel. Pour une fois qu'on n'est pas de traîne à commencer l'ouvrage, m'est avis qu'on n'en recevra pas récompense !

Le vieux lance cette considération désabusée sur l'équité céleste, du haut de la charretée. Il est enfoncé jusqu'aux reins dans le foin que Jean lui jette à épaisses fourchées, sur un rythme de plus en plus vif. Le gamin, comme il lui arrive encore de dire, en parlant d'un fils de vingt-huit ans, n'a pas encore selon lui « la main et l'œil » pour équilibrer un chargement, tasser ci, éparpiller là, afin que rien ne bringuebale et n'échappe sur le chemin du retour. Ils parviennent ainsi à ramener à Queue-d'Ageasse, en un seul transport, une montagne de fourrage arrimée de chanvre, qui déborde de trois fois l'assise de la charrette, enfouit les roues, s'avance en auvent sur la vache et l'âne couplés au joug, et suscite l'étonnement du village ; à quoi René Lotte répond avec modestie : « Question de centre de gravité. » Juché sur cet impensable charretée, il a conscience alors d'une suprématie de savoir qui contrebalance leur grain de folie, qui même l'érige en privilège ! C'est la revanche des chemineaux d'aventure sur la routine des sédentaires : la charretée de foin, c'est bien plus que la certitude d'un hiver à l'abri de pénurie, c'est le trône de René-Instruit.

— Non, père. Pas de justice, là non plus.

Et c'est tout. Le père et le fils, à l'habitude vifs à la discussion sur la moindre parole lancée par l'un ou l'autre, sont concentrés sur l'unique effort de sauver le foin, le foin survie des bêtes, et non plus gloriole de science et d'équilibre. Il faut gagner de vitesse les cataractes qui menacent de s'abattre : ils ont reconnu dans cette masse qui éteint le soleil la « tête d'orage », la redoutable forme d'enclume d'où jaillissent la foudre et la grêle, la désolation et le ravage. Un tel silence est si inhabituel entre eux qu'il ajoute à la tension d'attente et de danger. Le vieux René se force à parler pour échapper à l'inquiétude.

— Benjamin Franklin prétend que...

Il s'arrête. Qu'un savant d'Amérique ait percé les mystères de la foudre ne lui sauvera pas son fourrage. D'en bas, Jean continue à lui lancer d'énormes fourchées qu'il a peine à répartir, pendant qu'avance l'attelage. L'heure n'est pas aux discours. Vite, toujours plus vite. Sur un fond de grondement continu, les craquements suivent l'éclair, à intervalles de plus en plus brefs. L'orage tourne sur eux, encore sec, pour combien de temps ? Le vent s'est levé...

Le vieil homme ressent dans la poitrine l'étreinte qui le tourmente depuis l'année passée — sans qu'il en ait jamais rien dit — lorsqu'il force à l'ouvrage. Il ne va quand même pas renoncer à sa philosophie d'existence pour la mince cause d'une oppression passagère ! A soixante ans sonnés, il est normal d'éprouver quelque inconvénient de l'âge, sans pour autant renoncer à son rythme de vie : quand viendra le moment d'au revoir et merci, René Lotte n'aura nul regret, au contraire il se réjouira de n'avoir pas vécu le restant de son heure au petit pas, à l'épargne et à la prudence...

Ce qui l'enrage aujourd'hui, c'est de ne point être libre de décision, d'obéir à ces ordres venus d'en haut, d'avoir un maître intransigeant, irréductible, qui lui tonne aux oreilles : « Vite ! Encore plus vite ! » Comme un avertissement, juste au moment où il se redresse pour scruter l'horizon, il voit en direction de Queue-d'Ageasse le serpent de foudre qui fracasse le ciel sur la terre. Jean s'est arrêté, lui aussi.

— C'était sur nous autres, père, ça m'a semblé.

— Non pas. A main gauche, plutôt, sur le Pommier d'Enfer. Tiens, vois-tu la fumée ? Allez, vite, mon petit gars. Encore heureux, on a l'habitude de courser à l'ouvrage !

C'est souvent, en effet, qu'il leur faut presser la cadence, pour rattraper le temps qu'ils laissent volontiers couler, le père et le fils, comme le témoignage de leur indépendance et de leur liberté. S'ils sont toujours pointilleux sur le moment des labours, des semailles et des plantations — la terre ni la lunaison n'admettant en l'occurrence la moindre fantaisie — pour les autres travaux il leur convient de choisir leur heure, de laisser venir comme ils disent... puis de s'ébranler au dernier moment, à l'extrême limite du trop tard, et venir à bout en deux jours, là où une sage prévision en demanderait six.

Leur vie est ainsi faite de flâneries qui mettent leurs femmes hors d'elles — même lorsqu'ils musardent à demeure et non sur les chemins — de nonchalances suivies d'une intensité de vitesse et de rendement capable de leur faire passer dix-huit heures d'affilée sans manger ni boire ! Françoise et Louise peuvent toujours venir sur le chantier proposer le salé froid, le fromage, la piquette de prunelles, se désoler autant de leur acharnement qu'elles s'étaient indignées de leurs traînasseries, pas question, ils font signe de poser le panier sans même relever la tête. C'est sur le chemin du retour qu'ils cassent la croûte, à grand-nuit, prenant un vif plaisir à faire leur entrée dans la maison la bouche encore pleine, pour mieux marquer le coup...

Louise alors se tait. Elle, si frêle, si menue de poids et de taille, devient une montagne de silence et de réprobation, infiniment plus redoutable que Françoise s'époumonant que ci... et que ça...

— Et que si mon pauvre père, Jacques Vesque, tisserand, voit ça d'en haut... lui qui se chevillait chaque jour au métier... été comme hiver la même aunée de toile... oui, même en Paradis, il doit se trouver dans les tourments d'enfer à l'idée d'avoir donné sa fille unique à ce saltimbanque ! à ce polichinelle ! à ce...

— Tu vas t'épirailler, Doucette, ménage-toi le soufflet.

— Ah ! ne m'appelle pas de même, un jour je te graffignerai les œils ! Vieux fou ! Lotte !

Probablement qu'elle a raison, la fille du bon tisserand, il y a en lui, comme en ses aïeux et descendants, ce germe de déraison qui se promène dans leur lignée, qui au lieu d'écarter d'eux les femmes semble au contraire les attirer. Françoise en ses moments d'accalmie est première à le reconnaître : loin de « donner » sa fille, Jacques Vesque l'a vue — sans doute avec appréhension — se toquer du beau René-Instruit, s'épanouir de ses discours, s'entortiller à lui comme viorne autour d'un arbre, et l'emporter de haute lutte sur toutes les fillettes qui trouvaient goût, elles aussi, au saltimbanque ! Quoiqu'elle en vocifère parfois, elle ne l'a jamais regretté... Lui non plus.

— Ça s'éloigne, père, on va peut-être échapper.

Le tonnerre roule encore, affaibli, étouffé, loin vers le nord, du côté de Sauzé. Il ne répond pas à son fils, prend mine d'être trop affairé à la besogne... Françoise juge droit, quand elle le déclare insensé : à cette heure, il sourit à l'évocation des rages de sa « Doucette », alors qu'il a maintenant la certitude de s'acharner en vain à sauver son fourrage. Il sait la grêle proche, sans que nul sens ni raisonnement ne le lui indiquent. Il sent — quoique la chaleur se fasse plus lourde d'instant en instant — qu'un invraisemblable amas de glace est en train de s'agglutiner là-haut en mitraille de destruction, il sait qu'elle va s'abattre sur eux, alors que le nuage semble s'éloigner, tout comme il peut deviner l'eau sous cent pieds de terre et de roche. Il sourit. Le voilà libre à nouveau, c'est pour rien, pour le geste, pour l'honneur, qu'il s'obstine et s'essouffle. Il sourit.

Ce soir « Doucette » ne criera pas, Louise ne s'enfermera pas dans sa muraille de silence, et cependant jamais ils ne seront rentrés comme ils vont le faire bientôt en disant : « Tout est perdu. » Son cœur cogne plus fort.

— Ça va, père ? Vous revenez en espoir ?

— Oui bien, ça va, petit. Grouille-toi, autrement les garces sauront nous rabâter !

Les garces ! Il lui plaît, en chargeant l'injure d'un énorme poids d'estime et d'affection, d'appeler parfois « garces » les deux chères femmes, elles qui affrontent d'un même élan — il en a eu souvent écho — les sous-entendus fielleux du voisinage !

— Et alors, combien de boisseaux qu'ils ont pu sauver, vos hommes, cette année ?

— À peu près deux fois comme vous autres, enlevée votre part de métayage. Si vous avez besoin, en fin de saison, ça sera de grand cœur ! Nos nouzillates* des Chênerasses, greffées par Jean-Ancien, tu connais... Ton drôle, ton dernier, paraîtrait qu'il sait ses lettres ?

Louise alors renchérissait, ajoutant de toute sa douceur à la déroute de la voisine, déjà malmenée par la hauteur de ton propre à Françoise.

— Le petit mignon ! Il a maléné, tu peux pas savoir, ça me faisait peine. Enfin... En s'y mettant à deux, nos hommes en ont vu le bout. Parce qu'il est bien attentionné, ton Charles, ça remplace d'être vif de tête. Trop attentionné même, des fois, ça lui fait tourner un œil. Petit mignon...

Les bonnes femmes, oui, quoique fort différentes, celles qu'il vient de traiter de « garces » ! Dans le privé, chacune à sa manière crache feu et flamme sur l'entêtement de son mari à enseigner aux enfants du village, aux adultes même, à l'occasion. En tête à tête, elles les houspillent au moment de ramasser les châtaignes, et chaque année elles leur serinent qu'ils en ont laissé perdre

* *Nouzillates :* variété de châtaignes particulièrement savoureuses.

deux-trois boisseaux ! Mais devant les autres elles se glorifient du savoir de leurs hommes, se rengorgent d'une récolte épanouie de qualité, intarissable d'abondance... Ainsi, dans le propos d'apparence anodine, la voisine peut-elle entendre et mettre dans sa poche, le mouchoir par-dessus :

— Nos nouzillates bouffies de chair, venues de la science d'un ancêtre, comparées à vos châtaignons demi-sauvages ! Notre cueille nette de profit, face à votre part rognée de redevances ! Et votre benêt qui connaît enfin son abécé, grâce aux capacités des Instruits, que vous osez mettre en critique !

Elles se feraient tailler en charpie, Françoise Vesque et Louise Beau, plutôt que de reconnaître aux yeux du monde les fantaisies et manquements qu'elles reprochent si fort à leurs époux : la famille fait bloc, le clan se resserre. Elles ont porté la descendance dans leur ventre, elles sont devenues la race. Le vieux René trouve réconfort à évoquer ces femmes, opposées autant que jour et nuit, mais toutes deux solides, fortes devant l'adversité. Il ne doute pas de leur vigueur à surmonter l'épreuve qui les attend...

Il ne sent pas les aiguillons de la grêle, juste des frôlements d'ailes, des effleurements, sous les bourrasques drues qui ont vidé la charrette en un instant. Quelque chose a gonflé démesurément dans sa poitrine puis s'est déchiré, comme le nuage, comme l'orage, comme la vie...

Jean a vu son père s'effondrer lentement dans la charrette basculée, se retenir un moment aux ridelles puis glisser à terre, le teint gris sous le hâle, le sourire aux lèvres. L'âne et la vache, brusquement libérés de la masse de foin qui tournoie dans le vent, sont partis d'un même galop vers l'abri du Bois Chard. Jean a juste eu le temps de tirer son père, pour lui épargner l'écrasement des roues.

— Père, réponds-moi ! Père !

Il le prend aux épaules, le secoue... La tête renversée vers le ciel, le vieil homme reçoit de plein fouet les grêlons sans un battement de paupières. Lui, Jean, dans l'incompréhension et le désespoir, il doit arrondir l'échine pour donner moindre prise à la violence des chocs...

Son abattement est de courte durée, il est homme de logique et de raison : son père a tout simplement été assommé par un de ces grêlons, certains gros comme des œufs de poule, et il convient de le mettre à l'abri dans le bois où il reprendra vite ses esprits, en se vantant une fois de plus d'avoir le cruchon solide. « Te rappelles-tu le jour où ce pauvre Quéron m'avait foutu le fléau sur le crâne, c'est lui qu'il a fallu frotter à l'eau-de-vie, quand je me suis revilé ! »

Jean peine à soulever le vieil homme, bras et jambes se laissent aller, retombent... Il lui semble arracher de terre un sac mou et difforme. Lui que l'on dit fort comme un cric, orgueilleux d'enlever d'un seul coup de reins une charge de deux cent cinquante livres, il doit s'y reprendre à trois fois avant de pouvoir se redresser.

L'angoisse le submerge à nouveau lorsqu'il court vers le bois en portant son père. Il ignore la dévastation autour de lui, jure quand des paquets de foin gorgés d'eau et de glace entravent ses pas ou ralentissent sa course, mais il ne s'en désole pas pour l'avenir : seuls comptent ce poids contre lui et cette tête, blême et souriante, qui ballotte avec indifférence.

Jean se trouve ramené aux temps d'enfance, lorsqu'il se blottissait contre un grand corps empli de sève, lorsqu'il sentait une main ferme sur son épaule, lorsque descendait sur lui la voix rassurante : « Je suis là, petit... » Il s'entend dire les mots venus du fond des souvenirs :

— Je suis là, père, ne crains rien.

Est-ce donc l'enroulement de la vie avec la mort, est-ce la chaîne qui toujours se boucle et toujours se prolonge, éternellement se brise et se transmet ? Est-ce qu'un jour son fils, à son tour... ? Il sait qu'il pleure, parce que du chaud se mêle sur son visage au ruissellement de l'averse.

Il arrive en lisière du bois, il se sent soulagé d'avoir à faire face, et non plus s'abîmer dans les tourments de pensées et de questionnement. Il lui faut choisir le meilleur abri, un endroit préservé du souffle de tempête qui maintenant redouble, casse des branches au-dessus d'eux, coupe la respiration. Jean se ressaisit en jugement et sagesse, et se décide pour un châtaignier creux, un « cabernot » plusieurs fois séculaire où il a fait les quatre cents coups avec les gamins de son âge, dans le temps. Il s'est un jour retrouvé le derrière frotté à poignées d'orties, pour avoir grimpé à cinquante pieds au-dessus terre, sans plus pouvoir redescendre, juste piailler de peur ! Sa mère s'était chargée avec vigueur de la correction, le père ayant de l'indulgence pour ces entreprises de risque-tout. Il avait toutefois ajouté un coup de pied au cul considérable, « pour la honte d'avoir crié secours ! Moi, à ton âge, je me serais fendu la tête plutôt que de bramer aide ! »

Jean chasse vite les souvenirs qui l'entraînent bizarrement vers la mort, et non pas vers la vie. Il pénètre dans l'obscurité de l'arbre dont il connaît chaque anfractuosité, pose doucement son père sur l'épaisse couche de débris. Ils sont loin de la tempête, au cœur d'une forteresse d'ombre, de calme et de silence.

— Non mon gars ! Je me figure déjà dans la tombe... Sors-moi à l'air, assis, accoté au tronc.

Jean hurlerait de joie et de soulagement, s'il n'avait crainte de laisser ainsi deviner l'angoisse qui l'a tenaillé. Il se force au sang-froid, et même à la plaisanterie !

— Tu veux d'hasard qu'un baliveau finisse ce que la grêle a commencé ? Ça vente que le diable, ton échine résistera peut-être moins que ta calebasse !

— Aide-moi, garçon, je veux sortir.

Le ton est grave autant qu'impérieux, la badinerie n'a pas trouvé écho, pour la première fois entre eux. « Aide-moi, garçon... » Il soutient son père à pleins bras, le cale contre le tronc, entre deux plis d'écorce. Jean se tait, la peur monte en lui à nouveau. La tornade est passée, les arbres s'égouttent doucement. Le ciel apparaît, clair et dégagé, entre les branches brisées, dégarnies de feuilles comme au profond de l'hiver. Un calme aussi soudain l'oppresse, dans cette désolation. Il s'efforce encore :

— Ça doit te faire une fameuse cabosse ! Gros comme des œufs de cane, y'en avait. Laisse-moi tâter pour...

— Pas la peine. Ça n'est point la grêle.

— Père, je l'ai bien vu, moi, quand tu es tombé !

Le vieil homme le regarde, secoue la tête lentement. Il se tient la poitrine à deux mains... Jean s'obstine, comme un enfant acharné dans son tort, entêté à nier l'évidence.

— Gros comme des œufs de cane... Oh ! Seigneur !

Puis il se tait, conscient de l'absurdité de son propos, les paroles n'ont point raison de la réalité, pas plus que les prières n'infléchissent la destinée : René-Instruit l'a élevé dans ces certitudes.

— Écoute, petit. Je me remets un peu, ça ne sera pas pour ce coup-ci. Mais du jour de maintenant, si peu qu'il me reste, ça m'est donné en surplus de pesée. Dieu merci — façon de causer — que ça m'est survenu quand on était entre nous ! Pas un mot aux femmes, je ne veux pas crever assis au coin du feu, en crachant sur les tisons. Les garces seraient capables de m'arrimer au fauteuil !

Il s'est redressé en parlant, le débit de paroles peu à peu affermi et monté jusqu'à la colère, à l'idée d'être accablé de soins, dorloté d'attentions. Il insiste, force encore le ton :

— Tu m'entends, pas un mot ! C'est ça qui me demeure, à moi en propre : de décider. Et ça fait plus d'une année que je sais... Tais-toi.

Jean reste silencieux. Pourtant durant la diatribe de son père, il était tenté d'user d'arguments, de principes et d'exemples : la vie toujours bonne à prendre, nous autres qui t'aimons, et le vieux Jousseaume qui se maintient depuis cinq ans ! « A moi en propre... Tais-toi. »

— Père...

— Non, je te répète ! A moi.

— Eh, ne te fâche pas ! Je voulais juste te dire que Belle et Belou se sont ensauvés de peur, en traînant la charrette vide, et qu'il nous faut les retrouver avant nuit tombée.

— Grand merci, mon fils. C'est un beau cadeau que tu me fais. Je sais le prix qu'il te coûte.

Le vieil homme a parlé bas, comme pour mieux sceller l'entente et le secret.

— Tu vois, gamin, ce qui me fera le mieux plaisir, aux temps qui vont venir : c'est de pouvoir enfin gueuler à la face du monde, sans risque d'être croché, que ma vache c'est Gabelle*, et ma bourrique Gabelou. Pauvres bêtes ! Je les ai grandement outragées, en les baptisant de même !

* La gabelle, taxe sur le sel, était l'un des impôts le plus détesté sous l'Ancien Régime.

— Ça sent bon, mon gars ! Je me garderais d'en faire réflexion aux autres, juste à toi : hume-moi ça !

Depuis longtemps, René ne s'est senti aussi gaillard, dégagé d'oppression, libre de se gonfler la poitrine à grandes goulées. Il n'est plus si certain d'une mort prochaine, à se trouver ainsi revigoré, empli d'une énergie et d'une insouciance de jeunesse qui lui font goûter l'odeur du désastre : en cet instant, c'est pour lui un parfum charnel et vivant de verdures broyées, de branches cassées en pleine sève, de foin mouillé dégoulinant des arbres où la tornade l'a accroché. Et, dominant les autres senteurs, le relent de semence humaine qui monte des fleurs mâles des châtaigniers, écrasées en bouillie dorée sur le sol...

— Je suis loin de ton avis. J'ai trop à penser sur ce qui nous attend, et je trouve que ça pue déjà la misère, la privation et le malheur. Tu la sentiras, dans six mois, l'odeur de famine ! On en reparlera, de humer ça !

C'est un bon signe, la colère de Jean qui continue à grommeler « Hume-moi ça ! » en flanquant des coups de sabot dans les entassements de feuilles et de grêlons. Il a remarqué que son père est sorti de l'épreuve trempé d'une vigueur nouvelle, et lui aussi doit en conclure que cette soudaine faiblesse ne présage pas le pied dans la tombe, au contraire elle l'a dégagé des humeurs malfaisantes qui encombraient sa poitrine !

— Pressons-nous, père, ça n'est rien le jour de nifler l'aventure ! Foutus bestiaux, où donc ils sont allés se cogner ?

Belle et Belou demeurent introuvables. Les deux hommes ont sillonné le Bois Chard, le Bois de Derrière... René Lotte a la fierté de mener la course, il se sent empli d'un inépuisable souffle, et c'est lui maintenant qui reproche à son fils de retarder le mouvement, « grouille-toi donc, t'as toujours eu le cul trop lourd à traîner ! ».

Ils sont arrivés à la lisière du midi, la vue y est ample sur l'Houmelée, la Garenne, les Bourrues. Ils ne voient point leur attelage ; ils aperçoivent des charrettes vides, des silhouettes trop lointaines pour être reconnues, mais toutes marquées d'accablement. Dans quelques pièces d'avoine et de froment aux tiges couchées, hachées menu, des femmes sont penchées pour épiller à la main les grains qui vont moisir avant d'être en farine. La désolation... Le vieil homme a honte d'avoir éprouvé jouissance aux senteurs portées par le ravage, c'était juste la joie d'être encore en vie, les morts sont dans la nuit et le néant de leurs sens, lui il vivait ! Avoir faim, et misérer, ce sera encore vivre...

— Tu as raison, mon garçon, un grand malheur. Et moi je suis un vieux fou, comme dit toujours ta mère. Rentrons. Elles doivent être en souci, nos femmes. Pour moi, je t'acertaine que nos bêtes sont de retour à l'écurie.

— D'accord, rentrons. Mais pas trop vite ! Tu galopes comme un jeune poulain, et moi je me ressens d'une faiblesse aux jambes, par cette chiée de peur que tu m'as donnée...

— Je te l'ai toujours dit, tu manques sur le souffle. Rien que de la carcasse. Mon pauvre petit gars, t'as encore le temps d'en baver et d'en chier à me suivre : je me sens retourné de dix ans en arrière !

Ils reprennent la marche, plus lentement. La lumière du soir est revenue dans sa splendeur et son indifférence. Ils restent un moment silencieux, René a la certitude qu'ils sont en communauté de tourment et d'affliction : comment passer l'année sans châtaignes, sans un grain de froment, sans fourrage pour les bêtes... et sans écus pour compenser le manque ? Ils s'affermit dans son rôle de chef de la famille, c'est à lui de pourvoir, de rassurer.

— On s'en tirera. Les chèvres et les moutons trouveront leur vie aux palisses et aux murailles, ça n'est pas des bêtes d'exigence. Ta mère, Dieu merci qu'elle soit entêtée comme une bourrique rouge, a fait deux fois plus de raves qu'à l'accoutumée... Et même qu'elle nous saoule à longueur de temps sur le sel, en allant à la chichette, ça suffira pour le prochain cochon.

Il a plaisir à constater que Jean semble se raffermir à ces prévisions — outrepassant largement les bornes du raisonnable. Il ne faut point s'abattre et se lamenter par avance, pour venir à bout de l'adversité ! Ça n'est pas le « genre Lotte ».

— Et puis, père, les collets et les lacets, on s'en

va les sortir de leur trou de muraille. Oh ! pas sur le bien des pauvres pitalous, mais...

— Mais sur ça du Marquis, pas vrai ? Tant plus que c'est de risque et tant plus que c'est bon, la braconne, hein, mon gars ? Une belle levrache au pot, même sans châtaignes, ça vous tient au corps. Et moi, je profiterai qu'on n'ait guère à faire, par ce malheur, pour finir d'instruire Petit-Jean. Parce que dans deux ans, fort autant qu'il l'est, il sera bon à mettre à l'ouvrage, ça épargnera ta mère qui se fait vieille. Alors voilà...

Petit-Jean doit savoir ses lettres au plus vite, et ses quatre règles, et l'écriture en grosse et en anglaise. C'est l'instruction qui finira par donner la liberté, c'est la tête remplie qui monte à l'aspiration de justice. Et qu'il apprenne aussi l'obligation de transmettre à son tour le savoir, qu'il ait le respect des femmes, ne les tienne jamais pour ses servantes... Et que... Pourquoi donc, à cette heure de soucis obsédants sur leur survie, éprouve-t-il le besoin de longuement développer ce qu'il lui faut, en peu de temps, faire connaître à Petit-Jean ? Il s'en étonne un court instant puis conclut que bah ! c'est le dérangement des Instruits qui dicte sa conduite !

— Pour le moment, père, ça n'est encore qu'un petit drôle qui se pisse le long des jambes, tu as le temps. Tiens, vois donc, à la Croisée...

— Les garces ! Il fallait qu'elles sortent, dans ce tourment !

Il presse cependant le pas, il est empli d'une émotion profonde à les voir toutes deux, qui leur font signe. Louise tient Gabelle et Gabelou, Françoise est assise sur le charreton versé.

— Ça les a prises alors qu'elles venaient nous porter aide, avec le charreton. Qu'il ait toujours respect des femmes. Même si ça dure encore longtemps, qu'on nous en jette la pierre comme extravagance capitale ! Jean-Jacques Rousseau, lui...

Ils les ont rejointes en courant. Elles ne se lamentent pas, ne crient pas des « Grand Dieu ! qu'allons-nous devenir », comme doivent gémir à cette heure les autres femmes du village. Françoise assure qu'à son avis, ça a dû épargner un peu des Chênerasses, et Louise pense qu'en mesurant petite ration, on pourra échapper les deux bêtes avec le foin de seconde coupe...

Jean a relevé le charreton, Louise conduit Belle et Belou. Les vieux époux marchent derrière, et il vient à René l'envie de prendre sa femme par les épaules, des épaules de bonne chair sous la chemise trempée. Elle ne le repousse pas, ne lui souffle pas « n'as-tu pas grand honte, vieille chenasse ? » comme elle le fait lorsque il se risque à grand jour de la tripoter. Elle a des fesses incroyables de fraîcheur et de jeunesse, sa vieille Françoise, un gros derrière ferme et charnu. Ce sera encore meilleur de le sentir dans la main, après s'être vu aussi près de passer. Ce soir, il va se retrouver en ardeur sous les rideaux du lit. Elle ne dira point non, elle a mieux qu'un souvenir d'avoir été bonne luronne !

Tout est calme, dans leur cour, quoiqu'elle porte trace de la tornade. Rien de trop grave, il en juge d'un coup d'œil : les toitures ont souffert, mais sont demeurées en place. On rebouchera de bric et de broc, pas question de chaumer avant la prochaine année.

— Je m'en vais découpler les bêtes, père. Laisse le charreton en plan, Louise, je m'en occuperai.

Louise court vers la porte, pauvre courageuse femme, combien elle a dû se faire souci pour ses enfants ! A leur entrée, Petit-Jean recule jusqu'au coin le plus obscur. Il hurle. Il trépigne.

— Faut pas me battre, maman ! Pas me battre, mémé Soize ! C'est pas moi qui ai cassé la marmite ! Pas moi ! C'est la boule de feu !

Elles ne font plus montre de la même sérénité qu'à Pisse-Poule, Louise et Françoise, elles poussent des clameurs et des gémissements en serrant contre elles Petit-Jean, et Jeannette arrachée du berceau.

— Nos petits trésors, seigneur !

— Qu'on aurait pu les retrouver raides foudroyés.

— Brûlés, ratatinés à rien.

— Je vous l'avais dit, mère, c'était sur nous...

— Ah ! ne m'en parle pas, à l'idée je me jetterais la tête contre les murs.

Lorsque enfin elles se taisent, avec encore des hoquets de sanglots, la voix de Petit-Jean s'élève, triomphante :

— Mais moi, ce que j'ai fait, c'est de remplir la saunère avec ce beau sel qui tombait.

Petit-Jean attend son pépé, chaque soir il l'attend, depuis si long de jours qu'il a renoncé à les compter, il ne connaît les nombres que jusqu'à deux mains. Il a compté dix doigts, encore dix, encore dix, et puis s'est embrouillé, son pépé est parti depuis une quantité de mains. Il faisait chaud, alors, et maintenant le froid commence à pincer, on lui a mis la grosse robe qui gratte.

Pépé René est parti tout seul, le père est resté. C'était le soir de l'orage.

Pour le pot de soupe éventré, même Soize et maman ont cru à la boule de feu. Elles ont pleuré, l'ont embrassé, et même ont réveillé Jeannette pour la cajoler aussi... C'est avec l'histoire du sel, que tout s'est gâté :

— Petit monstre, elles criaient, vois-tu ce malheur que tu as fait, tout notre sel fondu en eau dans la place, ah je vais te...

Pépé René était assis dans son fauteuil. Il a dit :

— Touchez pas au drôle. Il est dans l'innocence. Il nous a toujours entendus plaindre, pour le sel. Ce qu'il faut abattre c'est la misère, l'injustice sur le pauvre monde, c'est...

Et puis, il s'est endormi d'un seul coup dans son fauteuil, mémé Soize hurlait et le secouait, sans qu'il se réveille. La mère les a portés en courant, lui et Jeannette, chez la tante Terrassier. Quand elle les a ramenés, il pensait trouver dans la berce une autre petite sœur. A ses questions mémé a répondu non, pas de pouponne. Elle a ajouté que pépé René était parti, très loin, qu'il reviendrait sûrement, mais dans longtemps... Elle n'a pas dit de gros mots comme à l'accoutumée lorsque grand-père et papa s'en allaient, elle a dit doucement : « Il va revenir. » Petit-Jean l'attend chaque soir, il ne pose plus de questions car elles font pleurer mémé Soize.

Chapitre II

Le vent d'aventure

— Gare-toi, je vais gauler. Plus loin, bestiasse ! Tiens-tu à te faire grêler la figure ? Déjà que tu n'es pas trop belle, et qu'on aura peine à te fournir un galant... Mais je suis bête, tu en as un, ça m'avait passé de l'idée !

— C'est même pas vrai ! J'en ai pas ! Je le dirai à tante Annette que tu me fais bisquer.

— Si fait, tu en as un. Un vieux prétendant, les oreilles poilues. Bonjour, madame Gabelou, votre mari sait-il enfin dire autre chose que... diablesse ! Vermine ! Attends voir si je t'attrape !

Jean a reçu en plein front une châtaigne de l'an passé, sèche et dure comme un caillou. Jeannette se tord de rire, en assurant qu'elle ne pensait pas le joindre.

— Bien fait pour toi. Ça va te faire avenant, une bosse entre les deux yeux. Pour une bonne amie. Une vraie.

La fillette s'assoit sur une souche. En continuant de rire, elle chantonne sur un air de comptine.

— Tu en as u-ne ! Je la connais-e ! Je vous ai vus-e !

Entendre sa sœur rire et chanter, c'est pour Jean le sommet du bonheur. Elle est belle et le sait déjà, sa petite Jeanne, brune et vive comme une merlette. Elle n'est pas bien grande, elle a juste ses onze ans, et le contraste n'en est que plus frappant entre une stature encore marquée d'enfance et un visage aux traits fermes que l'on devine dans son harmonie et sa beauté définitives. Elle joue avec la séduction et l'éclat de ses yeux noirs, de son sourire, elle y entortille tout un chacun, sauf son frère ! C'est pour lui éviter de se perdre en vanité et coquetterie que Jean ne manque aucune occasion de rabâcher qu'elle n'est « point trop belle » et accablée d'imperfections physiques.

— Ouvre le bec moins large, pour rigoler. Tu l'as trop fendu de nature, tu vas finir par le débrider jusqu'aux oreilles, comme une citrouille éclatée.

Jeannette secoue la tête, les yeux brillants de plaisir. À l'évidence, les temps sont proches où son frère devra changer de stratégie, les critiques ayant pour seul résultat de l'affermir dans le contentement de soi. Il n'en éprouve en réalité nulle amertume : la gaieté de la petite, sa joie de vivre, c'est son œuvre à lui, Jean.

Il continue de gauler les châtaignes. Les dernières à rester aux arbres, celles qui n'ont pas encore atteint l'exacte maturité, il faut les déloger à grands moulinets, et c'est ensuite un rude travail de les ramasser sans dépiquer* : ainsi récoltées, elles vont se conserver fraîches au moins deux mois, dans leur bogue intacte. Jean a la fierté de leur production des Chênerasses, l'orgueil d'en assumer la responsabilité avec l'aide de sa sœur, depuis cinq ans.

L'oncle Terrassier le répète chaque automne avec gravité, avec solennité même :

— C'est à vous en propre, écrit par-devant notaire. À vous d'en avoir la charge et le mérite !

La première fois, il avait ses huit ans depuis peu, et Jeannette à peine six. Leur tante avait poussé les hauts cris, son homme était-il fou perdu ? Demander si dur de besogne à deux petits malheureux dans la tendreté de l'âge, il était donc aussi pire que les seigneurs d'avant la République !

Elle s'était arrêtée brusquement dans les griefs et les accusations, pour s'adresser à Jeannette :

— Va donc me ramasser les œufs. Pousse jusqu'au fond du pâtis, la poule nine n'a pas mis dans son nid depuis trois jours, je suis sûre qu'elle pond dans la palisse. Cherche bien, ma pauvre mignonne. Quelle pitié que ça, quel grand malheur...

Elle avait attendu que Jeannette soit sortie de la maison, et abandonné les accents larmoyants pour le déchaînement d'indignation.

* Dépiquer les châtaignes : sortir le fruit de la bogue, à coups de sabots, ou avec l'aide d'une « masse à dépiquer ».

— Et dire qu'ils n'ont plus rien ni personne que moi pour les défendre ! Mais tu me trouveras devant, François Terrassier !

Un instant, Petit-Jean s'était retrouvé loin en arrière, en prime enfance, à l'écoute d'une autre voix qui prenait les mêmes accents, dans la colère.

— Parce qu'en bonne saison, les nouzillates des Chênerasses, c'est une centaine au moins de boisseaux ! Tu me fais tourner le sang d'horreur, à leur demander ça juste après... juste après que ce soit...

Elle s'était mise à pleurer, serrant contre elle Petit-Jean.

— Jamais mon défunt père, René-Instruit, ni mon malheureux frère Jean... Oh ! Seigneur ! Si elles voient ça de là-haut, ma bonne mère et cette pauvre Louise !

— Justement, Annette, comment te dire...

Il cherchait ses mots, l'oncle François, il faisait visiblement des efforts pour demeurer la tête calme, et rester mesuré en paroles sous la dégringolade de reproches et de lamentations.

— Comment t'expliquer ? Ça n'est pas de les épargner. Ça n'est pas de les poupouner dans tes jupons en pleurant pauvre mignonne et malheureux orphelins. Non pour sûr, c'est autre chose qu'ils attendent de nous, ceux qui sont partis. Ils étaient trop hauts de fierté pour...

La tante Anne avait tenu tête un moment, les deux drôles étaient neveux de son côté, elle avait son mot à dire dans cette maison, hein, qu'il s'en rappelle donc, même la mémé Terrassier n'avait pas réussi à lui clouer le bec !

À l'évocation de la vieille Terrassier, l'oncle avait d'un seul coup perdu patience et crié aussi fort que sa femme.

— Tu devrais pourtant être première à comprendre, puisque tu l'as héritée, toi aussi, la maudite caboche intraitable de ces...

Il s'était arrêté, comme saisi de honte, avait pris Petit-Jean par la main. Au-dessus de sa tête l'enfant sentait les regards s'affronter, se défier. Sa tante enfin l'avait repoussé doucement.

— Écoute mon garçon. Ta tante m'a chauffé les oreilles et je me suis emporté de paroles sur ta famille. Je t'en demande excuse : tu n'as que huit ans d'âge, mais on peut te causer comme à un homme. J'ai décidé que ta sœur et toi, arrivés à votre indépendance, vous nous devrez le seul remerciement de n'avoir pas été à notre charge. C'est ça qu'ils auraient voulu. « Droit debout », comme ils disaient toujours. Tu comprends, Petit-Jean ?

— Oui, je comprends. Et moi, ce que je veux, c'est qu'on me dise : Jean.

Il avait cru voir une ombre de sourire, vite effacée, sur le visage de son oncle.

— D'accord, Jean Lotte.

Les mêmes mots qu'un soir d'orage... Il avait vite chassé le souvenir.

— D'accord pour Jean. Pas vrai, Annette ?

— Oui, pour sûr. Mais si de malencontre ça nous échappe encore ? Et Jeannette, je crains, qui va s'emmêler la langue...

François Terrassier avait buté sur l'obstacle

imprévu des habitudes de la petite fille. Il avait pris le regard vide qui indiquait chez lui l'intensité de réflexion. Il tournait la tête de droite et de gauche, comme à l'écoute d'arguments contradictoires arrivant d'un point ou l'autre de l'espace, et répétait douloureusement les paroles qui lui avaient valu son sobriquet :

— Ce qui faut... Ce qui faut...

L'enfant avait baissé les yeux, afin que rien de ses pensées ne transparaisse au regard de la tante Annette, cent fois plus vive et fine que son époux : pour l'heure, selon le jugement sans indulgence de son neveu, François Ce-qui-faut ressemblait à une bourrique éreintée refusant d'aller plus avant.

— Ce qui faut, c'est que nous autres deux, on ne se méjuge pas. Pour Jeannette, c'est de moindre importance, m'est avis..

Dès ce jour, Jean avait su qu'il allait constamment balancer entre l'irritation contre cette lenteur d'esprit proche de la balourdise, et la gratitude envers ces délicatesses de cœur, ces finesses de jugement qui affleuraient soudain comme un soleil d'embellie, vite caché de nuages et de grisaille.

— Alors demain matin, Jean, ce qui faut, c'est que tu commences l'ouvrage aux Chênerasses, avec ta sœur. Attelle ton âne tout seul, moi j'ai à faire ailleurs.

Cette fois, les regards de Jean et de tante Annette s'étaient croisés : la complicité de famille, le clan qui survivait aux drames, et mémé Soize qui rirait toujours dans les yeux de sa fille : « Grand benêt de François Terrassier, qu'on te verrait pourtant si bien couplé avec Gabelou ! » L'oncle s'était arrêté, les avait considérés d'un air soupçonneux, Jean s'était hâté de répondre :

— Entendu, mon oncle, avant soleil levé on sera en route.

— J'y compte. Parce que c'est à vous en propre. Écrit par-devant notaire. Et puisque on est à causer sur votre bien : je te défoncerai les Brûlis, et ton morceau des Eaux-Dedans. Juste le temps que tu prennes force aux mancherons, mettons deux ans. Mais c'est toi qui sèmeras et verras aux façons de culture.

La tante avait ouvert la bouche, Jean ne lui avait pas laissé le temps d'émettre les protestations qu'il sentait à nouveau venir.

— Et nous autres, en contrepartie, avec Jeannette on vous ramassera aux Chétifs. Ça tombe bien, c'est moins prime qu'aux Chênerasses.

Même si sa sœur se trompait et continuait à prononcer le nom familier de son enfance, il savait définitivement ne plus être Petit-Jean : il se sentait un homme de huit ans, discutant sur la réciprocité des services rendus. L'oncle François était sorti en grommelant que, voyons donc, chez eux autres c'était toujours mieux qu'ailleurs, il savait ça nom de Dieu ! depuis son mariage avec Anne Lotte... La porte avait claqué.

— Et casse-la donc, tant que tu y vas ! Pourrie-perdue qu'elle est, ça te fera obligé de dépocher au moins dix liards pour les clous, et les sous, chez les Terrassier, ça n'est guère prime non plus !

Tante Annette avait changé de ton, pris Jean par les épaules.

— Va, il n'est point si mauvais qu'il paraît.

— Je le sais.

Et de fait, l'apparente dureté de l'oncle François, il la comprenait. Mieux encore il s'en trouvait rehaussé d'importance, investi de l'obligation de maintenir les « commandements de famille », seul dépositaire de leur pérennité. Il revoyait mémé Soize aux mancherons de la charrue, jusqu'aux derniers temps. « Être pris en pitié et charité, nous autres ? Jamais, tu m'entends, Petit-Jean ! Ils sont heureux ensemble, là-haut. Et s'ils nous voyaient tendre la main en pleurant misère... N'oublie pas, quand je les rejoindrai. Tu te rappelleras toujours, mon drôle ? Et tu feras Jeannette à notre ressemblance. »

Non, il ne pouvait être question que sa sœur et lui fussent une charge. Ils étaient pauvres, l'oncle et la tante Terrassier, au point qu'à treize ans leur fils unique était déjà valet dans une ferme à vigne, du côté de Cognac. Son premier gage annuel, une pièce d'argent de cinq francs, avec en figure la Liberté et l'Égalité brillant neuves, la tante Annette se désolait encore de n'avoir pu la garder : elle avait servi à faire prendre patience au forgeron de Lorigné, chez qui la dette était grosse. Et surtout, il ne régnait pas au foyer des Terrassier cette insouciance matérielle, cette primauté de l'esprit, qui avaient rendu supportables et presque accessoires la gêne et les privations, avant... Avant que...

Même en pensées, Jean se refusait à formuler la mort de ses parents. Il entendait toujours la voix essoufflée d'effort assurant qu'ils étaient ensemble heureux, il ne savait plus ce qui les avait emportés dans cet ailleurs d'éternité. Il avait vaguement conscience que c'était un instinct de survie, et non l'indifférence, qui l'amenait à ce rejet. Quelque part, il devinait que le rempart ainsi élevé protégeait un équilibre encore fragile d'enfance, qu'il lui évitait de sombrer dans un insoutenable malheur. Il y avait pour lui une cassure dans le temps, deux époques de vie sans continuité ni communication. Il avait occulté un gouffre noir comme on mure une porte : il se rappelait que la porte avait existé, mais il ne pouvait pas l'ouvrir tant qu'il n'était pas en force de l'affronter. Pour l'instant, il concentrait toute son énergie à faire face, à vivre droit debout, comme venait de le rappeler l'oncle Terrassier. Demain, avant le lever du soleil, Jeannette et lui partiraient pour les Chênerasses.

Lorsqu'il avait réveillé sa petite sœur, à nuit encore noire, elle avait pleurniché, elle ne voulait pas ramasser les châtaignes, ça piquait, jamais mémé Soize elle n'avait eu idée de ça ! Il s'était vu près de céder, de dorloter Jeannette comme la veille au soir sa tante prétendait le faire. « Pauvre mignonne... Malheureux orphelins... »

— Écoute, je te promets, on va bien s'amuser. Je te dirai mes fables, celles que tu voudras.

— Un agneau se désaltérait ! Et aussi... Vous chantiez j'en suis fortesse !

— Fort ai-se. Ai-se. Ça veut dire heureux.

— Comme mémé Soize, là où elle est à présent ?

— Oui, comme elle.

Jeannette n'avait que mémé Soize dans ses souvenirs, elle était trop petite... Il avait refusé de la berner aux promesses que leur grand-mère allait revenir : il lui restait pour toujours en mémoire l'attente dans le froid, au bord du chemin vide, et l'angoisse de ces fins de jour qui jamais ne ramenaient l'absent. Il avait dit à la petite, au scandale de la parenté, que jamais mémé Soize n'allait se relever de l'immobilité de glace où Jeannette l'avait trouvée, un matin d'hiver, dans le lit qu'elles partageaient.

— Viens vite, Petit-Jean ! Mémé est toute froide, elle a gelé cette nuit !

Avec sa clairvoyance d'enfant choqué par trop de drames — mal enfouis sous de pieux mensonges — il savait que la vérité seule pouvait porter l'apaisement.

— Elle n'a pas gelé, elle est morte. Quelque chose s'est en allé d'elle, on dit : l'âme. Il ne faut pas pleurer, elle est heureuse où elle se trouve. Viens. Elle m'a dit tout ce qu'il fallait faire.

Ce qu'il fallait faire... Il s'y est employé, et souvent au-delà de ses forces durant les premières années. À présent il a treize ans, la taille et la carrure que bien des hommes faits n'atteignent pas, alliées à la souplesse et l'agilité de l'adolescence. François Terrassier a depuis longtemps cessé de dire « Je vais t'aider à ça, Jean ». C'est lui qui accepte le coup de main pour ses propres travaux. Lorsqu'ils sont côte à côte, l'oncle et le neveu, c'est l'adulte qui doit lever le tête :

— Vingt dieux ! On peut dire que toi ça t'a profité de trimer, tout en mangeant à suffisance. Moi tu vois, ce qui m'a noué de grandir, c'est la famine de 69. Des orties, du bouillon de corbeau tant qu'il en est resté à attraper. Paraîtrait que dans des endroits ils ont même... Oui, on racontait ça, j'avais dix ans. Enfin, pour revenir à ta carcasse, ça n'est pas dans tes livres et tes écritures que tu l'as bâtie, c'est au train que je t'ai mené ! Ce qui faut, c'est l'ouvrage et le bon manger. Le reste...

Suivent alors des considérations d'où ressortent la supériorité des bras sur la cervelle, la primauté de la panse sur l'esprit. Jean laisse couler. Ce n'est pas à l'homme fruste et têtu que va son indulgence, c'est à un gamin de dix ans au ventre gargouillant d'orties, à la tête emplie par les visions de macabres festins... Il ne répond pas. Il est un fils de la République et des Lumières ; malgré l'agacement il éprouve respect et pitié pour l'irrécupérable victime de la dernière famine du temps des rois. Son silence finit par exaspérer l'oncle, moins borné au fond qu'il n'y paraît, et il se fait traiter d'hypocrite, de sournois et de pattepelue ! Il le sait bien, lui Terrassier, que cette foutue caisse de livres et de paperasses compte plus que tout pour son neveu !

— Petit con, as-tu pas failli foutre le feu au séchoir, l'an passé, en montant grande flamme pour voir à lire ?

— J'ai réparé les clies, oncle François, et glané les châtaignes jusqu'à cinq lieues, pour compenser la perte.

— Oui bien, et ça nous a fait la viande et la légume, tes châtaignes berlaudées !

La tante Annette réagissait vivement à ces attaques :

— Ta ta ta ! Chez nous... Chez lui je veux dire, la comprenoire marche avec le reste. Tu sais ce qu'il m'a dit, le curé Dupuy ? Ses propres mots que je te répète : « Ma bonne Annette, ce drôle il ne me reste guère à lui apprendre, et ça me tarabuste, vu que mon jardin n'a jamais été d'aussi bonne façon, les légumes à panerées depuis qu'il s'en occupe et... »

— Ça je dis pas contre, il s'y entend.

— Laisse-moi donc finir. « Et des bouquets d'autel presque à longueur d'année. » Mais le mieux, fais-en ton profit : « J'ai des grands projets pour Jean Lotte, il sera un jour la fierté des Terrassier. » Alors tu ferais bien de laisser un peu le drôle en paix sur l'instruction qu'il reçoit, si tu vois ce que je veux dire.

L'oncle François avait viré les talons en dévidant des « Eh bé... Eh bé... » qui marquaient étonnement et admiration. Jean avait eu la certitude d'être à l'abri pour un temps des sarcasmes et des menaces, sous la protection d'un avenir que les propos rapportés par tante Annette entrouvraient jusqu'à la chaire ! La famille Terrassier par tradition était « de ce côté », tandis que les Lotte avaient réputation de n'entrer à l'église que « d'un pied-d'un genou ». François Terrassier pouvait se flatter de voir son neveu prendre le bon chemin, y atteindre les sommets. Pauvre oncle ! Il serait tombé de haut, s'il avait su combien étaient dépassées, à la cure, les limites de l'Histoire Sainte et des Évangiles ! Jean avait attendu qu'il se soit éloigné.

— Il a dit ça, le citoyen Dupuy ?

— Monsieur le Curé s'il te plaît, moi je reste de l'ancienne mode. Eh non, il n'a pas causé vraiment de cette sorte. Mais que veux-tu, une moitié de menterie, c'est quand même une moitié de vrai ! Et puisqu'on est sur la lecture, enlève donc de ton coffre le petit livret avec des images. Il ne sait guère lire, ton oncle, mais pas besoin d'épeler « La Bergère troussée » pour voir que c'est une belle garce qui montre son devant et son derrière. Et ça, jamais je pourrai lui faire accroire que c'est le curé qui te l'a donné !

C'est le bon curé-citoyen, le lecteur des philosophes que Jean évoque, alors qu'il est juché au sommet du plus haut châtaignier. Il lui a fallu grimper jusqu'au faîte pour atteindre les dernières branches où les châtaignes prospèrent à l'air libre, se gonflent de chair sucrée sous le soleil. Dans la lumière dorée d'arrière-saison, les cimes moutonnent, ondulent comme herbage en prairial*, éclatantes de couleur et de mouvement, rassurantes de générosité et de promesses. Jean entend la voix du vieux curé : « Regarde-les, petit, nos châtaigniers.

* Juin, dans le calendrier révolutionnaire.

Admire la puissance de leurs troncs, la vigueur de leurs branches, la force des surgeons au pied des arbres morts. Peux-tu me dire plus belle église qu'une châtaigneraie ? Et surtout monte avec eux, le long d'eux, comme moi je faisais dans ma jeunesse : c'est là-haut que tu remercieras la Création, qu'on l'appelle Bon Dieu, Être Suprême ou Mère Nature... »

Cette action de grâces aux relents païens, Jean la préfère à la mécanique des prières. Il s'attarde, balancé entre ciel et verdures. La « bergère troussée » prend place dans cet élan de vie : deux superbes paniers en éclisses de châtaignier contre six feuillets charbonneux de mauvaise imprimerie... Le curé l'a absous en confession, bouillonnante jeunesse, mais le colporteur t'a bien eu, ça ne valait pas tes deux paniers !

Un vent tiède s'est levé, il apporte un souffle qui s'est trompé de saison, une douceur de printemps. Jean ferme les yeux et se laisse pénétrer par l'appel du vent, terre et eau mêlées, marais et feuillages.

Il en est ainsi depuis sa prime enfance : lorsque arrive du sud-ouest un vent à l'arrière-goût de sel, comme habité d'un souvenir de vagues, d'algues et de bateaux, Jean Lotte sent palpiter ses narines : il hume le vent d'aventure.

Aussi loin que l'on se souvienne, ils ont tous été possédés de cette déraison, les mâles de sa famille. Ils se passent en héritage cette humeur de vagabonder, sans autre raison que l'invite d'un souffle tiède et salé. L'ancêtre Jean-Ancien, au temps du roi Louis XIV, s'était ainsi retrouvé en Espagne.

— Descendras-tu, à la fin ? Le soleil rase, à la sente du Chêne-Mort, il va se faire trois heures. Il y a belle lurette que tu ne gaules plus. Tu avais promis qu'on irait à ta loge, si on avait fini assez tôt !

Une châtaigne tombe, une seule, avec un « flop » indiquant qu'on l'a lancée fort, de là-haut, comme unique réponse. Jean est parti à ses rêvasseries, alors qu'il reste encore à faire récolte de trois arbres... Quand il va redescendre, il mènera le diable et son train à sa sœur, presse, grouille, on a notre réputation à tenir, vite fait bien fait ma petite, pas question de revenir demain !

Jeannette s'exaspère d'être ainsi ignorée, rayée pour un moment de l'univers de son frère. La bonne amie évoquée tout à l'heure, par moquerie et non par certitude, prend dans cette attente une dangereuse réalité : au sortir de messe, les filles du village attignent Jean de sourires, de compliments mal voilés de railleries... Ses cheveux noirs et drus, plantés bas sur le front, Simonette Daniaud les prétend coiffés aux piquasses de châtaignes, et tiens donc, en profite pour les ébouriffer à plaisir ! Louise Talbot assure qu'il ressemble à un cheval :

— Hein, tu crois pas Odile, avec sa figure en longueur, et ce gros nez et cette bouche troussée sur ses gran-an-des dents, quand il rit !

Le benêt, le niquedouille ! Il répond aux follasses par des hennissements, et fait mine de les poursuivre en jetant des ruades. Elles, elles pâment de joie, en jetant des cris de fausse peur. Ce ne sont pourtant pas des petites jeunesses, elles sont vieilles de quinze ans et plus. D'un côté, Jeannette se sent flattée de les voir prendre intérêt aux treize ans de son frère, à ses yeux le plus beau garçon de la paroisse. Elle se réconforte à l'idée que mieux vaut cette abondance de perdrix coiffées à virer autour de lui, plutôt qu'une seule, l'air de rien et sainte n'y touche, qui viendrait le brider sans lui trouver semblance de cheval !

D'ailleurs, Jean lui a promis de ne se marier que lorsque elle, Jeannette, aura trouvé un époux. Il ajoute que l'affaire ne sera pas facile à mener, vu que, et que...

— Et alors, si je reste fille, vilaine comme tu le dis ?

— Je resterai vieux gars. On sera comme Delphine et Patte-Folle, tu me battras quand je serai saoul.

Jeannette rit en pensant au vieux couple fraternel qui vivote de charités et de rapines, à Queue-d'Ageasse. Le bonhomme trouve quand même de quoi, pour boire, et sa sœur lui flanque des raclées qui ameutent le village tant il jette de cris. Le piquement de jalousie qui avait saisi Jeannette s'éloigne, à l'évocation d'une telle déchéance.

Elle appelle encore son frère deux ou trois fois, sans grand espoir. Elle s'assoit sur une souche et se jure d'apporter sa brocherie, la prochaine année, pour prendre patience. Tante Annette le dit toujours : « C'est à toi de t'y faire, tu ne le changeras pas. »

Une tambourinade de châtaignes tire la fillette de ses songeries : le bruit arrive de lisière, du côté du bois d'Empuré, là où ils n'ont pas encore ramassé.

— Jean, viens vite, on maraude sur nous !

Là-haut c'est le silence, l'immobilité. L'a-t-il seulement entendue ? Elle crie plus fort, sûre au moins de le blesser, puisque elle ne peut le déloger :

— J'y vais, moi, Petit-Jean. Pas besoin de toi pour leur faire peur, Petit-Jean.

Elle court, sans savoir ce qui l'emporte, de la colère contre son frère, ou contre les voleurs de châtaignes. Dans la clairière, c'est Jean qu'elle aperçoit. Il la regarde à peine et continue à battre les branches.

— Songe à m'aider, au lieu de bâiller du bec comme une volaille aux agonies. Va chercher la charrette. Vite. Il faut qu'on passe à la loge, j'ai un secret à te dire, une promesse à te demander.

— Mais comment...

— J'ai sauté par les branches, pour faire plus vite. Et toi, enfin, vas-tu te remuer ?

Il parle sec, sans un sourire. Elle ne s'en fâche pas, tout au plaisir de la visite à la loge. Elle trousse ses jupons pour courir plus vite vers la charrette et Gabelou. Elle rit de bonheur : le rêvassier, il bondissait d'arbre en arbre, comme les singes dans l'histoire de Robinson Crusoé... Et c'était pour elle, Jeannette, pour l'amener comme promis à la loge où chaque année l'attend une surprise. Que va-t-elle découvrir, aujourd'hui ? Un étui à aiguilles ? Des sabots découpés ? Un peigne en buis, peut-être, elle en a tant envie ! Ce qu'il a à lui demander, peu importe. Elle révise quand même un peu ses verbes, en guidant Gabelou : sur le passé défini des conjugaisons compliquées, Jean cherche toujours à la prendre en défaut. « Vous coudîtes, î, accent circonflexe, t, e, s... non, non : vous cousîtes, vous résolûtes... »

— Je l'étrillerai à vif ! Je lui lèverai la peau du cul ! Je... Annette, enfin, est-ce que j'avais mérité ça ?

— Sûr que non, mon pauvre homme !

La tante Annette pleure — et par contagion Jeannette réussit à larmoyer, elle aussi : son frère l'a mise en garde, sans doute est-il préférable qu'elle fasse mine d'étonnement et de chagrin, si elle ne tient pas à endurer trois jours de reproches !

— Non, tu avais pas mérité ça. Ni moi non plus, et Jeannette surtout : cette petite mignonne qu'il laisse dans le tourment... Bonnes gens, le courage qu'elle a, elle a tiré les chèvres comme à l'accoutumée. Elle aurait pourtant excuse à se laisser aller, par le chagrin ! Seigneur, son frère, quel bâille-peine !

Anne Terrassier sanglote plus fort, Jeannette en profite pour se tirer quelques larmes et gémissements. Puis elle se tourne vers le foyer, en disant d'une voix brisée qu'il faut quand même chauffer la soupe ! Puisqu'elle se tient dos tourné, en tisonnant sous la marmite, elle peut se permettre de sourire. Son frère le bâille-peine, il doit être arrivé à la mer, après avoir marché la nuit entière ! C'était le secret qu'il voulait lui confier : il partait voir la mer. Seulement pour trois jours, et au retour il allait lui raconter les vagues, les bateaux, les coquillages... « Et les perroquets, aussi, comme dans Robinson ? » Jean lui avait laissé peu d'espoir quant aux perroquets, elle attendait cependant le récit de son aventure avec une joyeuse impatience !

— Salut et fraternité, citoyen. Puis-je savoir le nom de ce... de cette ville ?

Jean a longuement hésité, avant d'oser interpeller quelqu'un. Il craint que sa course nocturne à travers champs et bois ne lui ait donné l'allure inquiétante d'un vagabond. Son teint mat, ses yeux sombres et sa chevelure, il le sait pour l'avoir entendu de la bouche des filles, peuvent le faire passer pour un de ces Tziganes, ces fils d'Egypte ou de Bohême, jeteurs de sort, pilleurs de basses-cours, que redoutent les gens de la terre. Moins d'une heure après qu'il eut quitté Queue-d'Ageasse, son passage devant une barrière de ferme avait déclenché des aboiements, ouvert des fenêtres sur des menaces, des ordres de tirer au large, ou sinon... C'est pourquoi il a laissé le chemin de Loubillé, évité les hameaux, les maisons isolées d'où jaillissent les fourches, à l'approche des « galopins ».

Jean appréhende d'avoir tourné en rond, ou d'être monté au nord, dans cette nuit sans étoiles.

Le jour va se lever, une brume masque encore des formes indistinctes, l'amorce d'une rue, la silhouette d'une église au flanc d'un coteau. L'homme était debout, accoté le long d'une grange à demi écroulée, à l'écart des premières maisons. Il s'est assis lorsque Jean arrivait à cinquante pas de lui. Le garçon a fait claquer ses sabots sur les pierres du chemin, un pas sonore et décidé de paysan porte confiance : c'est en silence, les pieds nus, que s'avancent les larrons voleurs de poules.

L'homme ne répond pas. Jean, qui craignait si fort d'être pris pour un bohémien, n'est pas loin de penser que c'est à l'un d'eux, justement, qu'il s'adresse. Il est enveloppé d'une cape de couleur incertaine, appuyé sur un énorme ballot non point serré ni noué comme la charge des colporteurs : c'est juste un tas informe recouvert d'une étoffe à ramages violents. De sa main droite, l'inconnu tapote le ballot, s'attarde en gestes caressants dans les plis du tissu. Dans sa main gauche brille une chaîne qui cliquète, et tournoie à la manière de la fronde dont Jean se sert pour abattre les ramiers. La première rencontre de son escapade, le jeune homme commence à le penser, risque de mal se terminer. On racontait tant d'histoires de voyageurs détroussés jusqu'à leur chemise, laissés nus comme Adam, encore heureux d'avoir gardé la vie. Une botte à large revers dépasse sous la cape pisseuse, ce n'est point chaussure de vagabond, sans doute le butin d'une rapine !

Jean recule d'un pas, rencontre enfin le regard de l'homme, et s'arrête... Les premières maisons sont loin, mieux vaut tenter de prévenir l'attaque, plutôt que de s'enfuir, et recevoir en travers de l'échine cette ferraille meurtrière. Jean s'est souvent affronté à la trique contre les garçons de Lorigné. C'est un jeu plutôt qu'un combat, un antagonisme de tradition entre les jeunes mâles des deux villages. On ne cherche point la mort de l'adversaire, on veut juste qu'il tourne le pouce pour s'avouer vaincu. Jean n'a jamais baissé le pouce, même contre une trique aux allures de gourdin : face à une chaîne d'acier, la parade lui semble pour le moins hasardeuse.

Il affermit la prise sur son bâton, taillé dans une branche de houx que l'on dit « bois de fer », et qui résistera peut-être assez longtemps pour qu'on vienne à rescousse depuis cette rue déserte, ces maisons aux portes closes : les batailles à la trique s'accompagnent de cris sauvages qui finiront peut-être par tirer les bourgeois de leurs paillasses, avant qu'il ne soit trop tard — à moins que le vacarme ne les fasse se barricader plus étroitement ! Jean attend l'assaut dans ce flottement d'indécision, doit-il hurler ou combattre en silence ? Il sent monter en lui une excitation ambiguë de peur et de plaisir, pour la première fois il va se battre pour sauver sa peau, et non pour un amusement de gamins... Il est prêt à réagir au premier bond de l'homme, il attend la chaîne : attaque, attaque donc, vaurien ! Un rire tonitruant le déconcerte :

— Cet endroit de misère, une ville ? Salut et fraternité, jeune citoyen. Tu n'as pas dû voir grand-chose de pays, pour baptiser ça du nom de ville, je le devine à la paille de tes sabots! Moi tu vois, mon pied est chaussé fin. Mon pied, c'est le cas de le dire : regarde mieux qui te faisait peur.

L'homme se lève avec peine. Jean devine des oripeaux multicolores entre les pans du manteau, et surtout, une odeur de sauvagine flotte autour de l'infirme, non point la puanteur du putois, du renard : une senteur à la fois âcre et chaude, inquiétante d'être inconnue. Jean reste sur ses gardes. Si les paroles sont de nature à rassurer, l'apparence demeure suspecte.

— Pour te courir après, avec ce pilon! Je n'avais guère chance de t'attraper, même si l'envie m'en avait pris. Et toi, tu étais prêt à m'éclater le crâne dès mon premier mouvement, je l'ai lu dans ton regard. Juste sur ma mine, tu allais me tuer.

— Mais la chaîne... C'était la chaîne qui me... Et puis te trouver là, à la pique du jour, comme un... Tu n'as pas allure de marchand ni de paysan. Et la chaîne...

Il s'empêtre de justifications douteuses, il bafouille d'embarras, et d'humiliation à être deviné.

— Ah! C'était donc ça! Bien sûr, tu ne pouvais savoir que cette chaîne est trop lourde à lancer, avec le pendentif qu'elle porte. Je vais te montrer. Debout, toi, haut debout!

Le ballot bouge lentement contre la muraille, grogne et s'ébroue. Jean est tombé en arrière, d'effroi et de saisissement. La bête dressée sur ses pattes postérieures le domine de sa formidable masse noire.

— A terre, à terre !

L'ours oscille d'un pied sur l'autre, à la fin d'une éternité d'horreur, il va s'abattre... Une éternité de pattes griffues qui battent l'air au-dessus de Jean, à une hauteur de vertige... Puis l'ours retombe lentement, doucement, comme une défroque vide, flaire un instant, s'éloigne.

— Tu vois, petit, le danger n'est pas dans l'apparence d'un homme, mais plutôt dans ce qu'il cache. Pour prix de la leçon, tu me dois un bout de chemin. Tu me plais, brave conscrit. Tu étais mort de frousse, et cependant tu n'as pas un instant fermé les yeux ni crié ta mère. Vive la République, tu feras un bon soldat !

Jean ne répond pas, ramasse son bonnet, son bâton, s'époussète, pour reprendre contenance.

— Je m'appelle Colin Peyrou. Lui, c'est Martin.

— Moi, c'est Jean Lotte.

Il s'entend prononcer son nom d'une voix chevrotante qui porte encore l'écho de sa frayeur. Colin Peyrou s'en va pisser contre le mur, revient vers Jean. Le garçon se remet un peu, en observant le couple étrange : un petit homme sec dont le pilon racle la terre en demi-cercle, un ours brun qui trottine le museau bas. Lorsqu'on le voit sur ses quatre pattes, et non plus dressé comme un démon de cauchemar, Martin reprend malgré sa taille un aspect raisonnable d'animal. S'il n'a jamais vu de montreur d'ours, Jean connaît leur existence. On dit les bêtes apprivoisées jusqu'à danser au son d'une musique, pacifiques jusqu'à quêter parmi les badauds. Des plaques nues, sur le râble de l'ours, témoignent de son grand âge : Martin n'est après tout qu'un énorme et vieux chien qui suit docilement son maître.

— N'essaie pas, n'essaie pas ! Il ne connaît que moi, pour le toucher. Un coup de patte, et te voilà le bras en jeu d'osselets.

Jean retient l'amorce de caresse avec quoi il voulait prouver que la surprise était seule responsable de sa précédente déroute. Le bonhomme n'en rajoute-t-il pas sur la férocité de son danseur de foire, dans le but de montrer que s'il l'avait voulu...

— Mais quand tu lui fais quémander, après ses cabrioles ? Je n'ai jamais vu dire qu'un ours ait mis des membres en charpie. Je connais un valet qui en a flatté un, à Ruffec, il n'y a gagné que des puces, à ce qu'il m'a assuré.

— Eh fais donc, si le cœur t'en dit. Il te restera toujours l'autre bras, pour te gratter.

Il rit, Colin Peyrou, il se moque. Sa face brune, entamée de rides comme une écorce, prend dans la raillerie une expression de vive jeunesse.

— Allez va, puisque l'envie t'en démange ! Danse, Martin, danse !

L'ours se redresse. Le frisson et la peur, de nouveau, à regarder d'en bas les pattes qui balancent pour tenir l'équilibre... Le rire de Colin Peyrou... Jean a juste le temps de penser que s'il hésite un seul instant, il va s'enfuir en piaillant, poursuivi par les éclats de rire du mépris. Sa main s'enfonce dans le pelage chaud du ventre, s'étonne de le trouver si doux, s'attarde... La bête se dandine, Colin Peyrou fait sonner des grelots en cadence.

— Ton valet est un sacré farceur, s'il existe ! Jamais un vrai montagnard ne laisse chatouiller sa bête, le risque est trop grand. Et toi arrête, jeune flambard, tu m'as montré en suffisance que tu n'étais pas un péteux. Si tu continues à lui branler le ventre, mon Martin va te prendre pour une Martine. Ça te sera plus cuisant qu'un bras démantibulé, de te faire foutre par un ours. À terre ! À terre ! Va, je plaisante, les Martins on leur coupe les couilles. Mais tu rougis, pucelle ? Tu vas pourtant en entendre de plus raides, dans la vie militaire. Vive la République ! Où rejoins-tu la conscription ? Saintes ? Rochefort ?

— C'est que... Je ne suis pas conscrit. J'ai... treize ans. Je suis parti seulement pour trois jours. Voir la mer. Juste trois jours, entre les châtaignes et les premiers labours...

Colin Peyrou s'est si fort esclaffé de la réponse que les grelots du tambourin, agités par les secousses de son rire, ont fait se redresser l'ours, qui piétine à leur rythme incertain, s'arrête museau pointé au ciel lorsque Colin Peyrou cesse de hoqueter pour hurler que milé diou ! un paysan qui part en vadrouille pour voir la mer, ça vaut toutes les femmes à barbe des foires, les serpents à plumes, les veaux à deux têtes, les... Lorsqu'il repart à s'étrangler d'hilarité, Martin reprend la danse. Dans le calme du jour qui se lève, c'est un charivari de cris, de rires et de sonnailles qui finit par faire sortir les villageois des maisons les plus proches : leur groupe cependant demeure à distance prudente.

— Encore toi ? Tu as grippé suffisamment de pièces aux drôles et aux femmes de Villiers, hier au soir, tu ne vas pas nous recommencer aujourd'hui tes babouineries ?

— Non pas, non pas. Je vous tire ma révérence, braves gens de Villiers, petite représentation gratuite avant le départ. Et si je vous ai croché quelques sous bien gagnés, au péril de sa férocité...

Un grondement effrayant couvre la voix de Colin Peyrou. Jean reste ferme sur place, il a saisi le clin d'œil, et la torsion brusque de la chaîne.

— ... Vous m'en avez filouté deux fois autant, en me vendant du pain de méteil au prix du pur froment.

L'attroupement grossit, une vieille femme crie si c'est pas grande honte et gaspille...

— Quinze livres de pain d'un seul coup, pour un bestiau de pays sauvage, et en plus tu l'aurais voulu de fleur de farine, quand moi je dois me contenter de...

— Je le sais, brave femme, que tu manges davantage de son que de brioche ! J'aurais voulu seulement le payer au juste prix, ton pain noir.

— Mais ça nous traite de voleurs, cette chiennerie ! Et qui donc c'est-y, le deuxième ? Ils ont l'air comme cul et chemise ! Durant qu'il nous amusait, le petit noiraud, à dandoler sa saloperie de bête, son compère est entré dans nos maisons pour fouiner dans les coffres. C'est les bots à collet de mon défunt que tu portes, je les reconnais. Vermine ! Galopin !

Jean esquisse un mouvement, il veut s'avancer, expliquer la méprise : il est Jean Lotte, de Queue-d'Ageasse en la commune de Lorigné, les sabots il les a œuvrés de sa propre main, voyez J.L. sur le dessus. Colin Peyrou le retient et tire de Martin un grognement plus farouche encore que le premier. La troupe menaçante recule, avec des cris que oui ! La chemise du grand est justement celle... et sa culotte, petassée de bleu sur gris, au genou droit...

— Article premier ! Les hommes naissent et demeurent libres et égaux en droit...

Colin Peyrou est arc-bouté sur la chaîne, les grondements de l'ours scandent sa déclamation.

— Article neuf ! Tout homme étant présumé innocent jusqu'à ce que...

La rue est maintenant déserte, les portes closes, c'est la vieille qui a battu retraite la dernière, en jetant d'ultimes injures et malédictions...

— File, conscrit à la manque, avant que cette ménine alerte l'agent municipal. Veux-tu revenir chez toi entre deux gendarmes ? Tu pourras toujours leur expliquer, que tu voulais voir la mer... Moi, je descends sur Cognac.

Pourquoi suit-il l'homme au pilon ? Il devrait obliquer plein ouest, marcher dos au soleil pour trouver la grand-route de Rochefort... Une inexplicable fascination l'entraîne derrière Colin Peyrou, qui lui a jeté un regard d'indifférence, lorsqu'il s'est arrêté pour arrimer un chargement sur le dos de Martin : la pelade, sur l'échine de la bête, n'est donc qu'une trace de bât.

— Encore là, conscrit ?

— Si ça ne te dérange pas...

Jean n'obtient d'autre réponse qu'un haussement d'épaules. Ils repartent en silence. Colin Peyrou marche vite, malgré l'infirmité. Il se dirige vers le sud sans une hésitation, avec des détours pour éviter les agglomérations, recherchant les bois, les chemins creux, les sentes perdues.

— Halte à la troupe !

Ce n'est pas à Jean qu'il s'adresse, il paraît avoir oublié jusqu'à son existence, ne lui accorde pas un regard. Il enlève le chargement de l'ours, dégoupille le collier, dégage la muselière.

— Article cinq : tout ce qui n'est pas défendu par la loi ne peut être empêché. Conscrit de mes deux, la loi défend-elle à un ours de chercher des glands sous les chênes ?

Brusquement, toutes craintes et interrogations abandonnent le jeune garçon. Il est seul dans un bois, avec un inconnu, et une bête sauvage délivrée de l'attache... Un inconnu qui récite la Déclaration des Droits de l'Homme, un ours qui fouille du museau sous les feuilles, comme font les chèvres ou les cochons. Jean lève son bâton en oblique, à l'image de la Liberté ailée qui dresse son flambeau au frontispice de la Déclaration.

— Non, citoyen, elle ne le défend pas. Article six : la loi est l'expression de la volonté générale. À l'unanimité je déclare...

La suite de son discours est bousculée par les rires, les claques de connivence, les réflexions entrecroisées sur les imprescriptibles droits des ours à bouffer des glands... et des faines... et des fourmis...

— Quoi, des fourmis ?

— Oui, citoyen, c'est leur régal de braconnage, comme le miel ! Un article trente-six, tiens, sur le droit pour les ours de braconner en paix !

Jean pleure de rire sur l'article supplémentaire. Quelque chose émerge en lui, tente de forcer une brèche dans la muraille des souvenirs enfouis. Du sang dans les dernières lueurs du jour. « Un lièvre, Petit-Jean, c'est un lièvre qui a beaucoup saigné... » Quelque chose s'élève et bouge dans une horreur floue, s'évanouit sans laisser trace de son passage. Il rit.

— Veux-tu des châtaignes, citoyen Peyrou, des châtaignes de braconne ?

Il fait craquer les fruits sous ses dents, comme des noix, crache l'écorce.

— Des châtaignes crues ? Faut être fou !

— Oh nous autres, les Lotte, paraît qu'on l'a toujours été !

Le soleil va se coucher et jette des couleurs de flamme sur les toits de Cognac, au loin.

Assis à flanc de coteau, ils dominent la courbe de la rivière, les peupliers et les herbages de ses rives.

— Alors, puisque tu veux voir cette saloperie d'eau qui te crachera sa morve salée à la figure, tu n'as qu'à suivre le bord. La Charente va t'y mener, à la mer.

Jean ne répond pas, plongé dans la contemplation de cette vallée qui lui parle de fertilité et d'abondance. Il resterait des heures à regarder couler l'eau : lui, il n'a eu d'autre horizon que les bois, les minuscules enclaves de terre qui craquèlent de sécheresse aux premières chaleurs. Chez lui, l'eau est enfouie sous la terre, si loin que seules les racines des arbres peuvent l'atteindre, ou le grand creux des puits dont il faut actionner le treuil à deux, tant ils sont profonds.

— C'est beau, une rivière. Tant de belle eau !

Colin Peyrou lève les bras au ciel, les laisse retomber comme s'il balançait entre colère et pitié, entre hargne et dérision.

— Mais qui c'est, ce bougre de petit con que je traîne depuis ce matin ? Un paysan qui se promène, ça porte déjà à méfiance, et d'une ! Qui bouffe des châtaignes crues sans prendre la colique, et de deux ! que moi la moitié d'une me ferait péter en fusillade ! Et de trois, qui « trouve beau » ! Martin, pauvre Martin, on a rencontré la tarasque * ! Si tu dois partir, c'est tout de suite. Les deux jours qui te restent suffiront à peine.

* La tarasque : animal fabuleux, sorte de dragon, dans certaines régions méridionales.

— Je préfère m'arrêter à Cognac avec toi, si tu acceptes.

Colin Peyrou se relève, s'absorbe à vérifier la solidité du piquet où Martin est à l'attache. Il ne se retourne pas, pour répondre d'une voix bourrue :

— Ça ne me dérange guère, fais à ta convenance. Ah tu trouves ça beau, une rivière ? Petit con, si tu voyais le Canigou, au soleil levant. À La Preste, mon pays de naissance. Tu es certain de n'en pas avoir regret, de la mer ?

Jean secoue la tête. Tout au long de la journée, il a su qu'il serait sans nostalgie des vagues et des bateaux, le vent d'aventure lui avait fait cadeau d'un montreur d'ours épris des Droits de l'Homme. Il veut cacher son émotion.

— Penses-tu ! D'ailleurs, à Cognac, j'espère voir mon cousin Pierre, il est valet dans une ferme à vigne, une grande.

— Le pauvre gars ! Autant dire un esclave.

Jean sait ce qui l'attend, dans la maison des Terrassier dont il distingue au loin la fenêtre, éclairée des seules lueurs du feu. Qui ouvrira la danse ? Sans doute la tante Annette, avec ses cris et ses lamentations. Il sourit pour la première fois au souvenir, il entend mémé Soize : « Ma pauvre bru, crois-tu qu'on endure, avec ces salauds ! » Ensuite — ou du même temps — la rossée de l'oncle François. Colin Peyrou l'y a préparé :

— Il faut dire que cette avoine, tu ne l'auras pas volée. Supporte-la. Mais ne te laisse pas abaisser,

Jean Lotte. Accepte la raclée que tu mérites, rien au-delà !

Encore ces emportements et ces violences ne seront-ils que l'amorce de la tempête qui va suivre ! Jean a décidé de rentrer le premier, pour préparer la famille au choc : il ne revient pas seul, de sa virée d'aventure ! Il ramène avec lui le cousin Pierre, et sa bonne-amie, et surtout le poupon prêt à naître qui fait un ventre monstrueux à cette maigrichonne ! Lorsque François Terrassier aura épuisé sur son neveu le premier jet de sa colère, qu'il se sera déchargé les nerfs de coups et d'injures, il leur fera l'annonce petit à petit...

— Je tâcherai de m'en expliquer au mieux. Tu ne peux pas arrêter de pleurer ?

Amélie sanglote plus fort, gémit qu'elle aurait dû se détruire tout de suite. Le cousin Pierre essaie de jouer les farauds, assure que voyons, ils ne sont point si mauvais, le père et la mère... N'empêche, il a vite accepté d'attendre dans le bois de chênes, plutôt qu'aborder de plein front.

— J'y vais. Laissez passer une moitié d'heure à peu près, et puis venez. À moins que je vous aie huchés avant, mais j'ai méfiance que ça prenne du temps.

— Il va t'assommer, mon père. Et nous autres, ensuite.

Pierre a perdu sa feinte assurance, et Amélie repart dans les pleurs... Jean se ressent en charge de ces faiblesses et de ce désarroi.

— Ça, avec tout le respect que je dois, tu peux

être certain que je ne laisserai pas faire. À bientôt ! Gardez espoir !

Il marche sur le côté herbeux du chemin, pour étouffer le bruit de ses pas. Il a décidé de jouer sur l'effet de surprise, quand il va pousser la porte — de surprise et sans doute de soulagement, le pauvre oncle François et la tante Anne ont dû vivre trois journées de souci autant que de colère. Arrivé à la barrière, il s'arrête pour détailler, dans le court instant de paix qui lui reste, le bilan de son escapade : il n'a pas vu l'océan, il ramène le bouleversement et le scandale chez les Terrassier, il va être talé de coups, et cependant il déborde d'allégresse.

Apparemment, il a vagabondé sur les bords de la Charente, auprès d'un montreur d'ours un peu fou, venu des montagnes d'Ariège. C'est là ce qu'il dira et François Terrassier grondera sur cette foutue famille de songe-creux, d'extravagants, remontera jusqu'à l'Ancien qui avait traversé la frontière d'Espagne. Jean gardera secrète l'autre image de sa randonnée. Il sait que sa vie est à jamais marquée par sa rencontre avec Colin Peyrou, auprès duquel il a fini par reconnaître des voix oubliées, qui parlaient de Justice et de Liberté.

Au travers de Colin Peyrou, c'est René-Instruit, c'est Jean Lotte que le jeune homme a entendus. Son grand-père, son père, et un général qui avait porté la République jusqu'au-delà des Alpes...

— Cette jambe de bois, c'est d'Arcole qu'elle me vient. On était au milieu d'un pont, ventre à ventre contre l'ennemi. Ce qui ne tombait pas sous les boulets et les balles s'étripait au sabre ou à la baïonnette. Lui, il était là, levait les trois couleurs sur la mêlée. Alors, dans le chamboulement de bousculade — un pont, tu imagines, comme champ de bataille ! — il a été foutu à l'eau. Une eau de marais, puante, épaisse. Augereau a gueulé : « Soldats, sauvez le général ! » On a sauté peut-être à cent, pour un peu c'était nous qu'on le noyait, en lui tombant dessus ! On n'est pas tous remontés, les Autrichiens ajustaient le tir, depuis la rive. Non, ça n'est pas moi qui l'ai ramené, on était trop à vouloir sauver le général.

— Mais ta jambe ?

— Oh ça, une malheureuse égratignure de balle ricochée, même rien senti sur le coup. En trois jours, c'était viré en gangrène, par la pourriture du marécage d'Arcole. Si je regrette d'avoir sauté pour rien ? Pour rien, dis-tu, de vouloir sauver Bonaparte ?

Jean traverse la cour en faisant sonner ses pas. Sa dernière pensée avant d'ouvrir la porte, c'est que la fille geignasse qui attend dans le bois avec le cousin Pierre devrait, en reconnaissance, appeler Colin le poupon qui lui enfle un ventre de huit mois. Ou Bonaparte...

Ils sont à table. Pas de cris. Tante Annette se met à pleurer, à gros sanglots, en gémissant « Seigneur, Seigneur... » Jeannette fait tomber un banc, dans sa précipitation à courir vers son frère.

— Doucement, ma mignonne.

François Terrassier l'a retenue, sans brutalité.

— Annette, conduis la petite chez les vieux

Talbot. Que tu trouves raison ou pas à leur donner, je m'en fous. On attendra que tu sois revenue, pour s'expliquer. Il est neveu de ton côté, tu t'en vantes assez souvent !

Elles obéissent sans protester, juste une discussion à voix basse au sujet du tricot que Jeannette prétend emporter.

— Non, ma pauvre petite, ça n'est pas la peine de prendre ta brocherie : le village entier est au courant, alors tu penses si ça les trompera, que tu fasses mine de venir veiller ! Et puis si, ça vaut mieux, et surtout ne pleure pas, c'est pas notre genre de tirer la pitié !

La tante Annette se bouchonne la figure avec un coin de son devantier, avant de sortir : c'est elle qui verse des larmes, et non Jeannette ! Avant qu'elle referme la porte, Jean remarque avec un serrement de cœur son visage creusé, amaigri, qui contraste avec une corpulence dont il n'avait pas jusqu'ici observé la démesure. Il a honte des pensées qui lui viennent en un tel instant, de la comparaison choquante qui lui monte à l'esprit : il trouve une similitude entre l'allure de sa vieille tante Annette, et le maintien de la bonne-amie engrossée par le cousin Pierre, qui doit toujours geindre et pleurer, dans le bois de chênes, en soutenant la citrouille de son ventre !

François Terrassier continue à manger sa soupe avec de grands « gloups », sans plus accorder d'attention au jeune garçon. Des bûches de châtaignier crépitent dans la cheminée et jettent par instants une lueur plus vive, une pétarade d'étincelles et de braises qui grésillent sur la terre battue avant de charbonner et de s'éteindre. « J'avais pourtant veillé de fendre du chêne en suffisance », pense Jean en écartant le brandon qui consume contre un pied de la table.

L'oncle lève les yeux. Dans ce regard vide d'expression, Jean devine cependant un ordre impérieux de se tenir tranquille, de ne point faire comme si de rien n'était après pareille équipée, de ne pas déclarer au travers d'un geste machinal : « Voilà, c'est moi, ton neveu Jean, et je reviens juste à temps pour repousser une braise de cette saleté de bois ! Je te le dis toujours, mon oncle, le châtaignier ne vaut rien pour le foyer ! Un jour ça boutera le feu à la maison, ces façons de lésinerie sur le bois de chêne ! »

Jean recule dans un coin d'ombre, loin de la cheminée, pour échapper à cette injonction muette. D'ailleurs il a trop chaud, il sent une coulée de sueur le long de son échine. Va-t-elle enfin revenir, tante Annette, pour que cette tension silencieuse explose dans le soulagement des cris et des coups ? Cette « avoine qu'il n'a pas volée », selon Colin Peyrou, il s'y est préparé, il se sait dur au mal : et voilà qu'il est rencoigné dans l'obscurité, contre les rideaux de son lit, et qu'il regarde son oncle manger des châtaignes rôties, après sa soupe. « Tiens, il ne crache pas les peaux par terre, comme à l'accoutumée… Même que tante Annette le dit toujours, les cochons font moins de saloperies que lui ! » Le degré de colère de son oncle, plus encore qu'au mutisme, Jean le mesure à ces peaux de châtaignes rangées avec un soin maniaque autour de l'assiette.

Sans les présences chaleureuses de sa tante, de sa sœur, sans leurs bavardages et leurs rires, la maison Terrassier apparaît au garçon avec le visage nu de sa pauvreté, il la regarde lui semble-t-il pour la première fois. Dans cette inertie de l'attente, il la découvre : a-t-il jamais posé les yeux sur ce quotidien d'archaïsme, usé de travaux et de peines, sur ces meubles et ces objets qui témoignent d'une dureté d'existence où le remplacement d'un chaudron fendu, d'une crémaillère édentée, deviennent d'insolubles problèmes ? « On attendra d'avoir vendu un mouton gras. — Oublies-tu donc qu'on a la toile de l'an passé en dette avec le tisserand ? — Je tâcherai de cercler le chaudron... » Et voilà que dans ce mésaise vont devoir survivre deux personnes en plus, bientôt trois, que lui Jean il en a pris la responsabilité, et qu'il se sent en obligation d'en assumer la charge.

Dix minutes ont passé depuis le départ de sa tante et de Jeannette : les éclairs intermittents jetés par les flammes parviennent jusqu'à la pendule, dont le tic-tac obsédant cogne comme un cœur que l'angoisse tenaille. Cette pendule, elle est le seul reliquat du mobilier de son enfance, avec son lit et celui de sa sœur. Le reste, il avait fallu le vendre en même temps que leur maison, pour payer les actes de tutelle au notaire. Maître Soulard avait fait lecture d'un long inventaire, un pauvre bien, énuméré avec une accablante précision de détails : deux lits médiocrement garnis, dont l'un au bois de tête vermoulu ; six écuelles de table en terre, dont trois ébréchées ; six douzaines dont deux... ; une table en passable état ; un coffre à sel dont l'abattant...

— Non ! Pas le coffre à sel !

L'oncle Terrassier avait vivement fait taire « ledit pupille, mineur » qui devait assister à la lecture des actes : n'avait-il pas honte, quand Maître Soulard avait la bonté de laisser la pendule, et deux lits, et même la caisse de livres, que pourtant...

— J'y serai de ma poche, mon brave Terrassier, mais je ne veux pas dépouiller deux malheureux orphelins de leur peu de terres. Notez que je laisse aussi l'âne et une charrette. Je disais donc... où en étais-je... un coffre à sel...

Regard aigu, tranchant, au-dessus des minces lunettes : tais-toi, morveux ! Jean s'était tu, il n'avait pas baissé les yeux.

— ... dont l'abattant porte trace de brûlure.

Pourquoi, dans cette attente qui s'éternise, Jean pense-t-il au coffre à sel ? Pourquoi lui semble-t-il qu'il trouverait un réconfort à sa présence dans l'âtre, malgré le déchirant souvenir, comme une rescousse, une complicité de son grand-père au-delà de la mort ? « Touchez pas au drôle, il est dans l'innocence. » Si le jeune garçon se sent coupable de son échappée — quoique sans remords — il sait aussi que derrière lui, à Cognac, se tenaient des justes, des esprits forts et généreux, des disparus qui parlaient par sa voix lorsqu'il avait dit à Pierre :

— Je te ramène à Queue-d'Ageasse. Avec la fille. On n'est plus aux temps de servage pour supporter de telles ignominies.

Était-ce Colin Peyrou, ou pépé René, ou son père, qui lui avait mis la main sur l'épaule en disant :

— C'est bien, petit.

De les évoquer tous les trois le décide à sortir de l'ombre. Si la pauvre tante Annette n'assiste pas à la volée, les coups sans doute seront plus rudes, n'importe : au moins la chère femme sera-t-elle épargnée de voir l'humiliation du neveu de son côté, et la sienne par la même occasion, promises par les dernières paroles de François Terrassier : « Tu t'en vantes assez souvent ! » La porte s'ouvre en même temps qu'il s'avance, il a trop attendu, les sacrés bon Dieu de fous perdus vont s'abattre sur tante Annette comme sur lui !

— Mon oncle...

— Vaut mieux que tu te taises. Tu nous as mis dans le tourment. Et ta petite sœur, surtout.

Jean est si stupéfait par la modération de ton et de paroles qu'il laisse échapper :

— Jeannette ? Je l'avais prévenue.

— La garce ! La fausse-pièce !

Cette fois il a crié, l'oncle François, et sa femme renchérit encore plus fort :

— Quand je pense ! Ça me charpissait le cœur, de la voir pleurer tant ! Elle me le paiera ! Et toi, Terrassier, c'est tout ce que tu trouves à dire, « tu nous as mis dans le tourment » ! Et passez muscade ! Non mais ? Depuis trois jours que tu jures l'étriller à vif, faut-y que ce soit moi que je prenne le balai pour lui dresser les côtes ? Mon pauvre homme ! Crois-tu qu'on endure avec ce...

Elle s'arrête net, laisse en suspens l'injure, et cache son visage dans ses mains. Comme Jean, elle a dû entendre la voix de mémé Soize, sa mère : les mêmes accents, les mêmes mots.

— Pour sûr, ma pauvre femme. Et sans doute on endurera encore : c'est de famille. Je pourrais le battre à presque mort sans que rien n'y change, c'est pas à toi que je vais apprendre. Ce qui faut...

Cette fois, c'est à Jean qu'il s'adresse, avec des efforts, des silences, pour trouver le juste mot :

— Ce qui faut, c'est, comment dire ? Par... par politesse... non, par... honnêteté, oui, honnêteté... faut que tu nous préviennes quand ça te prend. Parce qu'enfin, ça t'est pas arrivé comme la chiasse, cette idée ? Les fougères rentrées pour les litières d'une semaine ! Le bois fendu d'avance ! Et aussi...

François Terrassier monte le ton. De la résignation fataliste à ce dérangement de famille, il est passé à la fureur en évoquant les preuves tangibles de la préméditation, et jure que nom de Dieu, il n'y a pas touché à ce bois, et qu'avec ces fougères son putain de neveu peut se torcher le cul !

Et puis sa colère retombe. Il secoue la tête, comme il fait devant les catastrophes naturelles sur lesquelles ni les mots ni les actes n'ont de prise : les coups de gueule ont-ils raison des épidémies, des orages, des tempêtes ? Des siècles de soumission dans le hochement désolé de François Terrassier, et le poids des générations qui ont supporté les épreuves, l'infortune : ce neveu déraisonnable, insensé, saugrenu, n'est qu'un avatar supplémentaire dans le cours d'une vie faite d'acceptations. Le champ d'avoine est couché par la grêle, une gelée tardive fait avorter les bourgeons des châtaigniers, et le garçon qu'il traite comme sien un beau soir disparaît, musarde à l'aventure, on n'y peut rien.

C'est tout cela que Jean croit deviner dans la mimique navrée de son oncle, et dans cette humilité à demander qu'au moins on le prévienne. Le jeune garçon est pénétré de honte : lui qui rêve justice, honneur, liberté, il se trouve aux côtés des porteurs de tourment, des persécuteurs, des tyrans. Il va crever de sa propre bassesse, s'il laisse s'éterniser cette désolation silencieuse, aussi criante de reproches que le plus vif emportement.

— Mon oncle, et toi aussi tante Annette, je vous demande... je vous demande pardon !

C'est dur à s'arracher : « Pardon ! » C'est la première fois que le mot passe ses lèvres. Il s'en fait le serment ce sera aussi la dernière, jamais plus il ne se mettra dans le cas de le prononcer. Il s'oblige à répéter d'une voix plus ferme :

— Je vous demande excuse, et je vous jure que vous n'aurez plus à endurer... ce chagrin par ma faute.

— On verra, on verra. Annette, va chercher la drôlesse. Ne la tourmente pas, c'est d'affection pour son frère qu'elle n'a pas causé. Tire-lui une écuellée de soupe, avant de partir, qu'il mange comme un chrétien : il a passé trois jours à chercher sa vie dehors, comme une bête ! Comme une bête !

« Accepte la raclée, mais ne te laisse pas abaisser. » Jean entend la voix du montreur d'ours, et cependant il ne réplique pas à la comparaison injurieuse : c'est pour lui la seule façon de marquer sa considération — pour une fois exempte de suffisance — à ce brave homme qui vient de lui montrer son cœur simple et bon : « Ne la tourmente pas... »

— Comme une bête, tu peux le dire mon pauvre François, ça me semble même qu'il pue, une drôle d'odeur ! Allez, mange, vaurien, moi je vais quérir ta friponne de Jeannette.

— Non, attends ! Il y a autre chose. Il vaut mieux que je ne l'annonce pas devant elle, je crois.

La tante Annette jette des piaillements, qu'a-t-il donc fait ce gibier de potence, et l'oncle baisse la tête en répétant d'une voix déchirée :

— Comme si c'était pas encore assez ! Pas assez !

— Assieds-toi, tante Annette. Je n'ai rien fait qui porte déshonneur. Au contraire, je pense.

Il s'est assez étouffé l'amour-propre depuis qu'il est entré, il se redresse et fait sonner ses paroles :

— Bien au contraire ! Je...

Il s'arrête net, il ne sait comment s'exprimer, il bute sur l'obstacle et cependant le temps presse : « Laissez passer une moitié d'heure à peu près, et puis venez. » Il n'a plus que cinq minutes, et il reste muet, et il se sent dans l'incapacité de sortir de l'impasse : jusqu'ici, il ne s'agissait que de lui et de son escapade, à présent ce qu'il doit apprendre aux Terrassier va faire basculer la famille de gêne à misère ; et surtout, comment trouver les mots pour dire que ce cochon de Pierre... avec une petite servante... et que...

Les gifles de sa tante lui arrivent de plein fouet, un aller retour à jeter bas un veau, assorti de la menace que s'il ne se décide pas à causer, c'est le pique-feu qu'il va prendre sur le crâne, et que là au moins, il se taira pour quelque chose ! Cette violence, bizarrement, le libère. Il s'entend prononcer d'impensables obscénités.

— Pierre a engrossé une servante, quinze ans. Elle a essayé sans réussir, pour avorter. Le patron l'a chassée, et Pierre l'a suivie. Les parents de la fille, ils l'ont traitée de putain, de paillasse, de roulure. Elle a manqué d'accoucher, par les coups de pied. Alors je les ai trouvés à Cognac, qui mendiaient. Pierre ne voulait pas vous porter la honte. Je les ai ramenés, ils attendent dans le bois de chênes. Elle sera à terme dans un mois.

Il a parlé sans reprendre souffle, en baissant la tête, sans regarder son oncle ni sa tante. Il essaie de revenir à des notions qui lui sont chères :

— Pierre, c'est à son honneur de ne pas avoir...

Il est interrompu par le bruit d'une chute, sa tante est affalée contre le banc, par terre.

— Seigneur, elle va passer ! Malheureux drôle, elle, c'est dans trois mois qu'elle venait à son terme !

Chapitre III

La loge des Fayes

Jean a entendu le nordet se lever, en milieu de nuit. Il l'a reconnu aux grincements du treuil qui surmonte le puits. Seul le vent de nord-est arrache à la vieille poulie ces gémissements, ces cliquètements de ferraille contre bois, ces bruits douloureux de chanvre malmené, frotté, râpé. Au matin, la tante Annette se plaindra d'être restée éveillée la nuit durant, et d'avoir attrapé la goutte aux dents, à endurer ça !

S'il ne craignait d'alerter la maisonnée, Jean sortirait pour marcher sous le clair de lune dont il aperçoit le rayonnement pâle, à travers les fentes de la porte. Il manque d'air dans la touffeur de l'écurie, dans l'odeur piquante du fumier. Les trois vaches et l'âne sont d'encombrants compagnons, leur chaleur l'incommode, et le bruit des pisses et des bouses, et le gargouillis des panses.

C'était pourtant de grand cœur qu'il avait cédé son lit à Pierre et Amélie, et proposé de dormir dans l'écurie, voilà bientôt cinq années. Mais peu à peu, avec un vif soulagement, il en a profité pour coucher dans sa loge du bois des Fayes de plus en plus souvent. Elle est devenue son territoire de liberté, où il peut à son rythme travailler des heures d'affilée, rêvasser de même, lire jusqu'à des ruines de chandelle. Il retrouve dans ces cycles chaotiques, excessifs dans l'effort comme dans l'inaction, les très vieux souvenirs de sa prime enfance : son grand-père, son père, et cet acharnement qu'ils mettaient à ne pas se soumettre aux normes routinières du monde paysan.

Depuis deux semaines, il est resté à la maison Terrassier. Il y a réparé, remonté, rassolidé, tout ce qui branlait, menaçait ruine ou s'écroulait. L'oncle François et le cousin Pierre le reconnaissent volontiers : Jean a de la débrouille, et personne au village ne lui arrive à la cheville, que ce soit pour le gros œuvre ou pour le fignolage. En dehors de la présence de leurs hommes, tante Annette et Amélie ajoutent que sans lui tout irait à décadence : le père et le fils, dès qu'on leur demande une bricole, promettent de s'y mettre « au prochain coup qu'il mouillera », et de pluie en averse la baratte reste fendue, le rouet tourne carré, et l'on rajoute une pierre pour caler la maie ! En quinze jours, la maison Terrassier a perdu cet air dépenaillé, cet aspect de laisser-aller où la conduisent la négligence de son fermier et la pingrerie de son propriétaire. « Quand on n'est pas chez soi, on n'a pas goût », assure l'oncle François lorsque sa femme le taraude par trop. Jean tient à cœur de prouver que son esprit d'indépendance, son

« genre Lotte », peuvent aller de pair avec l'aboutissement d'un travail soigné. C'est la conscience en repos qu'aujourd'hui il va regagner le bois des Fayes.

Debout le premier, comme toujours. Une mince bande de lumière, à l'est, annonce une journée froide et claire, un ciel dégagé des nuages porteurs de neige. L'eau s'est prise en glace dans le timbre de pierre accolé à la margelle du puits. La couche n'est pas épaisse encore, un coup de sabot suffit à la briser. Rien ne bouge dans la maison, Jean s'en assure avant d'ôter chausses et chemise. Une fois, l'oncle François l'avait surpris tout nu, devant l'auge. Le scandale. L'indignation, et plus encore l'effarement.

— Se foutre le vit à l'air, pire qu'une bête ! Le diable dans la peau, que t'as donc ? Et monté comme un bourricot, regarde-moi ça si c'est pas grand-honte !

Et de fait l'oncle regardait, la mine horrifiée, paraissait s'adresser non plus à son neveau mais à ce sexe incongru, que la fraîcheur du matin rendait cependant modeste et tranquille. Jean avait vivement remis sa culotte, cherché une justification embarrassée :

— On a bien pissé ensemble, le long des palisses, et....

— Pour besoin naturel, ça n'est pas comparable. Mais pour vice de déballer ! Est-ce que ça se lave, un cul ? Et des parties ? Malheur ! Et si ça se savait ?

Jean, si raisonneur de nature, n'avait su trouver

de réponse à cette interrogation consternée. Il s'était arrangé pour ne plus être pincé en flagrant délit, conscient d'avoir choqué, dérouté, révolté. Et cependant, il se trouvait lui-même blessé par une impression d'injustice, il était d'une pudeur extrême de sentiments, de gestes et de regards : avait-il jamais porté les yeux sur Amélie, sur tante Annette, du temps qu'elles allaitaient leurs nourrissons ? L'oncle François, lui, ne s'était pas gêné de réflexions sur ces belles tétines, et sur la chance qu'ils avaient, les deux poupards, de gloutonner à pareille écuelle !

Depuis ce jour, Jean revenait se tremper la figure dans l'auge, pour donner le change, en compagnie de son oncle et de son cousin. François Terrassier semblait avoir oublié la rencontre scabreuse, et soulignait chaque fois qu'ils étaient propres, dans la famille, hein mes gars ?

— Pas comme d'autres, que je peux nommer, et qui se lavent le bout du nez un coup le mois, au coin du débarbouillou. Les Machaud, tenez donc : ils ont le museau presque aussi sale que des pieds !

Jean fait ruisseler l'eau glacée sur son dos, sur son ventre, elle est si froide qu'elle empoigne comme une brûlure. Ces ablutions d'hiver, il les préfère aux eaux molles de l'été qui gardent encore au matin la tiédeur des nuits et l'odeur croupie de vieille pierre. Il a la certitude de devoir à ces vigoureux étrillages son indifférence au froid, au chaud, et sa résistance aux maladies : la maisonnée entière est enchifrenée six mois l'an, tousse et crache, se plaint des engelures qui crevassent, pourrissent. Lui, il passe à travers comme dit son cousin avec envie, en buvant les décoctions amères de peaux de châtaignes et les tisanes de bourrache.

Les grands Anciens, les Grecs et les Romains, ne pratiquaient pas autrement, il le sait. Encore que tout ne soit pas exemple dans leur mode de vie : le Premier Consul, qui leur porte une vive admiration, a eu grandement raison de mettre le holà sur la mode à l'Antique qui habillait les femmes de Paris, au temps du Directoire. Un marchand de foire, à Ruffec, en avait fait au garçon des descriptions ahurissantes : de la mousseline qui laissait deviner la couleur des jarretières (si elles en portent !) et même celle de leur perruque (si tu vois ce que je veux dire !) des robes fendues le long des jambes, et pour le haut, des tétons soulignés de rose qui...

Jean se rhabille vite, honteux de son bouleversement à l'évocation des belles dames libertines. L'oncle aurait-il raison, le diable dans la peau, et peut-être aussi l'hypocrisie, la fausseté ? Il n'a jamais osé effleurer fusse la joue d'une jeune fille, et cependant la seule évocation de chairs dénudées le jette en émoi ! Il regagne en courant l'écurie, le charail s'est allumé, dans la maison, il attend pour sortir le bruit d'un verrou qu'on tire. Il se précipite vers l'auge, brise la glace encore attachée aux parois.

— Bonjour, mon oncle. Pas chaud ce matin, avec le nordet. Les bêtes vont boire frais.

— Pour sûr. Et nous autres, de ce temps, on restera sales comme Machaud. Faudrait être fou. Ou vicieux.

— Aujourd'hui, je retourne à ma loge. J'ai gros d'ouvrage en commande, avant de partir en journées. Un mille de piquets, pour la métairie de la Chebassière, et...

— Peuvent pas y faire eux-mêmes, ces feignants, avec le personnel qu'ils sont ?

— Si, ils fournissent leur millier, bien entendu. Moi, c'est le propriétaire qui m'a demandé. C'est la justice à présent : moitié-moitié pour les charges.

— Justice, justice... Cause toujours !

Jean ne répond pas à la pique. Il a renoncé à convaincre son oncle, il le sait insensible à la grandeur des idées, fermé pour toujours à l'élévation de la dignité humaine affirmée par les Droits et la Constitution. Lui, il s'obstine à prétendre qu'avant la Révolution il s'échinait pour un Monsieur de..., à présent il trime pour un citoyen qui a raflé les terres du Monsieur à la vente des biens nationaux, et « la différence mon cul » ! Le petit, le bouseux, il est gros-jean comme devant. Dans le bouleversement de société, François Terrassier n'a vu qu'un « pousse-toi de là que je m'y mette », et reste à jamais indifférent aux grands souffles qui déclarent les hommes libres et égaux. Jean laisse passer, ne discute plus sur les principes qui pour lui ont changé la face du monde.

Le jeune homme continue à énumérer ce qui lui reste à faire, avant de se louer journalier : des sabots, des hottes à vendange, et le plus pressé, trente bottes de feuillard* qu'un pêcheur de moules de Marennes vient prendre le quinze de germinal.

— Et sans vanter, je me suis fait réputation de ne jamais manquer à parole donnée.

— Sur ça je tombe d'accord. Mais ça pourrait aussi bien se faire ici.

Personne ne répond. On n'entend un moment que le bruit des cuillères raclant sur les assiettes. Dans ce silence, Jean sait que se nouent les ficelles d'une comédie qui se joue depuis bientôt cinq ans, à chacun de ses départs pour la loge. Que va-t-elle inventer aujourd'hui, la chère tante Annette ? Elle a beau juger son mari quelque peu balourd, elle sait qu'il ne convient pas de lui réchauffer trop souvent la même sauce ! Elle se décide enfin, avec de déchirants soupirs.

— Ce maux de dents que j'ai, rapport au puits, comme si c'était pas suffisance de tourment ! Du temps qui se prépare, je sens venir la neige, tu pourrais au moins rentrer chaque soir. Un jour, on te retrouvera rongé par les loups !

— Ils ne se montrent guère, et au cas, ça me suffirait de battre le briquet pour les faire détaler. Puis tu oublies que je suis bien gardé : il a une façon de gronder quand...

La tante Annette jette les hauts cris, non justement, elle n'oublie pas !

— Le gendre à Bonnin assure qu'il l'a vu une

* Feuillard : bois refendu de châtaignier, utilisé pour les vanneries destinées à de fortes charges.

fois, et qu'il en est demeuré tout tremble un grand moment. Me diras-tu que c'est normal, ça qui n'approche jamais les maisons, ça qui ne jappe pas, ça que... tu ne lui trouves même pas de nom !

— Moi je lui dis « Chien ». Il comprend.

— Tais-toi donc ! Cette abomination ! Cette galipote ! Ça, qui va me rassurer !

« Ça », Jean le reconnaît par-devers lui, mérite par son aspect les qualificatifs les plus outranciers. C'est un animal haut sur pattes, à l'arrière-train fuyant, dont la maigreur est masquée par un pelage bourru d'une teinte incertaine, gris sombre marqué de roux. La sauvagerie de son allure rend plus insolite encore la tête au museau abruptement carré, aux oreilles lourdes cachant à demi les yeux : une tête rassurante, en somme. Mais lorsque « ça » trousse les babines pour gronder, des crocs terribles apparaissent, des carnassières aiguës qui démentent la douceur des oreilles tombantes.

— Oui, tu peux croire, ça me lève le tracas, de savoir que cette... cette bête ne te quitte pas depuis un an, du temps que tu es à ta loge. Ça t'égorgera plutôt que te défendre !

— Allez, tantine, rassure-toi, mon frère est trop mauvaise viande pour affriander les loups. Ils sont trop fins, ils se méfient d'en crever.

Elle rit, Jeannette, elle connaît les tenants et les aboutissants de la feinte. Mais elle est à jamais complice de son frère, aussi s'empresse-t-elle de se recomposer un visage soucieux.

— N'empêche que ça me tourmente, de te savoir là-bas, moi pareil que tante Annette. Sans rien de soupe.

L'oncle François demeure le nez dans son écuelle, emplie d'un âcre brouet de fin d'hiver où l'acidité du lait caillé masque mal le moisi des châtaignes, le goût fort des raves, une soupe qui ne laissera à Jean nul regret ! François Terrassier garde la tête baissée, la menace fort exagérée des loups et de la bête-galipote a passé sur lui sans l'atteindre. Il lève les yeux sur deux places vides, en bout de table.

— Ce temps qu'ils y mettent aux litières, Pierre et Amélie ! Ont les deux pieds dans le même sabot, ces lézinards...

La réflexion est habituelle, quasi quotidienne. Jean la sait destinée à justifier, sous couvert de la nonchalance, les retards du jeune couple au repas du matin. N'en pas parler, faire comme si de rien n'était, ce serait admettre qu'il puisse exister d'autres raisons à leurs éclipses prolongées. Même Jeannette sait qu'il ne convient pas de signaler à Amélie les brins de paille ou de fougère accrochés parfois à son bonnet. Silence, secret, élans cachés de la chair. Jean se sent une chaleur aux joues, traversé à nouveau par la vision de seins roses offerts comme des pommes sur un décolleté impudique.

Heureusement, la tante Annette se relance, en recherche d'arguments plus efficaces que le péril des loups et de la bête des Fayes.

— Entendez-vous cette ventée ? Le crâne fendu

par une branche, que tu risques. Ou raide gelé, par ce froid noir. Je sais bien que pour toi, dormir auprès des bêtes, ça n'est...

— Et où crois-tu que je couche, quand je vais journalier ? Dans une chambre cirée ?

— Non, bien entendu. Pour un gars de journées, c'est une affaire normale, loger aux écuries. Mais ici, chez nous autres ! Pauvre enfant, quand la famille a agrandi d'un seul coup, et de quatre morceaux, on n'a pas pu repousser les murailles !

Elle secoue la tête d'un air désespéré, en regardant les lits qui occupent les quatre coins de l'unique pièce, en soupirant que misère, c'est encore heureux de les avoir, ces lits ! Elle va même jusqu'à essuyer une larme :

— Alors voilà, tu préfères mieux ta loge et ton grabat de fougères. Et moi ça me détrevire le cœur de te savoir l'hiver au milieu des bois, comme un... comme un chemineau !

L'oncle enfin a entendu : il se redresse, tape du poing sur la table :

— Vas-tu pas lui foutre la paix ? Il approche ses dix-huit ans, et ça n'est pas maintenant que tu le changeras de nature. C'est ce qui faut te dire.

— Quand même, je suis sûre et certaine les gens en causent. Comme un cherche-pain qu'il vit, un sans feu ni lieu. Comme un chemineau, je peux pas dire d'autre façon.

— Les gens causent ! C'est la meilleure : Anne Lotte qui se tracasse des rapiamus et des racontages ! Nom de Dieu !

François Terrassier lève la voix, dans une indignation croissante. Jean doit le reconnaître, jamais sa tante n'était allée aussi loin. L'oncle fulmine :

— Le peu de sous qu'on a dans cette maisonnée, c'est lui qui les gagne, le chemineau, en gossant dans sa loge ! Ce qui faut pas oublier non plus, c'est qu'il a laissé toutes ses terres, à lui pardevant notaire, pour ton couillon de drôle...

— Le tien, de la même occasion !

— Pour ton couillon de drôle qu'avait fait Pâques avant Rameaux ! Un chemineau ! J'aurais jamais cru que toi tu lui portes cette insulte. Taise ta goule, vaudra mieux, et tire-lui un morceau de lard au charnier, au cas qu'il reste un moment sans revenir. Va, mon bon gars, et sans soucier, ce qui faut c'est jamais écouter les fumelles !

La tante affiche un air de dépit, de colère impuissante, puis hausse les épaules.

— Puisque tu te mets de son côté, pas vrai, j'ai plus rien à dire. Sauf qu'à t'épirailler de même tu as réveillé les deux drôles, entends ce bousin qu'ils mènent. Jeannette, tu t'occupes de son salé. Ne prends pas des côtes, c'est quasiment rien à gratter dessus, du jarret, c'est mieux de profit.

Jean éprouve du remords, non point de son départ mais de la scène qui le précède. Il est enclin à la franchise, il répugne aux détours, et cependant sa tante a fini par le persuader qu'en feignant de blâmer son mode d'existence, elle amène le naïf Terrassier, le rustaud encroûté dans ses coutumes sédentaires, à devenir l'allié et le défenseur d'un membre de ce clan Lotte épris depuis toujours de liberté et d'indépendance ! Dans cet imbroglio de faux-semblants qui blessent sa droiture, il reste à Jean l'espoir que son oncle soit plus ou moins conscient de la frime, qu'il saura un jour le faire savoir, et prendra sa revanche de brave homme apparemment floué — dans des limites toutefois fixées à sa convenance !

Il s'est remis à manger, François Ce-qui-faut, il a repris cet air d'apathie résignée qui est son visage habituel. Et pourtant ! Ce serait le moment de lui river son clou, à la coquine qui gémissait l'instant d'avant sur les loups, et le froid, et la bête tueuse ! Qui se désolait de honte sur les commérages de Queue-d'Ageasse ! Elle rit avec les deux petits garçons qu'elle a tirés du lit, les monstres, les cerfs-volants, ils la feront tourner folle, assure-t-elle !

— Bise à maman, mon beau, bise à mémé, trésor ! Et qui c'est le tonton, et qui c'est le neveu, et qui c'est le plus beau ? Hou, qu'un jour je les mangerai tout crus !

Les enfants se sont dégagés des chatouilles et des baisers, ils grimpent sur le banc aux côtés de François Terrassier, le tiraillent en réclamant à moi, non, à moi !

— Le plus beau ? Tu veux dire le plus filou, Annette ! Entre le tôt-fait et le tard-venu je vois pas différence, ça s'assemble comme chiendent et vermine ! Vous allez vous saber le museau à ma barbe, je vous en préviens, mauvais garnements ! Et toi, badeur aux mouches, où donc que t'es rendu ? Attends-tu qu'elle se remette en fantaisie, ta tante, avant que tu vires les talons ?

Qu'est-ce donc que le temps ressurgi, qu'est-ce que le souvenir, pour défiler si vite et si fort en mémoire, pour que revivent avec une telle intensité des images anciennes de plusieurs années ? Il a suffi à Jean de regarder deux enfants qui riaient en fourrageant dans une barbe grise, pour qu'il se retrouve loin en arrière, un soir d'automne...

La pâmoison de tante Annette, il n'y avait pas cru un seul instant. Ce n'était qu'après, en y repensant, qu'il avait analysé ce scepticisme, avec son opiniâtreté à comprendre le pourquoi des choses. Il s'était alors rappelé un tressautement des lèvres closes, un frémissement des paupières qui dénonçaient l'artifice. Sur le moment, en un éclair, il avait seulement eu l'intuition que le drame était pour elle la seule échappatoire, et l'affolement de son mari la meilleure garantie d'un dénouement sinon euphorique, à tout le moins exempt de catastrophes !

L'oncle François suppliait : « Ma femme ! Ma chère femme ! » et il lui jetait de l'eau à la figure, et il hurlait à son neveu de faire quelque chose :

— Tu vois bien qu'elle va passer, cours chercher de l'aide ! Seigneur ! Ma petite Annette !

Lui, Jean, il était à la fois pétrifié de dégoût et possédé par une colossale envie de rire, face à cette image révoltante et bouffonne : ces deux vieillards, l'un proche de quarante ans, et sa « petite Annette » de trente-cinq passés, son oncle et sa tante, derrière les rideaux de leur lit, ils faisaient...

ils faisaient comme Pierre et sa bonne amie dans les greniers et les granges ? Répulsion, cocasserie, tout se mêlait, se culbutait, le jeune garçon s'était entendu pousser un glapissement bizarre, à mi-chemin entre sanglot et ricanement.

La porte à cet instant précis s'était ouverte, non pas sur une franche et large poussée : les gonds avaient grincé, couiné un interminable gémissement. La face désemparée de Pierre était apparue dans l'entrebâille, et derrière lui se devinait la silhouette d'Amélie. C'était juste à ce moment que la tante Annette avait ouvert les yeux.

— Dieu et tous les saints merci, elle se revient ! Ferme donc cette porte, qu'elle attrape pas une fraîcheur. Et toi, que t'es resté là comme une souche, aide-moi à la porter près du foyer. Ce qui faut, c'est...

— Eh laissez-moi, je peux encore me suffire !

Anne Terrassier, sans doute, avait eu conscience de sa trop grande vivacité de paroles et de mouvements, et du risque encouru à se montrer soudain aussi valide ! Une fois assise sur sa chaise basse, devant la cheminée, elle avait ajouté d'une voix anéantie :

— Un peu d'eau de noix, que je voudrais...

Du temps que l'oncle mettait à chercher dans le cabinet, en pestant sur ce foutu cruchon, qu'on ne savait jamais mettre la main dessus quand ça faisait besoin, Jean avait croisé le regard de sa tante, un coup d'œil désolé et cependant exempt de remords : « Eh oui, je l'ai emberlificoté, et tu le sais, mais que veux-tu je n'avais pas d'autre moyen, une grande peur aide à faire passer un gros tourment. » Jean avait tâché de formuler une réponse aussi claire et silencieuse, en soutenant ce regard : « Je le sais, tante Annette. Toi et lui vous êtes accablés de soucis, de privations, et vous allez quand même faire place à cette pauvre fille rouée de coups par les siens, à cet enfant que Pierre n'a pas voulu laisser bâtard, à celui que tu portes et dont je me scandalisais tout à l'heure. Pardon à toi, tante Annette, et à ton brave homme de mari. Vous pourrez compter sur moi. »

Elle avait fait « merci », d'un lent clignement de paupières : ils étaient du même sang, de la même race, ils n'avaient pas besoin du truchement des mots pour se comprendre. Elle avait bu son eau de noix.

— Rien qu'une goulée, un fond de cuillère, ça me donne le virounis juste à l'odeur ! Et toi, mon pauvre homme, avec la peur que je t'ai faite, bois-en donc un petit. Il en reste guère, ça te remettra quand même les foies.

L'eau de noix, c'était une macération de noix vertes dans une gnôle brûlante, une médecine et non une boisson : elle endormait le mal des dents creuses, cautérisait de son feu les entailles en voie de pourriture. L'oncle avait bu trois gorgées, la dernière avait gargouillé dans le vide. Il avait secoué le cruchon d'un air désolé, extrait quelques gouttes encore en le retournant, et alors seulement il s'était adressé à son fils :

— Dans des beaux draps que tu nous mets,

mon salaud. Une charogne que t'es. Un maufaisant. Un bouc.

Les injures se dévidaient sur un ton bonasse, pour ainsi dire chaleureux.

— Une carne. Un choléra. Les chenassiers comme toi, ce qui faut c'est les chaponner, les couper dès naissance !

Et au fur et à mesure de son déroulement, la diatribe était ponctuée de hoquets de joie, enfin de francs éclats de rire : le mince restant d'eau de noix avait suffi pour offrir une cuite miséricordieuse au buveur d'eau et de piquette, et le faisait s'esclaffer sur les calamités présentes et à venir.

— On n'est-y pas jusqu'au cou dans la pétrasse ? Crever de faim qui nous attend. (Il se tapait sur les cuisses.) Et dire que c'est moi qu'on vient chercher pour châtrer les veaux... (Il n'en pouvait plus, il pleurait à force de gaudriole.) Et à dix-huit ans, ce grand bourrin, il se vide les génitoires dans une...

— Terrassier !

C'en était trop visiblement pour la tante Annette. Que son taciturne époux se débride et rie à plein ventre sous l'emprise de la saoulerie, sans doute l'avait-elle espéré — voire provoqué. Mais elle était pointilleuse sur la grossièreté, les écarts de langage, et venait de couper court aux débordements de grivoiserie. L'oncle s'était tu, la bouche agitée de tics. Elle avait ajouté d'un ton radouci :

— Assieds-toi donc. Il faut qu'on cause, quand même.

Il avait obéi comme un enfant pris en faute, les

larmes continuaient à couler sur son visage que le rire n'agitait plus. Jean savait que les folles hilarités provoquées par l'alcool se diluaient parfois dans des transports de chagrin, de désespoir. Avait-elle agi en femme avisée, tante Annette, en insistant sur les vertus de l'eau de noix ? Il y avait eu un long silence, Pierre baissait la tête, Amélie restait derrière lui et reniflait ses pleurs. La voix d'Anne Terrassier avait enfin brisé cette attente insupportable, cette parenthèse de vide entre le drame et l'obligation d'y faire face. Elle les avait ramenés pieds sur terre, les avait tirés de ce chaos de gémissements, de rires, d'injures, où la courte ivresse de son mari les avait fait basculer.

— C'est d'abord de les marier au plus vite. Et qu'on vienne m'en causer sous le nez, on sera bien reçu ! Ça n'est pas le genre de la famille, de laisser des champis derrière. Y'en a plus d'un que je saurai moucher sur ce point, au cas où. Viens près du feu, ma pauvre petite, et arrête de gingloter de même, tu l'as pas fait toute seule, pas vrai ? Pierre c'est un vaurien, un... un bouc, son père a raison. Mais il t'a pas laissée dans le malheur, je te répète c'est pas le genre de la famille !

« Pas le genre de la famille ! » La formule deux fois affirmée résonnait de cet intraitable orgueil dont Jean gardait le souvenir. À travers les paroles de sa tante, à nouveau, lui revenaient des échos de sa petite enfance. Tout en parlant, la bonne et courageuse femme avait tiré un chauffe-pieds vers Amélie, versé un bol de soupe.

— Mange, c'est bien chaud. Arrête de brailler.

Ce qui est fait est fait. Redresse-toi, qu'on te voit la figure.

Pierre se taisait toujours, sa mère s'adressait à lui autant qu'à Amélie en ordonnant : « Redresse-toi ! »

— Et toi, vas-tu enfin sonner mot ? Tu es quand même premier responsable, et tu restes là bec pendant, comme un benêt, une goduche !

— Je... je regrette le tourment que je vous donne. On se gagera, dès que l'enfant sera venu.

L'oncle avait dû dessaouler, durant la conversation. Trois fois rien d'eau de noix lui avait procuré une ivresse aussi brutale que passagère, on ne distinguait plus dans sa voix qu'un accent d'évidence désespérée :

— Oui bien ! Essaie donc ! Si tu crois que c'est avantageux pour un patron, de gager un valet avec une femme suitée !

Il employait naïvement les mots qu'il connaissait pour s'appliquer aux femelles du bétail, lorsqu'elles avaient mis bas et que leurs petits les suivaient ! Pierre avait acquiescé avec humilité.

— Sûrement qu'il faudra pas être difficiles. On sera pas regardants sur l'ouvrage, je te promets. Amélie elle a pas l'air, comme ça, mais elle est forte et...

— Cause toujours ! À la condition qu'on ait la bonté de vous l'accorder, cet ouvrage, et j'en connais guère qui risqueront. Un petit drôle, c'est rien de rendement avant quatre-cinq ans, et en attendant cet âge c'est au contraire une perte, à manger du temps sur la mère.

Pierre hochait la tête, oui oui, il comprenait le raisonnement cruel et résigné de son père, pas intéressant pour un patron d'embaucher un tel attelage ! Comme ils se ressemblaient, le père et le fils ! Jean se sentait l'envie de leur gueuler, comme Colin Peyrou aux gens de Villiers, que les hommes des temps nouveaux étaient libres, égaux en droits, que les manants, les culs-terreux devaient se redresser de dignité ; pour eux aussi la République s'était levée et chantait derrière Bonaparte « la Liberté guide nos pas ! » Était-il donc trop tard pour ces deux-là ? Toujours courbés, abaissés, asservis ! Trime et tais-toi comme au long des siècles passés, Jacques Bonhomme, en remerciant de la bonté qu'on a pour toi, et pour ta femme suitée ! Jean, de nouveau, avait rencontré le regard de sa tante, il y avait reconnu la fierté des siens, eux qui s'arrogeaient le privilège de vivre droit debout, avant que les temps en soient venus. « Parle pour eux, parle comme eux », ordonnaient les yeux de tante Annette...

— Mon oncle, voilà ce que j'ai décidé. J'ai eu le temps de réflexion, depuis Cognac. Tu nous a pris de grand cœur, Jeannette et moi, quand les malheurs...

Il s'était arrêté. Les malheurs. La voix de sa grand-mère, très loin, sur l'autre bord d'un gouffre noir. « Un lièvre, qui a beaucoup saigné... » Et encore : « C'est un loup que tu entends chaque nuit, Petit-Jean... » Il avait vite repoussé l'abomination qui montait, voulait se faire jour hors du gouffre. Son oncle d'ailleurs l'avait ramené au présent, à ses nécessités immédiates.

— Mais vous deux vous n'avez pas été de charge, vous aviez votre bien en propre, écrit par-devant notaire.

— Justement, notre bien : ça n'est guère conséquent, suffisant quand même pour faire vivre. Je le donne à Pierre. Moi, je partirai journalier, plutôt que valet, je veux garder les mois d'hiver pour faire mon bois...

« Et aussi, et surtout, pour me sentir libre d'au revoir la compagnie lorsque l'endroit ne me conviendra pas ! Libre d'aller venir sans porter souci à personne ! Et retrouver un jour, pourquoi pas, l'ami Colin Peyrou sur les sentiers d'aventure. » Il continuait à parler posément, sans que le décalage entre ses paroles et ses pensées entravât son discours.

— .. pour faire mon bois, naturellement je me réserve les Chênerasses et le bois des Fayes. Je me débrouille pas mal à menuiser, c'est un apport d'argent qui servira pour l'entretien de ma sœur, et plus tard pour son établissement.

Il s'exprimait gravement, je donne ceci, je garde cela, il exposait les termes d'un arrangement à ses yeux d'une rigueur incontestable dans sa simplicité. Il n'avait pas douté un seul instant de dénouer ainsi, à la satisfaction générale, un embarras de situation inextricable pour tous, sauf pour lui, Jean. Il se sentait important, il sauvait de misère, sans lui tout allait chavirer dans la désolation... La réponse de son oncle lui avait rabaissé le caquet.

— Petit couillon ! Parce que tu crois que ça peut se faire comme ça ?

Et il s'était lancé dans une explication fournie sur les dédales chicaniers d'héritages, de donations, de conseil de famille, de « curateur des biens d'un pupille mineur », avec un vocabulaire riche et précis auquel Jean ne comprenait goutte, sinon que l'oncle Terrassier, qui disait bêtement « une femme suitée » — dans l'ignorance où il était d'un autre terme — possédait sur ses devoirs de tuteur des connaissances d'une renversante complexité.

— Alors l'affaire n'est pas possible, comme je viens de t'expliquer. Petit couillon. Mais ça partait d'un bon mouvement.

— Et prêter ? Sans prendre avis de Paul ou Jacques ou de notaire ? Voilà : je lui prête nos terres de culture, à Pierre, et jusqu'à la fin des temps, pas plus compliqué que ça !

— Tiens donc ! Et en admettant ? Si un jour tu te dédis ?

Jean avait trouvé la réplique imparable, définitive. Le « petit couillon », estomaqué par la science juridique de son oncle, blessé à vif qu'on le soupçonnât de pouvoir manquer à ses promesses, s'était redressé en disant d'une voix solennelle et douloureuse :

— Et ma parole, oncle François ? Ma parole donnée, elle te compte pour rien ?

Heureusement, Jeannette était survenue à point

nommé pour couper court à cette scène que Jean, avec le recul, avait fini par juger quelque peu emphatique et ridicule. Aussitôt la porte poussée, elle s'était jetée à raconter :

— Les Talbot, ils veulent se coucher, le vieux piquait du nez sur son panier. J'ai dit bon, je m'en vais, la vieille a dit ça me contrarie de te laisser partir toute seule, j'ai répondu : pensez-vous ! De l'âge qu'ils sont, les Talbot, ça jouque comme les poules, alors...

Et Jeannette parlait, parlait, ses yeux vifs allaient de l'un à l'autre, dans ce flot de paroles impossible de placer un mot ! D'ailleurs, qu'expliquer à cette fillette qui semblait trouver normale la présence de son cousin et d'une jeune inconnue ? Elle les avait embrassés gentiment, tout en dévidant son bavardage sur les vieux Talbot ! Un problème à peine réglé voilà qu'un autre surgissait, et de taille ! Une petite fille de dix ans, tellement innocente...

Jeannette s'était approchée du feu, se frottait les mains au-dessus de la flamme.

— Ils sont rapias, sur le bois, pas croyable ! Deux malheureux tisons dans la cheminée, ce froid aux mains que j'ai ! J'ai lâché plein de mailles à ma brocherie, tout à refaire.

Elle leur tournait le dos, elle avait enfin repris respiration. Que lui dire, seigneur, et qui donc allait se lancer ? « Tante Annette, je t'en supplie, tu dois trouver, c'est à toi de lui causer ! » suppliait Jean en silence. Par-dessus son épaule, Jeannette avait coulé un regard vers leur groupe consterné, et elle avait demandé, avec un sourire de malice :

— Et alors ? C'est lequel qui viendra en premier ? Le tonton ou le neveu ?

La tension s'était alors dénouée dans les exclamations scandalisées, les indignations entrecroisées de Jean, de l'oncle et de la tante : à son âge ! quelle grande honte ! elle méritait une bonne frottée ! jamais ils n'auraient cru ça de leur petite Jeannette ! où avait-elle entendu causer de ces affaires, pas chez eux autres en tout cas ! « Voilà où que ça mène, de donner l'instruction aux drôlesses ! » avait grondé François Terrassier en fusillant son neveu du regard.

L'esclandre de la soirée, ce n'était plus le retour du coureur d'aventure en compagnie de son cousin et d'une fille enceinte à plein ventre, ce n'était plus l'absurdité de ces deux naissances qui allaient bousculer l'ordre des générations : c'était que leur petite Jeannette sache visiblement à quoi s'en tenir sur les mystères de l'enfantement, et pourquoi pas aussi — comble d'horreur — sur ceux de la conception !

— ... qu'elle se remette en fantaisie, ta tante, avant que tu vires les talons ?

La voix de son oncle ramène Jean dans le présent : un si long parcours à travers les souvenirs durant une si courte échappée, tant d'images précises calées entre une question et une réponse ! Le jeune homme s'ébroue comme s'il sortait la tête de l'eau. « Badeur aux mouches ! » répète François Terrassier qui a fini par se débarrasser des deux petits braillards.

— Oui mon oncle, je vais partir.

Il se lève, il doit avoir encore dans le regard une brume, une absence, sa sœur le secoue :

— Me répondras-tu, enfin ? Ça ira comme morceau ? C'est bien épais, pour graisser le bec à Jean de la Lune !

— Ça ira. Et toi, ricassière, n'oublie pas de leur faire repasser l'abécédaire, aux deux monstres, Jacques emmêle encore f et v, dans certains mots. Tous les jours aussi, ils doivent compter et décompter de un à cent, et encore...

— Alors, Monsieur le maître d'école (l'oncle appuie et traîne sur Mo-o-ssieur) même quand t'es pas là faut que tu les tannes, ces pauvres drôles ! Ils en savent déjà trois fois plus qu'il faut ! Eux, c'est des Terrassier, je te fais remarquer, pas des Instruits !

Jean réprime le « Justement ! » qui lui montait aux lèvres, conscient que dans ce domaine précis mieux vaut flatter que rabaisser. D'ailleurs, malgré une certaine lenteur d'esprit qu'ils tiennent de leurs pères respectifs, les deux petits Terrassier montrent du goût pour l'étude, une persévérance et une curiosité qui les inscrivent dans la lignée des Instruits, quoi qu'en prétende François Terrassier.

— Ils retiennent tout, oncle François, ce serait grand dommage de ne pas les enseigner en conséquence !

L'oncle soupire, renonce à répondre. Il est seul, avec Amélie, à juger inutile — voire néfaste — la somme des connaissances déjà amassée par les deux enfants. Pierre, lui, oscille de l'un à l'autre camp avec la versatilité des faibles, et selon qu'il a eu un différend avec sa mère, une pique avec sa femme, il s'emporte contre la lecture, le calcul, rien que des fariboles... ou gronde aux petits qu'ils feraient bien de réviser leurs lettres, sinon mon pied au cul...

— Bon, elle les fera lire. Sauf qu'avec toi ils filent doux, et qu'avec ta sœur ils font les pantins. Enfin c'est pas le tout. Que je te dise : méfiance avec tes... avec ton matériel. Ça m'est revenu par détours qu'on te tient à l'œil. Pour un temps, ce qui faut c'est te contenter des merles. Et y'a des affaires que tu devras enterrer, dès que tu arriveras, si tu vois ce que je veux dire.

Avec des précautions oratoires vis-à-vis de ce neveux indépendant et ombrageux, avec des périphrases et des ménagements, c'est un ordre catégorique que l'oncle vient d'émettre : « Halte à la braconne, mon gars ! » Jean enrage, et cependant il baisse la tête.

— Oui mon oncle. Tu peux y compter.

Il a horreur de se sentir en faute, il abomine cette astreinte à l'obéissance, d'autant plus qu'il la sait justifiée par des imprudences proches de forfanterie, et par cette prétention souvent reprochée par Jeannette de se croire « plus fort et plus fin que tout » ! Il essaie de reprendre contenance :

— Surtout que les merles, de ce temps, ils sont gras comme des poules, et se posent sensément sur mes nez de sabots !

— Oui oui, cause toujours, mais fais-en ton profit.

Jeannette et la tante Anne, qui pour leur part ne ménagent pas au jeune homme critiques et recommandations, ne supportent pas que d'autres s'approprient ce qu'elles considèrent comme leur chasse gardée, et se portent à sa défense :

— Ça suffit comme ça, Terrassier, il t'a dit oui et tu dois savoir qu'il est de parole, pas besoin d'en sonner carillon ! Je t'ai mis deux miches, ça commence de moisir mais ça sera toujours mieux que tes saletés de trouffes.

— Avec quatre livres de salé, mon pauvre tonton, tu penses s'il a besoin de colleter la sauvagine ! J'ai roulé ta peau de mouton, fais attention elle commence à fatiguer, je t'ai mis une aiguille et du fil poissé, au cas qu'elle viendrait à craquer sous les bras.

On peut presque deviner une lueur d'ironie dans les yeux de François Terrassier.

— Et je t'ai mis ci, et je t'ai mis ça ! Grandes précautions pour un... Comment que tu disais, Annette ? Pour un chemineau, c'est-y pas ça ?

Tante Annette fait mine de ne pas entendre, brasse à grand bruit chaudron et pot, dans la cheminée.

— Allez, va à présent, mauvaise graine. Tu nous retardes à l'ouvrage, on cause on cause, et rien se fait !

En traversant la cour, Jean croise Pierre et Amélie qui sortent de l'écurie.

— Tu es pour t'en aller, donc, que tu portes le bissac ?

— Eh oui, cousin ! Au revoir à vous deux.

Jean ne tient pas à s'attarder à la conversation. Quoiqu'il évite l'évocation précise de l'usage que le jeune couple fait des litières, il éprouve un malaise diffus à les rencontrer en cet instant, il ne sait où poser son regard. Amélie le fixe avec un air de bravade, de défi narquois. Il sent qu'il rougit. Comme elle a changé, la fille éperdue de honte et de peur qui se cachait derrière Pierre, en arrivant à Queue-d'Ageasse ! Elle est devenue une belle femme au caractère affirmé, encore que fantasque et imprévisible, en laquelle on ne trouve plus nulle trace de l'effacement et de l'humilité des premiers temps. La bonne Anne Terrassier affirme préférer que sa bru se soit rebiquée d'humeur depuis son mariage : elle n'aurait pu, dit-elle, supporter ces pleurnicheries à longueur de vie !

Jean n'estime guère Amélie, qu'il juge capricieuse, autoritaire. Il ne s'en est ouvert qu'à Jeannette, et chaque fois s'est fait remettre en place :

— Tu n'es qu'un ours, un sauvage, déjà un vieux grinchu, je plains celle qui te prendra ! Amélie, avec toute la misère qu'elle a vue, c'est encore un miracle qu'elle soit si vivace !

Il ne parle plus jamais d'Amélie, et de l'opinion sans indulgence qu'il a d'elle : il n'est pas trop fier, dans le fond, d'une telle roideur de jugement. Il se force à tourner la tête vers eux, en poussant la barrière, et même à plaisanter — quoique ce genre de badinerie lui soit peu habituel :

— Au revoir, les amoureux !

Ils lui répondent en agitant le bras, et un franc sourire de la jeune femme l'atteint comme un reproche. Jeannette a raison de le sermonner : Amélie n'a que vingt ans et malgré ce jeune âge un long passé de servitudes, de haine, de coups, qu'elle tente d'oublier en imposant ses volontés lunatiques. Il se promet d'avoir désormais avec elle une attitude plus chaleureuse, plus fraternelle.

En s'éloignant de la maison Terrassier, il pense aussi que sa sœur n'a pas tort lorsqu'elle le traite de sauvage ! À preuve la hâte qui le possède de retrouver l'isolement du bois des Fayes, d'entendre le souffle du nordet passer dans les arbres défeuillés, et non dans le treuil d'un vieux puits.

Il s'arrête en milieu de clairière, à quelques pas de sa loge, pose à terre bissac et outils. Il veut profiter à plein de cet instant de retrouvailles avec son domaine.

Ils étaient sans doute de fichus paysans, ses ancêtres, si l'on en croit la rumeur, peu soucieux d'accroître leurs cultures en gagnant sur la forêt ; Jean incline à penser que cette philosophie leur venait de sagesse et non pas d'indolence. Était-il fainéant, cet Ancien qui avait monté la garde jour et nuit autour des Chênerasses, durant que son voisin essartait la parcelle qui porte depuis lors le nom des Brûlis ?

En réalité, ses aïeux s'étaient montrés là encore en avance sur leur époque, eux qui ne tenaient pas l'arbre pour un importun, un mangeur de bonne terre, et Jean s'en glorifie : depuis un an déjà les ordres éclairés du Premier Consul imposent aux préfets de veiller au reboisement, venant ainsi donner raison au vieux Lotte de la nuit des temps, qui gueulait au massacre en voyant consumer les souches ! Jean se trouve dans la droite ligne de l'Ancien, comme lui il a la passion de la forêt, la certitude de sa générosité tutélaire. Il la redécouvre chaque fois avec la même ferveur. Chez lui. Il est chez lui.

Le vent a forci depuis son départ et tourné franchement au nord. Sous le couvert du taillis il ne le sentait guère ; à présent, immobile au milieu de la trouée, il se laisse envelopper par ses rafales glacées. Oubliés, les odeurs de graillon, de fumier, les relents de moisi et de renfermé qui imprègnent les maisons, les étables : il respire à pleine poitrine les franches senteurs de bois, de terre, de feuilles sèches, que lui porte le vent du nord. Il écoute sa voix nue dans les branches. Elle glisse sur les écorces, entrechoque le bois mort, et n'engendre pas l'inquiétude des tempêtes de printemps malmenant les jeunes pousses : la vie couve à l'abri de bourgeons serrés qui résistent à tous les souffles. De cette mort apparente elle va bientôt jaillir, intacte et chaque année miraculeuse.

La vision des arbres dans leur sommeil d'hiver offre une rassurante image d'éternité qui a aidé le jeune homme, au fil des ans, à affronter les noirceurs du passé, à maîtriser le cauchemar latent dans sa mémoire. « Ils sont heureux ensemble, où il se trouvent... » Ensemble, retranchés du monde des vivants, et cependant tournés vers lui, prêts à renaître comme les jeunes feuilles chaque fois que leur fils les évoque, à son arrivée dans la clairière ouverte sur le ciel. C'était là qu'on l'avait trouvé...

Il se souvient : des voix appelaient depuis la cour de leur maison.

— Louise ! Françoise ! Venez vite, mes pauvres femmes !

Elles s'étaient précipitées. Il voulait les suivre, sa grand-mère l'avait repoussé avec une telle violence qu'il était tombé contre la cheminée. Il avait entendu le cri. Un seul cri de sa mère, et quelqu'un était venu tirer la porte. Il n'avait plus saisi que des lambeaux de phrases, des mots étouffés :

— En mitan de la clairière des Fayes... Chargé à chevrotines... Pour un lièvre de braconne, misère... Écartez vos petits drôles, qu'ils ne voient point ce...

Mémé Soize les avait emportés, sa sœur et lui, vers la maison des Terrassier. Sans prononcer une parole, sans les regarder : les statues de pierre ont-elles une voix, ont-elles autre chose au fond des yeux que cette effrayante fixité ? Petit-Jean avait eu le temps de voir deux hommes dans la cour. Ils se penchaient vers sa mère, effondrée sur une masse indistincte. Le soir tombait, il restait cependant assez de jour pour faire luire une coulée rouge.

Ils étaient restés longtemps chez les Terrassier. Lorsque la tante Annette les avait ramenés chez eux, leur mère était assise sur le coffre, au pied de son lit. Elle n'avait plus de visage, elle était devenue une ombre pâle et rigide, elle avait semblé ne pas les voir. « Laisse-la tranquille » répétait mémé Soize avec les yeux dans le vide, loin devant elle, lorsque Petit-Jean s'accrochait à sa mère. Lui, il voulait briser cet engourdissement, cette absence, il posait des questions, c'était toujours mémé Soize qui répondait :

— Il va revenir. Tais-toi.

— J'ai vu du sang, dans la cour.

— Un lièvre, Petit-Jean, qui a beaucoup saigné. Tais-toi.

L'horreur des jours, dans cette attente qu'il savait illusoire ! Était-il jamais revenu, son pépé René ? Et cette femme autrefois aimante, tendre, qui lui demandait seulement de se taire, de rester tranquille, avec ses regards et ses pensées partis loin, partis ailleurs avec le père, partis avec l'ombre blanche et immobile, sur le coffre... Jeannette était la seule, en si petite enfance, à demeurer insouciante et joyeuse, à babiller « Maman, mémé, Tit-Jean », et c'était pire encore que d'entendre « Tais-toi », lorsqu'il voyait des larmes couler sur les faces de pierre, en réponse aux rires de Jeannette.

Une nuit, il avait été réveillé par des hurlements rauques qui venaient du petit bois de châtaigniers auquel la maison s'adossait. Il n'avait rien demandé, au matin, certain d'entendre la voix sans timbre de mémé Soize disant de se taire, de rester tranquille. Chaque nuit les cris revenaient, tragiques, inconnus, et cependant portant l'écho de celui qui était arrivé par la porte entrouverte, le soir du sang, le soir où le père les avait quittés. Il avait fini par questionner :

— Qu'est-ce qu'on entend, dans le petit bois ?

— C'est un loup qui crie chaque nuit, Petit-Jean.

Mémé Soize regardait au-dessus de lui, c'est un loup, tais-toi, reste tranquille...

Un matin, il s'était levé dans le soulagement de n'avoir rien entendu, pendant la nuit. Il n'avait trouvé que mémé Soize dans la maison. Elle se tenait debout, devant les rideaux fermés du lit où couchait la mère. Il n'y avait personne, sur le coffre. Pour la première fois, dans ce cauchemar d'oubli et de solitude où l'enfant se sentait dériver, sa grand-mère n'avait pas détourné le regard.

— Où elle est, maman ?

— Elle est partie, elle aussi. Ils sont heureux ensemble, où ils se trouvent. Ils ne reviendront plus jamais.

Il n'y avait pas de larmes dans les yeux de mémé Soize. Petit-Jean y avait même deviné comme un apaisement, une joie secrète dans le déchirement de ce « plus jamais ».

C'était alors qu'il avait rejeté les souvenirs. Le sang, les hurlements dans le bois de châtaigniers, il les avait retranchés de sa mémoire. Il n'avait pas vu la poitrine déchirée de son père, il n'avait pas entendu sa mère crier son intolérable désespoir. Il ne savait plus rien, il ne possédait que cette certitude : ils étaient ensemble, réunis pour toujours. Il avait retrouvé la chaleur de mémé Soize, sa tendresse, son énergie à assurer le quotidien de leur survie, sans jamais accepter d'aide. Elle avait préparé son Petit-Jean au moment où elle partirait, elle aussi, pour les rejoindre.

Les images atroces avaient parfois tenté de forcer la muraille d'oubli, dans ses années d'enfance, et toujours il les repoussait. Le village entier, comme ceux d'alentour, lui portait une aide miséricordieuse dans son refus de voir l'horreur en face : un cocon de silence s'était refermé sur ces morts dramatiques, on feignait de les intégrer aux grands maux naturels, telle cette épidémie qui avait emporté d'un seul coup, la même année, les sept enfants d'un lointain cousin de Fief-Richard.

C'était dans la solitude hivernale du bois des Fayes, à l'endroit même où son père avait reçu la décharge de chevrotines, qu'il avait effectué ce lent et douloureux cheminement vers le passé, vers sa cruelle vérité enfin sans masque, et qu'il était ressorti plus fort de l'avoir affrontée, plus ferme encore dans ses aspirations de liberté et de justice. Non, plus jamais dans la société naissante on ne pourrait tirer à bout portant sur un braconnier de misère, plus jamais une femme ne deviendrait folle de malheur, prostrée le jour dans un silence de glace, et la nuit hurlant comme un loup, clamant son insoutenable douleur...

Qui l'avait abattu comme une bête malfaisante, ce pauvre piégeur de gibier qui tentait de faire survivre les siens, dans la disette engendrée par la dévastation de la grêle, en 1788 ? Un an plus tard le monde basculait, les grandes propriétés allaient changer de main. Lorsque Jean avait pu regarder la réalité sans leurre, il était trop tard pour retrouver le moindre indice, pour débusquer une quelconque certitude. Dans ce doute qu'il savait ne jamais éclaircir, il trouvait une revanche à braconner sans réel besoin, et sans autre risque qu'une amende !

Encore est-ce à son oncle qu'on en fait entrevoir la menace ! Il est ulcéré à vif de n'être encore qu'un gamin, aux yeux de la loi : trois longues années à demeurer « pupille sous tutelle », trois ans avant de retrouver les joies de la braconne, et d'en assumer seul les conséquences ! Il a engagé sa promesse, il serait impensable de ne pas la tenir. Il entre dans sa loge : ses lacets, ses collets et ses pièges, il les y laisse presque en vue, par fanfaronnade, à peine dissimulés sous un tas de copeaux. Il disperse les rifles à coups de sabot rageurs... Tout est resté en place dans la loge, rien n'a été dérobé, il s'en assure d'un coup d'œil. Et cependant, une fois les copeaux éparpillés, force lui est de constater que son attirail de chasse clandestine a disparu !

Qui ? Et surtout pourquoi ? On lui a volé des engins appareillés de bric et de broc, dont lui seul, pour les avoir fabriqués, connaît les secrets de montage. En d'autres mains, ils vont clapper dans le vide sans jamais coincer la moindre bestiole ! Après avoir échafaudé diverses hypothèses qui toutes le conduisent à des conclusions absurdes, il décide de n'y plus penser, de ne plus se morfondre la cervelle en essayant d'analyser la démarche incohérente de son voleur, un imbécile qui a chapardé d'inserviables morceaux de chanvre et de ferraille, et dédaigné une superbe cognée, enfouie elle aussi sous les copeaux ! La lame de la cognée brille, le nargue comme un rire moqueur, un incompréhensible défi.

— Bonne braconne, songe-creux, voleur de bricoles ! Et que le premier piège tendu te pète au nez ! Pour moi, à l'ouvrage !

Il a pris l'habitude de parler tout seul, dans son isolement délibéré d'homme des bois.

— D'abord, retaper ma loge...

Sa loge ressemble à ces constructions forestières bâties à la hâte pour une saison, puis abandonnées au gré du déplacement des bûcherons, feuillardiers, cercliers et treillageurs qui exercent leurs activités vagabondes dans les bois de modeste taille, entre Poitou et Saintonge. Elle est seulement plus spacieuse, plus solide : il l'a édifiée pour durer, sa parcelle du bois des Fayes lui offrant pour la vie entière des essences variées, des futaies et des taillis exploités avec une méthode qui en garantit la pérennité.

Les perches du charpentage, il ne s'est pas contenté de les planter en terre, il les a chevillées sur une assise de rondins. Coupées à sève montante, elles ont continué pendant deux saisons à pousser des bourgeons, de minuscules branches, des feuilles fripées... Pendant deux années sa loge est restée arbre de la forêt, vivante et chevelue. La puissance du châtaignier, qui s'acharne à prospérer derrière la hache, se retrouve dans la quasi-éternité de son bois insensible aux intempéries. Jean aime à penser que la modeste carcasse de sa loge, à présent vidée de sève, s'apparente par la durée aux grandes charpentes médiévales et traversera les siècles, comme les ont traversés les poutres des vieilles halles de Ruffec.

Il n'est que la toiture, de même que la porte, à souffrir et se dégrader pendant les absences de Jean. Si le tressage de feuillard résiste aux plus fortes bourrasques, les fougères qui en colmatent les interstices s'éparpillent au vent, et la pluie s'abat dans la loge en dangereuses coulées, non pour lui — il dormirait aussi bien à la belle étoile — mais pour les outils dont la rouille gâte le tranchant, et surtout pour les « paperasses », comme dit son oncle avec mépris. Elles sont pour Jean le bien le plus précieux, la survivance de la passion des Instruits et la certitude de sa continuité. Quoique abritées dans un coffre à serrures, elles se brouillent vite d'humidité si le coffre demeure trop longtemps sous le dégoulis d'une fuite. Chaque automne, Jean entasse des fougères sèches au creux d'un châtaignier, afin d'avoir toujours sous la main la matière première de ses réparations. Il se dirige vers sa grange, c'est ainsi qu'il nomme la vaste cavité de l'arbre.

— Ah ! Te voilà, toi ? Tu portes une frayeur d'enfer à tout le monde, et le premier dadais venu tu le laisses entrer dans ma loge comme chez lui ! Moi qui me disais bien gardé ! Elle n'a peut-être pas tort, tante Annette, tu te joindrais aux loups pour m'écharper ! Ici, chien ! Au pied !

Jean a conscience de donner un tel ordre en pure perte. Il s'obstine, cependant, et conserve l'espoir d'être un jour obéi. L'animal est apparu, comme de coutume, moins d'une heure après l'arrivée du jeune homme. Il s'est arrêté en bordure de clairière, tapi contre un tas de feuilles mortes amassées par le vent. Il progresse insensiblement, glissant à ras de terre, et s'arrange pour qu'une distance d'une vingtaine de pas les sépare toujours. Si Jean fait la moindre incursion au-delà de la limite, la bête détale à grands bonds, disparaît des heures durant : ce compagnon sauvage et fidèle ne s'est jamais laissé approcher. Lorsque le garçon s'enfonce sous le couvert des Fayes pour bûcher, il sent son invisible présence, il le sait proche, il le devine parfois au creux d'un taillis d'où s'élève un jaillissement de moineaux.

Jean sort de sa grange, chargé d'une brassée de fougères. L'animal est maintenant plus proche, il a quitté la sécurité des feuilles sèches auprès desquelles la couleur de son pelage se fondait, dans un camaïeu de gris et de roux.

— Tu te fais presque hardi, c'est bien, le chien !

Un grondement lui répond, sourd, modulé du fond de gorge, un rauquement sans nulle menace qui découvre cependant la terrible denture, les hautes gencives emplantées de crocs aigus dont la blancheur, la brillance, dénotent l'animal jeune, en pleine force, tout comme la rapidité de sa course et l'éclat de son regard. Jean s'est posé bien des questions sur l'accouplement de hasard qui avait donné naissance à cette aberration effrayante et saugrenue, à cette créature attirée par l'homme en même temps qu'épouvantée par son approche. Aux précédentes vendanges, un vieux journalier avait mis un terme à ce mystère. Jean s'était gardé d'en faire état à Queue-d'Ageasse, il avait trop peur que l'on pourchasse et tue la bête des Fayes, si l'on connaissait ses origines.

Cette année-là, il s'était gagé en pays d'Anjou. Toujours avide de découvertes et d'horizons nouveaux, il aimait associer aux nécessités du travail ses passions vagabondes. Il s'était lié de sympathie avec un vieillard dans la cinquantaine, le seul de la coterie de vendanges à ne pas s'abattre sur la paillasse sitôt la dernière bouchée avalée, après les quinze heures de travail dans le vignoble. Durant les courtes pauses de la journée, la conversation des vendangeurs tournait sans fin sur le manger, le boire, les femmes, avec une consternante trivialité qui renfermait Jean dans le mutisme et l'avait attiré d'entrée vers le vieux Champeau qui mangeait en silence, lui aussi, sans se mêler aux lourdes gaudrioles.

Ils s'étaient retrouvés dès le premier soir, accotés au bâtiment d'où montaient les ronflements des dormeurs. Un gars était sorti pour pisser le long du mur.

— Tu aimes les petits garçons, vieux bouc ? C'est pour ça que...

Il avait mis longtemps à se relever, après le coup de poing qui lui avait fait claquer la mâchoire.

— J'avais dit ça en rigolade, jeunot ! Mazette, c'est pas des pognes que t'as, c'est des marteaux !

Personne ne s'était plus risqué aux réflexions

égrillardes. Dans la nuit douce de l'Anjou, en conversant avec Champeau, Jean oubliait la bassesse de ses compagnons de peine, il se faisait même reproche de son mépris : ils étaient dans l'obscurité d'esprit où les avait tenus une injuste société, ils n'avaient d'autres préoccupations que leur survie matérielle, d'autre horizon qu'un travail harassant entrecoupé de ripailles, de beuveries, et d'obscènes soulagements. Ils étaient des victimes, bien plus que des coupables.

Le deuxième soir, c'était le régisseur du domaine de la Calonnière, qui les avait houspillés.

— Que je vous choppe une seule minute à la traîne, demain, sitôt que j'aurai sonné la corne ! Ce sera la route grande ouverte pour vous deux, on n'est pas en peine pour le personnel !

Le régisseur était jeune, court de taille, et devait lever la tête pour chapitrer Jean et son compère de veille. Champeau avait craché un jet de chique, avant de répondre.

— Mon gamin, sur l'ouvrage tu es le patron et tu feras à ton idée, si on lanterne à l'appel ou si on baguenaude à la tâche. On viande * au commandement, on pisse au sifflet, d'accord, pour ça t'es le maître. Mais nous autres, il nous reste la convenance de passer la nuit dehors si ça nous chante, parce que calés debout contre un mur, figure-toi, ça nous déplie l'échine ! Oui mon gamin.

Le régisseur s'était éloigné en haussant les épaules, et en grommelant qu'il était toujours aussi

* Nourrir, en termes de vénerie.

fêlé, le vieux Champeau, encore heureux qu'il cause en paroles humaines plutôt que d'aboyer ! Jean s'était étonné d'une réaction aussi mesurée.

— Ce ton que tu lui parles ! Moi, l'an passé, je me suis fait virer pour moins que ça, en Cognaçais !

— C'est que je le connais de longue main, je peux me permettre. Il gueule fort, faut ça pour mener une équipe de vendanges, mais avec moi il est bon gars, parce que je l'ai vu pour ainsi dire dans les langes : son père était La Ramée à Brissac, piqueux si tu préfères, et moi valet de chiens. Du temps de la grande vénerie, à courre le cerf s'il te plaît, pas le renard ou le cochon noir. Fini, ce bel âge ! Me voilà à grappillonner dans les vignes. Quel abaissement !

Jean avait été scandalisé par la fierté perceptible dans la voix de Champeau se targuant de ses fonctions passées et par la nostalgie que laissait entrevoir son exclamation désolée.

— Tu regrettes donc l'Ancien Régime ? Valet de chiens, tu te rends compte ? C'est ça, l'abaissement !

— Vaut mieux souvent que de servir les hommes, je sais de quoi je cause. Eux, mes chiens, j'étais leur maître, pas leur valet ! On n'est pas de même bord, nous deux, à ce que je vois. Tu fronces l'œil, ça te rebute de discuter avec un blanc, blanc-bec ?

Champeau regardait Jean avec un sourire de bonhomie, qui avait désamorcé la riposte prête. Pour une fois, le jeune homme avait transigé, devant ce sourire, avec la simplicité abrupte de ses jugements sans concession, avec sa vision d'un monde tranché net, le mal d'un côté, le bien de l'autre.

— Non pas, non pas. L'oncle qui m'a élevé, lui non plus il n'est pas trop avec la République.

— Eh bien moi, c'est rien. Je n'y suis rien, avec la République. Tous égaux, couillonnade ! Si tu le penses, pourquoi donc que tu lui as foutu ton poing dans la gueule, hier au soir, à ton égal ? Y'a pas plus bleu que lui, c'est ton citoyen-frère, ce salaud, c'était son droit de nous croire bougres ! Et t'as failli lui faire cracher ses derniers chicots, à ton copain en République.

Jean perdait pied face à cette argumentation naïve qui amalgamait les sentiments et les principes. Que pouvait-il opposer à ce brouillamini d'idées sommaires, énoncé sur un ton de tranquille évidence ? Il avait laissé dire.

— La République ! Heureusement, m'est avis que quelqu'un va mettre ordre à tout ça, c'est Bonaparte ! Il fait déjà risette à Monsieur le Duc Hyacinthe de Cossé-Brissac, que ta République avait jeté en prison ! Il lui a rendu le total de ses biens, que ta République avait mis sous séquestre ! Mais pas mes chiens, tous dispersés chez les bouseux parvenus d'Anjou et de Touraine. Misère, pas mes chiens !

La colère de Champeau s'était muée en amertume. Jean avait le cœur serré face à cet accablement : lui, si roide d'opinions, si ferme de convictions, il s'était vite saisi du seul point de convergence entre les lignes extrêmes où chacun d'eux se tenait :

— On n'est pas si loin l'un de l'autre, Champeau. Et tous les trois, parce que je compte avec nous Cossé-Brissac, on peut crier : vive Napoléon-Bonaparte ! Un jour tu les reverras, tes chiens !

Il s'était gardé d'ajouter, pour ne point donner prise aux diatribes de Champeau, que le duc de Brissac avait eu plus de chance que les Danton, Desmoulins, Mirabeau ou Brissot, auxquels nulle justice ne pourrait rendre leur tête, tranchée par les excès d'une idéologie implacable. Il avait une fois de plus rendu grâces au Premier Consul, qui allait réussir la conciliation entre un vieux monde périmé et la jeune République des Droits de l'Homme, comme il venait de réunir un adolescent épris de liberté et le valet de chiens d'un duc !

Ils avaient continué de parler chaque soir, évitant d'une entente tacite les sujets de discorde. Jean s'enflammait à raconter les victoires françaises, le drapeau brandi au pont d'Arcole — en omettant d'en rappeler les trois couleurs — l'Angleterre enfin à genoux signant la paix d'Amiens, le 4 germinal de cet an X*, et le grandiose projet qui s'ébauchait de nommer Napoléon-Bonaparte consul à vie.

— Oui, ça oui, reconnaissait Champeau, ça serait une bonne chose. Il faut de l'ordre, une

* 25 mars 1802.

tête, et non pas trente-six particuliers qui tirent à hue et à dia ! Dans la meute, voilà comme ça se passe...

Le vieil homme revenait toujours aux chiens, ramenait sa doctrine sur les rapports sociaux à l'équilibre de la meute, et déplorait que les relations humaines soient si fort éloignées de la franchise, de la fidélité sans partage dont seuls les chiens, selon lui, avaient l'apanage.

— Figure-toi j'ai eu une femme. Au bout de six mois, elle m'a laissé pour suivre un vaurien de rémouleur. Eh bien je ne l'ai jamais regrettée, pas un moment je ne me suis senti en solitude, dans mon chenil. Crois-moi, sans vanter, personne ne peut m'en apprendre, sur les chiens. Pas une bête dont je ne puisse dire, au coup d'œil, le caractère et les capacités. Et même le plus bâtard des corniauds, je sais voir d'où il vient depuis dix générations : j'en ai dressé un qui a été, de ma vie, le meilleur meneur de meute que j'aie jamais connu. La Ramée gueulait, quand j'ai commencé à dégrossir la bête, la honte de Brissac que j'allais amener ! Monsieur le Duc a tranché : « Laisse faire Champeau, mon bon La Ramée, il halène* le chien. » Ah ? Qu'est-ce que tu dis de ça ?

— J'en dis... J'en dis que j'en connais au moins un, sur lequel tu resterais coi au sujet de son parentage !

Et Jean avait raconté en détail l'animal des Fayes, interrompu dans son récit par des questions

* Flairer, sentir, en termes de vénerie.

brèves et précises. « Les traces ? Le fouet ? L'avant-train ? Les laissés ? »

— Quoi, les laissés ?

— La merde, en parler d'équipage.

Il s'était efforcé de répondre au mieux, en soulignant toutefois la marge d'incertitude que laissait cette distance de réserve, imposée par la sauvagerie du chien solitaire.

— À vingt pas, comment veux-tu que j'aie jugé l'épaisseur de bourre, sur ses flancs ?

— Naturellement. Il n'importe, j'en sais assez. La mère ? Griffon vendéen. Bonne race, les Vendéens. Courageux. Fidèles. Forts.

Jean avait cru à une allusion malicieuse de Champeau rappelant leurs divergences d'opinions, il avait vite reconnu son erreur : la passion des chiens était à ce moment l'unique terrain où débattait l'ancien valet de meute.

— J'en ai eu, des griffons, je pourrais t'en raconter ! Revenons à ton client. Donc, une chienne blessée, égarée de l'équipage, et qui...

— Et qui portait le chiot d'un vilain bâtard, comme celui qui encolérait ton La Ramée.

Champeau avait eu un regard de supériorité méprisante :

— On ne fait pas chasser les lices*, ignorant ! Le mâle, il l'a couverte après. Et c'était, ma main au feu, c'était un... chien de nuit.

— Que veux-tu dire ?

Il avait fallu un moment pour que Jean saisisse

* Chienne de meute, lorsqu'elle est pleine.

ce qui se cachait derrière l'expression sibylline, inconnue de lui. Champeau répondait en détournant le regard, par d'autres périphrases énigmatiques : « Un buveur de vent... Un brigand des bois... Un bétiau de Satan... Une bête grise... »

Jean avait enfin reconnu le loup. Certains vieillards de Queue-d'Ageasse, attardés dans la superstition, le désignaient sous ce vocable imprécis. Prononcer le juste mot était pour eux l'assurance de rencontrer bientôt l'animal redouté sur leur chemin, et d'en périr. Le pauvre Champeau donnait encore la preuve qu'il était, comme les anciens du village, plongé dans les ténèbres des vieux âges, dans la crédulité de l'obscurantisme. Jean avait éclaté de rire.

— C'est d'un loup, dont tu veux parler ? Je croyais les hommes de chasse moins frileux de croyances ! Penses-tu en faire surgir un dans les vignes de la Calonnière, rien qu'à dire son nom ?

Champeau avait semblé sourd au sarcasme. Il s'était contenté de faire non de la tête.

— Tu ricaneras moins, quand je t'aurai raconté. Il s'en est trouvé deux, au chenil de Brissac, deux de tes... créatures. J'ai voulu les tuer, dès que je les ai reconnus pour tels, mais...

— Comment ? Comment les as-tu reconnus ?

— Quand ils ont commencé à boire. Les chiens lappent à grand bruit. Eux, ils aspirent l'eau d'une seule coulée, et tu n'entends rien, rien, ils boivent en silence de mort, comme ils boiraient le vent. Monsieur le Duc était fou de joie : « Le vieux rêve de l'homme, Champeau ! Soigne-les bien ! » Et je les ai soignés, ça oui, je me prenais d'espoir moi aussi. Jusqu'à cette nuit maudite où le sabbat du carnage m'a jeté hors de mon bat-flanc. Trop tard : six chiens étaient déjà égorgés. Devant les monstres que j'avais abattus, Monsieur le Duc a soupiré plus fort que sur la dépouille de mes chiens. « C'était quand même un beau rêve, Champeau. L'homme et la bête... » Je n'ai rien répondu. Et d'une, il était le maître. Et de deux, que pouvais-je répliquer à pareille folie ? Mais depuis ce temps, jamais le nom de cet animal d'enfer n'a pu me passer le gosier.

— Je vois ! Tu serais capable de raconter *Le Petit Chaperon rouge* sans prononcer le mot !

Ce n'était point par moquerie que Jean plaisantait : il cherchait juste à tirer Champeau de la visible détresse où l'avait plongé le souvenir de la tuerie.

— Tu peux sourire, jeune sans-culotte. Ça te fait au moins une ressemblance avec un aristocrate, de croire qu'un rêve peut rogner des crocs, et venir à bout de la sauvagerie. Un conseil, parce que je t'ai en amitié ; reste sur tes gardes. Et si tu doutes que... la bête de tes bois vienne de qui je pense, tâche de la surprendre, quand elle s'abreuve.

— Bah ! Sois sans inquiétude, c'est lui qui est en méfiance. Je te crois sur parole, et même si de grand hasard je peux le voir en train de boire, ça n'y changera rien, je l'appellerai toujours chien. Parce que dans son regard, je sens tout ce que tu m'as dit de ta race vendéenne. Et puis dis donc, pourquoi ça ne rêverait pas comme un aristo, un sans-culotte ?

Jean a guetté longtemps, après son retour au pays, posant chaque soir un seau plein d'eau en bordure de clairière. Il a vu boire le fils du vent et de la nuit. À distance, dans le silence nocturne de la forêt, le plus infime bruit s'amplifie, un mulot qui détale semble mener une cavalcade : la bête buvait, sous la clarté de la lune, sans que s'élevât le moindre clapotis. « Eux, ils aspirent l'eau d'une seule coulée, et tu n'entends rien, rien ! Comme ils boiraient le vent... »

— Comment te désaltères-tu, mon pauvre chien, quand je ne suis pas aux Fayes ? Ce soir tu auras ton seau.

L'eau est le problème majeur de Jean lorsqu'il séjourne dans sa loge. Elle est présente partout au creux de la terre — les arbres en témoignent — et nulle part elle n'affleure. La moindre profondeur à laquelle il l'ait décelée, avec sa baguette de sourcier, dépasse la dizaine de mètres ! Il a d'abord projeté de creuser un puits : l'évaluation du temps nécessaire pour mener à bien cet ouvrage l'en a vite dissuadé. Il s'est alors attaqué à une structure complexe de réservoirs, de jeunes troncs évidés pour former des conduites, qui devaient recueillir les eaux de pluie : rapide désillusion, il fallait huit jours d'averse ininterrompue pour remplir un petit tonneau. Il ne restait plus qu'à faire, un jour sur deux, la corvée d'eau au puits communal du hameau le plus proche, en l'occurrence Le Sauvage. Cependant, depuis deux ans, il préférait le puits de Chez Clion.

Le minuscule village affirme par son nom la proximité de la Charente, où la bizarrerie des appellations régionales réunit les maisons comme une seule famille : on habite Chez Cadet, Chez Sicaud, Chez Jollet ou Chez Tafforin, quoique le cours des siècles ait effacé le souvenir des racines patriarcales de l'agglomération, où ne subsiste plus dans la plupart des cas le patronyme originel. Pas le moindre Clion, dans le hameau enfermé au cœur d'une petite châtaigneraie à demi sauvage. La seule trace des temps anciens qui l'ont vu naître, c'est la fabrication des clies de châtaignier dont la réputation de robustesse s'étend loin à l'entour, et la présence d'une famille portant le nom de Laclie.

Jean se renfrogne en évoquant les moqueries de sa sœur, déclinées sur ce nom comme le latin de messe !

— Et pourquoi donc il va pas tirer l'eau au Sauvage, mon ours de frère, alors que ça lui conviendrait si bien ? Parce qu'à Chez Clion il y a Laclie, parce que chez Laclie il y a... comment déjà ? Clionne... Cliarde... Non non, j'y suis, il y a Cliette !

Il la traite d'évaporée, de bêtasse et de langue fourche, en essayant de se composer un visage d'indifférence, ou bien se lance en explications détaillées sur la nécessité de rencontrer souvent un bon client comme le père Laclie, à quoi Jeannette chantonne en réponse « Client, Clion, Cliette ! » avant de se sauver en riant sous les menaces de son frère. A-t-il donc laissé échapper une parole qui ait pu éveiller des soupçons quant à l'intérêt qu'il porte à Marie Laclie ? Il l'appelle Cliette lui aussi, comme tout le monde, encore qu'à son avis le diminutif un peu mièvre convienne mal à cette grande et robuste fille, heureusement dépourvue des mines et afféteries coutumières aux jeunesses de son âge. Il n'a pas conscience d'avoir donné motif aux railleries de Jeannette, c'est une taquinerie gratuite de sa part, il en est assuré, et cependant elle a touché juste, mais il se ferait hacher menu plutôt que de le reconnaître, sinon dans ce face à face avec lui-même où le conduit sa solitude des Fayes. Il se hâte dans ses derniers travaux d'aménagement : il veut aller puiser l'eau avant nuit noire, et ne se cache pas que c'est dans l'espoir d'entrevoir Cliette, même de loin ! Il va et vient dans la clairière, le chien avance et recule au rythme de ses déplacements. Jean tâche de ne jamais marcher dans sa direction, et lui parle en regardant ailleurs.

— C'est toi, mauvais chien, qui a mis mon foyer en décadence ? Non pas, je vois des traces de taille inégale : deux loups, des vrais, qui se sont acharnés à gratter les cendres froides pour y trouver des os. Ils ont les mêmes goûts que moi, sur la cuisine !

Quoi qu'il en ait affirmé à sa tante, le matin même, c'est souvent que les loups viennent la nuit rôder autour de sa loge, attirés par les odeurs puissantes qui flottent longtemps dans la clairière, après ce que la famille appelle ses « mangeries de sauvage » ! Pour lui, les sucs et les parfums ne se diluent pas dans les longs bouillottements d'une marmite : embrochés à la fourche d'une branche verte, les champignons, les viandes, les escargots, l'ail des bois, concentrent une saveur ignorée des mangeurs de soupe. Lorsqu'il évoque à Queue-d'Ageasse ces délectables nourritures, son oncle soupire comme s'il recevait l'aveu d'une pratique déshonorante, et sa tante lui ordonne de se taire, assurant qu'il lui détrevire les intérieurs, que bientôt il mangera les chats et les hérissons, comme font les courlandins devant leurs roulottes ! Elle évite toutefois de s'étendre sur les méfaits de la trouffe, sinon par de brèves allusions, comme au matin en donnant le pain bleui de moisissure : elle doit garder le souvenir de s'être fait mortifier par son mari, un jour qu'elle s'enflammait violemment sur ce sujet.

— Me diras-tu que c'est un manger de chrétien ? Ça qui grouille sous la terre comme les vers blancs, cette diablerie que d'une il en vient trente ! J'ai vu dire que ça donnait des abominations de maladies !

— Annette, tu sais qu'au grand jamais on touchera chez moi à cette saloperie ! Donc c'est pas pour te contredire, mais ce qui faut te souvenir quand même, c'est que le vieux Instruit, ton père, il faisait grands prônes sur le profit de cette racine, et qu'il prévoyait d'en mettre en culture. « Ce sera la fin de la faim » qu'il disait en rigolant. Et pour sûr qu'il en aurait fait, des pommes de terre, s'il était pas... Allons, le Bon Dieu ait son âme. Ce que je voulais te dire : tu peux rien contre, ma pauvre femme, c'est de famille. Tu devrais être la dernière étonnée, que ton neveu ne gratte plus la terre que pour y mettre... ça !

Ce soir, c'est de trouffes sous la braise que Jean va se faire un régal. En les enfouissant dans les cendres avant de poser son bois, il sourit à évoquer la rage impuissante de la pauvre tante Annette, déchirée entre deux aspirations contradictoires : éviter à son neveu la peste noire, le haut mal ou la lèpre, sans renier pour autant les principes aventureux des Instruits en matière de progrès !

— Bon, tout est prêt, je n'aurai plus qu'à battre le briquet en revenant du puits. Peut-être tu accepteras les os de mes merles, le chien, si je te les jette d'assez loin ?

Quoiqu'il n'ait pas esquissé le plus léger mouvement en direction de la bête, Jean la voit soudain en alerte, museau pointé. En trois bonds elle atteint le couvert du bois et disparaît. Il se ressent déçu et frustré par cette fuite éperdue. Il avait espéré l'animal habitué à sa présence, et même la recherchant, il l'avait vu s'enhardir peu à peu jusqu'à quitter la protection des arbres, et voilà qu'il détale avec l'imbécillité d'une volaille effarouchée, sans que Jean ait franchi les limites du territoire interdit où le fils du loup maintient ses distances. Il rumine cette désillusion en sortant de sa grange le charreton, le tonneau et le seau, il est temps de se mettre en route pour Chez Clion, des nuages bas annoncent que la nuit viendra vite.

Arrivé à la hauteur de son foyer, il s'arrête : malgré le grincement des roues et les chocs du tonneau vide contre les ridelles, il perçoit un bruit de pas dans les profondeurs des Fayes. Quelqu'un s'approche de la clairière, à cette heure tardive, et le rythme des sabots indique une course rapide et assurée. « Oui, vraiment, je peux me vanter d'être bien gardé ! » pense Jean en saisissant une pierre de son foyer. Son voleur revient au pas de charge, et l'ouïe fine du chien l'a décelé bien avant que Jean ne l'entende. Le garçon est soulagé par cette explication rationnelle d'un comportement étrange, et presque flatté d'être la seule présence humaine tolérée par son compagnon. Il affermit sa prise sur la pierre. « Tu vas en avoir pour ton compte, mon salaud, à nous deux !... »

Un instant plus tard, il se trouve planté comme un benêt, son caillou à la main, sans autre recours que faire mine d'en évaluer la taille pour le remettre en juste place : c'est Cliette, qui vient de surgir et lui crie « salut ! » en se dirigeant vers lui.

— Alors, mon père a dit : on peut pas laisser faire ça. Du temps que le garde de Jouhé fouine dans les Chênerasses, puisque à son idée c'est caché là, tu cours aux Fayes en contournant par la plaine du Moulin à Vent. Prends un ballin et remplis-le de fougères, au cas que tu rencontrerais Sigaud en revenant. Il ne s'imaginera pas qu'une drôlesse soit capable de le rouler. C'est la raison que je t'envoie, plutôt que d'y aller moi-même. « Et aussi que je cours plus vite que toi, papa », je lui ai répondu...

Cliette rit à grands éclats, en jetant la tête en arrière, puis reprend gravement les explications qui laissent Jean pantois de surprise : c'est elle qui est venue, la veille au soir, pour éviter que les soupçons du garde-chasse du château de Jouhé ne se transforment en certitudes !

— Et tu l'as rencontré, Sigaud ?

— Non point ! J'ai dans l'idée que ça ne risquait pas qu'il vienne mettre son nez dans ta loge, avec ce qui se raconte sur ton loup-garou des Fayes. Enfin mon père, lui, il n'était pas trop sûr que ça suffise, il a préféré qu'on joue de prudence : tes pièges sont cachés chez nous, dans le mur de la grange.

— Toi, tu n'as pas eu peur ? Ni ton père, pour toi ?

Elle ne répond même pas à l'interrogation stupéfaite : la fille unique des vieux Laclie, Jean aurait dû se le rappeler, loin d'être dorlotée comme il arrive aux enfants longtemps désirés, est élevée avec une liberté et une rudesse — non exemptes d'amour — habituellement réservées au sexe masculin.

— Et ce soir, moi je lui ai dit il faut quand même le prévenir, je file à Queue-d'Ageasse. « Plutôt aux Fayes, qu'il me fait, et ramène-le donc pour souper et veiller. Depuis le temps que tu me tannes pour planter des trouffes, on en causera avec lui. » Allez, tu viens, puisque tu étais pour partir à puiser l'eau !

— Mais...

Il s'arrête. Une conduite aussi éloignée de détours le plonge dans l'embarras en même temps qu'elle le fascine : il s'en va traverser Chez Clion à nuit tombée, en compagnie d'une fille, malgré les volets fermés le village entier sera au courant, et visiblement ni Cliette ni ses parents ne s'en formalisent, c'est lui qui en amorçant cette protestation risque de passer à leurs yeux pour un esprit mal intentionné. Pourquoi pas, après tout, cheminer tranquillement auprès de Cliette, se rendre sans feinte et sans cachotterie à cette invitation, puisqu'il n'a jamais laissé deviner le penchant qu'il a vers elle ? Devant la tranquille assurance de la jeune fille, il prend soudain conscience de l'hypocrisie et des pruderies qui viennent mettre une barrière à des rapports sans équivoque entre filles et garçons.

Il s'attelle à son charreton : « D'accord, on y va ! » Il s'efforce de modérer son pas, afin qu'elle le suive sans peine : l'infatigable marcheur qu'il est, même en tirant une charrette, s'oblige à une allure raisonnable.

— C'est donc si lourd, ton attelage, que tu avances petit-petit ? Tu veux que je pousse ?

Jean reprend son rythme habituel, elle se tient à sa hauteur sans marquer d'effort. Son jupon à gros plis n'entrave pas ses enjambées, il donne seulement à sa démarche une douceur, un balancement harmonieux qui contraste avec le bruit de ses sabots : un pas ferme, attaquant du talon, tout à l'opposé du trotte-menu des fillettes de même âge, et de ces manières qu'elles font pour sembler légères et gracieuses aux yeux des garçons.

Aucune coquetterie chez Cliette. Et cependant, pour la première fois, Jean s'avise qu'il la trouve belle, dans sa nature sans artifices, malgré la haute taille et la charpente vigoureuse qu'il n'a rencontrées chez nulle autre fille. Un visage d'enfance, rond et lisse, aux joues piquetées de son, contraste avec cette carrure. Un visage dont l'expression habituelle indique le sérieux, la réflexion, et qui soudain s'éclaire de grands rires révélant la vivacité du regard gris, l'éclat d'une dentition parfaite dans la bouche sans doute trop large et charnue, selon les canons mystérieux de la beauté féminine, puisque la tante Annette elle-même, si éloignée de ces préoccupations futiles, fait écho sur ce point aux moqueries de Jeannette :

— Ça doit faire les deux joues d'un seul coup, une bise de Cliette, tu crois pas, tantine ?

Tout en traitant sa nièce de petite teigne, la brave femme renchérit que pour sûr, ça n'est point trop avenant une tirelire pareille, mais qu'enfin le principal n'est pas d'être belle, Cliette est forte... (pour sûr elle l'est, ricane Jeannette) elle est courageuse... (manquerait plus qu'elle soit feignasse, avec l'envergure qu'elle a) et toi ma petite, avec ton joli museau et ta langue de vipère, tu resteras peut-être fille derrière elle... (ça tombe bien, je lui demanderai son caraco de mariage, ça me fera deux jupons !).

— On tire l'eau d'abord, tant qu'on y voit encore un peu ? Je m'y mets, puisque je suis là.

Le puits de Chez Clion est si profond qu'un treuil à double manivelle le surmonte. Jean n'a pas osé protester lorsqu'il a vu Cliette se saisir de l'une d'elles, et cependant il est éperdu de honte : ce ne sont pas les commérages sur le possible bon ami de Marie Laclie qui le tracassent, c'est la mortification où il se trouverait si on le voyait se faire aider par une fillette pour puiser son eau ! Il accélère le mouvement, avec l'espoir qu'à l'autre bout du treuil la manivelle va tourner dans le vide : aucune femme ne peut tenir ce rythme ! La corde s'enroule sans à-coups, avec une régularité de tension qui prouve l'équilibre parfait des efforts. En remontant le dernier seau, la jeune fille observe d'une voix nullement essoufflée que c'est quand même plus aisé, à deux !

— Tu tires l'eau toute seule, d'habitude ?

Les yeux gris papillotent d'étonnement. Elle répond d'une voix tranquille, tandis qu'il ferme le tonneau :

— Pourquoi non ? Tu le fais bien, toi.

Elle le regarde droit en face, sans avoir à lever la tête : ils sont juste de même taille. François Terrassier ironise souvent sur la carcasse de son neveu, sur la démesure de ses cinq pieds sept pouces, et lorsque Jean traduit en système métrique, parle d'un mètre et soixante-dix-neuf centimètres, le petit homme affirme que c'est pire encore, plus ridicule, dans ce charabia de système ! Les yeux dans les yeux de Cliette, Jean s'avise qu'il n'y a rien d'étonnant aux moqueries de Jeannette lorsqu'elle parle de la géante de Chez Clion, de l'ogresse Marie Laclie, et il découvre qu'elle lui plaît justement dans cette force et cette stature. Il détourne la tête, il refuse de lui montrer son trouble et son attirance.

— Tiens, voilà mon père. J'ai aidé Jean à puiser, papa, pour gagner du temps.

L'humiliation totale. L'envie de disparaître sous terre. Que va penser le père Laclie d'un garçon qui se laisse assister comme une vieille femme ? Jean cherche une raison valable à présenter, pour refuser l'invitation de tout à l'heure. Impossible de faire bonne figure à la table, le sourire du vieux Jean-Jacques Laclie laissant prévoir une réplique goguenarde à la candeur de Cliette : « J'ai aidé Jean... »

— Et tu as fort bien fait, ma fille. Tu nous restes à souper, mon gars, elle te l'a dit ? C'est toujours un honneur pour nous d'avoir le fils Lotte à notre table.

Ils ont parlé de tout et de rien, autour de la table où Cliette impose sa personnalité sereine. Ils ont échangé des principes essentiels et d'humbles préoccupations. Avec ces Anglais, il faut s'attendre que les combats reprennent... Tu nous feras trois paires de sabots en souche de noyer... Heureusement ils trouveront à qui parler, avec le Premier Consul... Ta dernière fournée est farcie de charbonnaille par en dessous... J'irai soldat dès que Jeannette sera établie, si la guerre revient...

La maison des Laclie est en harmonie avec ceux

qui l'habitent, simple, tranquille et prospère malgré la minceur de leurs biens. Le métier à tisser du vieil homme occupe l'angle le mieux éclairé, il y passe la longueur des jours. Cliette et sa mère vaquent aux soins de la petite ferme et cultivent les champs avec une minutie de bonnes ménagères, ouvertes au progrès alors qu'on dit les femmes attardées dans les coutumes du passé. Pas de jachère chez les Laclie, et les vaches ne tirent pas la charrue. Avec l'argent gagné en deux années de toile, le père se glorifie d'avoir acheté un bœuf limousin, dont la taille a d'abord provoqué les moqueries : Jean-Jacques Laclie offrait à ses femmes un bestiau à leur mesure ! Ils ont laissé dire, pour toujours insensibles aux méchantes langues, sûrs d'eux, de leur entente et de leurs choix. Leur solidité paysanne coexiste étrangement avec une ouverture d'esprit qui les laisse curieux au monde, et non pas penchés uniquement sur leur ouvrage et sur leur peine. À chacun de ses retours au pays, Jean leur raconte longuement ses périples et aventures, ils ne s'en effarent pas, bien au contraire, et le jeune homme taciturne se découvre chez eux un infatigable conteur.

— Tout le portrait de René-Instruit, mon petit gars. Tu t'en rappelles, Jeanne ?

— Oui, pour sûr. À propos : Cliette a décidé de mettre des trouffes, dans notre petit morceau de la Contestation. J'ai lu dans *le Journal des Deux-Sèvres* que le préfet pousse à cette culture. Qu'en penses-tu ?

Le grand rire de Cliette, qui est restée sérieuse et

posée, durant le repas, fait passer un brusque souffle de jeunesse et de gaieté sur leur groupe un peu compassé.

— Que veux-tu qu'il en pense, petite mère ? Il n'y a plus que sur la trouffe, qu'il soit resté un paysan ! Il faut croire que ça vient tout seul, cette racine...

Il regarde Cliette rire en écrasant des noix entre ses paumes, sans qu'elle marque le moindre effort. Il se tait, et les parents Laclie restent silencieux, eux aussi. À cet instant, Jean en a la certitude, ils savent comme lui qu'un jour Cliette sera sa femme, et qu'elle est seule à l'ignorer encore.

Deuxième partie

Chapitre IV

La nuit des souvenirs

Une éternité a coulé depuis la dernière fois où il a couché dans un lit, un infini de temps qui l'a conduit de l'adolescence à l'âge d'homme. Il a connu des milliers de nuits sur des bat-flanc, des paillasses de fougère, d'autres à la belle étoile, à cru dans l'herbe. Lorsqu'il lui arrivait de dormir dans la litière des granges ou des écuries, il en éprouvait déjà une insupportable sensation d'enfermement et d'asphyxie : et voilà qu'il se retrouve confiné dans le lit de son jeune âge. Il l'avait quitté pour les épousailles précipitées de son cousin et d'Amélie, expédiées à messe basse sans invitations ni réjouissances, il avait alors treize ans.

Jean s'oppresse sous la draperie des rideaux tirés qui ont refermé sur lui un relent de vieille poussière. Il étouffe et transpire dans le creux de la couette*, entre deux accablants bourrelets qui

* La couette était alors un épais matelas de plumes, on dormait dessus et non dessous.

suivent les contours de son corps. Il a rejeté le drap, la courtepointe, l'édredon, mais il est impuissant contre ce gonflement de plumes qui l'enserre de sa moiteur. Jean finit par se caler dos au mur, à moitié dans le lit, à moitié dans la ruelle. Le froid, l'humidité, le rude appui de la pierre à travers le rideau le calment un moment, le ramènent à ses habitudes de coucher à la dure. Le répit est court : paisiblement, telle une lente respiration, la plume remonte contre son ventre la douceur, la mollesse, la chaleur de son envahissement. Il étouffe de chaleur, de rage et de dégoût, sans même pouvoir démêler, dans ce malaise, la part qui revient à la couette de plumes, au manque d'air, ou à l'odieux souvenir d'Amélie !

Amélie ! Il la croyait définitivement rayée de sa mémoire... Mais elle semble être demeurée dans les odeurs et la tiédeur de ce lit où elle a dormi, prête à investir une nuit qu'il prévoit sans sommeil.

La tante Anne avait longtemps fait preuve d'une étonnante indulgence à l'égard d'Amélie. Sans doute fallait-il y voir la survivance des principes obstinés de la famille, qui défendaient le clan, même — et surtout — si l'un de ses membres avait tort ! Cette opiniâtreté à ne jamais se reconnaître en faute, à se porter en rescousse de la plus indéfendable cause lorsqu'il s'agissait de la famille, avait dérivé jusqu'à une mystérieuse complicité féminine entre belle-mère et bru, dans laquelle Jeannette aussi s'était intégrée.

Les deux femmes et la jeune fille faisaient bloc, face à François Terrassier et à Pierre, lorsqu'ils tentaient d'émettre fût-ce l'amorce d'une critique. Ni le père ni le fils n'étaient de taille contre leurs arguments accordés. Le regard lointain d'Amélie, son demi-sourire énigmatique, leur répondaient en silence : « Causez toujours, je m'en moque... » tandis qu'un abat de paroles, déversé par Jeannette ou sa tante, leur laissait l'unique recours de hausser les épaules en échangeant des coups d'œil excédés.

Leur faiblesse semblait à Jean proche de la lâcheté. S'il jugeait injustes et surannés les rapports traditionnels des couples où l'homme imposait son ordre, sa volonté, sa loi, il trouvait tout aussi abusif que les rôles exceptionnellement s'inversent, et que les femmes s'emparent des mêmes attitudes tyranniques, en y ajoutant d'insupportables criailleries ! Lui, il gardait de sa prime enfance le souvenir d'un équilibre familial où nul ne dominait l'autre, où chacun à sa manière faisait entendre sa voix. Cependant, il demeurait en retrait, lorsqu'il assistait à de telles scènes. Quoiqu'il pensât de bon droit les récriminations de son oncle et de son cousin sur Amélie, il n'avait pas oublié la réflexion de Jeannette lui rappelant combien elle avait enduré de malheurs et d'iniquités dans son jeune âge. L'histoire des chèvres avait anéanti tous ces efforts pour trouver des excuses à Amélie.

Ce soir-là, François Terrassier était resté silencieux durant le souper. Il n'était guère bavard de naturel ; aux repas cependant il se débridait quelque peu, émettait des considérations sur l'ouvrage de la journée — on s'échine pour guère de résultat, chiennerie de terre... — sur le temps — si ça dure de même, ce sera la perdition du paysan... — voire sur des événements étrangers à ses préoccupations quotidiennes — t'as beau être mon neveu et lire dans le journal, c'est pas à moi que tu vas faire accroire que ton général Lannes, son père était rien qu'un pauvre valet d'écurie... Cette fois, pas un mot. Une atmosphère d'orage menaçant pesait sur la tablée, malgré les efforts de Jeannette, qui avait rencontré Émilienne Martin, et que... et que...

— Vous allez jamais croire ce qu'elle m'a appris. Figurez-vous donc...

La tante Annette l'avait interrompue, avec un regard appuyé signifiant un ordre catégorique :

— Té, ma mignonne, fais-nous donc goûter un de tes fromages mous.

Jeannette était vive à comprendre. Juste un instant de flottement, un clignement d'yeux étonné, et elle avait saisi l'objectif de sa tante : apporter une diversion, dans l'ambiance pénible de ce souper, par le biais d'un supplément inattendu propre à adoucir les humeurs et les rancœurs. La jeune fille avait démoulé de sa faisselle un fromage superbe, suintant d'une fraicheur de gouttelettes bleutées.

Le fromage blanc, c'était une gourmandise d'exception, proche de gaspillage. Une rigoureuse économie imposait de consommer le fromage longuement séché, affiné entre des feuilles de châtaignier, pour qu'il deviennent piquant, fort de goût et fasse ainsi meilleur profit. Deux ou trois fois l'an on se permettait la déraison de le manger frais, et même, tant pis, puisqu'on était parti dans les folies, il arrivait qu'on sacrifiât un brin d'ail vert pour l'accompagner ! Pas question toutefois de s'en mettre une pleine ventrée : il fallait le prendre à la pointe du couteau, l'étaler mince sur le pain, en évitant de bourrer pleins bords les creux de la mie. Les deux petits, Jacques et André, avaient beau supplier : « Racle pas tant, mémé ! Maman, laisse-moi z'en dans ce gros trou ! » Anne Terrassier étirait un glacis de fromage sur le pain, voulaient-ils donc mettre la maison à ruine, ces deux galoufres ?

L'oncle François avait paru réagir à l'apparition du fromage blanc sur la table. Il avait d'abord tiré l'assiette vers lui, ayant le privilège de l'entame, puis il s'était coupé une taille de pain, prenant son temps et semblait-il ses mesures pour qu'elle soit parfaitement plane et régulière. Enfin, très vite, en contraste avec la lenteur précédente de son mouvement, il y avait monté une couche épaisse comme la main : il s'apprêtait à engloutir, à lui seul, en un seul repas, plus de la moitié d'un fromage !

Sa femme avait jeté des cris où se devinait autant d'effroi que de colère :

— Mais à quoi que tu penses, Terrassier ? Es-tu devenu fou ? Faut que ça nous fasse deux jours ! D'autant que nos chèvres, elles arrivent en fin de lait !

Pour seule réponse, il avait découpé de larges

quartiers dans sa tartine, les avait avalés presque sans mâcher. C'était un visible défi de la part de cet homme qui d'habitude mastiquait longuement de parcimonieuses lichettes de fricot, poussées par d'énormes bouchées de pain ! La tante Annette continuait ses lamentations, elle doutait sur le fils Machaud, l'avait-il pas poussé à boire ? ou alors une mouche d'orage, des fois leur piqûre était mauvaise ! Dans son bouleversement, elle avait laissé devant lui l'assiette de fromage, il s'en était rajouté encore un monticule, et il avait terminé plus posément sa fastueuse graissée, tandis que sa femme se cachait la figure dans son devantier, non, non, elle ne voulait pas voir ce ravage de mangerie, et vous les drôles au lieu de ricasser, allez dans le pâtis voir si j'y suis, ou je vous avertis d'une frottée !

Les deux enfants avaient quitté la table en traînant des pieds, elle les avait menacés d'un aviremouches dont ils se souviendraient ; ils avaient fini par sortir de la maison, avec des mines mortifiées qu'on les privât du spectacle de tels débordements, et de la prévisible chamaille qui allait suivre.

L'oncle avait enfin repoussé sa chaise, s'était tapoté l'estomac en rotant à grand bruit.

— Une bonne affaire de faite. Ce qui faut, c'est profiter tant qu'on peut. Les chèvres, elles sont peut-être en fin de lait, mais nous autres on va être... en fin de chèvres. Fin de les... chèvres !

— J'en étais sûre, que t'avais trinquaillé avec ce sac à vin ! Va cuver dans ton lit. Fin de les chèvres ! C'est-y Dieu possible de déparler de même ?

Du regard, elle prenait les autres à témoin :

Pierre écarquillait des yeux vides d'expression, Jeannette répétait que ce n'était rien, allons tantine, Amélie se tortillait une mèche de cheveux. Jean restait silencieux, il savait que son oncle n'était pas en état de saoulerie, il devinait dans son pitoyable jeu de mots, comme dans sa bâfrée de fromage, un comportement analogue à celui des combattants à la trique de son jeune âge, lorsqu'ils faisaient précéder la bagarre d'attitudes provocatrices, de harangues saugrenues, pour se donner du cœur au ventre. Jean se rappelait avoir montré son cul aux gars de Lorigné ! C'était dans son souvenir une choquante grossièreté, aussi inconcevable venant de lui que l'était, de la part du frugal François Terrassier, l'étalage d'une goinfrerie insoucieuse du lendemain ! Il connaissait aussi la matière de l'altercation prochaine : encore une fois il allait s'agir d'Amélie. Elle avait pris son regard fuyant, mi-sourire, mi-mépris, balançait doucement la tête comme pour accompagner une musique intérieure, rythmait en silence un « tralala-lalère » qui affichait sa certitude de sortir mieux qu'indemne — victorieuse de ce conflit. Jean avait voulu se lever, se dégager d'une situation incommode à sa droiture : ça lui revenait juste, il avait promis à Renaudeau de passer prendre les mesures pour une... Son oncle l'avait coupé dans l'élan.

— Mon gars, je te tiendrais en reconnaissance de demeurer, et même si tu ne sonnes mot, tu seras juge si je déparle et si je suis dans mon tort. Voilà : le père Juchaud m'a croché tantôt, aux Charbonnières. C'est la troisième fois qu'Amélie laisse nos chèvres aller à l'agât dans sa jeune châtaigneraie du Riboulet. Deux coups il lui en a fait remarque, sans fâcherie qu'il m'a dit et je le crois, parce qu'il est bon bonhomme, mais le troisième il a levé la voix : dix arbres écorcés à vif, et les feuilles ripées jusqu'à six pieds de haut. Et elle lui a retourné...

La tante Annette s'était levée, tendait l'index vers son mari ; avec cette ampleur emphatique qu'elle mettait dans la mauvaise foi, c'était elle qui accusait :

— Et tu l'as laissé dire, Terrassier ? Tu l'as pas mouché ? Tu t'en rappelles donc pas, voilà dix ans, que deux de ses vaches avaient mussé dans nos raves ? Ils se reprendront ses faillis châtaigniers, tandis que nos raves on les a appelées passe-t-en !

Croyait-elle transformer l'évidence, la tante Annette, en criant si fort de si flagrantes faussetés ? Les jeunes plants ne se remettraient pas de leurs blessures, et le père Juchaud, Jean en gardait le souvenir, avait déversé sous leur hangar un plein tombereau de raves : c'était beaucoup trop, beaucoup trop, avait alors assuré tante Annette, « Vos pauvres bêtes elles en ont pas ébouillé la moitié de ça... Grand merci, père Juchaud, ce que c'est d'avoir un bon voisinage ! »

Elle s'était arrêtée, consciente sans doute d'être allée trop loin dans son argumentation déloyale, et elle avait ajouté sur un ton radouci que bon, Amélie prendrait garde maintenant, pas vrai ma petite ?

L'oncle François ne s'était laissé démonter ni par l'énormité des mensonges, ni par le repli amorcé par sa femme. Il avait repris sa phrase au point précis où il avait été interrompu.

— Et elle lui a retourné une tirolée de bêtises, que j'ose même pas les répéter. « Mon pauvre Terrassier... » qu'il m'a dit après m'avoir rapporté ça.

La tante Annette avait encore essayé de faire front, quoiqu'on la sentît brusquement moins âpre à la répartie. La « tirolée de bêtises » avait dû l'atteindre à vif, elle si pointilleuse sur les écarts de langage, et le « pauvre Terrassier » avait offensé son intraitable amour-propre : elle seule s'arrogeait le droit de lui parler de la sorte ! Elle lançait à Amélie des regards pressants où tous pouvaient lire : « Réponds, mais réponds donc ! » et la jeune femme ne disait rien, ne niait pas, continuait à fixer le vide en balançant la tête, comme étrangère à ce débat dont elle était le centre.

— Faudrait être sûrs, quand même. Je discute pas qu'il ait cru d'entendre, non, mais enfin à son âge on n'a plus l'oreille prime...

Visiblement, la tante Annette ne doutait plus que sa bru eût insulté de la façon la plus grossière un vieil homme dans son droit, elle essayait juste de sauver une mince possibilité d'indulgence, une marge d'incertitude que le silence d'Amélie rendait de plus en plus précaire. Le bon François Terrassier n'avait pas cherché à profiter de cette déroute, et sans doute en avait-elle éprouvé reconnaissance et remords, de cet instant elle l'avait écouté sans afficher la moindre expression de hargne ou d'incrédulité.

— J'en reviens sur nos chèvres, parce que là, y'a pas doutance à garder. Lui, Juchaud, il est pas pour la chicane. Je crois pas m'être avancé à tort, en lui faisant promesse que Jean allait lui greffer vingt jeunes sujets, en nouzillates. J'ai bien fait, mon gars ?

— Naturellement, mon oncle.

— Il a même répondu, voyez s'il est brave homme, qu'il serait pas perdant au change ! Ses propres mots : « Pour l'ente, personne a la main comme ton neveu, Terrassier : c'est de famille depuis l'Ancien. » Sûr que c'est une affaire malaisée, enter le châtaignier. Ce qui faut, c'est...

Il faisait traîner, François Ce-qui-faut, il n'arrivait pas à venir au fait, il tournait autour du pot, comme sa femme lui en adressait souvent reproches ! Cette fois elle se taisait, ne rageait pas qu'il lui portait aux nerfs, qu'il la vassait, qu'il l'échauffait de bile avec les viratours de ses explications : elle attendait, le visage marqué d'angoisse, qu'il en ait fini avec la forme des greffons, le tranchant de la serpette, le quartier de la lune...

— ... et surtout, surtout, et c'est ça que personne arrive à attraper le coup, comme m'a dit Juchaud, c'est la façon de...

— Mes chèvres ? Qu'est-ce qui se passe, pour mes chèvres ?

Jeannette avait interrompu la digression, et seulement à cet instant Jean s'était avisé qu'elle n'était pas intervenue pour défendre Amélie.

— J'y arrive. Donc avec Juchaud l'affaire est réglée. Comme je vous expliquais, il consent à...

— Tu l'as déjà dit, tonton ! Mes chèvres ?

Jeannette avait gardé le troupeau, jusqu'au jour où la tante Annette avait décidé que sa petite bru — mais c'est pas sa faute, bonnes-gens, on lui a jamais appris le travail de maison... — sa petite bru, pauvrette, elle serait mieux en place pour mener les chèvres que Jeannette — mais toi ma mignonne, tu continueras de les tirer et de faire les fromages, pour ça pas vrai, on a la main ou on l'a pas...

Si Jeannette avait cédé son rôle de bergère apparemment de bon gré, son impatience, sa visible anxiété, montraient qu'elle se considérait toujours en responsabilité de « ses » chèvres, et que, mieux que personne, elle connaissait leur importance pour la vie de la maisonnée. C'était un joli troupeau de six bêtes, bonnes laitières, qui méritaient pleinement le surnom de vaches du pauvre attribué à leur espèce. Elles en avaient aussi l'unique défaut : celui de s'égailler, si la bergère manquait de vigilance, dans les pièces d'avoine verte, les jeunes châtaigneraies, les carrés de choux nouvellement plantés, et d'y faire avec délicatesse, en choisissant leurs morceaux, plus de ravage que n'en auraient causé des vaches, ou des sangliers ! Elle connaissait les possibilités dévastatrices des chèvres mal surveillées, Jeannette, et elle se rongeaient d'attente. Elle avait répété plus fort :

— Les chèvres ? Pourquoi as-tu dit la fin des chèvres ?

— J'y arrive, petite. Donc, avec Juchaud, affaire réglée. Seulement, voilà le malheur : il m'a appris, pour qu'on n'imagine pas ça venu de son côté, que des plaintes ont été portées à la mairie, direct, sans passer par le garde champêtre. Ça, qui m'étonne, vu que...

L'oncle Terrassier, à l'évidence, allait se lancer à nouveau dans les méandres d'une longue parenthèse sur le rôle du garde champêtre, et sur le fait qu'on ait, dans le litige, négligé ses fonctions de représentant de la loi. C'était sa femme, cette fois, qui l'avait ramené au vif du sujet, en gémissant qu'elle n'en pouvait plus, sûr, le cœur allait lui manquer, elle sentait qu'elle partait...

— D'accord, j'y viens. Le maire s'est donc déplacé lui-même en personne, pour constat de dommages. Avec témoins. Juchaud n'a pas voulu me dire qui ou quel, bien entendu. Il m'a juste causé sur les endroits que ça venait : de Fief-Richard, de la Jarge, de Bois-Renard. Et même du Breuil-Coiffaud, mais là il en jure pas, il rapporte juste les vu-dire. Enfin, ça fume jamais sans feu, qu'il a rajouté, et il craint sur le Breuil-Coiffaud, en plus du reste... Voilà. Ça fera gros d'amende, c'est la raison que j'ai dit la fin des chèvres. Forcés de les vendre, pour payer. Ou alors une vache. C'est ce qui faut qu'on décide, sans oublier que les chèvres ça tire pas une charrue !

Il y avait eu un moment de silence atterré, le lent périple de François Terrassier à travers le bon vouloir de Juchaud, les capacités de son neveu, les attributions du garde champêtre, débouchait sur une conclusion sans ambiguïté : « Ça fera gros d'amende. » Jeannette enfin s'était levée en pleurant et criant que ce n'était pas possible, pas possible, et elle était sortie de la maison. Pierre avait paru hésiter un instant, mâchoires crispées, puis il avait pris la porte, lui aussi, en marmonnant qu'il en avait jusque ras les dents des emmerdations et des chicanes de ce putain de pays, jamais il aurait dû y revenir !

La tante Annette n'avait pas plus réagi à leur sortie qu'elle ne l'avait fait au catastrophique dénouement, au choix déchirant et nécessaire qui s'imposait : vendre les chèvres ou une vache ! Elle répétait les noms des villages avec un accent d'incompréhension et de détresse :

— Fief-Richard ! Bois-Renard ! Et le Breuil-Coiffaud ! Le Breuil-Coiffaud, tout de même ! Enfin, François, tu vas pas me faire accroire qu'elle mène les chèvres si loin ?

Quoiqu'elle s'adressât à son mari, à n'en pas douter c'était à Amélie qu'elle posait cette question désolée. La jeune femme était demeurée dans son repli de silence, mais Jean avait vu dans son regard une lueur qui la disait présente, tendue, en alarme, puis elle avait de nouveau baissé les yeux, elle s'était réfugiée dans cette indifférence butée que désormais il savait feinte. Il avait eu pitié d'elle, malgré l'échauffement de colère qu'il sentait monter en lui : elle avait peur, elle cachait sous la table le tremblement de ses mains, tandis que la tante Annette continuait à geindre que mener si loin, non, ça elle pouvait pas croire, enfin, François ?

— Semble que si. Elle a été vue par témoins. Et toi, Jean, à ton idée, qu'est-ce que t'en penses ?

La tante Annette ne disait plus rien, elle s'était tournée elle aussi vers son neveu, l'interrogeait du regard. Les questions évitaient Amélie, contournaient sa présence, la maintenaient dans l'absence et l'isolement : « elle » avait dit... « elle » avait fait... « elle » avait été vue... On parlait d'Amélie, on ne lui parlait pas. Même si son oncle ne lui avait pas demandé son avis, Jean n'aurait pu se maintenir plus longtemps dans la réserve qu'il s'était imposée jusque-là.

— J'en pense que... c'est à toi, Amélie, qu'il faut demander le vrai de l'histoire.

La tante Annette avait repris sa litanie plaintive, Fief-Richard ! Enfin quoi ?... Le Breuil ! Amélie s'était redressée, avait regardé Jean droit dans les yeux, et répondu que oui, des fois elle poussait jusqu'à ces endroits... Sa voix s'était peu à peu affermie. D'abord sourde et contenue, elle avait monté jusqu'aux accents de révolte :

— Oui, des fois j'y vais, jusqu'au Breuil-Coiffaud. Et pourquoi non, les chemins sont pas à tout le monde ? Tu devrais être dernier à m'en faire reproche, mais toi pas vrai, tu peux te permettre, et moi si je m'écarte d'une demi-lieue on crie à la perdition !

L'apparente logique de l'argument avait décontenancé Jean. Soulagé qu'Amélie s'expliquât enfin, il n'avait pas décelé la pirouette qui mettait en avant, comme principal grief, l'éloignement des endroits où elle menait les chèvres, et non pas les dégâts que le troupeau y avait provoqués. Anne et François Terrassier, eux aussi frappés par la justesse du raisonnement de leur bru, se taisaient.

Amélie s'était engouffrée dans cette brèche de silence, elle avait interverti les rôles, elle accusait sans se plaindre, et cette modération résignée donnait à ses paroles un ton de vérité et de droiture qui les avait tous bernés.

— Fallait que tu me laisses à mon malheur, Jean. Rappelle-t'en, je voulais pas te suivre. Vous autres, de cette maison, vous avez été bons pour moi, c'est sûr. Mais les gens du village — les femmes surtout qui sont les plus pires — ils ont jamais oublié comment je suis arrivée. Oh je leur en veux pas, non. Seulement, à force, on se lasse des réflexions, des piques...

— Tu pouvais pas me le dire ? J'aurais eu vite fait de leur rencoquiller le fiel dans le gosier, moi ! Je parie que ça vient de...

— Non, mère. Vous avez déjà tant fait pour moi, je voulais pas vous mener en fâcheries avec le voisinage. C'est la raison que je préférais partir au loin, toute seule. Et voilà, ça recommence pareil, les menteries et les chétivetés...

— Pauvre enfant ! Mais ça se passera pas de même ! Y'en a deux ou trois, à l'entour, je vais leur remettre en mémoire que le curé a juste eu le temps de faire un signe de croix, entre la noce et le baptême ! Et la Ballette ? Elle, que son drôle bramait « veux téter, veux téter », durant sa messe de mariage ? J'irai y parler du pays, moi !

Anne Terrassier s'enflammait à l'idée de faire

ravaler leurs insinuations et leurs malveillances aux langues de vipères, qui déversaient leur venin sur sa bru. Jean s'était juste étonné un instant de la retenue d'Amélie, face aux attaques des femmes du village : il lui semblait pourtant avoir eu vent d'un crêpage de chignon entre elle et Eugénie Portejoie, l'année d'avant. Il s'était sans doute mépris, il accordait si peu d'attention aux commérages !

L'attitude de la tante Annette et son discours la montraient quant à elle d'une ferme assurance : dès demain, elle irait leur sonner carillon, à ces goules d'empeigne, que sa petite bru, bonnes-gens, ne se fasse plus traiter de ci ou de ça par des moins que rien ! Effacées, les « tirolées de bêtises », oubliés, les dégâts sur le bien d'autrui et l'amende qui allait s'ensuivre : il ne s'agissait plus que de défendre la famille contre la malignité et la perfidie.

— Non, mère, n'en faites rien, je vous en prie. C'est sur moi, et mon petit André surtout, qu'elles se revancheraient. Laissez comme ça, j'ai habitude de la misère. J'ai vu pire, chez mes parents, et aux endroits qu'ils m'avaient gagée.

Il avait fallu encore une longue discussion avant que les avis, pour une fois accordés de son mari et de sa bru, ne dissuadent Anne Terrassier de ses intentions vengeresses, portées au paroxysme par l'évocation de son petit-fils et des représailles qu'il pourrait subir ! Elle avait fini par céder, elle ne dirait rien.

— Mais faudra que je me morde fort la langue ! Et alors, pour les chèvres, on décide de quoi ? Le noir tombe, et les drôles qui sont dehors...

Pour la tante Anne, visiblement, après la bouffée de rage qui l'avait saisie à l'idée des attaques haineuses contre un membre de son parentage, la perte probable des chèvres n'était plus qu'un souci accessoire, qu'une affaire à régler promptement, afin que sa maisonnée dispersée par le conflit regagne vite le bercail.

— Que veux-tu qu'on décide, Annette, autrement que de les vendre ? Ce qui faudrait, c'est de pouvoir en garder au moins une, mais ça j'ai guère espoir, misère de nous !

François Terrassier se résignait déjà à cette épreuve. Il avait évacué sa colère de faible d'un seul jet, en feu de paille, il courbait l'échine. Jean avait voulu briser cet abandon fataliste.

— Écoute, oncle François : c'est normal de rembourser sur le dommage, pas sur les racontars de tel ou tel. Je connais l'honnêteté du maire, tu sais que lui et moi on est de même bord, pour les idées. J'irai demain à Lorigné trier avec lui le vrai du faux, et conclure ce qui peut s'envisager sans léser personne.

— Mon gars, je veux pas t'empêcher, encore que de mon avis, ça fera autant d'effet que pisser dans une ouillette !

— Enfin ! François ! Ces façons de causer ! Moi je prétends qu'il a une riche idée, mon neveu, et que l'espoir me revient. Et d'abord, et d'une, pourquoi sont-ils pas passés par le garde champêtre ? Non non, y'a du pas clair là-dessous, on se laissera pas faire, c'est pas notre genre, hein, Jean ? Bon. Puisque c'est réglé, va donc hucher dans le pâtis, Amélie, qu'ils reviennent tous les quatre. Ce fromage mou, faut quand même qu'on y goûte...

Avant qu'Amélie ne se lève de table, Jean avait pu lire dans ses yeux non plus l'inquiétude, comme un instant auparavant, mais une réelle, une intense panique.

Il était reparti vers sa loge, le soir même, heureux à l'idée de se retrouver seul, dans la sérénité de ses bois, après les émotions, les cris et les transports qui venaient d'agiter la maison Terrassier. Il avait répété sa promesse de se rendre chez le maire le lendemain, en ajoutant : l'après-midi, vers les trois heures, parce qu'à ce moment, il était sûr de le trouver dans son jardin à bichonner ses buis et ses lauriers, et qu'ils pourraient ainsi débattre en tête-à-tête.

— Et passe à travers bois, plutôt que prendre le chemin. Je tiens pas que les gens du Sauvage et de La Croutelle rapiamussent sur nous autres, qu'on va pour crier pitié devant le maire !

Il avait acquiescé à l'injonction de sa tante, oui, il ferait le détour par la plaine de la Contestation et le bois de Fiol... Il était lassé des discussions, il n'allait pas les relancer en précisant que son intention n'était pas de s'abaisser, de mendier l'indulgence, et qu'il voulait simplement discuter de l'affaire dans un esprit de justice, afin que nul n'y soit desservi.

En arrivant en vue du bois de Fiol, le lendemain, il regrettait encore cette faiblesse d'avoir cédé. Il n'était pas dans son caractère d'agir ainsi par embrouilles et cachotteries. Il avait hésité un instant, balancé à rattraper le chemin, et puis il s'était enfoncé dans le bois.

C'était un bois clair, hêtres et châtaigniers, quelques arbres disséminés, malingres, étouffés par l'envahissement des ronces, du lierre, de la viorne. Les broussailles y rendaient la marche difficile, et il s'était dit que la tante Annette pouvait être tranquillisée, il ne risquait guère rencontrer âme qui vive en cet endroit ! Comme il se faisait cette réflexion, il avait aperçu trois chèvres, en bordure d'une clairière, qui déchiquetaient l'écorce d'un jeune châtaignier, l'un des rares à ne pas être assailli de végétation parasite. Trois chèvres, et nulle bergère en vue ! Il allait pouvoir assurer au maire que leur troupeau n'était pas seul de la région en délit de maraude, et que sa cousine Amélie n'était pas l'unique bergère coupable de nonchalance ! Il ne dénoncerait personne, naturellement, mais il savait que Tallonneau allait tenir compte de son propos : la parole jurée d'un Lotte valait témoignage depuis des générations !

Il avait été soulagé par cette rencontre. En d'autres circonstances, il aurait chassé les ravageuses à coups de bâton. Ce jour-là, il s'était arrêté pour les traiter de diablesses, de créatures maudites, de calamités, tout en les laissant à leur voracité destructrice. Il s'apprêtait à repartir lorsque trois autres chèvres avaient paru hors des broussailles. « Six bêtes, ça doit être à Gougeon, du Magnou. Étonnant, tout de même, la mémé est connue pour ne pas les quitter de l'œil !

Pauvre femme, pourvu qu'il ne lui soit pas arrivé malheur... »

— Bezi ! Bezi ! Venez ! Venez ! On va la chercher, votre...

Il avait laissé son appel en suspens. Une chevrette blanche, c'était déjà une rareté dans la région. Lorsqu'elle portait deux cornes rebiquées en sens inverse l'une de l'autre, le doute n'était pas permis : c'était le troupeau des Terrassier qui divaguait dans le bois de Fiol ! Il avait senti monter en lui une suffocation de fureur.

— Où es-tu, Amélie ? Es-tu folle, de laisser encore les chèvres à l'agât ? Amélie, vas-tu répondre ?

— Crie donc pas si fort. C'est pour te causer que je suis là. Je t'attendais.

Amélie n'avait eu que quelques pas à faire pour se trouver face à lui, après avoir quitté l'abri d'un arbre mort qui la dissimulait.

— Me causer ? Écoute, Amélie, tu es vraiment insensée ! Juste au moment que...

— C'est toujours le moment, pour ça. Je serai gentille.

Il n'avait pas saisi le sens ambigu du propos, il avait cru à une niaiserie enfantine, une façon maladroite de promettre que, désormais, elle allait surveiller les chèvres sans négligence. Il avait fallu, pour qu'il comprenne, qu'elle se serre contre lui en répétant qu'elle serait caressante, il était si beau garçon, si fort ! Lui, il ne bougeait pas, il se sentait aspiré dans un vertige de sensations violentes, corps mystérieux de la femme, tendre poitrine, odeurs musquées... Elle le tirait par la main, elle retroussait son jupon en murmurant des mots qu'il entendait brouillés, lointains, étouffés par le cognement du sang dans ses oreilles, viens, Jean, viens ! Il avait vu la blancheur des jambes, deviné leur douceur au-dessus de la laine rêche des bas, le jupon montait doucement le long des cuisses nues, viens, Jean, viens !

Comment avait-il échappé à cette fièvre, à ce tumulte de désir qui bouleversait ses dix-huit ans chastes, pudiques, et cependant habités par les appétits intenses des jeunes mâles ? Il avait repoussé sa cousine, dans une brutalité de désespoir, et il l'avait injuriée avec des mots qui n'avaient jamais passé sa bouche, les plus crus, les plus bassement orduriers, comme s'il conjurait par cette violence de langage la véhémence de désir qui l'avait empoigné. C'était un bref, un furieux soulagement qui s'apparentait, il en avait conscience, à l'extrême volupté du sexe ; qui répondait à cette tentation brûlante de se plonger, de se fondre, de s'épandre dans une chair secrète, inconnue, fascinante.

Et puis il s'était maîtrisé, à force de volonté il avait retrouvé assez d'emprise sur lui-même pour revenir à la raison, pour exprimer son indignation et sa révolte autrement que par des propos obscènes. Cet effort l'avait définitivement soustrait à son trouble.

— Toi, Amélie ! La femme de mon cousin ! C'est de cette façon que tu as entortillé le garde champêtre ? Et d'autres, peut-être, c'est la cause que tu poussais si loin, pour garder les chèvres ?

Elle n'avait pas dit non, elle rajustait le lien de ses bas d'un geste tranquille, dont l'impudeur ne marquait plus de provocation ni d'invite.

— Et alors ? À qui la faute ? C'est pas moi qui les ai faits à ne penser que ça, les hommes ! Ça me revanche sur ma petite jeunesse, de les voir pour ainsi dire se traîner à mes pieds quand ils...

— Tais-toi ! Si tu n'as pas de vergogne, au moins n'as-tu pas peur à l'idée qu'ils vont apprendre, à la maison ?

— Non. À présent je n'ai plus crainte à avoir. Tu n'as pas voulu mais tu en crevais d'envie. Tu as trop honte, tu ne leur diras rien. Va donc causer au maire, puisque tu l'as promis. Va, puisque vous êtes de même bord !

Elle s'était éloignée en appelant ses chèvres, elle le laissait sur cette dernière bravade. Sans ce défi méprisant, il aurait rebroussé chemin... Il était quand même resté un long moment à trembler, avant de continuer sa route vers Lorigné.

Il avait entendu le clic-clac de la cisaille avant de pousser le portail d'entrée : comme il l'avait prévu, François Tallonneau était occupé à tailler les buis et les lauriers du jardinet qui séparait sa maison de la place. Une haie de fusains alignés au cordeau doublait les grilles, donnant à la ferme du maire l'aspect cossu et retiré d'une demeure bourgeoise.

C'était un lieu à la fois ouvert et secret, où les voix s'étouffaient dans un labyrinthe de verdures à l'aplomb minéral : murailles rectilignes, pyramides aux arêtes vives, cônes et cylindres lisses comme des meules de pierre. Ces arbustes violentés dans leur croissance naturelle avaient toujours provoqué chez Jean une oppression, un malaise. Depuis ce jour, leurs formes figées, élaguées contre nature, restaient pour lui les inséparables témoins de ce moment où l'ombrageuse fierté qui lui venait des siens avait été, comme les buis et les lauriers, malmenée, tailladée, rabattue, par un brave homme qui ne cherchait pourtant qu'à lui prouver son estime.

— Mon pauvre petit gars ! Je sais ce qui t'amène et j'ai grand-peur de pas pouvoir arranger l'affaire, malheureusement.

Tallonneau l'avait accueilli par ces mots de sympathie apitoyée, et Jean s'en était trouvé atteint comme d'une insulte. Où étaient-ils, les commandements de famille qui voulaient les Lotte droit debout, proches d'arrogance, indépendants de toute aide et de toute commisération ? Le voyaient-ils dans cette position de demande humiliée, ces morts exigeants dont il gardait l'empreinte ? Leur souvenir, leur évocation en cet instant l'avait tiré du désarroi de culpabilité où il s'embourbait, depuis qu'Amélie avait troussé ses jupons pour l'attirer vers elle.

— Je ne vous demande pas d'arranger l'affaire, monsieur Tallonneau. Je veux seulement connaître le montant exact du dégât.

François Tallonneau avait paru soulagé. Visiblement, il préférait se cantonner dans l'objectivité d'une évaluation chiffrée, plutôt que d'évoquer les tenants et les aboutissants d'une histoire dont chacun — lui le premier sans doute — devait connaître les dessous équivoques, mais dont personne n'avait intérêt qu'on les étalât au grand jour.

— Ça court loin, j'ai calculé. Autour de quinze pistoles. Cent cinquante francs je veux dire. Avec toi, un Instruit, pas besoin de compter comme dans l'ancien temps. C'est gros, pour la bourse des Terrassier. Vendre les chèvres ne couvrira même pas. Tu peux risquer de marchander avec Adrien Brenet, de Bois-Renard. Il était fort ami avec ton père, il baissera peut-être l'estimation.

— Pas question. Mon morceau des Eaux-Dedans, qui vous touche par la plaine de Jouhé, vous seriez intéressé, pour ce prix ?

— Et comment ! Du temps du vieux René, déjà...

La spontanéité de la réponse, l'éclair de satisfaction du regard, s'étaient ensuite perdus dans les atermoiements de cette prudence terrienne qui imposait de ne jamais laisser deviner l'intérêt porté à une transaction. En réfléchissant mieux, il trouvait avoir grandement assez de terre...

— Et ton cousin, c'est pas pour dire, il l'a laissée à la perdition, cette parcelle, ça fera gros d'ouvrage pour remettre en état. Enfin... C'est affaire de te tirer d'un mauvais pas, ça mérite réflexion. Je dis pas oui, je dis pas non, mais au cas, ça sera bien pour te rendre service...

« Être pris en pitié et charité nous autres ? Jamais, tu m'entends, Petit-Jean ! » La voix de mémé Soize, plus impérieuse encore dans le prisme du souvenir, avait fait oublier à Jean que le bon François Tallonneau, par cette feinte générosité, se coulait seulement dans les normes habituelles du marchandage.

— N'en parlons plus, Monsieur Tallonneau. J'en connais deux au moins qui seraient preneurs.

La blessure d'amour-propre avait malgré lui entraîné Jean dans les dédales inconnus de l'offre et de la demande. C'était Tallonneau lui-même qui l'avait supplié, il n'allait pas vendre à qui il pensait, tout de même, à ce cul-blanc ? Ou alors à Untel, qui crachait à deux mètres chaque fois qu'il croisait le maire de la commune ?

— Non non, mon gars, tu peux pas me faire cet affront ! Moi je te paie recta, sur parole, compté de suite. Les actes seront vivement signés, vu que tu es émancipé depuis six mois. Tu peux pas me faire ça, de refuser ? Tope-là ?

— Tope-là !

— Tu me soulages grandement...

Jean s'était retrouvé la tête haute, avec « promesse de vente signée sur papier libre », et les cent cinquante francs en poche. En le reconduisant jusqu'à la grille, Tallonneau s'était arrêté près d'un buis tarabiscoté à l'extrême, empilage saugrenu de sphères et de cubes, pour y traquer les derniers rameaux qui embrumaient encore sa perfection géométrique. Clac. « Ce que je te conseille... clac-clac... c'est que ta sœur... clac... retourne à garder les chèvres, plutôt que ta cousine... clac-clac... si tu vois ce que je veux dire. »

Il n'avait pu que bafouiller un acquiescement, il était sorti sur cette humiliation. Le bruit de la cisaille l'avait poursuivi jusqu'aux dernières maisons du village.

Qu'avait-elle deviné ou compris, au fil des jours, la tante Annette ? Après la joie de l'heureux dénouement (ça n'est quasiment plus qu'un roncier, aux Eaux-Dedans, c'est rien à regretter...) elle avait fait des allusions de plus en plus fréquentes, de plus en plus pressantes, à l'extrême précarité de la situation, pour Pierre et Amélie. Sans jamais se départir d'une façade de bienveillance et d'amitié pour sa « petite bru » — le contraire eût été de sa part l'impensable aveu d'une erreur de jugement — elle avait accumulé les arguments qui poussaient au départ du jeune couple : Jeannette approchait l'âge de s'établir, elle n'avait en dot que ce petit bien, non non, mieux valait s'y prendre à l'avance plutôt que se retrouver le bec dans l'eau... Personne ne s'élevait contre la logique de ce raisonnement, et c'était la reconnaissance implicite et pesante que chacun savait à quoi s'en tenir. La tante Annette n'en avait cure, continuait à faire mine d'avoir pour seul souci l'édification d'un avenir exempt d'incertitudes pour son fils et sa bru.

— Et naturellement, petit André va rester avec nous autres. Un jeune drôle, comme tu disais si bien, François, ça fait entrave pour trouver une place.

Ils s'étaient gagés, à la foire d'accueillage de Lezay, chez un riche propriétaire de la Vienne, au-delà de Loudun. « Eh oui, c'est grand loin, soupirait la tante Annette sur un ton d'affliction. Mais que voulez-vous, faut faire le sacrifice, quand on a besoin d'ouvrage. » Personne, jamais, n'avait osé lui répondre autrement que par des mimiques et des exclamations de sympathie attristée. Elle était pour toujours l'intraitable fille de René-Instruit et de Françoise Vesque, nul ne se risquait à l'affronter. Pierre et Amélie n'avaient plus reparu à Queue-d'Ageasse. « Une si bonne place, pensez, ils ont intérêt d'y demeurer ferme ! »

Jean se retourne, se heurte la tête contre le bois du lit, trop court pour s'y étendre à plat dos. Il est à présent le nez dans les rideaux, le mur sent la moisissure, le salpêtre, l'odeur visqueuse de la terre battue monte de la ruelle. Ces émanations rancies lui répugnent, comme les détestables images d'Amélie qu'il n'a jamais pu enfouir. Voilà que son bonheur est gâté à la veille du mariage de Jeannette ! Il se reproche sa faiblesse face au caprice de sa sœur, qui l'a entortillé avec des sourires, des baisers, des « frère chéri », alors qu'il s'apprêtait à gagner l'écurie.

— Tu ne vas pas dormir au c...

Elle s'est reprise à temps, connaissant l'aversion de son frère pour les écarts de langage chez les femmes, et davantage encore chez sa petite sœur.

— ... au milieu des vaches, la veille de mon mariage ? Je suis tant énervée que je ne fermerai pas l'œil de la nuit, je suis certaine. On se causera à travers les rideaux, d'un lit l'autre, comme du temps qu'on était petits. Puisque Pierre et Amélie ne sont plus là, tu peux bien revenir à ton lit, depuis cinq ans qu'il est vide ! Dis que oui, mon frère chéri. Ma dernière nuit à Queue-d'Ageasse... Mon grand frère...

Et lui, grand benêt, il a cédé, parce que Jeannette lui a souri avec des yeux emplis de larmes, parce qu'il s'est laissé attendrir par ce bouleversement contradictoire où se mêlent le bonheur de son mariage et la nostalgie du temps désormais révolu où tous les deux avaient reporté l'un vers l'autre la charge d'affection d'une famille déchirée par la mort.

Jean peut entendre la respiration régulière de sa sœur dans le sommeil : la fatigue, le remue-ménage des préparatifs ont eu raison de son excitation

Le mariage de Jeannette marque pour lui le début d'une vie sans astreinte, il va pouvoir enfin réaliser le dessein auquel il aspirait avant même d'atteindre l'âge de la conscription : s'engager dans la vie militaire, être acteur et non plus spectateur de cette gloire qui porte l'Empereur de victoires en triomphes, et mène à la liberté les peuples d'Europe opprimés sous leurs vieilles dynasties. Il devrait, face à cette fabuleuse perspective, être habité d'enthousiasme, enflammé de joie, et voilà que son bonheur est assombri, au fond d'un lit trop étouffant et doux, par des évocations troubles dont il ne peut distraire son esprit.

— Tu ne dors pas, Jean ! Vas-tu répondre à la

fin ? Ça fait une heure que je t'entends brasser dans ce lit, et cogner contre le bois. Je sais que tu es réveillé. Vas-tu pas me répondre ?

Sa sœur l'appelle d'une voix assourdie, et quoique l'obscurité soit totale dans la maison, il sait qu'elle est proche, qu'elle a entrebâillé les rideaux, parce qu'une bienfaisante fraîcheur lui arrive, soufflée par le courant d'air qui balaie la maison entre la porte mal jointe et le conduit de la cheminée. Cette bouffée froide le revigore, le tire de l'état brumeux où il s'était englué, à mi-chemin entre sommeil et veille. Il enrage contre lui-même : après tant de nuits passées dans la liberté de la nature, il a suffi qu'il revienne une seule fois dans un lit pour retrouver les anciens gestes, pour se couler dans la vieille routine qui impose de refermer les rideaux d'un lit, afin que les dormeurs s'y trouvent enclos dans une bulle épargnée des vents coulis, tiédie de leur propre respiration. Il s'en veut, et c'est Jeannette qu'il rabroue.

— Tu vas prendre le froid, bestiasse ! Retourne à ton lit. Ça fera bel effet, une mariée avec la goutte au nez et la tousserie !

Il l'entend rire à petit bruit, il perçoit des froissements mous d'étoffe et de plumes.

— Pas de risque. Je suis mottée dans mon édredon, sur ton marchepied. Juste le museau qui dépasse. Et même au cas, ça ne surprendra personne : se marier en mois de janvier, c'est courir l'inconvénient d'enrhumure, ou même pire, Simone Ménanteau tousse à cracher le sang, paraîtrait. C'est égal, mon promis et moi, on préfère traîner une fluxion de poitrine la vie durant, plutôt qu'il soit pris à la conscription de mars* !

En soulignant cette date insolite pour un mariage, Jeannette vient de rappeler à son frère qu'il affronte, en la circonstance, une pénible contradiction dans son habituelle ligne de conduite, dans la rigueur de ses opinions ! Lui, jusqu'ici, il n'avait que mésestime pour ceux qui tentaient d'échapper à cet honneur suprême de porter les armes pour l'Empereur, la France, la Liberté : ces mutilés volontaires qui se brisaient les dents, se tranchaient l'index à la serpe, s'infectaient au fumier les piqûres de l'épine-noire... ces faux malades bavant et se compissant dans de feintes crises d'épilepsie... ces sourds d'imposture que l'entourage attestait infirmes de naissance... ces égarés d'esprit, que la foudre avait touchés juste l'année de leurs vingt ans ! Et plus encore, il tenait en mépris les mariés de circonstance, eux qui n'avaient même pas le courage de s'infliger sévices, douleurs, contraintes, et saisissaient le bras d'une femme en comble de lâcheté, pour se dérober au devoir.

Et voilà qu'il transige avec ses principes pour le mariage de Jean Denoël avec sa sœur, qu'il lui accorde même de multiples justifications. Trois années à se fréquenter, cela montre une profondeur et une permanence de sentiments fort éloignées de la hâte des jeunes couards qui mettent

* Jusqu'en 1809, les hommes mariés étaient exemptés de la conscription. Après cette date, ils devaient de plus être pères de famille, les mariages « de circonstance » étant trop nombreux.

une fillette en obligation de noces, qui se jettent dans le lit d'une veuve ou d'une vieille fille en âge d'être leur mère, sinon leur aïeule !

Non, une telle attitude ne peut être imputée à Jean Denoël. Et puis, il n'aurait fait qu'un piètre soldat, Jean en a la certitude, parce qu'étranger à la grandeur d'une cause qu'il aurait de ce fait mal servie, insensible à cet idéal qui anime la Grande Armée et la propulse à travers l'Europe derrière ses aigles et ses drapeaux. Quelques rares mauvais esprits ont risqué, avec détours et précautions, de faire remarquer à Jean que « Tiens donc, le gars Denoël, il marie ta sœur juste avant que sa classe aille au tirage ? ». Ils n'ont obtenu qu'une réponse, jetée sur un ton qui leur a coupé l'envie d'aller plus avant dans le persiflage : « Je me battrai pour deux. Et si tu as doute là-dessus... — Non pas, non pas ! »

Ce sont donc de bonnes, de solides raisons, en y ajoutant le bonheur de Jeannette, pour que Jean ait accepté une « noce de janvier », la quatrième en la commune de Lorigné pour cette année 1808, noce longuement préparée par le conseil de famille dont il est membre depuis sa majorité. Il sait pourtant qu'il a, ce faisant, contourné ses exigences de ferveur patriotique, et qu'il lui faudra vivre désormais avec un accroc dans l'estime qu'il se porte. Il ne pense pas trop cher payer, au prix de ce remords, la liberté qui est la sienne désormais. Le voilà enfin dégagé de sa situation « d'aîné d'orphelins » qui l'exemptait de service, et libéré de l'obligation morale qui l'empêchait de s'engager avant que sa sœur soit établie. À la sortie de l'église, demain, les cloches carillonnant pour les jeunes époux résonneront pour lui comme les tambours, fifres et trompettes qui battent les charges victorieuses !

— Jean ! Tu t'es rensommeillé ?

— Non. Mais toi tu devrais te recoucher et dormir : tu vas être jaune comme un coing, demain, vilaine à faire ensauver ce pauvre Denoël, si tu ne fermes pas l'œil d'ici le jour. Entends-tu l'heure qu'il est ?

La pendule a sonné minuit. Jean avait oublié combien son tintement s'amplifiait dans le silence nocturne, puis décroissait en ondes sourdes qui restaient prisonnières dans la maison aux portes closes, qui demeuraient perceptibles après qu'elles se soient tues. La pendule de famille, unique encore à Queue-d'Ageasse, soixante ans après que le pépé René a eu, dans sa jeunesse, assez d'insouciance et d'amour pour offrir à sa « Doucette » cette coûteuse folie ! Tant d'heureux souvenirs autour de cette pendule, jusqu'aux colères de mémé Soize, quand le père et le fils rentraient penauds de leurs virées au vent d'aventure :

— Le prochain coup que vous partez de même, vauriens, sacripants, j'en fais du petit bois, avec ta pendule ! Et Louise elle reste bec cloué, mais elle en pense pas moins et elle m'y prêtera la main, j'en suis certaine.

— Alors je m'en vais affuter les cognées, Doucette, vous malénerez moins pour la bûcher.

Voulez-vous que je repasse la scie, de la même occasion ?

Silence pesant et regard lointain de la mère, tandis que mémé Soize clamait une fois de plus qu'un jour elle lui graffignerait les œils, à ce salaud « et mon pauvre père qui entend ça de là-haut ! ». Petit-Jean n'avait peur ni angoisse, malgré les cris et les malédictions de l'une, le mutisme menaçant de l'autre : le très jeune enfant qu'il était ressentait l'entente profonde qui cimentait les deux couples. Mémé Soize ne l'avait jamais « bûchée », la superbe comtoise qui faisait sa fierté, bien au contraire elle la lustrait de cire, l'astiquait à la peau de mouton, traquait de l'ongle la moindre chiure de mouche ! Lorsque la mort était venue par trois fois s'acharner à détruire tant de bonheur, lorsque la vieille femme s'était retrouvée seule avec les deux orphelins, un marchand de bestiaux lui avait fait remarquer qu'elle possédait là une fort belle pièce, et qu'il était prêt à lui en offrir, voyons donc...

— Jamais. Jamais ça sortira de famille ! Insistez pas. Ou je vous tape ma porte au nez.

— Ma brave femme, vous n'êtes pas loin de la tombe, et vous avez en charge deux petits malheureux drôles. Alors faut pas causer sur la grosse dent, quand on vous offre trente pistoles. Mais je ne suis pas de rancune, vous allez y songer, et je repasserai sous huitaine pour...

— D'accord, passez donc, mon brave homme, je vous donnerai l'heure. Ça fait quarante et quelques années, qu'on passe chez les Lotte pour avoir l'heure juste...

La pendule répète les douze coups, avec ce grincement de rouages qu'elle a toujours fait entendre, entre le sixième et le septième. « Mémé Soize, tu peux être fière, là où tu te trouves : les jours d'hiver, les jours gris de nuages et de pluie, on vient encore chercher l'heure juste à ce cadran, ces aiguilles, ce balancier qui jamais n'ont dévié de conduite, comme toi, comme eux, et comme moi j'essaie. » Demain, au soir des noces, la pendule va partir vers la maison des Denoël, avec le lit de Jeannette, avec le coffre et le trousseau : elle est le seul luxe dans la modeste dot de la jeune fille.

— Il faudra qu'il la cale bien d'équilibre, Denoël...

— Quoi ? Qu'il cale quoi ?

— La pendule. Pas trop près du foyer, mais pas non plus aux courants d'air, ni à l'humidité. Et puis fais-lui penser de la remonter une fois la semaine, même jour même heure. Attention : sans amener les poids en bout de course, pour ne pas les bloquer. Si de malheur elle s'arrête, il faudra...

Il se tait brusquement : il vient de prendre conscience qu'il fait leçon à Jeannette, qu'il discoure, conseille et ordonne à celle qui est depuis dix ans en responsabilité de l'horloge, et qu'il va se faire moucher car sa petite sœur est vive à la riposte : par la moquerie, la dérision et les sarcasmes, elle peut être aussi redoutable que mémé Soize l'était par ses emportements !

— Notre Père qui êtes aux Cieux, merci de votre bonté, grand merci d'avoir envoyé le Saint-Esprit caler la pendule, fourbir le balancier, et remonter les poids mais pas trop, parce que ça coince la mécanique. Merci d'avoir fait ça pour la pauvre Jeannette, durant que son frère, tant avantagé sur elle de tête et de jugeote, prêchait aux arbres sur la façon de faire des feuilles, et faisait prônes aux chemins sur la manière d'aller à Rome. Merci Seigneur. Amen.

Il ne répond pas à la prière malicieuse, à la raillerie qu'il reconnaît cependant méritée : même avec cette sœur tant aimée, il ne peut s'avouer en tort, son silence sera son seul « mea culpa ». Jeannette le sait depuis longtemps et s'en contente : « Mon frère, quand il ne brame pas qu'il a raison, quand il se pince le bec avec l'air d'avaler une goulée de vinaigre, c'est qu'il se sent en faute jusqu'au cou. Et même ça, c'est rare ! » Il se tait, et c'est ma foi vrai qu'il se mord les lèvres...

— Bon ! Maintenant qu'il a ravalé ses faut-ci et ses fais-ça, le frère Jean-des-Sermons, je vais lui dire une bonne chose : si elle te porte si grand tracas, cette horloge, je te la laisse. Tu t'es assez désavantagé dans le partage, et je te garantis, chez les Denoël ça n'est pas leur genre, de chicaner sur ma dot.

Quoique elle ait parlé bas, l'agacement est perceptible dans sa voix. Heureusement, Jean la sait prompte à la gaieté, vite désarmée de rancune par une plaisanterie.

— Merci, Jeannette. Oui, je vais l'emporter. Ce sera d'un effet superbe, une comtoise en travers de mon barda.

Il l'entend hoqueter dans l'édredon, il a beau

répéter : « Tais-toi, tais-toi, tu vas les réveiller ! », le fou rire de sa sœur grimpe à l'aigu, et sa voix monte aussi malgré l'épaisseur de la plume.

— Soldat Lotte ! Présentez... pendule ! Présentez... Ah ! là là ! Je n'en peux plus !

— Moins fort, voyons ! Cape-toi mieux dans l'édredon. Arrête, folle !

Il est communicatif, le rire de Jeannette, et Jean s'esclaffe lui aussi, entraîné par la bouffonnerie de l'évocation, revigoré par cette joyeuse complicité fraternelle, si tonique et saine après le trouble du souvenir d'Amélie, si débordante de vie et d'espoir après la nostalgie des bonheurs massacrés. Il en oublie les dormeurs sous le mince abri de leurs rideaux, il en oublie l'heure qui marque le cœur de la nuit, du repos, du silence. Il claironne avec des accents de commandement militaire :

— Soldat ! C'est ton Empereur qui le demande : quelle heure est-il à ta petite montre de demoiselle, brave soldat ?

Un gueulement de son oncle lui répond, il couvre les rires de Jeannette, les récriminations de sa tante se lamentant qu'avec ces deux polichinelles, et Terrassier qui lui corne aux oreilles, ça y est misère, sa nuit est finie ! Et celle des drôles, qui étaient déjà échauffés comme un boisseau de puces depuis trois jours ?

— Espèce de grand ferlassou, de... de... (l'oncle bégaie de ne pouvoir trouver un terme suffisamment injurieux) de... bourrique braillaude ! Son pied au cul qu'il te mettra, le Poléon, ça remplacera ceux que je t'ai pas donnés. Tu vas le fermer, ton clapet ? C'est minuit sonné, soldat de merde ! Et l'autre qui ricasse comme une goduche, malheureux Jean Denoël, il sait pas le martyre qui l'attend de s'apparier avec cette... cette bête à charge ! Le débarras que ça va être pour moi de leur voir virer les talons, à ces espèces de bigournes * !

Un silence absolu suit l'explosion de colère, plus impressionnante d'être inaccoutumée chez cet homme au tempérament placide. Ni la bête à charge ni le soldat de merde ne répliquent aux insultes, la tante Annette ne se porte pas en défense des neveux de son côté, le boisseau de puces n'entre pas en effervescence dans le lit de Jacques et d'André : tous doivent avoir compris, comme Jean, que les excès mêmes de la fureur et du langage sont la manifestation maladroite du chagrin éprouvé par François Terrassier, à l'idée de voir partir vers leurs nouvelles destinées les deux « bigournes » qu'il aime tendrement !

Jeannette a regagné son lit, sans piper mot. L'horloge responsable du branle-bas et de l'orage emplit de son tic-tac la maison revenue au calme, à l'engourdissement de la nuit, la maison où personne ne dort, cependant : on soupire, on se retourne, les bois de lit craquent, les feuilles de châtaigniers crissent dans les paillasses. Pour tout le monde, à n'en pas douter, le jour sera long à venir. Jean a laissé ouverts les rideaux qui l'oppres-

* La bigourne, ou bigorne : animal mythique ayant l'aspect d'une chèvre, que l'on supposait se rendre au sabbat.

saient. Il reste assis, les yeux grands ouverts dans l'obscurité : il ne veut pas retomber dans cet état de demi-sommeil où le guette peut-être encore Amélie, le souvenir de ses pièges sensuels, l'invite de sa peau nue au-dessus des bas de grosse laine.

Il respire l'air froid qui souffle sous la porte et cherche à y reconnaître les parfums de vent, de nature, qui lui arrivent faiblement, camouflés et dénaturés par les relents de soupe aux choux, de ragoût, de fromage, par l'arôme miellé des galettes de noce empilées sur la maie. Malgré les senteurs fortes et complexes de la maison, son odorat presque aussi aiguisé que le flair des bêtes sauvages lui fait percevoir l'haleine de la pluie, derrière la sèche odeur de terre durcie par le gel. Dans une heure au plus il pleuvra : savoir deviner l'approche de l'eau, de la neige ou de la grêle, c'est de famille depuis le fond des âges, comme l'ente du châtaignier, les échappées à l'aventure, l'aspiration de liberté, de savoir et de justice. Et aussi — Jean sourit en évoquant la prière de Jeannette — comme ce caractère malcommode qui jamais ne s'admet en faute. « Seigneur, je vous en donne promesse, s'il ne mouille pas sur le cortège de Jeannette, je ferai devant toute la noce l'annonce que je me suis trompé. Pour une fois. »

Après un début d'hiver battu d'averses glacées, la deuxième quinzaine de janvier a amené le soleil, le vent du nord, le gel, qui ont asséché la terre des chemins. La chaussée résonne sous le talon, au lieu de faire entendre le bruit de succion des sabots qu'on arrache à la boue.

L'état de la route qui mène à Lorigné avait été un souci majeur pour la famille, jusqu'en milieu de mois, et bizarrement, c'était l'oncle qui s'en lamentait le plus fort.

— Trimer comme une bête la vie durant, et pas même avoir un char à bancs pour que la mariée n'écasse pas dans la foigne ! Ah mes pauvres enfants, c'est les noces de Misère avec Mésaise qui se préparent !

— Enfin, tonton, tu en connais beaucoup, des paysans qui roulent calèche ? On n'est pas dans les plus à plaindre, avec mon futur.

Jeannette avait beau émettre ces considérations optimistes, on la devinait inquiète elle aussi sur les aléas du cortège, et la tante Annette ramenait des arguments péremptoires pour lui redonner le sourire :

— Ma petite, faut savoir choisir et pas regretter : préfères-tu mieux laisser un soulier dans un creux d'ornière ou que ton promis perde la tête par un boulet de canon ?

Ce raisonnement simpliste ne rassérénait pas l'oncle François pour autant. Il s'obsédait sur l'absence d'attelage.

— Jean, toi qu'es du dernier bien avec Tallonneau, tu peux pas lui emprunter son cabriolet pour l'occasion, et sa jument ?

— Il les a offerts, oncle François. Bien entendu j'ai refusé.

— Tu seras donc toujours aussi acrété, mon

pauvre drôle, les pieds dans la merde et la tête dressée de haut !

La tante Anne et Jeannette, quant à elles, s'étaient récriées qu'il avait eu grandement raison, c'était leur genre, peut-être, d'aller à la charité ? L'oncle avait grommelé qu'ils étaient fous perdus par l'orgueil, tous les trois, et il avait ajouté à l'intention de sa femme :

— Mais tu devras pas compter sur moi pour te faire passer les gassouillets, mulasse, si t'es trop lourde d'arrière-train pour les sauter toute seule !

— Ça j'ai jamais compté dessus, Terrassier. Te faudrait double de carrure, pour me lever de terre.

Le brusque changement de l'humeur du ciel avait mis fin à ces querelles. L'oncle François lui-même, pour qui à l'habitude ni pluie, ni soleil ni gel n'arrivaient au bon moment, cette fois le reconnaissait et s'en réjouissait : un beau froid, un joli temps, il en devenait même loquace et jubilant, aux veillées.

— Ma chère mignonne, on ne pouvait pas espérer meilleur. Parce que les premiers mariages de janvier, misère ! Cette pauvre drôlesse à Menanteau, ragouillée jusqu'aux os, d'après qu'elle a attrapé un mauvais mal. Et la dernière aux Pellain, guère mieux, elle...

— Arrête, tonton, arrête ! Tu vas porter malheur à mon cortège ! Tu vas faire pleuvoir.

Jean n'avait jamais connu son oncle aussi malicieux, poussant la plaisanterie avec une vivacité joyeuse fort éloignée de ses comportements habituels.

— Pourvu que non, ma chère mignonne. Quand il mouille un jour de noce, c'est signe que la mariée sera sujette à batteresse. Annette, te rappelles-tu pas de cette saucée qu'on a pris en sortant de messe ? C'est la raison que je te flanque la rabâtée, sensément tous les jours, et que tu files doux.

Même la tante Annette s'esclaffait d'évoquer la scène : François Terrassier battant sa femme, le comble de l'inimaginable ! Jeannette riait plus haut encore, les yeux brillants de bonheur.

— Oh là là ! J'ai grand-peur, il est si fort, mon promis ! Quand il plie le bras, comme ça, on croirait une boule en fer sous sa manche !

— Ah ma coquine ! T'as raison petite, faut jamais acheter la bête sans tâter.

— Suffit comme ça, Terrassier. Y'a manière et manière de moquasserie, m'est avis que tu devrais pousser moins fort.

L'oncle se taisait, le ton et le regard d'Anne Terrassier ne laissant pas place à l'équivoque : « m'est avis que tu devrais »... était une sommation d'arrêter la gaudriole avant qu'elle ne dérivât vers la gaillardise. Lorsque le fiancé de sa nièce était présent aux veillées, il se rattrapait, certain alors que son épouse n'oserait pas montrer cette autorité dominatrice qui inversait chez les Terrassier les rapports traditionnels d'un ménage : il ne s'agissait pas d'effrayer par avance le doux Jean Denoël, et de lui laisser entrevoir ce qui, peut-être, l'attendait !

— Mon gars, je vais te dire une devinette, à

présent que les petits drôles sont endormis. Voilà. Plein le jour et vide la nuit, qu'est-ce que je suis ?

La tante Annette, dans le silence de rigueur entre question et réponse, levait de son tricot des yeux apparemment indulgents :

— Tu penses, s'il la connaît pas ! Même moi, alors... Et j'ai jamais compris ce que c'est de tant risible.

— Laisse, laisse. Alors, Jean, tu cotes ou tu réponds ?

— Ben.. Un sabot. C'est un sabot.

François Terrassier se tapait sur les cuisses, oui tout juste, elle était bonne celle-là !

— Tiens une autre, encore mieux. La plus belle fille de Paris, quand elle...

— C'est pas pour te contrarier, François, bien entendu, mais peut-être ils préféreraient causer tranquilles entre eux, cette belle jeunesse. Tu crois pas ?

Elle était tout sucre et miel, la voix de la tante Annette : si Jean trouvait peu d'esprit dans les sous-entendus grivois de ces balivernes, il était un observateur amusé du renversement de situation.

— Ils auront la vie durant pour causer, laisse-nous donc rire. Écoute bien, mon gars. La plus belle fille de Paris, quand elle est à sa dormie, où donc qu'elle a la main ?

Silence. Cliquetis nerveux des broches de tante Annette. Denoël se grattait la tête.

— Ah ! Celle-là je sais pas. Toi Jean, tu connais ?

Non, il ne connaissait pas : c'était pour lui

comme pour Jean Denoël une devinette inédite dans le répertoire cent fois rebattu des gaudrioles poitevines. Le sourire de la tante Annette virait au rictus, tant il était forcé.

— Mais où donc que tu vas chercher tout ça, François ?

— Machaud. Le fils Machaud qui me l'a sortie.

— Ah ! Machaud, tu m'en diras tant. Jeannette, va donc rassolider la bûche qui cale le volet de derrière, ça me vrille aux dents de l'entendre couiner de même.

— Pas la peine qu'elle sorte, Annette, juste une minute et moi j'y vais. Alors, mon gars ? Tu cotes ? Au bout... du bras ! Au bout du bras qu'elle a la main ! Ce qui faut, c'est bien l'amener : au bout... on arrête un moment... du bras ! Jamais j'en ai entendu d'aussi rigolaude ! Pas vous ?

La tante Annette était au bord d'apoplexie, se retenait quand même d'exploser.

— Bof... Ça veut pas dire grand-chose. Allez, c'est pas tout ça, François, puisque tu sors, sans te commander tire donc de la piquette. J'ai fait des châtaignes blanchies, ton régal. Et tu vas être content, des échaudés.

Pauvre oncle François ! Une fois Jean Denoël parti, elle le régalait d'autre façon.

— Tu profites que je peux rien dire, pas vrai, pour sortir de ces bêtises, qu'un cheval en bois te donnerait un coup de pied d'entendre pareilles sornettes ! Si jamais tu recommences, je sais pas si je me retiendrai.

Il faisait pitié sous l'algarade, du regard il

cherchait secours vers ses neveux, comme un enfant qu'on aurait berné avec des sourires pour lui flanquer ensuite une calotte ! Jean et sa sœur essayaient de calmer la rage de leur tante.

— Tu vas réveiller les petits, tantine. Va, ça n'est guère méchant, on en entend des plus pires, à certaines veillées.

— Jeannette a raison, tante Annette. Sauf qu'on ne dit pas « des plus pires ». On en entend « de pires ». Pire est un superlatif à lui seul, comme meilleur.

— C'est ça, détourne de conversation, et mettez-vous de son côté ! Quand je songe ! Quand je songe !

Lorsque la tante Annette enflait ses « quand je songe » dramatiques, on était sûr d'en tenir pour une longue homélie.

— Quand je songe aux veillées de dans le temps, chez nous autres Lotte ! Votre défunt pépé René, il...

— Annette !

— Ah ! Laisse-moi un peu causer, Terrassier, j'ai assez bouilli de t'entendre sans rien répliquer. Votre pépé René, il récitait des affaires qu'on écoutait à se mettre à genoux les pleurs aux œils, moi et votre pauvre père.

François Terrassier faisait d'infructueuses tentatives pour arrêter le flot, c'était l'heure largement passée de se coucher, croyait-elle pas ? Elle ignorait l'interruption.

— Des affaires que ça me revient encore à la tête au bout de trente ans passés, tant que c'était superbe, et instructif sur la moralité. Par exemple un père qui discutait avec son gars. C'était question d'un bonhomme qui lui avait foutu une tape, au vieux, et il avait pas pu lui retourner la pareille vu qu'il était guère solide, par l'âge. « Rodrigue as-tu du cœur ? » Ça c'était le vieux qui demandait. « Tout autre que mon père l'éprouverait sur l'heure. » Ça, c'était le jeune gars qui répondait, et votre pépé il changeait de voix pour qu'on comprenne mieux lequel qui causait. Ça se finissait, je le revois encore parce qu'il faisait les gestes aussi : « Va courvoler nous venge ! » Et il « courvolait » venger son père, le brave garçon.

Jeannette se cachait la figure dans les mains, les épaules agitées par le rire. Jean baissait la tête, pour tenter de dissimuler combien lui aussi se divertissait à l'évocation de la tragédie du Cid, dans la bouche de tante Annette.

— Alors, quand on a écouté ça dans son jeune temps, et qu'il faut ensuite supporter des rigourdaines à faire rougir les pincettes, où c'est-y qu'elle a la main, et patati et patala, ça me graffigne le cœur, et les Instruits, mes pauvres enfants, ils doivent se retourner dans la tombe !

La tante Annette se mouchait à grand bruit, essuyait des larmes : c'était le signe que le gros de la colère était passé.

— Annette, je reconnais c'est pas trop fin, tout le monde peut pas être élevé en instruction comme tu l'as été. Mais crois-tu que c'est le moment de les remettre au chagrin, ces deux drôles, vois donc Jeannette qu'est toute détrevirée.

La tante Annette admettait qu'il avait raison, qu'il était un brave homme, et qu'elle, elle tenait de famille d'avoir la tête trop près du bonnet.

— Mais tâche un peu moyen de te taper la goule, à la prochaine fois que Denoël viendra faire veillée.

Il assurait que oui, et il recommençait. Ainsi, Anne Terrassier avait pu maintes fois, durant les fiançailles de Jeannette, rappeler les souvenirs approximatifs qui lui restaient du Cid, de Cinna ou d'Horace.

Sans doute fallait-il voir, dans cette propension subite de l'oncle à poser de scabreuses devinettes, les mêmes origines qu'à son courroux contre les deux « bigournes » qui l'avaient réveillé, passé minuit : il était un brave homme, comme disait sa femme, et il éprouvait un déchirement de voir partir les orphelins qu'il avait recueillis de grand cœur. Par des rires ou des colères si peu conformes à sa nature, il cherchait à oublier sa peine.

Jean a été seul à entendre les premières gouttes de pluie. C'est d'abord un grésillement si ténu qu'il peut passer inaperçu parmi les bruits nocturnes de la maison, incessants et légers : course des mulots entre le chaume et le lattis du toit, craquements des poutres, grignotis des vrillettes qui creusent leurs galeries dans le bois des vieux meubles. Il se garde de rien dire : personne ne dort, il en a la certitude, et le fracas de la trombe d'eau qui va s'abattre les jettera assez tôt dans l'inquiétude.

Les cris s'élèvent, avec le brusque ruissellement de l'averse qui maintenant crépite, tombe dru, jusque dans la cheminée. Les « putain de bon Dieu de bourdeau de merde ! » de l'oncle François, que sa femme laisse passer, pour une fois, ou peut-être n'entend pas puisqu'elle crie des « Seigneur Jésus, Sainte-Marie ! » qui s'apparentent davantage, par le ton, à des blasphèmes qu'à des prières ! Et les piaillements de Jeannette : « Ça y'est, et ça me semble plus pire encore que pour Simone Menanteau ! » Et même, venant du lit de Jacques et d'André, des rires, et la comptine de la pluie, « Il pleut, il mouille, c'est la fête à la grenouille »... La voix d'Anne Terrassier couvre le tumulte :

— Maudits drôles, ça va être fête pour vos derrières, si vous continuez de chantuser ça ! Vous comprenez donc pas que pour nous autres, et surtout pour Jeannette, c'est une grande pitié-misère, qu'il mouille ? Gare à la mère Tape-dur, je vous en avertis.

Les deux garçons se taisent : si la mère Tape-dur se manifeste rarement, ses promesses ne sont jamais vaines et son efficacité est redoutable. Jeannette pleure. L'oncle a cessé de dévider ses jurons et retrouve les ce-qui-faut qui semblent le rassurer.

— Bon. Jetons pas le manche après la cognée. Ce qui faut, c'est voir de quelle façon ça tombe. Je m'en vais me lever, pour me rendre compte.

— Oui bien, mon pauvre homme ! Entends-tu

pas dans la cheminée ? Ça tombe raide droit, pas besoin de sortir pour savoir. Et ça va me noyer les braises.

— Alors ça n'est qu'une ramée, ça ne fera que passer. Ce que je me dis, c'est que...

— Tu dis ça pour me porter en rassurance, tonton. Jean, qui s'y connaît si bien sur le temps, lui il ne sonne mot. Jean ? Qu'est-ce que tu en penses ?

— Ça ne durera pas. Seulement, ce qui...

Cette fois, c'est la tante Annette qui coupe la parole, assurant que puisque son neveu prévoit l'averse courte, la voilà tranquillisée...

— Parce que sans vanter, ça vient de famille ce nez pour le temps. Jamais mon défunt père ni mon pauvre frère ne se sont méjugés là-dessus. C'est de famille. Du côté Lotte.

— Et de pas laisser causer, Annette, ça vous vient de quel côté, toi et ta nièce ? Parce que ça me semble qu'on a la même idée à la tête, avec Jean, et...

— Suffit de même, Terrassier. Ça ne durera pas, il l'a dit oui ou non ? Et toi pareil. Alors... Tiens, écoute donc si j'ai pas raison, ça vient de s'arrêter. C'est trop fort, ma pauvre mignonne, voilà qu'il nous reproche de causer ! Enfin... On ne va pas se mettre en fâcherie à présent qu'on est rassurés. Ma petite Jeannette, dès soleil levé ce sera sec, la mariée ne pattera pas dans la boue. C'est qu'il nous aurait fait peur, pour un peu, avec ses idées à la tête !

Un moment de silence. Soupirs de François

Terrassier. Va-t-il se décider à porter l'annonce qui ramènera les gémissements et la désolation ? Jean lui laisse une chance de récupérer une parcelle d'autorité et de prestige. Si son oncle tarde trop, c'est lui-même qui devra parler : il ne faut pas attendre que le jour se lève pour agir !

— T'as raison, Annette. Ce sera sec et elle ne pattera pas. Ce que je voulais dire, et Jean de même : ce qui est tombé, c'est déjà en train de regeler. T'as raison, ce qu'elle risque, et nous avec, c'est juste de riper, se démancher un pied ou se casser un membre. T'as toujours raison, Annette : c'est de famille.

Le vent s'est engouffré dans la maison lorsque l'oncle François a ouvert la porte, les cendres ont tourbillonné dans la cheminée. La lune brille, dans un ciel dégagé de nuages, et fait luire une nappe vernissée, polie comme une vitre, d'où émergent çà et là des cailloux lustrés de verglas.

La pluie est tombée avec suffisamment d'abondance et de force pour ramollir la terre en surface, l'aplanir, la lisser, puis le nordet s'est levé. Sur le sol refroidi par quinze jours de gel, le vent de glace a soufflé, et l'eau s'est prise aussitôt en une brillante, menaçante glissoire : c'est justement ce que Jean et son oncle avaient prévu, et que la tante Annette ne leur a pas laissé loisir d'exprimer. Elle aussi, elle s'est levée, et Jeannette, et les enfants...

— Pas possible de tenir debout là-dessus, misère ! Et le vent tire de loin, c'est pour durer, cochonnerie ! Tu vois ce que je te disais, ma pauvre femme !

Il referme la porte sur ces mots. Ce sera l'unique et discret rappel des sarcasmes qui ont précédé, il épargne son épouse d'un supplément d'humiliation. Elle ne répond pas, la « pauvre femme », elle ravale en silence l'avanie, elle ordonne seulement aux deux garçons de se recoucher :

— Pas besoin de risquer la crève de froid, mes chers petits, on a suffisance de tracas.

Ils obéissent sans protester : la douceur inaccoutumée du ton a dû les effrayer plus encore que les menaces de la mère Tape-dur ! On les entend chuchoter dans leur lit. Quoiqu'ils étouffent leurs voix, on y devine davantage d'excitation joyeuse que d'alarme : Jean se souvient des plaisirs brutaux de la glissade, quand il avait leur âge, de la sauvagerie des jeux sur le verglas, et ce vertige de la vitesse en perte d'équilibre... Les sanglots de Jeannette le ramènent au présent, où la glace est danger, calamité, affliction. Il regagne son lit, pour s'habiller, et la tante Annette assure qu'il a raison, il n'y a que ça à faire...

— Ça gèle à fendre dans la maison, et nous voilà nu-pieds, en chemise et camisole. Dès que j'aurais mis mes effets, je ranimerai le feu.

— Oui, c'est ce qui faut, Annette. Je m'occuperai de buffer, ça sera long à venir parce que t'avais raison... (un silence de minces représailles...) les braises sont quasiment noyées.

— Laisse, oncle François, j'aurai vite fait, sans le buffou.

Jean n'a pas besoin de s'époumoner dans la tige creuse, il sait moduler son souffle pour tirer une flamme du moindre brandon. Bientôt le feu s'élève, alimenté de copeaux puis de ramille, et sa vive lueur éclaire les visages désolés, les larmes de Jeannette. La tante Annette gémit :

— Et quoi faire d'autre qu'attendre, misère ? Entendez-vous pas au treuil du puits, comme le vent force ? Ça sert à rien de brailler, ma petite mignonne, tu vas te bouillir la figure. Le maire et le curé patienteront comme nous autres, ça va pas durer jusqu'en février, quand même ! Au pire une journée de retard.

À cette idée, Jeannette sanglote plus fort et jette les hauts cris, non non, même une journée de retard ce serait horrible, jamais on n'a vu de mariée faire ses noces au lendemain de la date prévue !

— Ne pleure pas, Jeannette...

Jean s'arrête : il vient, sans y penser, de prononcer les paroles d'une vieille et triste complainte, où promis et promise finissent « pendolés » à une haute branche ; fâcheuse évocation en la circonstance, maladresse qu'il tente de rattraper en chantant sur un rythme joyeux :

— Ne pleure pas, Jeannette,
Nous te mari-e-rons
Nous te mari-e-rons !

Elle hausse les épaules, en gémissant que c'est bien le moment de chanter... L'oncle et la tante échangent des regards scandalisés. Il ne leur laisse pas le temps de s'indigner.

— Voilà ce que j'ai projeté. Dans ma grange des

Fayes, il reste des masses de fougère sèche. Je vais m'atteler à ta charrette, oncle François, et je...

— Et tu épandras les fougères sur la route de Lorigné ! Mon frère chéri ! Il n'y a que toi pour avoir de si riches idées !

La tante Annette en tombe d'accord, ajoutant que son défunt père René-Instruit, lui pareil, rien ne lui résistait, il trouvait toujours la musse dans le roncier ! L'oncle François semble moins convaincu.

— Mon petit gars, ça part d'un mouvement de bon cœur, mais tu n'arriveras pas. Ça suffit pas, le bon cœur, pour tirer une charrette sur le verglas. Même les bêtes s'abattent dans les brancards, et que pourtant elles sont mieux outillées pour s'agripper, sur quatre pattes !

— Sans doute, mon oncle. Mais moi je suis mieux outillé de cervelle qu'une bête. Et puis tu oublies mes sabots !

CHAPITRE V

Le matin de glace

La lune en déclin fait resplendir le bois des Fayes métamorphosé par le givre. Les arbres jusqu'à leurs plus menus rameaux, les buissons, les brindilles sont devenus de scintillantes et craquantes merveilles qui semblent émettre dans la nuit leur propre. rayonnement : une lumière froide, blanche, absolue, qui se morcelle en éclats d'étoiles reflétés et répétés à l'infini par les cristaux du gel, lorsqu'une rafale passe.

Jean se force à détacher son regard du chef-d'œuvre de nature que lui offre — pour la dernière fois peut-être — le bois des Fayes dans ses magies d'hiver, et se dirige vers sa grange. Les feuilles mortes raidies par le verglas craquent au passage de la charrette. Il les entend qui se brisent sous ses sabots, qui crépitent comme un brasier d'herbe sèche. C'est un bruit insolite, un bruit d'été et d'ardente chaleur dans cette nuit de janvier figée par la glace. Quels mystérieux accords se jouent donc entre les extrêmes du froid et de la fournaise ? Pourquoi l'oncle parle-t-il d'une « échaudure d'enfer » lorsqu'il se plaint de ses engelures ? Pourquoi le gel brûle-t-il les jeunes pousses, en les laissant roussies comme les chaumes des moissons ? Et pourquoi le fer rouge...

Il s'oblige à arrêter ses interrogations : il se sait capable de vaguer et divaguer des heures durant à travers les énigmes de l'univers, et d'en retirer l'amère certitude que le savoir dont il s'enorgueillit n'est qu'une incertaine, tremblotante flammèche dans les ténèbres de ce qu'il ignore.

La nécessité de l'action l'aide à s'extraire de ce vertige, de ce questionnement sans réponse sur les mystérieuses convergences de la glace et du feu. S'il lui arrive de rêvasser sans fin sur une fourmilière, une plume de faisan, ou sur le clignotement d'une étoile, il peut aussi se muer en une mécanique obstinée à la tâche, sans autre obsession que de vitesse, de perfection et de réussite.

Il ne se laisse même pas distraire par l'arrivée du chien, qui gronde doucement à quelques pas de lui. Il ne lui accorde pas la moindre attention, il ne lui parle pas comme à l'accoutumée : il ramasse, entasse, arrime, encore trois brassées de fougère, et là, pour l'équilibre, deux bottes de feuillard qui lesteront le cul de la charrette... La lune s'est couchée, et cependant la clairière luit encore de la blancheur profonde du givre. Il n'en éprouve plus émerveillement ni fascination, il se réjouit seulement d'y voir assez clair pour nouer les cordes sur son chargement démesuré.

Il s'est attelé de nouveau à la charrette. Le chien

bondit vers le couvert : plus de six années ont passé depuis son arrivée dans le bois des Fayes, et jamais il ne s'est laissé approcher.

— Mon pauvre vieux, tu ferais mieux de lier amitié avec tes demi-frères loups. Ils appellent, cette nuit, du côté de Montalembert. Et moi je vais aller soldat...

La bête des Fayes gémit, comme si elle comprenait, gémit et recule, les yeux fixés sur Jean. Ni chien, ni loup, elle est la bête des Fayes, et elle retournera dans sa sauvagerie et dans sa solitude lorsque le compagnon humain qu'elle s'est choisi restera des années et des années, l'éternité peut-être, sans revenir dans sa clairière.

Jusqu'à la Croix de Pisse-Poule, Jean n'a besoin que de force et d'endurance : le chemin est orienté plein ouest, encaissé de talus où végètent des châtaigniers miséreux qui ont cependant protégé la chaussée du regel. Les roues de la charrette s'enfoncent dans une bouillasse d'eau et de glaçons qui épargne de glissades, si elle semble doubler le poids du chargement.

Ensuite, il faut virer au nord, sur la route qui descend vers Queue-d'Ageasse à travers les terrains dégagés des Charbonnières. C'est une fausse pente, insensible, traîtresse aux attelages pour les voituriers qui ne connaissent pas l'endroit et laissent aller, sans tirer au mors ni tourner le frein. Jean se méfie, l'aborde avec prudence... et part en longue dérapade au terme de laquelle il réussit, de toute extrémité, à empêcher que la charrette ne verse.

Il rebrousse chemin. Quelque distance avant la Croix, un étroit chemin forestier offre un autre accès au village. Il débouche « dans les derrières », comme on dit ici, quoique nulle explication évidente de ce terme n'apparaisse dans l'implantation capricieuse des maisons. Il obligera Jean à un détour pour arriver chez les Terrassier, n'importe, il s'y engage. Le vent s'engouffre en enfilade dans la coulée, se renforce d'être canalisé par les taillis et les fourrés qui la bordent.

— Allons-y bout-t'au vent, pour parler comme les gens de mer : ça servira de frein. Et la ripée que je viens de faire, elle, va me servir de leçon !

À présent, il prend le temps d'assurer chaque pas par une vigoureuse talonnade qui creuse une prise dans le verglas, affermit son équilibre. « Tu oublies mes sabots, oncle François. » En a-t-il assez entendu, des réflexions ironiques sur ses sabots en souche de noyer — prudemment assorties d'éloges implicites ! « Et qu'il fallait être costaud comme un bœuf rouge, cré nom, pour lever ça de terre, vu qu'une souche entière à chaque pied ne pèserait guère plus... Et voulait-il donc la mort de la saboterie, vingt dieux, en façonnant de même des bots durables pour la vie, qu'on n'en voyait jamais la fin par usure ou par casse ? » Ils ne sont guère plus d'une quinzaine, dans le pays, à pouvoir s'offrir les « bots des Fayes » : même en tenant peu compte du temps passé à les ouvrager, Jean doit les vendre deux fois plus cher que les sabots ordinaires en hêtre ou en châtaignier.

C'est avec l'argent gagné dans les souches que Jean a pu acheter la parure de sa sœur pour les noces, et même lui offrir le luxe extravagant de souliers en peau à fine et glissante semelle, qu'elle sort dix fois par jour de leur papier de soie en se récriant de leur élégance et de leur perfection. Comment va-t-elle tenir debout aujourd'hui, même en marchant sur des feuilles de fougère, chaussée de ces bottines délicates ?

— Pépé René, te rappelles-tu ce soir d'orage où tu nous as quittés ? J'avais rempli la saunère de grêlons, croyant bien faire, et perdu en eau le sel qui vous coûtait tant de peines et soucis. À Bordeaux sur le quai des Chartrons, un jour de grande gelée, j'ai vu déverser du sel sur la chaussée, pour préserver de chutes les bourgeois et leurs équipages. Tu vois comme les temps ont changé, pépé René !

— Salut, mon gars. C'est quand même pas à ta bourrique que tu causes, vu que t'es attelé tout seul aux brancards ?

Jean ne s'est pas aperçu que la nuit pâlissait au levant, et qu'il arrivait à la première maison de Queue-d'Ageasse. Émile Jardonnet l'a interpellé depuis sa cour, où il est occupé à répandre des cendres entre l'habitation et l'écurie.

— Salut, père Jardonnet. Non pas, non pas, je ne parle à personne. Je me répète les répons de la messe de mariage. Faites excuse, je dois me presser.

Il s'arrête cependant. Parler tout seul, c'est déjà vu dans le village comme la manifestation d'une fêlure à la cervelle, juste pardonnable aux vieillards amollis d'esprit. Si de plus il passait sans marquer la moindre halte alors qu'on lui adresse la parole, ce serait faire preuve d'une choquante grossièreté, d'autant que Jardonnet s'est rapproché de la barrière.

— Brave garçon, je comprends ce qui t'aiguillonne, à voir ce chargement. Regarde donc nous autres, si c'est pas une perdition de malheur, gavagner cette bonne cendre * pour être à même de tenir sur ses jambes, et pouvoir soigner les bêtes ! Ma pauvre femme, elle crie au perdu, ça lui tire les pleurs ; comment qu'elle va couler sa prochaine bugeaille ?

— N'avez-vous pas de la litière, pour joncher votre cour ? Au dégel, il suffira d'un rayon de soleil, et vous la récupérez bonne à l'usage. Tandis que vos cendres, elles vont se détremper et gâcher, dans la terre.

— Penses-tu ! Rien de litière, et guère mieux de fourrage, en ce fond de l'hiver. Dès que ça aura séché un petit, dans ma jachère des Eaux-Dedans, j'y remettrai mes pauvres bêtes, sensément on n'y tâte plus que les os... Encore heureux si elles tiennent sur leurs pattes, pour s'y rendre !

— Créant à l'art des champs de nouvelles ressources... Tentez d'autres chemins, ouvrez-vous d'autres sources...

— De quoi que tu me causes, sur cette drôle de voix ? C'est-y dans la messe de mariage, ça avec ?

* Les cendres tamisées servaient à blanchir le linge des lessives.

Jean s'est laissé aller à la citation d'alexandrins pompeux dus à l'abbé Delille, qui paraissent chaque semaine dans le journal.

— Non, du tout, une idée qui me passait... Tenez, j'ai largement trop de fougères. Je vais vous tirer deux-trois brassées, ça épargnera votre bourgeoise de pleurs et de soucis, elle ne perdra pas face pour le blanc de ses draps, quand elle étendra sur le pré !

— C'est pas de refus, et grand merci. Tu vois, mon gars, j'ai agrément à te le dire : t'es le portrait juré de ton grand-père et de ton père, le Bon Dieu ait leur âme. Eux pareillement, ils étaient un peu calvirés de tête, sans offense, et on comprenait pas toujours ce qu'ils prônaient. Mais le cœur sur la main pour rendre service, ça oui, et fallait quasiment se batailler pour leur retourner la pareille. Es-tu sûr qu'elles te feront pas manque, au moins, parce que les deux-trois brassées, m'est avis qu'en voilà déjà huit à bas...

— N'ayez crainte. Allez, ce coup-ci je me sauve, le temps presse. Salut bien, père Jardonnet.

Jean a laissé couler, sans même un froncement de sourcil, la tête « un peu calvirée », parce que le ton était chaleureux, dénué de sous-entendus malveillants : la simple constatation d'un fait établi. D'ailleurs, ne tiraient-ils pas gloriole des jugements effarés que l'on portait sur leur personne, René-Instruit et son fils, et avant eux ces ancêtres fantasques qui déclamaient Corneille aux veillées et suivaient le vent d'aventure ?

— Salut bien, mon bon garçon. Cette barge que

tu traînes, à force de bras ! Avec toi, pour sûr, l'armée sera jamais prise de court : quand nos mulets démordront pas de reculer, le gars Lotte sera capable de se buter pareillement pour tirer les canons en avant ! Bon, je te retarde avec mes rigourdaines. Vive l'Empereur ! Oublie pas de lui dire ça, au Petit-Tondu, de la part à Jardonnet Émile, de Queue-d'Ageasse, qu'est fâché d'avoir trente ans de trop pour le service. Dis-lui sur un ton de parole... ordinaire, pour qu'il se méprenne pas comme moi tout à l'heure, pauvre vieux sot, que j'ai cru de t'entendre chanter la messe ! Et core merci de l'aide.

— De rien, de rien.

Même s'il ne s'était pas démuni de fougères, Jean constate qu'il n'aurait pu réussir dans son entreprise : il y a encore moitié chemin à faire jusqu'à la place de Lorigné, et la charrette est vide ! Le coude du bois de Beaulieu lui masque le restant de la route, il a cependant la certitude que le verglas y est tenace, dangereux, comme sur le trajet qu'il vient de rendre praticable. « Il n'y aura d'autre solution que de couper à travers champs, les mottes nous caleront les pieds. Elle va en jeter des pleurs et cris, Jeannette, à l'idée de mettre des sabots, et non pas ces foutus souliers, solides comme papier mâché, que j'ai eu la faiblesse de lui acheter. La faiblesse et la vanité, il faut reconnaître, me voilà rabattu aux yeux de tous : avec le tapage qu'elle en a fait aux alentours, de ses bottines en peau, les gens n'ont pas fini de rire sur nos manières de péter plus haut que le cul, comme ils disent ! »

Il s'enrage à l'idée des prévisibles moqueries. On ne les jettera pas droit à la face, non... On les amènera avec bonhomie et cordialité, comme à l'instant Jardonnet Émile, de Queue-d'Ageasse, et vive l'Empereur, et de la force que tu es tu pourras remplacer les mules ! Les souliers de Jeannette feront pareillement l'objet de gausseries, empaquetées de ces compliments flatteurs qui rendent la pique imparable.

Il s'apprête à rebrousser chemin, tandis que la bile lui bouillonne — et d'abord contre sa propre inconséquence — lorsqu'il entend un bruit, un cliquetis de roues qui le remet en espoir : une charrette approche du tournant, la chaussée serait donc dégagée de gel, au-delà du bois de Beaulieu ? Il s'avance vers la coudée du chemin, en prenant le fossé. Il ne tient pas à se présenter les quatre fers en l'air à la vue de celui qui arrive, d'autant qu'il a la ferme intention de lui faire rebrousser chemin : pas question de laisser rouler une charrette sur le matelas de feuilles qui sera piétiné, affaissé, dispersé par la bête attelée à la charge, vache ou âne il n'en peut juger, ne percevant aucun rythme de sabotade. Il est prêt à employer l'argument de ses poings, si besoin est. Le bruit des roues s'est arrêté.

Dans la grisaille qui précède le jour, il distingue mal tout d'abord la silhouette qui s'agite auprès d'un chariot à claires-voies. L'homme tire des fagots de ramille, brise les branches sur son genou, les répand pour former d'étroites sentes parallèles, semblables à celles que lui-même vient d'agencer avec ses fougères. Qui donc, à Lorigné, a eu comme lui la crânerie de se risquer sur le verglas avec un tel fardeau, et la vigueur nécessaire pour mener à bien l'entreprise ? Il en éprouve un pincement de dépit, et s'en fait aussitôt reproche : l'oncle Terrassier a raison de le dire acrêté comme un coq, et sans doute lui arrive-t-il de franchir la limite incertaine qui sépare amour-propre et prétention. « On te rognera d'enflure et d'importance quand tu seras soldat ! » lui prédit souvent Jeannette.

Il ne reconnaît l'homme que lorsqu'il arrive à sa hauteur : c'est le promis de sa sœur, dans quelques heures son époux, qui n'a pas remarqué l'approche de Jean, trop absorbé à la tâche qu'il scande de jurons et de lamentations : « Fi de vesse, ça saloperie de guias qui déprendra pas de la journée, avec ce vent de haut ! Et merde-chien, jamais j'aurai le temps de faire un autre tour ! »

Où a-t-il trouvé la force de tirer cette charge depuis son village de Fief-Richard ? Quoi qu'en prétende Jeannette sur ses biceps en « boule de fer », il est plutôt fluet, son fiancé, presque fragile d'apparence, étroit de carrure malgré l'épaisseur de la peau de mouton qui recouvre ses épaules.

— Oh ! Oh ! Denoël ! On a eu la même...

— Mais quoi donc que tu fous, sur cette ripade à se rompre l'ossement ?

Il ne s'est pas arrêté dans son ouvrage, il a juste

jeté à Jean un regard où le jeune homme a pu lire un étonnement scandalisé : « Le voilà encore parti à la vadrouille, bras ballants nez au vent, un jour comme aujourd'hui ! »

— C'est que je vais t'expliquer, en peu de mots voilà ce que...

— Écoute, sans affront, je préfère mieux un coup de main qu'un discours ! Ma grand mille fois, tu tombes bien, je commence d'être ébuffé, et y'a suffisance de ramille pour déjeter encore sur une centaine de pieds, après le tournant de Beaulieu. Ça servira pas à grand-chose — non, casse plus menu — vu que je pourrai pas joindre Queue-d'Ageasse, s'en manque. Faudra passer dans le guaret, en quittant chez Terrassier. Jeannette, bonnes gens, elle va-t-être hontouse de son cortège éparé dans le guaret, autant dire comme des bêtes à la pâture ! Et voilà, j'ai pas arrivé à l'épargner de cette vexerie !

— Dis-donc, Denoël, tu prétends que moi je fais des discours ? Et si tu me laissais causer, à présent ? Après le tournant, et jusqu'à la maison de mon oncle, c'est une vraie promenade de Fête-Dieu, une belle jonchée de fougères, parce qu'on a eu la même idée chacun de notre côté ! À ce que je crois, il reste assez de ramille dans ta charrette pour rabouter les deux trajets. Allez, tu m'arrimes ça sur le dos, je m'en occupe, et toi tu t'en retournes à Fief-Richard pour te mettre à ton avantage. Parce que ta Jeannette, elle est fille à manières, et elle froncerait le nez de te voir dans cette nature. Vire ta charrette au fossé, mon pauvre ami, tu as sué ton compte aujourd'hui, et va te faire la belle plume, beau-frère !

C'est la première fois qu'il appelle Denoël « beau-frère ». Le terme lui est venu spontanément, en marque d'estime envers ce garçon qui vient de traîner, pour l'amour de Jeannette, une charge sans mesures avec ses forces, et sur plusieurs kilomètres !

— Merci. Merci de tes fougères et de tes bonnes paroles. Ta sœur, elle sera pas offensée de moi, tu peux m'en croire. Ça va ? C'est pas trop en ballant, sur ton échine ? Tu tiendras d'équilibre ?

— Penses-tu ! J'en porterais le double, et à l'aise ! Je ne me fais pas souci pour Jeannette, plutôt l'inverse : méfie-toi qu'elle te fasse marcher au pas carré, ma petite sœur.

— On verra à s'arranger de ça. Et toi, aie garde de riper, avec ta bâtée de fagots.

Il n'a sûrement pas mis d'intention malicieuse dans cette « bâtée », Denoël, il est lent d'esprit et de répartie, Jean l'a constaté maintes fois et s'est demandé comment sa sœur, si fine et vive, allait s'accommoder d'une personnalité aussi falote. Non, pas la moindre taquinerie dans cette allusion à la charge des ânes : le brave garçon emploie les mots de son fruste vocabulaire paysan, comme l'instant d'avant lorsqu'il parlait de Jeannette « qui va-t-être hontouse, avec son cortège éparé dans le guaret » ! Jean lui répond en termes choisis, d'une perfection académique :

— Aucun péril, sois sans appréhension. À nous revoir bientôt.

— Ah bon ! Tu me lèves de souci.

Jean veut quitter avec panache ce petit bonhomme sympathique, certes, mais limité de connaissances, de subtilité et de robustesse ; il entend lui montrer, après son beau langage, la puissance de sa carrure et l'aplomb de sa démarche. Il amorce un grand pas, tête haute sous la charge... et se sent retenu par une poigne ferme qui lui évite de tomber sur le cul, le ramène à la verticale et le maintient un moment avec une roide vigueur.

— Eh là ! Pars pas si vite, Lotte ! Ce cric que t'as dans le râble, en plus de causer comme un livre ! Je me sens guère de chose, face à toi, pour la force et pour la cervelle.

L'étreinte sur le bras se fait plus dure, puis se relâche. Denoël sourit avec bonhomie en tapotant Jean sur l'épaule.

— Allez, hue Cocotte ! Merde, fais excuse, je suis rien qu'un petit cul-terreux, et je cause comme j'ai habitude. La langue m'a fourché, je voulais dire : à nous revoir bientôt, beau-frère.

Jean reste un instant en suspens entre l'envie forcenée de cogner, et l'impulsion tout aussi violente, quoique nouvelle, d'avouer que la leçon est méritée, et de plus amenée avec finesse ! Le regard de Jean Denoël lui évite de verser dans les excès de la colère ou de la contrition. Un regard de franche amitié, qui lui dit plus clairement que des paroles : « Je tenais à te faire savoir que je ne suis ni la mauviette ni le benêt que tu croyais. Je peux maintenir d'une seule main tes cent cinquante livres de carcasse, et mon patois de cul-terreux me permet d'exprimer des nuances de sentiments aussi complexes que les tiens : la dérision, la sympathie, et mon amour pour Jeannette. »

Le moment n'est pas aux attendrissements. Jean raffermit sa « bâtée » d'un coup de reins, et quitte Denoël en forçant sur l'accent poitevin et sur la cordialité du ton : une façon point trop déshonorante de laisser deviner qu'il s'admet en tort, sans pour autant s'abaisser aux excuses !

— Faut que j'aille à c't'heure, et sur mes deux pattes plutôt que sur quatre. Beau-frère, même avec ça, saloperie de guias, ça va-t-être une belle noce. Et je me tabusserai pas pour Jeannette, non, quand je serai à l'armée : elle pouvait pas tomber sur plus bon gars que toi.

Il reste assez de ramille pour faire la jonction avec les fougères ; Jeannette l'aura, son cortège, et pourra parader de ses jolies bottines ! Lui, il se gardera de raconter qu'il n'a pas été besoin de la vie militaire pour se faire rogner d'enflure et d'importance, comme elle dit ! Par deux fois, ce matin, il l'a avalée sa goulée de vinaigre, et elle va lui râper longtemps le gosier.

La solidarité s'est déployée, dans le voisinage des Terrassier : la cour a été parsemée des matériaux les plus divers, paille, foin, clies de séchoir, feuillards, qui ménagent des allées praticables entre les divers bâtiments et l'habitation. Devant la chapelle de la mariée — la grange où se tiendra le repas de noce — ce sont des peaux de mouton qui ont été étendues. Elles forment un parvis jaunâtre, floconneux, incongru sur la boue verglacée, un pitoyable tapis qui témoigne cependant de la générosité de l'entraide : se dessaisir de toisons que l'on récupérera salies, piétinées, qu'il faudra longuement laver, et rincer, et rassouplir, cela montre un désintéressement insouciant des tâches qui vont suivre. Ce monde paysan que Jean parfois juge mesquin, étriqué de vues, âpre à la chicane sur des vétilles de bornage ou de clôture, intraitable pour démêler le tien du mien, sait aussi se faire prodigue et fraternel, avec panache, en offrant l'unique richesse dont il dispose sans limites : son travail, son courage, son temps et sa patience. Le jeune homme a la certitude qu'elles lui resteront en mémoire, ces précieuses peaux jetées à terre comme de vieilles fripes, pour que Jeannette et les invités de la noce abordent sans péril la chapelle de la mariée.

La grange, c'est Jean lui-même qui l'a aménagée avec, les trois derniers jours, l'aide de quelques jeunes du village. Auparavant, il avait dû battre bois et chemins fort loin de Queue-d'Ageasse, pour trouver de la verdure, Jeannette s'étant désolée qu'en janvier, ce serait une pitié à voir, sa chapelle...

— Tu penses, en plein hiver ! Pour Marguerite Pellain, tiens, une vraie misère, et les gens ne se sont pas privés d'en rire par-dessous ; rien que du sec, des branches de chêne tu imagines un peu ! Et les feuilles tombaient, ça ne restait plus que le bois, une horreur. Avec des découpes de papier journal pour figurer des fleurs ! Moi j'aime mieux rien du tout plutôt que cette honte.

— Alors tu n'auras rien du tout, ma belle demoiselle. Dirait-on pas de sacrer l'Empereur, parce que tu te maries ?

Elle lui avait souri en clignant des yeux, sans répondre, mais son regard, son attitude et la confiance de ce sourire parlaient à sa place : elle savait que grâce à son frère elle allait avoir, même au cœur de l'hiver, une chapelle dont personne ne songerait à se moquer.

Il sortait chaque nuit. Ses vagabondages lui avaient appris où poussaient le houx et le fragon que des fourrés profonds protégeaient contre la voracité des oiseaux, friands de leurs fruits rouges. Il savait qu'en marchant vers l'ouest il allait trouver un bois de pins aux aiguilles toujours vertes : cinquante kilomètres aller retour, d'une seule traite, sans autre arrêt que pour couper les branchages. Une nuit sans lune, propice à la braconne, à la maraude, il avait même poussé jusqu'au château de la Roche-Courbon : il y avait remarqué, dans le parc à demi sauvage, un cèdre bleu dont les branches dépassaient le faîte du haut mur de clôture. Lui qui colletait sans remords lièvres et lapins sur le domaine des gros propriétaires, il s'était trouvé vergogne à taillader dans cet arbre majestueux. Il avait attendu le lever de la lune, pour ne pas détruire l'harmonie du cèdre en coupant les branches à l'aveuglette. Et même, il l'avait élagué de son bois mort : le clair de lune révélait l'abandon du cèdre en même temps que sa splendeur, c'était pour Jean une façon de le remercier, en le dégageant de cet étouffement des branches sèches.

Jeannette, bien entendu, n'a pas eu droit d'approcher de la grange. C'est au retour d'église qu'elle va découvrir, sur les draps tendus aux murs, un immense fer à cheval bleu argent, clouté des boules rouges du houx qui flamboient de couleur contre la teinte délicate du cèdre. Deux J sont enlacés sous l'arc du porte-bonheur. Il a fallu beaucoup d'imagination, des fioritures compliquées, pour obtenir une parfaite symétrie entre les initiales semblables des mariés. Les autres murs ont été décorés plus simplement de motifs géométriques qui alternent et répètent les formes, les couleurs. Jean a veillé que rien ne soit laissé à l'imprévu de pendouillis hasardeux, et les jeunes ont suivi ses ordres sans trop renâcler, sinon de lui faire remarquer qu'attention, il n'était pas encore général mais ça viendrait sûrement, il en avait les capacités pour le commandement ! « Oui mon général. Et cette feuille, queue en l'air ou queue en bas, mon général ? » C'était malgré tout dans le rire et la bonne humeur que les trois journées avaient passé, et le dernier soir filles et garçons avaient reconnu qu'au grand jamais ils n'avaient vu si belle chapelle.

La tante Annette n'avait été admise que la veille des noces, après le départ des jeunes gens, et sous la promesse de n'en rien décrire à Jeannette. Jean était redressé fier de son œuvre, s'attendait aux cris d'admiration. Elle avait crié, en effet...

— Malheureux ! Mais d'où donc que ça sort, ces branches ? C'est de l'arbre de parade, ça, ça vient que chez les gros monsieurs ! De Jouhé, je parie ? Seigneur, le bruit en sera vivement promené jusqu'à leurs oreilles, et on n'a pas fini de misères, avec eux autres ! Tire-moi ça des murs, et tout de suite.

— Non, tante Annette, sois rassurée, il n'y a pas de cèdres à Jouhé. Ça vient de bien plus loin, et personne n'en verra le manque, de ces branches. J'ai laissé l'arbre plus beau encore que je l'avais trouvé, je m'en serais voulu de ravager une telle merveille.

La tante Annette n'avait pas rabattu de colère pour autant, et l'avait interrompu pour repartir sur un autre terrain de querelle, celui qu'elle appelait « les quatre vérités entre quat z'yeux »...

— Mon pauvre enfant, je peux te le dire puisque on est juste à nous deux, tu l'as quand même trop, la marque de famille ! Pour les hommes, s'entend, parce que les femmes Dieu merci qu'on est mieux pourvues en bon sens. Une telle merveille ! En causant d'un arbre, je te demande un peu ! Ça me semble d'entendre ton grand-père ou ton père. Eux pareil, ils pouvaient nous rabaler les oreilles sur la beauté que c'était... je sais pas, moi... tiens, par exemple : ils étaient capables d'affirmer dur comme fer que c'était superbe, une serpent. Et même un fourmi, oui !

— Juste l'inverse, tante Annette : un...

— Ah ! Ne me contrarie pas, tu le sais mieux que moi, d'hasard, ce qu'ils prétendaient ? Alors moi je te dis, plutôt que de passer ton temps à dessiner des ronds, des carrés et des pointus avec des branches à piquasses, tu aurais été mieux d'utilité en montant un foyer dans la grange, on va crever de froid...

Il avait laissé passer le vent d'orage : les colères de la tante Annette s'alimentant aux arguments de l'adversaire, il convenait de les laisser s'éteindre comme un feu qu'on n'entretient plus en bois. Il y avait eu suffisance de criailleries dans la famille au sujet du froid dans la grange. Anne Terrassier avait fini par céder, non sans reprises d'assaut et remontée de rage et gémissements quotidiens qu'ils étaient tous contre elle... Jusqu'à cette ultime veille de noce elle était revenue à la charge, et Jean avait attendu la fin de la diatribe sans l'écouter vraiment, juste attentif au débit qui ralentissait, au ton qui se faisait moins virulent...

— ... enfin, pas vrai, vous vous êtes tous mis en travers, et j'ai plus eu qu'à me taper la goule. Dire qu'on me ferait passer pour une Marie-j'ordonne !

— Trois avis contre un, tu vois bien qu'on avait raison, ma petite tantine ! Et qui donc ose penser que tu mènes à la baguette ?

Il n'avait pas voulu rester sur cette fâcherie, il avait à dessein employé les mots d'enfance, et le sourire, et la plaisanterie. Elle l'avait traité de mauvaise graine, graine de Lotte, va...

— Enfin, c'est pas à s'étonner : quand on gaule un noyer il en tombe des noix, pas des prunes secouettes ! Et tout réfléchi, ça fait pas vilain, tes branches de je sais plus quoi. Ah oui ! D'une telle merveille, ça me revient le nom.

L'éclat de moquerie, dans les yeux de la tante Annette : « Crois-tu que tu auras le dernier mot avec moi, mon neveu ? » Elle avait enfin ajouté :

— Et même je vais te dire : les Pellain, ils vont en crever de jalousie !

— S'ils ne sont pas crevés de froid avant, tantine.

— Vaurien ! Un jour je te graffignerai les œils !

Il y avait eu un long silence entre eux, où passaient les souvenirs des mêmes mots, des mêmes scènes d'emportement où l'affection se déguisait sous les sarcasmes et la colère. Et puis elle l'avait embrassé, ses yeux étaient emplis de larmes.

— C'est pas possible, que tu leur ressembles tant ! Je crois toujours de les voir et les entendre, quand je suis avec toi. Et ça me déchire d'autant le cœur, que tu partes militaire, parce qu'ils vont s'en aller pareillement. Puis d'un autre côté, j'en suis fière, parce qu'ils t'auraient poussé à le faire, oui pour sûr, s'ils étaient toujours de ce monde.

Il n'aimait pas les attendrissements, et cependant il avait serré sa tante dans ses bras, un long moment, enfin il lui avait répondu en riant :

— Tante Annette, on est tombés du même noyer, toi et moi, pas de doute !

Pour l'instant, elle est loin de l'émotion poignante d'hier au soir, la tante Annette. Elle est plantée au milieu de la cour, et dirige le va-et-vient des voisines qui serviront le repas — après avoir aidé à sa préparation durant une semaine. Les femmes évoluent et se croisent, se contournent et s'évitent avec une solennelle lenteur due à l'état du sol, à la précarité des sentiers de paille, et à la lourdeur des charges qu'elles transportent.

— Non, Adeline ! Les prunés, tu les laisses au fournil, sur le devant du four. C'est mieux friand si ça se garde entre chaud-froid.

La grosse Adeline vire de bord, cul sur pointe comme disent les marins : impossible de ne pas évoquer l'image d'une frégate chahutée par la vague en voyant tournoyer le vaste jupon d'Adeline, et les rubans de son bonnet. Elle repart vers le fournil, puis revient sur l'injonction de les porter plutôt auprès de la poéloune, à la porte du four ils empêcheraient d'ouvrir, pour surveiller les volailles qui rôtissent.

— Et puis non, finalement. (La frégate vibre de toute sa coque, frémit de sa voilure, s'immobilise...) Donne-les plutôt à Étiennette, qu'elle les mette dans la maison, sur la maie. Toi, tu vas surveiller que Terrassier ne mène pas trop grand feu sous la poéloune. La soupe de poule faut juste que ça bouillotte petit-petit, autrement ça vient trouble et la viande reste coriace.

La frégate fait voile avec majesté vers la bâtisse où la chaudière des bernées aux cochons, récurée et brillante comme neuve, est devenue pour la circonstance une marmite à soupe où cuisent dix vieilles poules.

— Adeline ! Profite d'être là-bas au chaud pour commencer à tailler le pain. Quatre grenottes pleines. Bien mince surtout, trop épais ça vient pâtoux, dans le bouillon. Mais au fournil, allons, que tu trouveras le pain, on te croirait une cane qu'a couvé un poulet, en te voyant tournicoter de même !

Servir à un mariage, c'est un insigne honneur, plus recherché et apprécié qu'une invitation aux noces. Depuis une semaine les voisines se font houspiller, ballotter d'ordres en contrordres, et même l'irascible Adeline Simonneau file doux, avance et recule et tournoie sans se rebiffer, elle que l'on connaît pourtant forte en gueule et ardente à la contradiction. C'est toute la grandeur de la discipline joyeusement acceptée parce que choisie, celle qui attend Jean aux armées, il le sait ; et lorsqu'un gradé tyrannique et versatile comme la tante Annette le bousculera d'en avant, de demi-tours et de halte-là, le propulsera comme une toupie folle à travers le cantonnement, il obéira sans murmure ni dérobade, à l'instar de la grosse Adeline...

— Mais que restes-tu piqué à cette barrière, à nous regarder ? Ah ! C'est heureux, les hommes, de se tourner les pouces durant que nous autres on tombe folles du trop d'ouvrage ! Allez, grouille, mon neveu !

Jean ne réplique pas qu'il vient de se coltiner des quintaux de fougères durant qu'elle donnait de la voix plutôt que de l'énergie : première initiation à la docilité militaire.

— Plutôt que de bâiller du bec, va en recherche des deux drôles, ils ont profité que j'aie le dos tourné pour se sauver dans les derrières, je suis sûre, et avec leurs effets neufs ! Tu peux leur dire, ils iront cul-calet si jamais ils ont éralé leur culotte, et ils auront pas froid, de la façon que je vais leur tanner la peau des fesses ! Et puis non, tu serais capable de t'amuser à la ripade avec eux. À propos de riper, as-tu réussi ce que tu prétendais ? C'est qu'il en a dans la tête et l'échine, ce petit gars : je connais personne qui soit si intrépide que lui, mes braves femmes, un vrai Cheval-Mallet*, mon neveu !

— Oui, tante Annette, j'ai réussi, avec l'aide de Jean Denoël.

La tante Annette ne peut cacher une mine dépitée, d'autant que Claudine Perron fait remarquer avec un bon sourire que ça fera donc deux Chevals-Mallet dans la famille.

— Et j'aurais pu m'épargner cette peine, tantine, si j'avais eu plus de jugeote !

— Quoi ? Que me chantes-tu ? Enfin quoi...

Elle est complètement tourneboulée la tante Annette, ahurie, et choquée par cette confession publique qui vient désavouer les éloges qu'elle fait de son neveu !

— C'est que je me suis trompé, tante Annette : dans moins d'une heure, ce sera dégelé.

Le soleil pâle et étréci comme une lune flotte à

* Le Cheval-Mallet : animal mythique dont rien n'arrête le galop, et, par extension, personne ardente et téméraire.

travers la blanchaille d'un ciel bas. La journée semble devoir se dérouler tout entière dans cette froide lueur, sous ce plafond de nuages qui s'étirent dans le vent glacé. Et cependant, Jean a l'absolue certitude que bientôt le soleil percera, qu'il rayonnera de cet éclat et de cette ardeur qui réchauffent parfois de manière inopinée les matinées de fin d'hiver. Le vent est en train de tourner sud-ouest, il le sent, et malgré les odeurs de cuisine grasse qui emplissent l'enclos de la maison Terrassier, il devine déjà un parfum de tendres verdures, de bourgeons, d'air salé, c'est le souffle du vent d'aventure qui lui arrive entre deux rafales froides du nordet. Il répète avec un accent d'allégresse :

— Je me suis trompé, Dieu merci ! Le verglas ne tiendra pas, dans moins d'une heure il aura disparu.

Après un court instant de visible désarroi, la tante Annette se ressaisit :

— Eh bien, mes braves femmes, vous pourrez dire que vous avez vu grand miracle : mon neveu qui se reconnaît en tort, et même qui s'en vante ! Ça clouera le bec à ceux-là qui le prétendent cabochard autant qu'un âne bourrailloux !

On rit très fort de la comparaison, et oui pour sûr, ça va en renverser plus d'un, de connaître cette nouvelle ! Jean s'associe à l'hilarité des commères, certain qu'en rajoutant à la moquerie il en émoussera les retombées, paraître outragé, ou simplement vexé par leurs rires, ce serait la meilleure manière pour que, dès le lendemain, la rumeur ricoche et s'amplifie et se boursoufle, jusqu'à la calomnie. « Ma pauvre, je l'ai vu comme je te vois, il en pleurait de honte tellement que cette garce de Terrassier l'a traîné plus bas que terre... »

— Et oui, mesdames, et jamais personne ne s'est trouvé autant aise pour s'être mis le doigt dans l'œil, jusqu'au coude ! Et même tenez, ne soyons pas regardant, jusqu'à l'épaule ! Vive la mariée ! Il va faire un temps superbe.

Le soleil devrait en cet instant déchirer les nuages, éclater en rayons triomphants comme au glorieux matin d'Austerlitz, lorsqu'il a surgi de la brume qui noyait le champ de bataille ! Ce serait une splendide et théâtrale conclusion à cette scène dont Jean perçoit vaguement le ridicule. Il n'en est rien : c'est toujours le gris, le froid, la luisance hostile du verglas. Et cependant, le jeune homme a mis tant de persuasion et de fougue dans sa harangue que des exclamations de joie lui répondent, des cris et des rires qui finissent par tirer l'oncle Terrassier du cabanon où il entretient le feu sous la poéloune.

— Mais quoi donc qui se passe ? C'est-y toi, Jean, qui pousse la rigourdaine pour faire riocher de même toutes ces femmes ? C'est juste le moment, oui, avec cette cochonnerie de temps !

— Tu tombes bien, Terrassier. Mon neveu, et il s'y connaît, assure que le soleil est près de venir. J'avais-t'y pas raison, cette nuit, de consoler Jeannette au moment que l'averse est tombée ? Quand je songe ! Quand je songe à ce que tu m'as débagoulé aux oreilles !

Le pauvre oncle François — qui s'est montré

pourtant fort mesuré dans ses critiques — ne répond pas à l'attaque, peu soucieux sans nul doute d'entendre égrener devant le voisinage le chapelet de reproches et de lamentations qui suivent d'habitude les « quand je songe » de sa femme. Il l'interrompt sur le ton de la conciliation.

— Possible, Annette, possible. Malheureusement, pour l'instant, ça ne me paraît guère parti pour changer. Ce qui faut, c'est... Mille bon Dieu, le diable m'essarte ! Jamais j'aurais cru. Nom de Dieu de nom de Dieu !

La tante Annette est la première à rompre le silence qui a suivi l'apparition du soleil et le blasphème joyeux de son mari. Un silence où Jean avait cru deviner une commune émotion devant la beauté du spectacle, et que la brave femme ramène à des dimensions plus prosaïques.

— Vous parlez d'un poids que ça nous lève ! Et le soleil a des jambes, regardez donc, c'est parti au beau temps pour la journée.

Le soleil a des jambes ! Lui, Jean, il avait vu l'ostensoir dans sa gloire de dorures, ou le triomphant rappel d'Austerlitz : la marque de famille, la survivance de ceux qui trouvaient superbes les créations de nature, même simples vermines comme serpents et fourmis ! Il sourit à leur souvenir.

— Jean, où que t'es rendu ? Avec ton oncle, tu vas m'enlever ces saloperies de par terre, ça retarderait de dégeler. Vous en gardez juste entre la maison et la barrière, pour que Jeannette ne patte pas ses souliers. Et les peaux de mouton, aussi, que vous laisserez. Ça fait beau, devant la chapelle, hein, les femmes ?

Elles en tombent d'accord, ça fait beau. L'inhabituel, le bizarre, de par sa rareté devient plaisant à leurs yeux, elles qui ne savent pas s'émerveiller d'un jeu de lumière dans les nuages ! D'ailleurs, Claudine Perron assure qu'en plus d'ornementer, elles seront grandement utiles.

— Parce que dans rien de temps, ça sera une vraie bouillasse devant la grange, vu que la cour descend de ce côté, et Jeannette y gâterait sa jupe. Bonnes-gens, elle a eu suffisance de tourment pour sa toilette, avec cette tailleuse qui a pas pu venir l'habiller.

— Seigneur, où donc que j'ai la tête, heureusement que tu m'y fais songer, ma bonne Claudine ! Jean, ton oncle se débrouillera sans toi. Va te mettre sur ton trente et un. J'ai sorti les effets de noce de ton défunt père.

Elle s'arrête un instant, Jean reste sans comprendre, une bottelée de paille sur les bras. C'est aux voisines qu'elle s'adresse à présent, avec une mine attristée qui contraste avec la vivacité de la voix.

— Dieu merci que ma pauvre mère avait prétendu de les conserver, en souvenir.

On s'exclame que oui, heureusement, et pas vrai c'est plus utile aux vivants qu'aux... La tante Annette coupe court aux approbations, avant qu'elles n'atteignent un cruel réalisme.

— Et tu es juste de même corporance. C'est tout prêt sur ton lit, habille-toi dans la ruette.

— Enfin, ma tante, qu'est-ce que c'est que cette

idée ? On avait convenu ensemble que je mettrais…

— Pas de discussion. On avait convenu, c'est vrai, mais pour la raison que tu ne voulais pas de cavalière va savoir pourquoi, et c'était donc pas la peine de se mettre dans la dépense.

Ils sont seuls à présent au milieu de la cour. L'oncle François est reparti vers la poéloune, et les femmes se sont écartées d'eux comme des volailles qui voient approcher le renard. Jean prend conscience qu'il doit avoir l'air malcommode, et que sa tante de son côté haussant fort le ton, personne ne veut se trouver pris dans le heurt de ces deux caractères réputés difficiles. Elles ne perdront pas une miette de la discussion, mais de loin, et en faisant mine d'être absorbées à leur tâche. Jean baisse la voix, sans pour autant se laisser convaincre.

— Je n'ai pas changé d'avis sur ce point, et mes raisons ne regardent que moi. C'est non, ma tante. Je mettrai comme prévu la chemise à plis que Jeannette a cousue, et des collets neufs à mes sabots. Pour le reste, ma sœur elle-même a jugé présentable ma tenue habituelle du dimanche. Comment as-tu pu penser que j'allais porter…

Il s'arrête. Sa tante ne montre plus d'expression de colère, elle soupire et baisse la tête.

— Te fâche pas, mon petit, je vais t'expliquer mon embarras. Bien entendu, tu feras à ton idée, ensuite. J'aurais pas dû te parler de même, tout de suite sur la grosse dent, mais tu me connais…

Elle essuie une larme. Comédie ? Stratagème ?

Jean se souvient du soir où elle s'était évanouie avec un à-propos calculé, lorsqu'il avait ramené Pierre et Amélie. Il reste sur ses gardes, consent cependant à s'adoucir, lui aussi.

— Quel embarras, tante Annette ? Rentrons plutôt dans la maison, veux-tu, nous y serons plus tranquilles pour discuter.

— Eh non, justement, pas dans la maison !

Cette fois il en a la certitude, sa tante est réellement agitée par une incompréhensible inquiétude. Les voisines se sont peu à peu rapprochées en constatant que le calme semblait revenu, et voilà qu'Anne Terrassier, si fermement cuirassée d'amour-propre, est prête à régler en public un différend familial ! Il suffit à Jean de jeter un regard vers les commères à l'affût, pour que de nouveau elles s'égaillent dans l'enclos.

— Parle bas, tante Annette, et tâche de sourire.

— Je peux pas. Ça non, je peux pas. Voilà. La tailleuse qui a fait la robe de Jeannette n'est pas venue, à cause du guias, à son âge tu penses... Tu dois t'imaginer le souci de ta sœur et les cris ! Qu'elle l'avait bien dit, de laisser sa toilette de noce dans la maison ! Qu'elle aurait jamais dû écouter cette vieille folle, et même toi, tantine, qu'elle a ajouté, avec vos histoires de bonnes femmes, et vos idées de l'ancien temps à prétendre que ça porte malheur. Alors...

S'il n'intervient pas, Jean craint que sa tante ne délaye en digressions, parenthèses, retours en arrière, une incohérente histoire dont elle lui débite avec volubilité les données saugrenues, sans relation logique entre elles.

— S'il te plaît, tante Annette. Pourquoi veux-tu que je mette le costume de mon père ?

— J'y viens, mais fallait bien que je t'explique le pourquoi et le comment. Ah ! Tu ne changeras pas, tu n'attends ni à chauffer ni à froidir, on peut le dire ! Du coup, je ne sais plus où j'en étais.

Il se force au calme, se promet de ne plus interrompre le flot, l'unique résultat étant de l'éparpiller en filets divergents, et répond en tâchant de masquer son irritation :

— La tailleuse n'est pas venue. Et Jeannette qui criait.

— Ah oui ! Alors tu peux penser de son soulagement, à notre petite mariée...

Elle reprend souffle. Il ferme les yeux : il aime sa tante de réelle affection, il lui doit respect et reconnaissance, ce sont d'infranchissables barrières à l'envie qui lui vient de la secouer en lui gueulant de venir au fait, qu'il en a jusque-là, et plein le dos, de ses explications biscornues et de son verbiage de vieille pie ! Rien ne doit paraître sur son visage de ces inavouables impulsions, puisque sa tante continue sans désemparer :

— Oui, je vois que tu te doutes. La mère Dorette, elle est point folle comme prétend ta sœur, elle a envoyé à sa place — vu qu'ils habitent porte à porte — la seule qu'était capable de marcher une lieue sur le guias sans se rompre les os, surtout avec le ballant de deux grands paniers, pour que les affaires ne soient pas chiffées. Ah ! ta sœur est pas prête de moquasser sur Marie Laclie, comme elle faisait dans le temps, te rappelles-tu, ce poison de drôlesse ! Et que je te bise, et que je te rebise, et grand mille fois merci tu me sauves la vie ma bonne Cliette ! En ce moment, la brave fille, elle habille la mariée. Et voilà, c'est là que je me trouve en peine et tracas.

La voix a changé de registre, elle se fait dramatique et plaintive à la fois. Quoique Jean vienne enfin de réunir les bribes éparses de l'énigme, il se tait durant que sa tante explique avec une rigueur et une clarté désormais inutiles qu'elle s'est trouvée dans l'obligation d'inviter Cliette à la noce, que Jeannette s'est récriée de joie, ça tombait bien, justement son frère n'était pas accouplé de cavalière !

— Et moi j'ai dit dans ce cas, faut qu'il présente bien notre Jean, ça fait que j'ai pensé au costume de ton défunt père. Il est dans son neuf, quasiment, juste quatre-cinq trous de mite, mais qui se voient guère.

La voix supplie et insiste, minuscules les trous, et placés aux coutures de dessous les bras. Une tenue superbe, qu'avait coûté gros, une folie ! Et grand dommage de pas s'en servir pour l'occasion.

— Tante Annette, pour te tirer de peine et ne pas te désavouer, j'accepte la cavalière. En revanche, en ce qui concerne le costume, c'est non, définitivement !

— Bon, bon ! J'insiste pas, tu n'as jamais fait qu'à ta tête. Eva ! Raymondine ! C'est temps que vous alliez retourner les oies. Arrosez bien de jus, que la peau craquille sous la dent, grasses comme elles sont c'est le meilleur, la peau.

Elle a de nouveau repris en main ses troupes. L'enclos un moment figé par la discussion retrouve son animation de cour d'auberge au matin d'une foire. Jean s'avise qu'il vient de se laisser flouer comme un benêt. La tante Annette s'en moque, de sa tenue. Le costume « superbe, dans son neuf, quatre-cinq trous de mites » a été tiré du camphre à seule fin qu'il le refuse, et que l'affrontement semble se conclure par de mutuelles concessions où ni l'un ni l'autre combattant n'a perdu face. La seule erreur, dans cette ingénieuse tactique, n'est venue qu'après l'escarmouche, avec l'évocation un peu trop précipitée des oies rôties, et de leur peau croustillante de graisse !

Le voilà donc, sans recours possible, avec le tourment et la douceur et le déchirement d'être auprès de Cliette une journée entière ; il lui faudra tenir son bras dans le cortège, elle sera près de lui à la table, à la danse... Une journée entière auprès d'une fille qui représente pour lui la merveille des merveilles, et à laquelle il a néanmoins renoncé. Comme il est loin, le temps de son adolescence, lorsqu'il s'était promis : « Elle sera ma femme... » Arrivé à l'âge d'homme, aux temps de réflexion et de responsabilité, il a espacé ses visites chez les Laclie et ne s'est jamais déclaré ; l'avenir qu'il a choisi lui interdit d'enfermer Cliette dans la promesse d'un mariage incertain. Elle est devenue belle comme ces images allégoriques qui incarnent la fécondité, elle engendrera une vigoureuse lignée dans l'ampleur superbe de son corps, et lui, il n'en sera pas la racine. Un bon soldat ne peut avoir d'attaches, il doit se donner libre d'entraves à la cause qu'il sert — en a-t-il jamais été de plus noble et plus juste que celle de l'Empereur ?

Il sait cela au plus profond de lui, et cependant il lui semble que son cœur se déchire d'amour, de désir, de douleur, à l'idée qu'il va mesurer aujourd'hui le prix de ce qu'il abandonne. Un long jour, il va être au supplice de la chaleur de Cliette, de sa vitalité tranquille, de sa force. Des heures durant, il sera à la torture de ce grand rire qui lui jette soudain la tête en arrière, gorge renflée comme une tourterelle.

Chapitre VI

Les liens sans entraves

Le cortège ne quittera pas la maison à l'heure prévue : il n'est pas question de partir sans attendre les retardataires, leur venue étant annoncée par les marcheurs les plus rapides.

— On a dépassé les Baud, au sortir de la Jarge, ils seront là dans rien de temps, le pépé va bon train pour son âge.

— À la Croisée du Riboulet, la vue porte loin, ça nous a semblé d'être les Gougeon qui s'en venaient. Et les Brothier pas loin derrière.

Jean se sent inutile, isolé dans cette agitation encore sous le choc de savoir Cliette proche, dans la maison, et bientôt auprès de lui. Il ne l'a pas vue, lorsqu'il est entré pour s'habiller : des draps tendus sur des cordes isolent un coin de la pièce d'où viennent des chuchotements, des bribes de phrases : « Plus haut, la ceinture, parce que... ah ! là là ! un faux pli en bas de... » Il a fait au plus vite, et pour la première fois depuis ses années d'enfance, il s'est juste lavé les mains et le visage au mince jet de la coussotte posée sur le seau de bois. Lorsqu'il est ressorti, la tante Annette avec son inconséquence coutumière l'a félicité sur sa tenue, prenant même à témoin les voisines :

— Avec trois fois rien, est-il pas beau superbe, mon neveu ? On a l'allure ou on l'a pas, pas vrai ? Et puis Jeannette, ce goût qu'elle a, regardez donc : juste d'avoir resserré les manches au-dessus du coude, ça donne sur le poignet un bouffant, c'est... c'est élégant, voilà !

Elle se rengorge du mot précieux, affecté, et sans nul doute inconnu des voisines : voilà, c'est élégant ! Elle le répète avec tant d'impérieuse persuasion que les pauvres femmes acquiescent : pour sûr, élégant, et bien porté surtout... sans que rien dans leur regard ou leur mimique ne montre qu'elles ont souvenir de l'altercation sur le costume. Un tel aplomb force l'admiration, Jean se garde du moindre accent d'ironie pour répondre :

— Oui, elle a du goût et de l'idée, Jeannette ! Mais plutôt que de vanter ma petite sœur, tu devrais me dire à quoi je peux me rendre utile, parce que...

— À rien ! Surtout à rien ! Reste là, auprès de la porte, déjà que je m'embrouille assez à voir qui manque !

Cela fait une demi-heure qu'il est adossé à ce mur. La tante Annette compte et recompte son monde, la « petite noce, guère plus de cent », cela fait une foule dans la cour des Terrassier. Elle supplie de ne pas bouger de place, cent sept, cent huit, non, je vous ai déjà comptés vous autres...

Elle cramponne à son bras le père du marié, comme en crainte de le perdre dans cette affluence. L'observation des êtres humains peut porter autant d'enseignements, de réflexions, voire d'amusement, qu'en procure la contemplation de la nature : si Jean n'avait au cœur la blessure de Cliette, il se réjouirait du spectacle. Sa tante, toujours agrippée au père Denoël, vient donner des informations à Jeannette, qui doit s'impatienter derrière la porte.

— Manque plus que ceux de Pioussay. Ta nénène, tu penses, on va pas partir sans ! Le drôle des Charruyer a couru devant, prévenir qu'ils arrivent d'un moment l'autre. Ne te fais pas souci, ma petite mignonne, une belle mariée est toujours en retard. Les voilà ! Les voilà !

Elle jette encore d'ultimes ordres, bouscule tel ou tel couple sur sa place dans le cortège, menace les enfants excités d'avoir de ses nouvelles s'ils ne se tiennent pas sans bouger pied ni patte durant la messe, et se tourne enfin vers la barrière.

— Es-tu prêt, Louis ?

Sur le chemin, à l'entrée de la cour, Louis Guitton est posté depuis plus d'une heure : pas de noce sans son violon, son bagout et son entrain. Devant lui, un camarade de Jean Denoël porte un coq enrubanné, ligoté et piaillant au bout d'une perche, comme il est d'usage lorsqu'une famille marie son dernier fils.

— Dame oui, je suis prêt. Même que depuis le temps y'a déjà quatre-cinq feuilles qu'ont poussé à mon violon. Et puisque tu gouvernes à la manœuvre, Annette, commande donc à ce petit gars de marcher dix pas d'avance sur moi. Je tiens pas que son jau fiente sur mon instrument, sauf respect. C'est la noce, pas le baptême !

Il faut attendre que s'apaisent les cris, les exclamations et les rires.

— Pour sûr qu'avec Louis, le temps est pas durable, où qu'il va chercher tout ça ?

— L'en raconte jamais deux d'un coup, mais pas loin voisin !

Le calme à peu près revenu, le vieux Louis attaque la ritournelle qui annonce la sortie de la mariée. La tante Annette se mouche, et ordonne d'une voix adoucie de réelle émotion :

— À toi, à présent, François. Va la chercher, notre petite.

Lorsque Jeannette apparaît sur le seuil, au bras de son oncle, et s'y arrête pour se faire admirer comme il convient à une mariée, ses lèvres tremblent d'un sourire incertain et crispé, elle promène des yeux flous sur les invités de la noce. Et puis soudain son visage s'illumine, rayonne, resplendit : elle a rencontré le regard de Jean Denoël et ne le quitte plus. Indifférents tous deux aux louanges sur la beauté de la mariée, la richesse de sa toilette, ils sont ailleurs, ils sont loin, ils sont seuls... Jeannette revient vite sur terre après ce moment d'émoi, dans l'éclat de cette journée dont elle est reine, et elle se prête aux compliments avec une visible satisfaction.

Jean a voulu « le plus beau », pour sa sœur. Le plus beau, c'est ce qu'il a demandé à la drapière de

Ruffec. Il se sait pourtant indifférent à l'ajustement des femmes, il les trouve belles, ou laides, sans que dentelles et colifichets n'ajoutent ou retranchent à son jugement. Est-ce donc seulement pour satisfaire à la coquetterie de sa sœur qu'il s'est jeté dans ces folles dépenses, qu'il a affronté l'œil soupçonneux d'une marchande qui lui déballait des étoffes inconnues, et répétait que bien sûr c'était cher ! « Sergé soie tramé mérinos, couleur marron d'Inde voyez le reflet et le tombé, il faut peut-être meilleur marché ? Non ? Et il voulait aussi toutes les garnitures et passementeries qui aillent avec ? Velours de soie au bas de jupe, le métrage monte vite. Et les livrées, du Saint-Étienne, pensez jeune homme, hors de prix ! Et alors la guimpe, on ne peut mettre qu'en Valenciennes, imaginez ! » Elle semblait de plus en plus inquiète en déroulant ses rubans, ses dentelles, le dessus du panier, soupirait-elle, elle allait appeler son mari, entre hommes ils discuteraient sur la coûte plus à l'aise.

— Combien le tout ?

Elle avait dit un chiffre énorme, et elle était soudain devenue tout sourire et approbations en voyant s'aligner les pièces d'or, il s'y connaissait ce bon jeune homme, sa sœur allait être parée à merveille !

— Et plutôt qu'un bonnet, c'est commun, je vous conseille la couronne, voyez, fleurs d'oranger en cire, montage laiton doré. Une babiole, je vous la fais à prix d'ami.

Encore une pièce vivement agrippée, et la couronne entortillée de mousseline avait été empaquetée à part.

— Faites-y attention, c'est très fragile. Pour la chaussure, je vous conseille le chevreau, naturellement. Allez donc de ma part chez...

— Je lui ai fait des sabots fins, avec la bride en cuir.

Elle s'était si fort esclaffée que son mari était sorti de l'arrière-boutique. Elle n'en pouvait plus, elle pleurait de rire, elle avait abandonné ses minauderies et ses tortillements affectés, elle se tapait sur les cuisses : une grosse bonne femme vulgaire, presque obscène, avait remplacé la commerçante maniérée.

— Adeline ! Devant la clientèle !

Elle n'avait pas pu s'arrêter, malgré l'air scandalisé de son époux. Entre deux hoquets, elle répétait :

— Des sabots ! Des sabots ! Avec ma Valenciennes ! Et mon velours de soie ! Il veut que la mariée porte des sabots ! C'est sa sœur, et il...

— Monsieur est seul juge, Adeline, voyons ! Veuillez excuser mon épouse, cher monsieur, les femmes et leurs nerfs n'est-ce pas... Il suffira que la tailleuse mette l'ourlet à ras de terre, sans nul doute votre sœur sera moins embarrassée en sabots, cher monsieur.

La politesse raffinée du personnage s'accompagnait d'un échange de regards éloquents avec sa femme, qui avait repris son sérieux et répondait : « Certes, certes », avec la bouche en cul de poule.

— Au revoir, cher monsieur, et tous nos vœux à la jeune épouse.

Une fois la porte refermée, Jean les avait entendu rire, il avait saisi des bribes de phrases : « ce bouseux... veut faire de l'esbroufe... vont bien rigoler, les gens de la noce... » Il avait trouvé sans difficulté la boutique à l'enseigne d'une botte rouge, il y avait acheté les souliers qui avaient éclipsé, pour sa sœur, la beauté des tissus et le luxe de la couronne : les bottines en chevreau glacé, c'était le triomphe absolu de sa toilette, et elle avait demandé à la vieille tailleuse de remonter l'ourlet de jupe à la cheville, pour qu'on les voit dans leur splendeur.

En regardant Jeannette parader sur le seuil de la porte, en écoutant les murmures flatteurs, il prend conscience d'avoir obéi à des motifs moins avouables que la simple générosité et le désir légitime de gâter sa petite sœur. Avant de partir, il veut montrer avec éclat que le non-conformisme de son mode de vie n'exclut pas les valeurs reconnues du monde paysan : le travail, le gain, l'épargne. Avait-il agi autrement, René-Instruit, lorsqu'il avait offert à sa jeune femme le luxe extravagant d'une pendule ?

— Fais excuse, ma chère petite. Ton cavalier c'est un vrai gobe-lune, à des fois, la châline tombant à ses pieds le réveillerait pas quand il est parti dans ses rêvasseries !

La foudre ? Peut-être a-t-elle raison, la tante Annette. Mais le rire de Cliette, et sa main sur son bras, et son pas ferme qui l'entraîne derrière la mariée, cela le ramène au chagrin, au déchirement, comment a-t-il pu un instant oublier cette détresse en se complaisant à la gloriole de voir sa sœur si richement parée ?

La volée de cloches, à la sortie d'église, ne suffit pas à couvrir le tapage, les cris de joie et les rires. Après le recueillement de la messe, c'est une fête païenne que le carillon anime sur la place de Lorigné, autour du feu de joie que Jeannette vient d'allumer avec une torche de paille. Toute la population du village est venue à la réjouissance : le bruit se répand vite lorsque les familles « font bien les choses ».

La tante Annette a essayé un moment de régenter la bousculade autour des paniers où des morceaux de galette remplacent le pain bénit des mariages sans apparat. Elle a tenté de surveiller la resquille autour des barricots de vin — qui ont suivi le cortège sur des brouettes — et s'est fait remettre en place avec une joviale fermeté par le père Denoël.

— Vaut mieux trinquer trois fois que pas du tout, et puis les barricots c'est pas l'affaire des belles-mères, hein, Terrassier ?

— Pour sûr. Ni des belles-tantes.

Elle avait pris le parti de s'esclaffer plus fort que les buveurs sur ce bon mot de son mari, et s'était dès lors cantonnée à recevoir les compliments, avec une modestie affectée qui soulignait sa satisfaction : elle qu'on connaissait portée à l'arrogance plutôt qu'à l'humilité, elle s'attachait à minimiser, déprécier, c'était pas grand-chose, allez ! « la robe de Jeannette » ?

— Ça fait de l'effet, je dis pas non, cette étoffe. Mais j'ai peur que ça ne soit pas de long profit pour la suite. Enfin pas vrai, la petite est contente, ce sera assez tôt qu'elle regrette, quand ça lâchera aux coutures. Laine et soie, pensez si ça va résister la vie durant !

« Et les gâteaux bénits, ce bon goût qu'ils laissaient dans la bouche, sa farine de châtaignes, pas à dire, on ne faisait pas mieux. Et la finesse de la graisse ? »

— Remuez pas mes peines. On a dû faire froment et beurre, tellement qu'on avait mal réussi cette année sur les châtaignes et le gras de cochon. C'est la cause qu'elles ont pris un coup de feu, sur les bords, faut se méfier avec le beurre. J'étais vexée, mais vexée ! Surtout que mon neveu, il a dépoché gros pour l'occasion. Mes pauvres femmes, faudrait jamais s'approcher de l'achetis. Vous forcez pas pour me faire plaisir, surtout.

Jean s'oblige à bonne figure, dans cette atmosphère de fête : il ne veut pas gâcher la joie de sa sœur en se tenant en retrait, comme il en ressent l'envie. Lui qui avait imaginé le carillon des noces comme une marche triomphale vers la liberté, il lui semble à présent entendre un glas. Il essaie de n'en rien laisser deviner, il parle, il plaisante même, la journée sera longue, dans cette tension. Que personne, surtout, ne se rende compte...

— Santé pour les mariés, Jean !

— À la tienne, Julien ! À quand ton tour ?

— Santé aux époux, santé à l'Empereur ! Et à toi pareillement ! Bonne chance à la bataille, brave conscrit.

— Merci, Monsieur le Maire. À la vôtre. Et à l'Empereur.

Il n'aime pas le vin, il s'arrange pour ne pas vider le gobelet à chaque trinquerie. Il est soulagé lorsque les cloches enfin s'arrêtent et que le violoneux monte sur un tonneau, lève son archet pour donner le signal à la jeunesse : « Ron-de ! » Il prend la main de Cliette et entre dans la danse autour du feu de joie. Elle est souple et gracieuse malgré sa stature et sa force. Lorsqu'il croise Jeannette, à la chaîne, elle lui dit en riant qu'il n'a pas l'air de regretter d'avoir une si bonne cavalière, son sauvage de frère ! Quand les danseurs ont retrouvé leur place dans la ronde, le violon change de rythme : « Ba-lancez-moi ça les hommes, allez, allez ! » Il effleure seulement la taille de Cliette pour la faire tourner, il n'a pas le droit d'empoigner ferme ce beau corps, comme font tous les garçons avec leur cavalière. « Et core un coup, allez, allez ! » Cliette tourne, renversée en arrière comme les autres filles — à la différence que rien ne la retient, il sent juste dans sa main la rudesse de son caraco en coutil. Elle rit quand le violon s'arrête :

— J'ai habitude, je suis trop lourde pour qu'on me balance aisément !

— Oui... Je veux dire, non... C'est... C'est moi qui ai... C'est moi qui suis... empoté pour la danse... C'est pour la raison que...

La tante Annette, heureusement, met fin à son supplice, à son piteux bafouillis que le franc sourire de Cliette aggrave plutôt qu'il ne le calme.

— Ça suffit de la danse, à présent. Faut revenir par le grand tour, la Chebassière et le Magnou, ça nous porte pas à table avant une heure. Les hommes, il vous reste de quoi dans les barricots, j'espère ? Avec ce beau temps, les mondes craindront pas de venir au long des chemins pour voir passer la mariée.

Le défilé se reforme tant bien que mal derrière le coq qui a dû crever de peur et d'épuisement, seuls les rubans qui flottent au vent lui donnent un semblant de vie. Les nouveaux époux sont enfin réunis et viennent en tête, précédés de l'infatigable violoneux qui accompagne sa musique de pitreries et gesticulations : on dit parfois que les gens se déplacent autant pour lui que pour la mariée. La tante Annette s'obstine à mettre de l'ordre dans le cortège du retour : la jeunesse devant pour marquer la réjouissance, les vieux derrière. Louis Guitton a profité de l'occasion pour déchaîner les rires :

— Tu l'as dit, ma jolie ! Ça fait soixante et des années que je suis dans la jeunesse, c'est la raison que je marche devant ! Mais de reculons, malheureusement.

Et jusqu'à la sortie du village, le vieil homme précède la noce en sautillant en arrière, sans le moindre trébuchement. On l'acclame, on l'applaudit, ce Louis jamais il changera !

— Eh non ! (Grincement sinistre du violon.) Ce

qui me chagrinera (ritournelle joyeuse) c'est de pas pouvoir musiquer à mon enterrement, et ran, plan, plan !

Sur cette dernière boutade, il se retourne et joue les airs traditionnels de mariage, les rires s'apaisent, les couples font conversation. « La belle cérémonie, et ce temps croyez-vous, je l'ai dit hier au soir : à la Saint-Paul, l'hiver se tord le col... »

Cliette marche tranquillement auprès de Jean. Cette attitude dénuée d'embarras le rassure en même temps qu'elle le meurtrit : c'est la preuve qu'il a su cacher son trouble à la jeune fille, mais c'est aussi le témoignage qu'elle n'a jamais eu pour lui d'autres sentiments que de camaraderie, et qu'elle n'a jamais envisagé d'avenir à ses côtés.

— Mon père, il est content de la façon que tu lui as monté des nouveaux cadres à son métier. C'est plus aisé pour enfiler les lisses.

— Heureusement que ma mère m'a dit : ils vont sûrement t'inviter à la noce. Parce que moi j'allais venir en tous les jours.

— Il va trouver le manque de toi, Monsieur le Curé Dupuy, pour faire le chantre. Magnan, quand tu n'es pas là, il s'embrouille souvent dans les cantiques.

Il lui répond oui... ou bien sûr... ou peut-être... Il n'arrive pas à rassembler des phrases cohérentes, il bafouille au hasard juste pour se tourner vers elle qui ne le regarde pas, juste pour voir un instant son profil, le bandeau de cheveux blonds et lisses qui dépasse du bonnet de toile sur son front, le bout d'oreille rose qui met une note émouvante et fragile dans l'architecture puissante de ce visage.

Le cortège s'arrête à plusieurs reprises, devant les barrages de rubans tendus entre deux arbres. Les paniers de galettes circulent de nouveau, les couples se défont un moment, les hommes vont trinquer autour des brouettes aux barricots. Jean ne veut pas sembler absent, indifférent à cette fête dont le vin marque la nature exceptionnelle : il se force à trinquer d'un fond de gobelet, en s'étonnant à nouveau qu'on puisse avoir goût à ce piquant, cette brûlure dans le gosier.

Après la cinquième halte, la tante Annette presse son monde, il est une heure passée, s'ils ne veulent pas manger les rouelles rimées et les volailles charbonneuses il faut rentrer bon train !

— Et puis surtout, on a vu tant de monde qu'il reste ni mie ni miettes de gâteaux.

— Pareillement les barricots sont vides.

Les noceux allongent le pas derrière le violon qui joue maintenant une marche entraînante. On aperçoit les maisons de Queue-d'Ageasse. Jean n'a pas hâte d'arriver. Il va lui falloir affronter un interminable après-midi de mangerie, alors qu'il porte une pierre énorme au creux de l'estomac. Il devra supporter les cris, les chants, la musique, tout ce débordement de joie alors qu'il voudrait se sauver, se terrer dans sa clairière, et parler longtemps au chien des Fayes. Lui dire qu'ils se comprennent parce qu'ils se ressemblent. Que l'un et l'autre ils sont épris de liberté, et cependant possédés par le désir de tendresses humaines. Le fils du loup et de la griffonne vendéenne est l'unique créature qui puisse concevoir, lui qui rôde sans jamais approcher, que Jean demeurera rivé au souvenir, au regret de Cliette, bien qu'il ait choisi de renoncer à elle. Il a raison, le père Jardonnet : il faut avoir la tête un peu calvirée, pour imaginer de philosopher avec un chien sur les mystères et les contradictions de l'âme humaine ! Dans le présent, dans le concret où il lui faut demeurer ferme sur terre, Jean se dit qu'il a grand-soif, qu'il a envie d'un seau d'eau fraîche, d'une fontaine, d'une rivière... Il ne s'est pas aperçu qu'ils sont arrivés dans la cour des Terrassier. Cliette lui secoue le bras.

— À ton avis, je t'ai demandé ? Qu'en penses-tu ?

Les beaux yeux gris de Cliette, son regard grave juste à la hauteur du sien... Et lui il était ailleurs, parlait amour et liberté avec une bête sauvage et rêvait d'un seau d'eau !

— Excuse-moi, je n'ai pas entendu. Ce que je pense de quoi ?

— Crois-tu qu'elle arrivera, Jeannette ? Elles ne l'ont pas épargnée, les femmes. Regarde-moi ce fatras. C'est presque méchanceté !

Une vieille tradition impose que la porte de la grange soit barrée symboliquement de quelques outils et ustensiles. Selon la rapidité et l'astuce dont la mariée fait preuve pour la remise en ordre, on augure de ses capacités à tenir un ménage. L'épreuve est toujours concluante, le balai et le râteau entrecroisés sur un chaudron sont vivement écartés et rangés sans que la nouvelle épousée n'ait à déployer trop d'efforts.

— Tu as raison, c'est malveillance. Mais elles ne la connaissent pas, ma petite sœur. Tu vas voir.

Devant la porte, aujourd'hui, s'élève une véritable barricade, un enchevêtrement hétéroclite arrimé de chaînes et de cordes. La tante Annette a pâli de rage, elle se contient cependant et même elle plastronne :

— Bravo, les femmes ! Vous avez pas plaint votre peine. On connaît à qui qu'on s'adresse, pas vrai ? Une si belle chapelle, fallait davantage qu'une chaise et un plumail pour en barrer la porte à une si belle mariée !

Elles s'efforcent de rire comme les autres, les voisines qui ont comploté cette machination sournoise, d'autant que Louis, après un clin d'œil à Jeannette, a entonné une « chanson de menteries » qui les tourne en ridicule, une baliverne joyeuse où les canes chauffent le four, les araignées font la lessive, les gorets tournent la bouillie... Il brode sur ces paroles connues de tous, y ajoute des oies « qui tricotont les fourches, lon la » et des biques « qu'attelont les pincettes, lon lère ». C'est un triomphe pour Jeannette lorsqu'elle vient à bout de l'ultime obstacle : des poêles, des pelles, des pique-feu, bottelés aux anses de trois seaux par des nœuds compliqués. Elle agite les mains pour répondre aux acclamations, puis elle tapote les rubans brodés de sa ceinture : chacun peut ainsi constater qu'elle ne s'est salie de suie ni de graillon, comme devaient l'espérer les commères. La tante Annette y trouve l'occasion d'une représaille insidieuse :

— Ma pauvre Claudine, m'est avis que votre drigail était plus aisé à défaire qu'à monter, vois donc l'état de ton devantier. En as-tu un de rechange, au moins ? Autrement je vais t'en prêter un.

La bousculade pour entrer dans la grange derrière les mariés empêche Anne Terrassier de pousser plus avant dans la revanche. Elle se tient près de la porte, canalise le flot, et reçoit les compliments sur la décoration de la chapelle avec une feinte humilité qui déprécie pour mieux vanter.

— C'est pas grand-chose, allez. Du cèdre bleu, vous connaissez pas ? C'est vrai que ça pousse pas par chez nous. Oui, ça fait pas mal, les deux lettres, mais les fioritures alentour, y'en aurait presque de trop, non ? Bon ! C'est pas aux branches qu'on s'en va pâturer, assoyez-vous donc. Les jeunes, à la table des mariés. Les autres, mettez-vous à votre fantaisie.

Les nouveaux époux sont les seuls à bénéficier du privilège d'une chaise, et d'une place suffisante pour ne pas heurter le voisin : la petite grange des Terrassier oblige à l'entassement sur des bancs, d'autant que nul ne devant tourner le dos aux mariés, on n'occupe qu'un seul côté des longues planches qui servent de tables.

— Serrez-vous, serrez-vous, faut que tout le monde tienne !

Jean est à l'extrémité du banc, à la table de la jeunesse. Coincé à l'angle de deux murs, sur le piquant des aiguilles de pin. Et à sa gauche il y a Cliette. L'espace à peine d'une main entre eux, une infinie et minuscule distance habitée de chaleur, de douceur, et d'une odeur de fleurs séchées, violettes et verveine, qui imprègne les vêtements de la jeune fille.

— Allez, serrez encore !

S'il n'y avait autant de vacarme dans la grange, il semble à Jean que Cliette pourrait entendre les battements de son cœur.

— Ça va, Jean ? Je te pousse pas trop contre la muraille ?

Il fait seulement non de la tête, il a peur de ne pouvoir sortir de son gosier qu'un bredouillis étranglé : lorsque Cliette s'est tournée vers lui pour lui parler, il a senti sur son bras un tendre écrasement, la fugitive et involontaire caresse d'un sein rebondi.

— Je vais tâcher de me faire petite, mais pour ça, sûr que j'aurai du mal. Heureusement, de mon autre côté, Antoine et Juliette ça leur suffit presque d'une place pour deux. Pas vrai, les promis ?

— Si fait, si fait ! Quand je t'ai vue dans le cortège j'ai dit à Juliette : pourvu qu'elle soit contre nous à la table, ta mère pourra pas nous faire reproche de mal-tenue, comme à la noce de Françoise !

Ils rient tous les trois, Cliette fait mine de les pousser un peu plus l'un vers l'autre. La chaleur, la douceur, l'odeur de violettes, envahissent à nouveau l'infini du minuscule espace, entre Jean et la chair épanouie de la jeune fille. Il a soif. Un seau d'eau fraîche... Une fontaine... Une rivière...

— Arrou ! Arrou ! Arrou !

C'est lui, une fois encore, qui vient de lancer ces beuglements éraillés en levant sa mogue pleine. C'est lui, ou plutôt un inconnu qui l'habite, qui rit, qui gueule et qui chante, un autre qui s'est installé dans sa tête et dans ses tripes, et qui veut du vin, du vin, du vin ! Il invite à reprendre en chœur, sa voix domine le tapage : « Arrousons-nous la dalle, la dalle ! Arrousons-nous la dalle du cou ! »

— Et cul sec, pas d'histoires !

Une demi-chopine de vin d'un seul trait, une de plus. L'inconnu qui se trémousse et parle à sa place n'a pas envie d'arrêter de boire ni de s'égosiller. « Encore une mogue, tiens, celle-là, les gars, elle était borgne et manchotte ! » Le braillard remercie des applaudissements, il est délivré de quelque chose, quoi ? Il a oublié. Te casse pas la tête à chercher, grimpe sur le banc qu'on t'entende mieux, qu'on te voit mieux.

Mais prends garde ! Parce qu'à côté, sur le banc, il y a Cliette. Faut pas lui salir l'étoffe du jupon qui sent bon. Elle te regarde d'en bas, cette belle fille, elle rit quand tu chantes et tu causes, ses dents brillent, son cou est blanc, gonflé, renversé... Heureusement, l'inconnu ne pense qu'à boire et chanter, il n'a pas envie de caresser, de mordre, d'embrasser, non, non ! Et surtout, le principal, l'essentiel, attention je te tue si tu fais ça, tu ne dois pas traîner tes grands sabots sur le jupon qui sent la violette. Ou je te tue...

Un instant Jean se retrouve, se reconnaît, qu'est-ce que je fous monté sur ce banc, je suis saoul comme une bourrique ! Et puis l'autre revient sous les bravos, salue et gesticule. « Vrai, j'en pleure de rire, dit la mariée, jamais on l'avait vu comme ça ! »

— Et maintenant les gars, le cantique ! Attention la cadence, suivez le chantre ! Une... deux... trois...

Il bat une mesure solennelle, celle des Te Deum et des Magnificat :

— Bénis soient à jamais
La Saintonge et le Mirebalais !

Le chœur des voix masculines reprend avec des variations, des discordances, des trémolos sur les syllabes comme à la grand-messe. Le cantique cinq fois répété se termine par une cacophonie d'amen, amène à boire ! jusqu'à ce qu'émergent du chahut des voix enfin accordées :

— Quand un chanteur a bien chanté
Sa voisine, sa voisine,
Quand un chanteur a bien chanté
Sa voisine doit l'embrasser !

L'intention est claire : jusqu'ici, on disait : « Toutes les femmes doivent l'embrasser. » Et il les a embrassées en bouffonnant, les vieilles, les jeunes, la mariée, et Cliette dans la bousculade autour de lui, et la tante Annette qui lui claquait les joues de gros baisers en disant qu'elle était donc contente, le cher petit, de le voir en ériguette, jamais elle l'aurait cru si franc luron !

Et maintenant, on lui demande d'embrasser Cliette, elle seule ? Il se rassoit, dessaoulé d'un coup et pour le restant de la journée il en a la certitude, il serre les poings en se faisant promesse de ne plus toucher à cette saloperie de barrique, cette saloperie de mogue, cette saloperie de vin !

C'est encore le chaos, la débâcle dans sa cervelle, mais à présent il en est conscient, et une barrière vient de se fermer : plus de vin ! Et pas de baiser à Cliette, non, plutôt crever de rage tandis qu'on le poursuit de « hou hou » guoguenards, que le violon grince des ricanements pour scander les cris et la tambourinade sur les tables : « Bisera Cliette, bisera Cliette, bisera ! » Il baisse la tête, plutôt crever...

Les hurlements finissent en bravos. Cliette l'a fait lever — il a eu le temps de penser « sacrée poigne ! » — et l'a embrassé trois fois comme d'usage, avant de se rasseoir en souriant. On applaudit, Cliette remercie de la tête. Beau regard paisible, tranquille et forte Cliette qui le fixe droit dans les yeux, avec une indulgence amusée. Et lui, dès demain il va s'engager, il renonce à cette douceur, à cet équilibre, à cette sérénité. Jamais il ne pourra l'oublier, il préfère mourir en servant l'Empereur, plutôt que l'imaginer auprès d'un autre.

Il a failli crier, de surprise autant que de douleur. Sous la table, sans cesser de sourire, elle lui a flanqué un grand coup de sabot. Elle se penche vers lui, regard paisible, douceur des yeux gris...

— Brame autant que tu veux, Jean Lotte, et continue d'entonner ta vinasse ! Mais au moins, ne nous traîne pas en ridicule. Et tâche de ne pas prendre goût sur la chopine, aux armées, parce que je veux pas d'un sac-à-vin pour mari.

— Pour... pour mari ? Quoi ? Que racontes-tu ?

A-t-il compris ce qu'elle vient de lui dire ? Il tremble, il a envie de s'abattre sur la table et de pleurer. Un autre coup de pied, moins brutal — quoique énergique.

— Tiens-toi convenable, tu sembles un pauvre dadais. Fallait bien que je me décide, puisque toi tu étais prêt de virer les talons sans rien dire. Passe chez nous demain avant de t'en aller, mes parents sont d'accord depuis longtemps. Ne me regarde pas de même, mange, ça te dessaoulera. Mais continue de trinquer. (Elle rit, cou renflé, tendre chair...) Autrement, les gens vont se douter que c'est moi qui t'ai fait demande de mariage !

— Et si je ne reviens pas ?

— Tu reviendras. J'attendrai le temps qu'il faudra. Trinque, on nous regarde, mais ne redouble pas la mogue, quand même !

— Arrou ! Arrou ! Arrou !

Il se sent capable de boire une barrique entière sans que revienne la moindre ivresse. « Mange, surtout... », lui chuchote Cliette lorsque il doit embrasser « sa » voisine, en se faisant encore un peu prier pour donner le change. Elle, qui appuyait si fort les baisers lorsqu'il était perdu de désespoir, à présent elle effleure à peine ses joues, et c'est une caresse cent fois plus bouleversante. Et elle lui répète de manger, c'est ça qu'il faut pour assécher tant de boirie !

Il n'a pas faim, le bonheur est un poids aussi lourd à l'estomac que le chagrin, il s'empiffre cependant pour faire plaisir à Cliette, il avale au hasard ce qu'on lui présente, et les restes des autres plats demeurés sur la table : la rouelle de veau dans sa graisse figée après les prunés, des craquelins au miel, une cuisse d'oie, du civet de lapin en attendant les tourtières aux pommes... « Allez, mange encore. »

— Arrou ! Arrou ! Arrou !

Elle a raison Cliette : il est dessaoulé, il n'est plus ivre que d'allégresse. « Arrousons-nous la dalle ! »

— Je te préviens, tu vas être malade à crever, cette nuit. C'est comme ça que ma mère a coupé court, dès la première saoulerie de mon père. Malade à crever.

Superbe Cliette ! Elle le provoque doucement, tu vas être malade à crever. Avec les yeux emplis d'amour, malade à crever. Avec une voix tranquille et chaleureuse, malade à crever. Elle est la seule femme au monde qui lui convienne, elle est l'unique, il va être malade à crever. Il soutient la tendresse et le défi du beau regard :

— Je me sens creux encore, passe-moi un morceau de poule.

Elle pose une aile de poule au milieu du

répugnant patouillis qui garnit son assiette : sauce noire du civet, miettes de gâteaux, graisses froides.

— On est sûrement fait pour s'entendre, Jean Lotte.

— Je le sais depuis longtemps. D'autre tourtière, merci.

— Mieux vaudra que tu rentres à ta loge, cette nuit.

— J'y comptais. Il faut que je parle à mon chien.

Elle rit, elle s'appuie contre lui, d'un côté les aiguilles de pin, et de l'autre ce poids de bonheur, d'espérance... Et cette voix paisible qui lui répète qu'il est saoul bardé, et pas prêt de recommencer, vu ce qui l'attend. Il a envie de dormir, soudain, il est loin, il est lourd, la voix de Cliette lui arrive, repart, se fond dans le bourdonnement de ses oreilles, des mots émergent, s'engloutissent, ou résonnent comme un battant de cloche : promesse... elle écrira... qu'il se redresse... coup de pied... tenir une heure... amitié... trinquer encore...

— Arrou ! Arrou ! Arrou !

Il grimpe sur le banc, il se sent ferme, solide. Cliette sourit. Le vin est bon. Bénis soient à jamais la Saintonge, le Mirebalais, et le sourire de Cliette, et les baisers de Cliette à la fin de la chanson ! Elle s'attarde contre sa joue, et elle lui dit tendrement qu'il pue la vinasse, tendrement qu'elle l'attendra, tendrement qu'il va être malade à crever.

La mer est étale. Lui, il est couché dans une puanteur froide et gluante, celle de la vase, du goémon pourri. Il entend clapoter la mer, il ne la voit pas puisqu'il dort... Il dort... Ce doit être le moment qu'elle préfère, la mer, elle est arrivée en bout de course, elle se repose, elle a tant souffert pour arriver jusqu'à la vase, au goémon pourri. Elle clapote auprès de lui, elle se repose et elle dort comme lui. Ouvrir les yeux. Voir la mer. Et Colin Peyrou qu'il a tant cherché sans jamais le retrouver. Colin Peyrou est ici, près de lui : l'odeur sauvage de l'ours Martin lui arrive, toute proche, fraîche et saine dans la pestilence de la vase, du goémon. Ouvrir les yeux... Ouvrir les yeux...

Il a voulu crier, mais il n'a pu le faire : sa langue est engourdie d'une épaisse paralysie. Et pas bouger non plus : il ignore comment on peut utiliser des bras, des jambes. Il n'y a que sa tête à revenir en vie consciente et claire, malgré le marteau qui s'acharne à y cogner. Il est affalé dans ses dégueulis, au milieu de la clairière des Fayes. Le doux bruit de la mer, le clapotis qui habitait son rêve, c'était le lapement d'un loup qui se gorge des vomissures, un loup si proche que sa senteur fauve se mêle aux aigreurs infectes du vin et de la bile.

Jean est secoué d'un haut-le-cœur, de dégoût bien plus que de peur. Quelque chose se déchire dans ses entrailles, il se souvient : « Tu vas être malade à crever. »

Le loup gronde et recule, reste un instant en alerte, et puis il revient, rassuré par le silence et l'immobilité. L'horreur de ce bruit mou qui se rapproche de son visage où coule encore le flot de sa dernière nausée ! « Pas bouger. Faire le mort. Il partira quand... » C'est la répulsion, le mépris de lui-même qui le submergent alors. Quoi ? Attendre qu'un loup ait fini de bouffer ses ordures d'ivrogne jusque sur sa figure ? Ce n'est donc pas suffisance de bassesse et d'humiliation, cette ignoble sanie dans laquelle il se vautre ?

Il tente de se relever. C'est un effort inconcevable. Son corps est loin de lui, à l'abandon, indocile, étranger. Il se retrouve debout, vacillant, il ignore comment il a réussi à rameuter quelques vestiges épars de ses muscles et de ses forces. Il sait seulement qu'il lui faut employer ce restant d'énergie pour ne pas retomber, il est conscient de ne pouvoir tenter un autre mouvement sans s'abattre à nouveau dans les souillures.

Le loup a bondi en arrière, il s'est arrêté en position de guet. Janvier, c'est le moment de grande faim des loups : celui-là est vieux, efflanqué, il connaît l'homme pour son mortel ennemi. Avec la prudence de sa race, il attend d'être sûr que cette proie est faible, désarmée. Qu'elle ne crie ni ne menace... Qu'elle va lui laisser terminer sa repue de tripaille.

Le loup avance insensiblement, sans quitter des yeux une proie silencieuse et inerte, sans lâcher du regard un ventre empli de ces viscères délectables qui ouvrent le festin des carnassiers. Jean n'a pas peur, il est ailleurs, il méprise ce pauvre con de saoulaud qui va se faire étriper, il a envie de dormir. Quel fier soldat il va perdre, l'Empereur :

un misérable crétin fauché par sa première beuverie ! La belle fille souriante et tendre ne croyait pas si bien dire lorsqu'elle assurait : « Tu vas être malade à crever. » Crever ? C'est le mot qui le réveille. Laisser ce remords, ce désespoir à Cliette ? La vie entière pour se sentir coupable, pour se répéter les dernières paroles qu'elle lui ait dites ?

En même temps qu'il perçoit sa propre voix sans la reconnaître, qu'il entend sortir de sa gorge des hurlements de bête sauvage enfin décidée à faire front, ses cris se perdent dans un frénétique tumulte d'abois et de rauquements. Le chien des Fayes vient de bondir dans la clairière. Deux démons hérissés de fureur se cherchent à la gorge, s'entre-déchirent, se roulent en tourbillon de violence et de mort, se déprennent, reviennent à l'attaque. Et soudain, dans le calme absolu du matin qui se lève, Jean entend craquer une branche sèche : le loup a rompu le combat, a disparu sous le couvert des arbres.

La brutalité de la scène a chassé les derniers flous de l'ivresse, secoué l'engourdissement, ramené Jean à la maîtrise d'un corps pesant, fourbu, délabré, qui lui obéit cependant au prix de souffrances et d'efforts inconnus. Il s'avance vers le chien, demeuré immobile et haletant sur le lieu de la mêlée. Il entend les paroles de Champeau, le valet de meute : « Bonne race. Courageux. Forts. Fidèles. » Plus que dix pas... cinq pas... Jamais il ne s'est laissé approcher d'aussi près. La douceur des oreilles tombantes, poissées de bave et de sang, et ce regard tranquille du griffon vendéen qui attend la caresse du maître enfin reconnu... Lorsque Jean arrive à le toucher presque, c'est un fauve qui gronde, ce sont des yeux de loup, étrécis à l'oblique sur une lueur jaune, qui menacent : « Ne va pas au-delà ! »

Et puis la bête des Fayes se sauve, à grands bonds elle s'enfuit, elle échappe à l'emprise de l'homme. S'il ne restait des traces de sang, des touffes de poils bourrus sur le sol de la clairière, Jean pourrait croire qu'il vient de vivre une hallucination apportée par sa saoulerie.

— ... et vous requiers approbation... vous demande à consentir... pour faire correspondance... avec... en respect et honneur... par le fait de...

Est-ce qu'ils l'écoutent, seulement ? Jean s'arrête, découragé. Il n'en peut plus de patauger dans un discours ridicule, de s'empêtrer dans des tournures alambiquées comme un écrit de notaire. On le laisse dans ce désarroi, et il a peur. « Je t'attendrai... Mes parents sont d'accord depuis longtemps... » Cliette a-t-elle vraiment prononcé ces mots, au repas de noce ? Jean sait que l'ivresse, une fois dissipée, peut laisser des certitudes délirantes : le vieux Patte-Folle, au lendemain de ses cuites, raconte gravement que le Bon Dieu — ou le Diable, ou le Saint-Esprit — lui a parlé, comme je te cause mon gars, oui... Est-ce une telle honte qui l'attend, est-ce qu'on va lui répondre : « Oui, oui, bien sûr », sur le ton d'indulgence et de mépris que l'on prend avec l'ivrogne du village ?

Il a été accueilli avec cordialité, comme à chacune de ses visites chez les Laclie. Rien n'indiquait cependant qu'on imaginât dans sa venue l'exceptionnel événement d'une demande en mariage. Jean-Jacques Laclie n'avait même pas lâché sa navette, s'était remis à son métier sitôt prononcés les « salut » et les « beau temps pour la saison ! ».

— C'est d'une bonne commodité pour moi, la façon que tu m'as remonté les cadres et les bricoteaux, tous les jours je le dis. Je m'attendais que tu viennes nous faire tes au revoir. Au cas contraire, j'en aurais eu fâcherie. Pas vrai, la mère ?

— Pour sûr. Ah ! là là ! Mon caillé est grumeloux, sûr que les fromages sécheront mal. Oui, on supposait de te voir avant de t'en aller soldat. La petite nous avait dit que tu rejoignais Niort ce soir.

La « petite » avait fait oui de la tête, sans se retourner. Elle pétrissait la pâte de sa prochaine fournée, elle lui avait dit bonjour avec naturel, lorsqu'il était arrivé, et avait ajouté :

— Fais excuse, c'est rien le moment que j'arrête.

Le métier à tisser vibrait, le choc sourd du peigne sur les duites de chanvre rythmait le cliquetis des pédales. Le vieux Laclie souriait avec bonhomie.

— Avec toi mon gars, on fait pas de cérémonies. L'ouvrage commande, c'est pas un futur militaire qui va nous faire reproche d'obéir. Mais ça empêche pas de causer. Tire-toi donc une chaise. Et tu refuseras pas une petite goutte, quand la mère en aura fini de ses fromages. Alors donc tu t'en vas à partir.

La maison sentait bon la cire, le levain, la toile neuve. Les Laclie s'activaient à leurs tâches habituelles, et lui, il était comme un ballot sur une chaise... laissait couler de longs silences dans la conversation... évitait de tourner les yeux vers les bras nus de Cliette... Enfin, écœuré de son inertie, il avait entamé son charabia de notaire, comme on se jette à l'eau, et personne ne l'avait secouru : la navette continuait son va-et-vient, la pâte claquait dans la maie, la louche tapotait le bord des faisselles durant qu'il bafouillait : requérir... consentir... par le fait... et autres prétentieuses balourdises ! Il tente de se ressaisir.

— Donc, ainsi que je disais, en considération et pour la cause de...

Il s'arrête à nouveau, et cette fois, c'est le silence dans la maison. Cliette s'est retournée, elle frotte ses mains l'une contre l'autre pour en faire tomber les débris de pâte. Le vieux Laclie a quitté son métier, et s'est rapproché de sa femme qui pose sa louche de caillé, puis regarde Jean en souriant :

— Pour la cause... qu'elle a causé la première de mariage. Et elle a eu grandement raison, c'est ce que je pense, depuis le temps que tu tournes autour du pot sans te décider à tirer la soupe.

— Tu vois, petite mère ? Et pourtant, tu m'aurais presque fait reproche, quand je t'ai raconté. Ça n'est pas vrai, papa ?

— Si fait. Presque : c'est le juste mot. Parce qu'elle a dû se souvenir à temps qu'elle avait fait pareil avec moi, dans sa jeunesse. Et qu'on n'a jamais eu à le regretter, l'un comme l'autre. Je te comprends, j'ai pas à me moquer : on a le sentiment, mais on sait pas le déclarer de langue.

Jean se sent léger, délivré : une vague de joie, un déferlement de bonheur, et le flot des paroles qui enfle dans sa tête... Bien sûr que si, il sait exprimer le sentiment : il aime Cliette de tendresse et de passion, il la veut pour compagne dans l'éternité des jours, elle est solide et belle et triomphante comme un arbre au printemps, elle est... Il s'entend dire avec une intonation compassée :

— Vous savez que je n'ai guère de bien, à part mes bois. Mais le travail ne me fait pas peur, et je saurai gagner la vie d'une famille. Je porte estime à votre fille, et je lui fais promesse de mariage à mon retour, puisqu'elle est d'accord pour m'attendre.

Le père Laclie reste un moment sans répondre. Heureusement, le visage de Cliette enlève à ce silence toute charge d'appréhension. Dans le sourire de la jeune fille, Jean peut lire qu'il a su lui dire son amour, qu'elle comprendra toujours, derrière la froideur pudique des mots, qu'il vient de clamer « je suis fou d'elle... » en déclarant gravement qu'il lui portait estime. Les lèvres tremblantes, les yeux brillants de larmes, la fille qui lui flanquait hier des coups de sabot est pour l'instant une vulnérable, frémissante amoureuse.

Qu'il se taise encore, le vieil homme, et longtemps qu'il les laisse dans ce bouleversement d'aveux qui n'ont pas besoin de paroles.

— Oui bien, elle est d'accord. Et de la faire changer d'avis, on n'essaie même pas. Parce qu'elle est acharnée dans ses entreprises pareillement que toi, même si elle s'y prend d'autre manière. Rien t'empêchera de partir, rien la détournera d'attendre.

Il n'y a aucune amertume dans la voix du père Laclie : il fait avec placidité le constat d'une évidence qui ne l'effraie pas.

— Souvent, avec la mère, on se dit que ça va faire des forts tempéraments pour les héritiers, ces deux obstinés appariés ensemble.

Il rit à cette évocation, et puis il change de ton, prend la main de sa femme :

— Seulement voilà... On sera sans doute plus de ce monde Jeanne et moi, pour nous rendre compte du résultat. Et jamais on n'a tant regretté d'être vieux, et d'avoir eu notre petite à l'âge que d'autres sont grands-parents depuis longtemps.

Cliette les embrasse, que raconte-t-il là, ils sont bâtis à chaux et à sable, ils vivront centenaires, et ils devront les endurer longtemps, leurs petits-enfants ! Elle prend Jean à témoin, sans le moindre embarras à l'évocation de leur descendance :

— Pas vrai ?

— Oui... Sûrement...

Lui, il se sent chaviré par des images précises d'intimité charnelle, il se hâte de ramener à des propos moins troublants.

— Soyez tranquillisés sur la date de mon retour. L'Empereur ne désire que la paix. Dans peu de temps, monsieur Laclie, l'Europe entière sera française, et libre !

— Va savoir...

— Deux ans au plus, je vous le certifie.

— Oh ! C'est point seulement sur le temps, que je doute !

Jean n'est pas certain d'avoir compris ce que vient de marmonner le père Laclie, il n'a pas loisir de s'interroger davantage, le vieil homme lui serre la main et continue d'une voix assurée :

— Mais c'est pas la question. Mon garçon, je suis fier de te considérer comme mon futur gendre. Et sans vanter notre petite Cliette, je suis sûr que là-haut, ceux de ta famille sont honorés pareillement. Ma fille, c'est le moment qu'on trinque à votre parole donnée.

Cliette pose sur la table quatre petits verres, une bouteille de vin de coing, un cruchon d'eau-de-vie que Jean-Jacques Laclie débouche et promène sous le nez de Jean.

— Ma goutte de l'an passé, un peu jeunotte peut-être, mais tu vas m'en donner des nouvelles, rien qu'à la sente tu peux juger ! C'est ce qu'on m'a dit, parce que moi j'y tâte guère.

Horreur ! Jean retrouve l'odeur de gnôle chaude qui flotte autour des alambics, en automne, flammes de l'alcool brut et de l'éther : son estomac se révulse d'une douleur tenaillante, jamais il ne pourra, même un si petit verre !

— Papa, peut-être il préfère un peu de vin de

coing. La route est longue, d'ici Niort, et la goutte il paraît que ça coupe les jambes, quand on n'a pas habitude.

— Oui... Je... Du vin de coing. Juste un fond, pour dire santé. Merci.

Un fond de verre d'une liqueur sucrée qui lui brûle cependant les intérieurs comme un acide... Merci pour le vin de coing, Cliette, merci de m'épargner, de me sourire avec ces yeux d'amour et de pardon ! Douce et tendre Cliette...

— J'oubliais de te demander : tu lui as parlé, à ton chien, cette nuit ?

Les parents échangent des mimiques d'incompréhension, que raconte-t-elle là ? Lui, il soutient le regard suave, paisible, de la fille aux coups de sabot qui est revenue. Il répond que oui, en effet, ils se sont expliqués, un jour il lui racontera... Les beaux yeux brillent de tendresse, elle y compte bien... La mère Laclie tousse, en discret rappel à l'ordre.

— Bon, vos petits secrets d'amoureux, ça sera pour plus tard d'en causer entre vous. Mon garçon, même en connaissant l'allure que tu marches, tu seras pas rendu avant nuit tombée si tu tardes à partir. Cliette, conduis-le jusqu'à la barrière. Avant, laisse qu'on t'embrasse comme un fils, le père et moi.

La porte s'est refermée sur l'émotion de l'au revoir. Comme elle est proche, la barrière, comme il est court l'instant de solitude ! L'un et l'autre ils se taisent, il n'y a que le silence qui soit assez fort pour dire l'inexprimable. Cliette soulève le taquet de bois.

— Il est trop dur, il coince, va falloir que je le retaille. Moi, tu ne m'embrasses pas ?

Éblouissement, chaleur de la bouche entrouverte de Cliette, qui s'est posée sur la sienne alors qu'il cherchait sa joue. Une brève éternité de fièvre et de désir. Elle s'écarte vite avec un regard de tranquille innocence, elle qui vient d'écraser contre lui sa poitrine, son ventre, ses cuisses, caresse de belle chair drue, retirée sitôt qu'offerte, comme une façon de dire : « Je peux aussi te secouer autrement qu'à coups de sabot ! » Elle le regarde, et elle rit.

— Il faut que tu partes, à présent. Pour une fois, le vent de bas va te pousser, au lieu de te souffler au nez. Comment tu dis, déjà ? Le vent d'aventure ?

Sitôt dépassée la ferme des Laclie, le chemin s'enfonce dans l'épaisseur de la châtaigneraie. Avant que les arbres ne dissimulent la maison, Jean se retourne. Cliette est restée à la barrière. Elle n'agite pas la main en pleurant, n'envoie pas de baisers. Elle est droite, elle est forte et résolue, elle l'attendra. Lorsqu'il reprend sa marche, la dernière image qu'il garde d'elle, c'est de la voir sortir un couteau de sa poche de devantier, pour amincir le loquet trop dur !

Troisième partie

Chapitre VII

La terre brûlée

À Moscou, le 22 septembre 1812

Bien chère Marie, et tes respectés père et mère,
Je souhaite que la présente vous trouve en bonne santé, comme moi elle me quitte. Je vous ai adressé ma dernière lettre depuis la ville de Vilna, en date du 9 juillet. Nous restâmes dans cette ville du 1er au 16 du même mois, et j'eus le bonheur d'y recevoir une lettre de Marie en date du 3 juin, une autre de ma sœur Jeanne en date du 6. Du 27 juillet au 13 août, nous prîmes nos quartiers dans la ville de Vitebsk. Le 16 août, nous arrivâmes à Smolensk d'où nous repartîmes le 21. Le 14 septembre nous atteignîmes Moscou, où nous avons ce jour quartier libre et repos pour la compagnie, ce dont je profite pour vous envoyer des nouvelles et vous assurer de

— Et merde !

La plume vient de se fendre, projetant jusqu'en haut de la page ces longues éclaboussures soulignées d'un point, qui marquaient dans son enfance la maladresse d'une main peu assurée. Aujourd'hui, si sa belle écriture est gâchée de pâtés, c'est que l'encre est venue en boue épaisse dans l'encrier qu'il n'a pas ouvert depuis longtemps, et l'oblige à peser sur la plume pour marquer pleins et déliés. Il lisse une autre feuille : la liasse de papier s'est froissée dans le havresac, malgré le soin qu'il prenait à ranger son fourniment.

Une autre plume, un peu d'eau dans la charbonnaille de l'encrier... Il gratte de l'ongle les pliures qui marquent la nouvelle feuille, il écrit une seconde fois sous l'en-tête au blason impérial : Moscou, 22 septembre, 12. À... le... 18... sont imprimés en caractères dont la netteté parfaite fait ressortir plus grise, plus irrégulière encore, l'encre grumeleuse et délayée.

Bien chère Marie, et tes

La plume neuve ne s'est pas brisée, et cependant il s'arrête : avant de recopier la lettre brouillée de taches, il l'a relue, et ne s'est pas trouvé le courage de continuer. Ce sont des mots sans vie, des cadavres figés. Un piètre calendrier qui étire des dates, un almanach monotone et vide, « nous arrivâmes et nous repartîmes, nous restâmes et nous atteignîmes... ». Et nulle réalité entre ces dates sèches, on n'y entend pas les cris de la petite Juive de Vitebsk, l'écroulement des églises de

Smolensk, le fracas sanglant de la Moscowa, pas plus qu'on n'y respire les cendres de Moscou — « que nous atteignîmes le 14... ».

Foutaise des mots. La belle fille emplie d'âme et de chair, à travers cet infini d'espace et de temps qui les sépare, il l'appelle sa bien chère Marie, elle n'a pas plus de réalité que n'en a sa lamentable litanie de dates et de lieux momifiés, vidés de leur substance, rythmés par les sonorités pompeuses du passé défini qui impose le choix de verbes respectables et vagues, éloignés des trivialités de la guerre. Le passé défini n'existe pas pour conjuguer le quotidien des soldats de la Campagne de Russie ! « Le 14 nous atteignîmes Moscou... » Et le lendemain, les Russes y... foutirent le feu ? y... foutèrent, peut-être ? Le passé défini n'existe pas pour dire l'incendie de Moscou.

Il regarde la superbe calligraphie de la lettre maculée, il en scande à haute voix l'impeccable syntaxe, l'enchaînement rigoureux de principales et de subordonnées, et la déchire. Ce n'est pas dans ces termes solennels que l'on peut communiquer des sentiments, des émotions, entre deux univers à ce point étrangers ! Il est si loin, le hameau de Chez Clion, au cœur d'une châtaigneraie minuscule ! Elle est tellement inimaginable l'odeur de cire, de levain, de toile neuve ! Sur l'autre bord d'un monde basculé, existe-t-il encore un village dont les seules fumées soient celles qui s'élèvent des cheminées ? Une belle jeune fille qui pétrit la pâte, et dit tranquillement « bonjour ! » lorsqu'on pousse sa porte ?

Il déchire sa lettre, en éparpille les morceaux, en proie à une détresse, une impuissance jusqu'alors inconnues. Il a rédigé d'innombrables courriers, sous la dictée de ceux qui ne savaient pas écrire. Il a toujours traduit dans la sécheresse du style épistolaire la rondeur charnue des mots de tous les jours.

— Voilà, sergent. Vous m'arrangez ça de façon convenable. C'est pour mes vieux et pour ma sœur, le curé leur lira.

« Mes respectés père et mère, ma bien chère sœur »,

— Vous marquez que je demande à ma mère si son ulcère au pied est guéri de pourriture. Vous marquez que je demande à mon père si ses douleurs d'échine le tracassent toujours, et qu'il doit pas soulever du trop lourd pour ses forces, surtout.

« Je souhaite que la présente vous trouve en bonne santé »,

— Vous marquez que pour moi ça peut aller. Sauf que j'ai attrapé... comment dire... la chiasse, oui, moi et quasiment tout le bataillon, moins les gradés naturellement, en mangeant des saloperies de pommes vertes, devant Smolensk. Je vais pas trop vite, non ? Vu qu'il y faisait un chaud de tous les diables et qu'on avait grand-soif. Ça m'a tenu trois jours de coliques, mais à présent...

> « ... en bonne santé, comme moi elle me quitte. Nous arrivâmes devant Smolensk

par une forte chaleur, dont je fus quelque peu incommodé durant trois jours. »

— Et vous marquez en bas, ça je m'en rappelle : je vous embrasse de tout cœur et je suis pour la vie votre fils affectionné, Charles Bonneval.

Lorsqu'il entendait sa lettre relue à haute voix, il était heureux, Bonneval, ou Grangier, ou Barreteau... Heureux, et même fier : oui oui, c'était juste de cette tournure, ce qu'il voulait marquer pour ses vieux ! Ils en avaient de la chance, à la 3e compagnie du 1er Voltigeurs, avec un sergent qui vous torchait pareillement les mots d'écrit, et sans se faire graisser la patte comme les écrivains de la Poste aux lettres ! Merci, sergent, à la prochaine !

Il n'y avait pas eu de « prochaine », depuis huit jours que la Garde occupait Moscou. Ils avaient plus important à faire que donner des nouvelles à leurs vieux, Bonneval, ou Grangier, ou Barreteau. Ils dépeçaient le cadavre de Moscou, ils bâfraient et se saoulaient, ils entassaient les fabuleuses dépouilles de Moscou — « que nous atteignîmes le 14 septembre... ».

— Moscou ! Moscou !

Extraordinaire, la vitesse de propagation des nouvelles dans l'éparpillement des bivouacs ! Tout comme était incroyable le regain de vitalité qui avait agité des hommes recrus de fatigue et que l'on venait de réveiller sitôt qu'endormis. La diane sonnait encore que le régiment entier gueulait : « Il est à Moscou ! »

Ordre de marche en grande tenue. Pas de soupe, et pour une fois peu de rouspétance : l'approche de Moscou calait les ventres creux. Avant de bivouaquer, la veille au soir, le sergent Lotte avait d'ailleurs régalé sa compagnie d'une récolte de miel sauvage : il était devenu de première force pour extraire les rayons dégoulinants, sans autre dommage que deux ou trois piqûres. On avait d'abord tourné en ridicule les « gueules sucrées » de la 3e, et les chouchouteries du sergent pour ses petits trésors, une bouchée pour papa, une bouchée pour maman, ouvre le bec mon joli ! Et puis les railleries s'étaient tues, la chasse au miel s'était généralisée avec toutefois des fortunes diverses : on avait vu des visages méconnaissables à force d'enflure — les abeilles russes ou les Cosaques, qui t'ont bécoté ? La 3e compagnie avait été la seule à se sucrer le bec, le soir du 13 septembre, pour les autres la soupe aux choux demi-pourris récoltés à Mojaïsk avait empli les bivouacs de sa puanteur, encore perceptible dans les odeurs de cendre froide, de sueur et d'urine, qui étaient les fumets d'un régiment au réveil.

Le sergent-major avait calmé les rares protestataires qui se plaignaient de partir les boyaux vides, en promettant une demi-pinte d'eau-de-vie aux vingt premiers démerdards qui se présenteraient, briqués comme pour la revue du 15 août * devant

* Le 15 août était devenu la Saint-Napoléon.

le caisson d'intendance du bataillon — à peu près vide depuis la Moscowa, à part les choux en décomposition.

— Une bonne rasade de sauve-la-vie, les gars, pour trinquer au lampion* accroché à Moscou ! Et un demi-pain de biscuit, cadeau du capitaine, à la condition de le bouffer en douce avant que le soleil se lève. Grande tenue, jeunots, comme les Vieux de la Vieille : cirage jusqu'aux moustaches, et les boutons de la Garde astiqués comme une pucelle le soir de ses noces ! Tu les pousses au cul, Lotte !

La plaisanterie mille fois rabâchée n'amenait plus qu'une grimace de rire affecté, sur le visage des rares faux jetons qui cherchaient à flagorner l'irascible sergent-major, un braillard travestissant son autorité tatillonne sous une gaillardise qui lui valait le surnom de « Vive-la-Joie ». Jean laissait dire, laissait rire, dans une indifférence où nul ne pouvait deviner le déchirement des souvenirs.

En avait-il flanqué, des gnons et des peignées, durant ses premiers mois de casernement, lorsque les calembours s'égrenaient sur ce nom dont il n'avait jamais pensé qu'il pût un jour faire s'esclaffer des conscrits rigolards ! Il les ressentait comme une dépossession intolérable de son identité, ces associations saugrenues : tu pars Lotte... il dort Lotte... Il crevait de rage, et on criait : gaffe, il bout, Lotte ! Jusqu'à cette soirée où il

* Le lampion : chapeau de l'Empereur, dans l'argot de la Grande Armée.

relisait une lettre de Cliette, avant l'extinction des feux dans la chambrée de Rueil.

— C'est un mot de billet qui vient de sa promise, les copains ! Y'a qu'à voir sa tronche pour comprendre : l'amour a vaincu Lotte !

Son meilleur ami avait reçu les dernières baffes, essuyé l'ultime fureur déclenchée par ces calembredaines autour de son nom : Baillol, le gentil Baillol qui hoquetait de rire en essayant de parer les coups, et répétait :

— Vingt culottes ! Pas dix-huit, pas dix-neuf, l'amour a vingt culottes ! Arrête, espèce de grand con ! Aïe aïe aïe, ma mère ! Il me bat... il me bat, Lotte !

Il n'y avait rien d'autre qu'une lueur enfantine d'amusement dans les yeux vifs de Baillol, nulle agressivité dans ces jeux de mots qui faisaient partie de son bagout parisien : Jean l'avait enfin compris, et les bourrades qui s'étaient alors échangées avaient fait hurler de joie la chambrée entière.

— Et si j'étais Richard, de mon petit nom ? Allez, réponds, ballot !... baillot !... Baillol !

— Merde, j'y ai pas pensé ! C'est la meilleure qu'il vient de sortir ! Ris, Charlotte !

— Ensuite, une supposition que je sois sapeur ? Hein ? Il dirait quoi, l'espèce de petit con ? Allez, les gars ?

Les « saperlotte » poussés en chœur par cinquante conscrits avaient fait surgir le sous-officier de semaine, sans que Jean ni le copain Baillol ne s'en soient aperçus, trop occupés à chercher d'autres rimes. Le vieux sergent les avait mis huit jours au trou, en exprimant sa déception qu'un gars sérieux comme Lotte suive l'exemple des fortes têtes et foute un pareil bordel !

— Une insulte pour l'Empereur, qui a fait l'honneur aux conscrits de ton département, cette année, de les incorporer dans sa Garde ! Tous les bouseux des Deux-Sèvres, les péquenots des Deux-Sèvres, les peigne-cul des... Hein ? Quoi ? Tu veux huit jours de mieux, Baillol ?

— Non, sergent. Je disais juste : pour sûr que c'est un peigne-cul, Lotte !

Le sergent ne pouvait quand même pas infliger huit jours de taule à la chambrée entière, il avait seulement promis à ces guignols qu'ils rigoleraient moins fort le lendemain à la manœuvre, et qu'ils allaient chier des pointes !

Un an plus tard, c'était à Essling le baptême du feu pour la Jeune Garde. Leur régiment était aligné, formation en carrés, l'arme au pied, de réserve... De réserve, coincé entre le Danube et la canonnade autrichienne. « Serrez les rangs ! » On enjambait les morts et les blessés. « Serrez les rangs ! » Dans quelle bouillie venait-on d'enfoncer jusqu'à la cheville ? « Serrez les rangs ! » Jean s'était retrouvé à côté de Baillol qui lui avait crié, entre deux tirs de l'artillerie, qu'il serrait surtout les fesses, et que les « Kaiserlick » lui flanquaient une sacrée pétoche !

— Et pourtant j'ai des couilles au cul...

« Serrez les rangs ! » Le boulet d'Essling avait tranché le dernier calembour de Baillol. Il était mort sur cette ultime crânerie, avec le panache d'avouer sa frousse en plaisantant !

Depuis ce jour, les jeux de mots autour de son nom laissaient Jean dans une impassibilité hautaine qui avait découragé les farceurs — mis à part Vive-la-Joie. Sous cette froideur d'apparence, passait le souvenir de la trouée de boulet qui avait rencontré Baillol sur son passage, et éclaté la forte tête qui riait d'avoir la pétoche... Et résonnaient aussi les cent un coups de canon qui avaient salué le mariage de l'Empereur avec la fille du « Kaiserlick », six mois après les tueries d'Essling et de Wagram. Les avait-il entendus, Baillol ? Avait-il pu blaguer sur les soubresauts de l'Histoire ?

Il n'avait pas été besoin de manier le cul aux hommes de la 3e compagnie. L'Empereur était à Moscou ! Dans l'étirement de la Grande Armée sur les immensités de la Russie, cela voulait dire que la Vieille Garde y était déjà avec lui, que la Jeune Garde en tenait au plus pour six heures de marche, et que demain, et trois jours durant, la piétaille de la Ligne y ferait aussi son entrée, loin derrière ceux qu'elle appelait avec envie les Messieurs, ou les Immortels * !

— Je sais pas ce qu'ils vont becter après nous, les pauvres bougres de la Ligne !

— Des choux !

— On les a bouffés jusqu'au trognon.

— Du miel !

* La Garde était restée « de réserve », même durant la terrible bataille de la Moscowa, ce qui lui avait valu ce surnom de la part des autres corps d'armée.

— Il doit pas en rester lourd, derrière le sergent.

— De la merde ! Même goût que les choux : tu prends une belle merde, tu fais bouillir...

Étaient-ce les mêmes hommes que la veille, ces joyeux drilles qui plaisantaient en s'habillant « comme pour la revue du 15 août » ? Hier encore ils étaient nombreux à assurer qu'ils enviaient les copains morts d'épuisement, ou ceux que la fatigue avaient rendus fous, jusqu'à se faire sauter le caisson : comme Chalot et Mornet, de la 5e, qui avaient compté jusqu'à trois avant de tirer l'un sur l'autre... Il leur avait suffi d'entendre qu'Il était à Moscou pour retrouver l'ardeur de vivre, et c'était un spectacle étrange, paradoxal, dans la grisaille de la nuit finissante : les désespérés d'hier au soir crachaient sur la brosse à cirage, sortaient la pâte de Tripoli et la patience *, se désolaient d'un shako bosselé, d'un plumet ébouriffé à rebrousse-poil pour avoir été mal rangé dans son étui, et se rasaient à sec en poussant des jurons allègres !

Il était à Moscou, et Jean participait à cette fièvre. Quelle était donc la nature de la fascination exercée par le petit homme au chapeau de feutre noir ? Depuis longtemps — depuis Essling sans doute — Jean Lotte avait perdu ses illusions d'une marche vers la justice et vers la liberté : la guerre et la conquête se nourrissaient de leur propre substance, sans qu'aucun idéal n'y soit plus percepti-

* La patience : planchette crantée, qui permet d'astiquer les boutons sans salir le tissu.

ble. Et cependant, il lui avait suffi d'entendre « Il est à Moscou ! » pour reconnaître en lui, toujours présent quoique oublié, l'espoir vivace d'une Europe apaisée, fraternelle, où la cocarde tricolore que l'Empereur gardait sur son chapeau pourrait refleurir en drapeau d'Arcole !

— Les vingt premiers ? Avec moi.

Il y avait eu des protestations indignées. Se présenter à l'intendance avec le sergent Lotte, on savait ce que cela signifiait : il allait falloir mettre en commun les libéralités de Vive-la-Joie et du capitaine ! Une peau de vache, le sergent, pas de raisons de partager l'eau-de-vie et le biscuit avec les empotés qui avaient besoin d'une nounou pour boutonner leurs guêtres.

— C'est pas juste, sergent !

— Ta gueule, Jagueneau ! On n'a pas les mêmes vues là-dessus, nous deux, mais c'est moi qui commande, alors tu la fermes. Et d'ailleurs, tu n'en fais pas partie, des vingt démerdards : il reste du Tripoli sous le bec de tes coucous*. Appelle ta nourrice pour les astiquer, et quand on reviendra avec les rations, tu auras peut-être une autre idée de ce qui est juste ou pas.

Au sortir de la forêt qui les enserrait depuis trois jours, ils avaient aperçu dans le lointain une large éminence qui brisait la fuite de l'horizon, une

* *Le coucou, l'oiseau :* l'aigle impérial, qui figurait sur les boutons de la Garde.

colline de modeste hauteur qui semblait une montagne dans ce pays de plaines infinies. Un promontoire grouillant de mouvements et de couleurs, où l'on pouvait distinguer, malgré l'éloignement, l'écarlate ou le vert des plumets sur les bonnets à poil, le chatoiement des épaulettes et des retroussis. On percevait aussi une clameur indistincte, on recevait en pleine figure un vent sec et chaud qui amenait, avec les cris, les odeurs d'une ville invisible mais qu'on savait désormais toute proche : derrière la colline bigarrée d'uniformes, de drapeaux, d'ors et de cuivres, il y avait Moscou !

Sans que les officiers aient eu à gueuler l'ordre de marche rapide : « Allume ! Allume ! », les voltigeurs avaient foncé au pas de charge vers la ville qui symbolisait la victoire et la fin des tourments, et ils trouvaient encore l'énergie d'échanger des réflexions joyeusement triviales.

— On leur a mis dans le fion, aux Ruskos !

— Jusqu'au fin fond de leur pays de merde, qu'on les a enfilés !

— Moi, d'entrer à Moscou, ça me fait même effet que de foutre une putain, et d'avance je bande !

— Tu l'as dit, mon quiqui ! On va lui baiser sa chérie, à Alexandre* !

Jean avait réussi à maintenir un semblant de cohésion dans sa compagnie, malgré l'évidente connivence de Vive-la-Joie avec les excités qui

* Alexandre Ier, le tsar.

hurlaient leur jubilation en images choquantes et crues : ils bandaient... ils enfilaient ... ils baisaient... et le sergent-major faisait chorus, on allait la sauter par-devant et par-derrière, Moscou, la pute du tsar ! Jean avait en horreur ce vocabulaire ordurier qui amalgamait les violences de la guerre avec une possession obscène, la victoire avec le viol, la conquête avec le soulagement brutal du sexe. Cela lui valait une réputation de pisse-froid, même auprès des gradés, qui préféraient entendre les hommes se ragaillardir en évoquant les réjouissances du « musikos* », plutôt que de les voir s'enfoncer dans un mutisme porteur d'idées noires.

— Du calme, les gars. Gardez l'alignement.

— Lotte, tu vas pas nous faire tes mines d'un monsieur l'Abbé qu'on vient de lui mettre la main aux fesses ! Fous-leur la paix, merde ! Ils ont douze cent lieues dans les pattes, ils en ont assez bavé pour avoir le droit de gueuler que de tenir Moscou, c'est aussi bon que se vider les couilles dans une belle salope ! Et vive la joie, les voltigeurs, c'est Vive-la-Joie qui vous le commande !

— Alignement ! Conservez les distances !

La compagnie avait tenté de concilier les directives contradictoires. Si Vive-la-Joie avait sur le sergent Lotte la supériorité du grade, on le savait imprévisible dans ses réactions, partial et arbitraire dans ses décisions. Alors que le « pisse-froid » faisait preuve en toutes circonstances d'un esprit

* Le musikos : le bordel, en argot de la Grande Armée.

de justice, de maîtrise et d'efficacité : Jean connaissait le jugement de ses hommes sur sa roideur de caractère comme sur ses capacités d'organisation. Ils devaient se dire présentement qu'à Moscou — où les attendait peut-être la bataille de rues — ils auraient besoin de la rigueur du simple sergent, plutôt que des coups de gueule incohérents du sergent-major ! Ils avaient avancé en impeccable formation, respecté distances et alignement, tout en continuant à débiter des propos graveleux dont Jean n'entendait plus que des bribes hachées par les rires.

Lorsqu'ils étaient arrivés au pied de la colline, il n'avait plus été possible de les contenir : le régiment entier, hommes et officiers, s'était rué vers le sommet sans souci de discipline militaire, il s'était fondu dans la cohue et le tumulte : Moscou ! Moscou !

La ville s'étendait de part et d'autre de la Moscowa, immense, surnaturelle, une ville d'un autre monde aux architectures inconnues. Au premier plan, en bas de la colline, c'était d'abord un faubourg misérable et terreux, des cahutes de bois, des ruelles en dédale : la calamiteuse ceinture des grandes capitales, plus sinistre encore qu'à Varsovie ou Vienne, parce qu'on n'y apercevait nulle trace de vie. L'œil ne s'attardait pas sur ce vide désolé, qui rendait plus saisissante encore, plus éblouissante et inconcevable, la vision de Moscou dans une brume lumineuse qui émanait de la ville elle-même, de ses coupoles étincelantes, de ses bulbes multicolores, de ses palais nuancés à l'infini de teintes délicates.

Au centre de cette féerie de formes et de couleurs, au bord de la Moscowa, une longue forteresse crénelée s'élevait, de sévères murailles épaulées par vingt tours carrées. Et dans la sombre enceinte de briques rouges, une autre ville se dressait, flamboyait, resplendissait, une ville d'or qui rayonnait au cœur de la Russie, enchâssée dans la citadelle guerrière : des dômes, des clochers, des croix, des aigles, autant de soleils radieux qui jetaient des éclats fulgurants dans la lumière de Moscou.

— C'est le Kremlin que tu regardes, cela prend aux tripes, la première fois. Salut, Grand-Voltigeur !

Jean n'avait pas eu besoin de se retourner. Ce surnom de Grand-Voltigeur, et ce terrible roulement des « r », c'était derrière lui la présence de son ami Joannès, du 3e Grenadiers — les grrrenadiers hollandais. Ils restaient de longs jours sans se rencontrer, dans les aléas de la route, et lorsqu'ils se retrouvaient, c'était toujours avec le même bonheur réciproque : une sympathie immédiate les avait liés durant l'attente de Kowno, lorsque la Grande Armée se regroupait après avoir franchi le Niemen.

— Salut, Petit-Batave. Grrrande tenue ?

— C'est le jour ou jamais, pour l'entrée à Moscou.

Joannès était superbe, dans l'éclat de son uniforme blanc souligné de parements écarlates. Il dominait Jean de sa haute stature, encore surélevée par le bonnet d'ourson. Malgré sa taille imposante, il figurait dans les « petites pointures » chez les immenses grenadiers hollandais, de même que Jean surplombait d'une tête la majorité des voltigeurs, ce qui les avait amenés à se donner leurs surnoms de Grand-Voltigeur et de Petit-Batave — tout étant relatif, mon cher ami français, comme disait Joannès dans une canonnade formidable de « r »...

— La croix qui domine le plus haut clocher de la cathédrale, on l'appelle la Croix du Grand-Ivan. À droite, le Palais des Tsars. Un peu plus loin, l'arsenal, à demi caché par l'église Saint-Michel. Au pied de Saint-Michel — tu ne peux la voir d'ici — la Mère des Cloches : dix-neuf pieds de haut* !

— Sacré tocsin qu'elle doit sonner !

— Jamais elle n'a fait entendre sa voix. C'est la démesure de ce pays, Grand-Voltigeur : une cloche si haute et si lourde qu'elle... comment dit-on... qu'elle s'est cassé la gueule, voilà, lorsqu'on l'a hissée dans le clocher ! En écrasant au passage quelques-uns des bonshommes qui tiraient sur les poulies. La démesure de la Sainte Russie... La démesure qui tue...

Joannès avait continué à décrire la ville. C'était pour Jean, outre leur réelle amitié, un des attraits de leurs rencontres : le Hollandais connaissait tous les pays traversés par la Grande Armée, il en parlait les langues, en détaillait les coutumes, il en faisait des terres vivantes et charnelles et non pas ce tragique terrain de marche d'une armée en

* Environ six mètres trente.

campagne. Il était le fils d'un armateur de Rotterdam dont les entrepôts s'ouvraient vers l'Europe entière, il avait convoyé le sucre, le rhum, le thé ou le café du négoce familial à travers tout le continent.

— Ici, Grand-Voltigeur, nous sommes sur le Poklonnaïa : le Mont-du-Salut. À cet endroit, les Russes se prosternent en découvrant Moscou, belle comme une princesse de légende lorsqu'on l'aperçoit depuis cette hauteur.

Joannès ne parlait pas en termes orduriers, la ville n'était pas pour lui une femme à forcer, un trésor à piller, il en décrivait les splendeurs sans que sa voix exprimât l'avidité féroce qui résonnait dans les cris des soldats massés sur la colline : « De l'or ! De l'or ! De l'or ! »

— En bas, avant la porte impériale de Smolensk, c'est le faubourg de Dorogomilov. Tu peux juger, en le regardant, de la misère des quartiers pauvres, l'entassement, la crasse, la pouillerie à l'ombre des clochers dorés.

— Je vois. C'est hélas le même spectacle dans toutes les grandes villes. À Paris également.

— Pas dans mon pays. Nous étions... Nous sommes un peuple de marins, de marchands, de paysans prospères. La richesse ne s'y étale pas en palais de merveilles, elle circule à travers les canaux de la Hollande comme un sang généreux, elle gonfle le pis des vaches, les meules de fromage, le blé des moissons. Notre pays était un pays joyeux de vivre, où le plus pauvre ne connaissait pas la faim, où les ailes de nos moulins tournaient pour le pain de chaque table. Notre pays...

Ce n'était plus à Jean que le grenadier blanc s'adressait. Lui, qui ne s'exprimait jamais que d'une voix tonitruante, il parlait sur un ton assourdi, contenu, et son visage était marqué d'une expression poignante de douleur. Il s'était arrêté en serrant les poings.

Jean n'avait pas eu loisir de s'interroger sur ce changement d'attitude ; les tambours venaient de battre le rappel. La musique de chaque régiment rameutait les troupes dispersées sur la colline, sonnait la fin de la gigantesque pagaille que l'apparition de Moscou avait provoquée. Les cornets des voltigeurs appelaient sur la droite, les trombones des grenadiers retentissaient à gauche. Joannès s'était éloigné en riant — un rire qui lui faisait un rictus cruel. Jean, dans le fracas discordant des musiques, l'avait entendu hurler comme un dément :

— Et que la fête commence ! C'est pour la fête que je suis venu !

Le sergent Lotte avait regroupé sa compagnie, bousculé les traînards, gueulé aussi fort que Vive-la-Joie dans ses plus mauvais jours, pour une capote mal roulée sur un havresac, un fourreau de briquet * insuffisamment astiqué. Et puis il s'était dominé, en prenant conscience que sa colère ne venait pas d'une prétendue négligence de ses hommes... Elle était due à la tristesse, à la désillu-

* Le briquet : sabre courbe des voltigeurs.

sion d'avoir entendu le rire féroce de Joannès, qui s'apprêtait pour la fête. Il disait Moscou belle comme une princesse de légende, et lui aussi il allait la prendre comme une putain.

Après la folle excitation de l'arrivée sur le Mont-du-Salut, la descente avait commencé en bon ordre vers le triste faubourg. Au fur et à mesure de la progression, les coupoles et les croix disparaissaient : leur proximité les cachait à la vue, dans le lacis des ruelles bordées de baraques délabrées qui semblaient ne pas avoir été habitées depuis de longues années. Il y flottait des relents infects de latrines et de crasse, que dominait cependant, obsédante, cette odeur de choux pourris qui semblait être l'émanation même de la Russie.

L'ordre de halte était arrivé, sur un terrain vague, bien avant que soit atteinte la porte de Smolensk. Interdiction de mettre le barda à terre... Garder la formation... Aussitôt, les bruits les plus divers avaient circulé. On voyait galoper bride abattue des officiers d'état-major, des aides de camp, et leur va-et-vient donnait naissance à des interprétations délirantes, à des suppositions baroques : ce que l'on appelait la « gazette de la troupe », avec ses rumeurs aux origines incertaines, ses invraisemblances amplifiées de bouche à oreille.

— L'Empereur attend les boyards qui viennent lui porter la reddition de Moscou...

Une clameur triomphale avait salué la nouvelle. Cet ennemi fuyant, insaisissable, qu'il avait fallu contraindre à de rares escarmouches, qu'on avait forcé à la bataille près de la Moscowa, avant de le voir à nouveau s'évanouir et se refuser à l'engagement, voilà qu'il était enfin à merci, et que les boyards mythiques de la Vieille Russie venaient offrir Moscou à l'Empereur.

— Ils vont comprendre du bois qu'on se chauffe, les salauds ! Regardez-le, là-bas, le Petit-Tondu. Rien qu'à son allure, on peut voir que la bile lui monte !

On était beaucoup trop loin de l'Empereur pour en distinguer autre chose qu'une minuscule silhouette grise, au milieu des uniformes éclatants de ses maréchaux. N'importe, la 3ᵉ compagnie en était tombée d'accord avec le sergent-major : le Tondu faisait sa gueule de raie, comme chaque fois qu'on le laissait poireauter ! Z'allaient être reçus, les boyards !

— C'est pas eux qu'il attend. Encore bien mieux. L'avant-garde du roi Murat a agrippé Koutouzov, oui. Et c'est lui en personne qui va se présenter. Enfin... qu'on va présenter : parce qu'en plus d'être borgne, paraît qu'il est si impotent qu'il faut le porter sur un fauteuil !

L'annonce de la capture du généralissime russe avait amené des cris de joie, de dérision, mais aussi des protestations incrédules : ce bouseux de Perrot, il l'ouvrait rien que pour dire des conneries !

— Rigolez donc ! N'empêche que le roi de

Naples, il ramène Koutouzov par la peau de ses grosses fesses. Je le tiens de haut placé, chez les dragons du...

— Ben voyons... Du comte d'Ornano, qu'a gardé les vaches avec toi ! Ta gueule, Perrot, tu nous les brises.

— Pas du général en personne, naturellement. De son second valet de chambre *, qu'est un pays à moi.

La précision des sources n'avait pas convaincu. On attendait, c'était l'unique certitude, et d'autres rumeurs commençaient à circuler sur les raisons de cette halte inexplicable, d'autres informations se faisaient jour, que leur caractère paradoxal rendait plus troublantes encore : le bruit se répandait que Moscou était vide, désertée de ses trois cent mille habitants. On avait oublié les boyards dans leur abaissement, Koutouzov dans son humiliation de général captif, pour se lancer sur une vive controverse.

— Alors ils seraient partis comme ça, les Ruskos ? On vous laisse la clef sur la porte, entrez donc et faites comme chez vous, mes braves gens ? C'est ça ?

— Semble que oui.

— Mais ça tient pas debout, réfléchis : qu'est-ce qu'on a vu, depuis bientôt deux mois qu'on est dans ce pays de merde ? La moindre baraque de paysan était brûlée, et pourtant, à voir ce qui restait...

* Les officiers avaient près d'eux une domesticité nombreuse.

— C'étaient plutôt des trous à rats que des maisons, sur ça je tombe d'accord, même les cendres puaient la misère !

— Alors ? Et ici, ils laissent tout en état, avant de s'esbigner ? Non non, pas possible : rien que la grande croix, tu imagines le poids d'or que ça représente ?

— Sans doute, sans doute, tu dois avoir raison. À votre avis, sergent ?

— Je ne sais pas.

Jean avait eu conscience d'ajouter encore à l'inquiétude, à l'angoisse montante. Par la sécheresse de sa réponse, il soulignait l'impensable absurdité de la situation : on venait de traverser une terre incendiée jusqu'à ses récoltes, un pays de ruines fumantes, et on se trouvait arrêté aux portes d'une ville offerte dans ses richesses intactes, dans son opulence et son faste étalés. Il avait ajouté, sur un ton plus chaleureux :

— Rassurez-vous, les gars, vous n'allez pas tarder d'être informés avec certitude : le capitaine est allé aux nouvelles auprès du major-commandant Jamin.

Ils avaient été soulagés : le baron Jamin, c'était plus sûr, pour savoir le comment et le pourquoi, qu'un malheureux larbin natif du même trou que cet imbécile de Perrot...

— Et il l'a pas gagné en cirant des bottes et des gibernes, son titre de baron !

— Non ! Même que l'Empereur, il aurait pu faire effort jusqu'à comte, ou même duc, pour un homme pareil ! Toujours pour la cavalerie, les honneurs : le Coquerico*, y'a bientôt plus de place sur son chapeau pour ses plumes d'autruche... Surtout qu'il faut laisser de l'aise à ses cornes ! Nous autres, l'infanterie, on doit se contenter de barons.

— Y'a quand même le prince d'Eckmühl...

— Le duc de Dalmatie...

— Et t'oublies aussi le...

Jean s'était éloigné, il éprouvait toujours une déception rageuse, une colère mêlée de détresse, en constatant à quel point les titres de noblesse distribués par l'Empereur avaient retrouvé les attraits et les prestiges de l'Ancien Régime : les fils de la Révolution parés de ces hochets, les soldats de l'an II, ils s'enorgueillissaient de leur accession à une caste qu'ils avaient combattue, et leurs hommes pavoisaient d'avoir pour chefs des Altesses et des Excellences, donnant ainsi raison au pauvre oncle Terrassier qui s'exclamait : « Égalité, mon cul ! » lorsque son neveu s'enflammait sur les Droits de l'Homme.

Dans quel marais de vanités s'était-il perdu, l'Augereau du pont d'Arcole, Monsieur le Duc de Castiglione, dont la mère avait vendu des pommes et des laitues dans le faubourg Saint-Marceau ? Que restait-il du bouillant « Junot-la-Tempête » des années révolutionnaires, dans la mémoire de Monsieur le Duc d'Abrantès ? Et Ney, le jeune rouquin intrépide, le « Rougeaud » des armées de

* *Le Coquerico :* surnom donné à Joachim Murat, roi de Naples, à cause de ses uniformes et de ses panaches extravagants. Il était marié à l'infidèle Caroline, sœur de Napoléon.

la Convention — Monsieur le Duc d'Elchingen — avait-il parfois souvenir de l'atelier de son père, tonnelier à Sarrelouis ?

Comme elle était longue et tragique, pour Jean Lotte et son ascendance de manants fiers de leur race, la liste des enfants du peuple qu'on avait dévoyés sous la richesse, les honneurs et les faveurs ! Il n'était que leur courage, à demeurer dans la droite ligne de leurs idéaux de jeunesse : en s'exposant avec insouciance à la tête de leurs troupes, ils se montraient fidèles au mot « Fraternité » de la devise républicaine, même s'il n'en restait que le partage du danger et de la mort.

À cette aversion insurmontable pour les titres et leurs symboles, Jean devait d'être simple sergent, malgré un niveau d'instruction qui le destinait à de plus hauts grades : d'autres étaient capitaines, qui avaient appris à lire après la conscription ! À Vienne, en 1809, son intransigeance avait failli lui coûter cher. C'était dans l'île de Lobau noyée de pluie, détrempée par les flots boueux du Danube, lorsque la Grande Armée attendait l'attaque autrichienne… Le soldat Lotte était « de cantine », et venait de préparer un chaudron de mauvais café, dont le seul mérite était de réchauffer des hommes aux vêtements imbibés par trois jours d'averse continue. Les ordres s'étaient propagés de poste en poste : « Garde à vous ! L'Empereur ! Garde à vous ! »

— Soldat, tire-moi un gobelet de ton café : la pluie ne fait pas de différence entre la troupe et l'Empereur !

Jean avait rompu le garde-à-vous, rempli une timbale bosselée, et l'avait tendue en disant :

— Je crains que vous ne le trouviez guère bon...

Il s'était arrêté brusquement : il aurait dû ajouter « Sire », ou « Majesté » peut-être, on ne s'adressait pas à l'Empereur sans y mettre les formes, cela sonnait l'impertinence, voire la rébellion, et cependant il en était incapable ! Roustan le mameluk roulait des yeux terribles, les officiers semblaient pétrifiés, l'Empereur attendait, son gobelet à la main... Et derrière le soldat Lotte se tenaient Jean-Ancien, pépé René et mémé Soize, un jeune père à la poitrine déchirée, ils étaient des ombres plus impérieuses que le petit homme au chapeau noir. « Droit debout, Petit-Jean ! » clamait leur souvenir.

— ... que vous ne le trouviez guère bon, mon général.

Jean n'oublierait jamais le regard, l'éclair froid sous la minceur des sourcils, qui disait l'étonnement plus encore que la colère, et qui soudain s'était fait amical et rieur :

— Je monte en grade, d'autres m'appellent caporal. Ton nom ?

— Jean Lotte.

Il avait bu son café — tu as raison, il est infect — et s'était éloigné avec sa suite en sifflotant « Malbrough s'en va-t-en guerre », ce qui passait chez lui pour un signe de joyeuse humeur, mais n'avait pas épargné Jean de la furieuse algarade de son capitaine : au premier faux pas de ce genre, ce serait le renvoi dans la Ligne, et qu'il en soit certain, l'Empereur n'oubliait jamais un nom, ni un visage !

— Sergent ! Ça sonne au rapport pour les sous-officiers.

— Quoi ? Je... Je réfléchissais. Merci, Bernier.

— De rien. C'est que vous en avez dans la tête, sergent, alors naturellement ça vous arrive de sembler loin parti. Mais on n'a pas à se plaindre, dans la compagnie, d'avoir un sergent qui réfléchit. Vaut mieux ça que Viv... que d'autres sous-offs : eux, une idée leur reste pas longtemps dans la cervelle, le cafard la prenant d'être toute seule !

— Tu exagères, Bernier !

— Non non, on sait ce qu'on vous doit, et c'est pas le hasard si la 3e est la seule du régiment à se trouver au grand complet devant Moscou.

— Sacré bavard, tu vas me faire savonner les oreilles par le capitaine, en me retardant. Et le sergent Braco, il veut vous colleter des nouvelles fraîches !

— Vous... Vous saviez, sergent ?

— Oui, et j'en suis flatté.

Jean s'était hâté vers la sonnerie, laissant le voltigeur Bernier à son étonnement. Bien sûr il le connaissait, ce surnom dû à ses talents de braconnier, encore qu'on eût évité avec prudence de le faire sonner à ses oreilles, dans la crainte qu'il n'y ressentît une intention injurieuse : si le monde paysan formait le gros de la troupe, il fournissait aussi l'inépuisable vocabulaire du mépris, Jean l'avait constaté avec amertume dès son incorporation. Péquenot ! Plouc ! Croquant ! Pedzouille ! Autant d'insultes capitales au sein desquelles « Braco » aurait pu s'intégrer, et l'on savait qu'il ne faisait pas bon à marcher sur les pieds du sergent Lotte ! Le jeune Bernier allait certainement en répandre la nouvelle : Braco était fier de son sobriquet, il se glorifiait de son appartenance au peuple minable des culs-terreux ! Peut-être en retomberait-il un peu de considération sur les laboureurs de Bretagne ou de Lorraine — même s'ils n'avaient pas les aptitudes et les succès du sergent poitevin à la braconne !

Lui, lorsque le bivouac s'y prêtait, il s'enfonçait dans l'ombre de l'immense forêt russe, et revenait une heure plus tard avec un chapelet de merles, des lapins longs comme des lièvres, même un jeune cerf, une fois. L'odeur du fricot de la 3e avait ce soir-là attiré jusqu'aux officiers, qui s'étaient régalés d'une ventrée de viande fraîche, tout en mettant en garde le pourvoyeur du gueuleton : il risquait de s'égarer dans ces futaies et ces taillis sans limites, et d'être porté manquant — déserteur dans les tripes d'un ours ou d'un loup ! Le lieutenant en second avait beaucoup ri de sa plaisanterie, et s'était resservi une grillade de côtelettes.

Non, Jean n'avait pas peur de se perdre sous le couvert des arbres. Il aurait pu y marcher durant des heures, et retrouver son chemin sans une hésitation. Cette étendue infinie restait pour lui une sœur du minuscule bois des Fayes, des

Chênerasses, du Breuil. Il y respirait les mêmes parfums, la végétation des mousses marquait toujours le nord sur les troncs, il s'y sentait chez lui, il y circulait sans appréhension.

Pour les autres, elle était redoutable par son mystère, son épaisseur de pénombre verte, même au grand jour. Ceux qui s'y aventuraient seuls, de quelques mètres, ressortaient vite en se reculottant, et déclaraient sans honte que ça leur foutait les jetons, là-dedans : ils avaient voulu chier tranquille, pour une fois, mais on savait jamais ce qui risquait vous mordre le cul, même les fougères avaient l'air aussi mauvais que les Cosaques, dans ce pays de cons ! Les chasseurs de miel ne s'écartaient guère de la lisière, eux non plus. Ils opéraient en groupes qui affolaient les essaims, ils revenaient taraudés de piqûres en jurant des bordels de merde...

— Faut avoir grand-faim, misère de nous, pour se risquer dans une saloperie pareille ! On n'y voit pas à trente pieds devant, et ça pue la pourriture !

L'homme des bois de Queue-d'Ageasse, lui, il aimait cette forêt qui était seule à demeurer vivante dans les terres brûlées de la Russie, indifférente à la guerre, avec sa sauvagine, ses oiseaux, son odeur d'humus, de champignons, de sève et de verdure. La capture du gibier n'était qu'un prétexte pour se replonger dans cet univers qui affirmait la nature triomphante, universelle — la Mère-Nature que le curé-citoyen Dupuy célébrait dans ses prières, et dont il avait donné le culte à son élève. Si loin de sa loge des Fayes, et doutant de jamais la revoir, Jean se retrouvait pour un moment le jeune homme avide de liberté, dans une forêt aux ténèbres de prison.

— Alors, sergent, bonne chasse ?

Bernier l'avait accueilli par ces mots, au retour du rapport, comme s'il enchaînait sur la promesse de « colleter des nouvelles fraîches » que lui avait faite le piégeur de gibier.

— C'est le capitaine qui...

— Le pitaine, que vous avez cravaté dans vos lacets ?

— Le capitaine va transmettre lui-même les ordres. Suffit de la gaudriole, Bernier.

Le visage réjoui du petit voltigeur s'était pétrifié dans la rigidité inexpressive de l'obéissance militaire, qui laissait cependant transparaître son désappointement : il ne s'était pas déboutonné longtemps, Braco, il était vite redevenu le pisse-froid qui ordonnait alignement et cadence lorsque les hommes gueulaient leur joie d'arriver à Moscou ! Jean avait ajouté sur un ton moins abrupt, conscient que sa rigueur confinait parfois à la rudesse :

— Il semble bien que Moscou soit vide, et qu'on n'y entrera pas aujourd'hui. Nous n'aurons pas à attendre longtemps pour être fixés.

Par ce « nous », il tentait de rentrer dans le rang, de se faire fraternel et amical avec le jeune soldat — ce qui était la réalité profonde de sa nature, et qu'il dissimulait sous des attitudes rigides, voire cassantes, que venait contredire le dévouement souligné par Bernier quelques instants auparavant : « On sait ce qu'on vous doit ! » Pas étonnant qu'avec ce caractère, on le prétende aussi un peu braque, Braco ! Il s'était forcé pour ajouter en riant :

— Tu vois, il arrive qu'on rentre bredouille, de la braconne ! Je n'en sais guère plus au retour qu'à l'aller. Tiens, on bat le rappel, allons-y mon gars !

— Quand même, c'est pas rien : vous savez déjà qu'on n'entre pas à Moscou, et qu'il n'y a plus un chrétien là-dedans. Un chrétien, façon de causer, vous avez vu comment qu'ils font le signe de croix, les prisonniers russes ? Tout à l'envers, le Saint-Esprit à la place de l'Ainsi soit-il ! Vous croyez que c'est le même Bon Dieu que nous autres, pour ces sauvages ? La même croix ?

L'arrivée du capitaine Célerier, accompagné du lieutenant, du second* et de l'adjudant-major, avait dispensé Jean de répondre au questionnement naïf de Bernier — et peut-être de le scandaliser en affirmant une universalité divine où les signes de croix n'avaient ni envers ni endroit et, à la limite, étaient de même nature que les prosternations des mameluks de la Campagne d'Égypte !

— Sous-officiers et hommes de troupe de la 3e compagnie du 1er Voltigeurs... Vous, du corps d'élite de la Jeune Garde, vous, qui portez l'espoir de Sa Majesté, vous qui... l'honneur... la fierté...

Le capitaine Célerier avait le sens du discours, et

* Lieutenant en second : correspond au sous-lieutenant.

cette emphase oratoire qui permettait de faire avaler les couleuvres — d'après le jugement pour une fois pertinent de Vive-la-Joie. La Jeune Garde, l'élite... l'espoir... l'honneur... elle devait selon les ordres du Grand État-Major bivouaquer dans le faubourg, avec interdiction d'allumer le moindre feu, interdiction d'entrer dans les baraques infestées de vermine, interdiction de... et de... L'élite, l'espoir, l'honneur de Sa Majesté, entendait sans un frémissement de révolte qu'il allait falloir dormir le ventre vide, dans un endroit sinistre, sans même possibilité de battre le briquet pour allumer une pipe !

— Vous recevrez une ration de riz... (un souffle de soulagement avait été perceptible) un quart d'eau-de-vie... (des approbations joyeuses) et vous vous tiendrez prêts au départ à toute heure. Adjudant-major, veillez à l'exécution. Désignez les sentinelles.

Le capitaine et ses officiers s'étaient éloignés ; aussitôt l'adjudant avait été assailli de questions : c'était un homme d'humeur ouverte et joviale. Malgré l'ambiguïté de sa position dans la hiérarchie militaire — ni officier, ni sous-officier — il était apprécié aussi bien de ses supérieurs que des hommes de troupe.

— Mon adjudant, c'est vrai qu'il attend les boyards ?

— Ou Koutouzov ?

— Paraîtrait qu'il n'y a plus que les rats, dans Moscou ?

L'adjudant-major Belhomme avait répondu du calme, du calme mes enfants...

— Les boyards, vous allez rigoler, y en a plus depuis cent ans, en Russie.

Cela n'avait fait rire personne, les boyards, on voulait « se les payer » depuis deux mois : des brutes, des tyrans, qui entraient à cheval dans les églises juqu'au pied de l'autel, on aurait bien aimé les voir enchaînés, écrasés, humiliés.

— Le roi Murat, il est aux trousses de Koutouzov, pour sûr, et au-delà de Moscou. Mais c'est une autre paire de manches qu'il l'attrape ! Les Russes, ça détale plus vite qu'un pet sur une planche à laver, vous devez le savoir !

Pour sûr, ils le savaient, et la comparaison comique de l'adjudant Belhomme, cette fois, les avait fait s'esclaffer : faudrait des chiens comme à la chasse, des rabatteurs et des louvetiers pour forcer ce genre de bêtes puantes !

— Pour ce qui est de Moscou, le diable me patafiole si je comprends cette embrouille : les premiers éclaireurs sont revenus en assurant qu'ils n'avaient vu personne. Juste deux-trois misérables habillés de guenilles qui se sont ensauvés, pfuitt, à leur approche. Peut-être bien que c'est eux, croyez-vous pas, les gars, qui sont les proprios de ces cabanes en or qu'on a vues de là-haut ?

Les plaisanteries de l'adjudant-major avaient fini, dans leur outrance, par faire monter à nouveau un sentiment d'inquiétude qui était perceptible dans les réflexions échangées. Belhomme devait l'avoir compris, et s'était cantonné dès lors à des informations et des ordres strictement matériels. L'Empereur ? Avec la Vieille Garde, il occupait la seule auberge qu'on ait trouvé dans ce foutu patelin. Si dégueulasse que Constant* et son escouade avaient dû brûler du vinaigre dans sa chambre, sans réussir à en chasser la puanteur de merde !

— Je dirais presque qu'on a plus de chance que les Vieux de la Vieille : autour de cette auberge, entre le vinaigre brûlé et l'odeur de charogne, ils sont pas à la noce, les Grognards ! C'est pas tout ça... Les shakos dans les étuis, mais on reste en tenue. Lotte, toi qui vois clair la nuit comme les chouettes, tu prendras la garde avec deux volontaires... que tu désigneras au besoin. Et surtout, pas de feu ! Ces baraques flamberaient à la moindre étincelle.

Ils avaient reçu une louche de riz collant dans leur gamelle, et personne n'avait protesté sur son goût de vieux suif, ni proféré d'injures contre les « riz-pain-sel » de l'intendance, comme à l'accoutumée, lorsqu'on maudissait ces ordures qui revendaient les salaisons aux cantinières, et laissaient à la troupe les fayots charançonnés, les graisses rances, le pain de biscuit qui maltraitait les dentitions ébréchées. Le quart d'eau-de-vie avait fait passer la frugalité du rata, mais n'avait pas ramené l'optimisme. L'hébétude avait succédé à la fièvre, les hommes attendaient, assis par petits groupes, en parlant à voix basse.

* Constant : Premier valet de chambre de Napoléon.

Une chape d'engourdissement s'était abattue sur les bivouacs où ne brillaient pas ces feux qui donnent au soldat, pour un moment, l'illusion d'avoir trouvé la sécurité et le repos. C'était une nuit douce de fin d'été, une nuit sans lune, déchirée par instants de vives lueurs, du côté de Moscou. Une nuit de temps arrêté, que traversait parfois le bruit d'une explosion, dans la ville aux coupoles d'or où retombait vite un silence de cimetière.

Le sergent Lotte n'avait pas eu à désigner de volontaires pour le piquet, ils avaient été nombreux à se proposer. Veiller en sentinelle, dans cette obscurité de coupe-gorge, c'était une échappatoire à l'inertie de l'attente. La nécessité de vigilance écartait l'obsession d'un danger mystérieux, l'appréhension d'un ennemi inconnu guettant dans l'ombre avec des armes ignorées.

Pour Jean, cette tension d'esprit n'était pas suffisante pour effacer l'amertume d'avoir le jour même perdu son meilleur ami. Combien il l'aurait préféré défunt, Joannès, et à jamais intact dans son souvenir, plutôt que d'évoquer avec mépris le beau grenadier blanc qui là-bas, près de l'Empereur, dans les odeurs de merde et les vapeurs de vinaigre, attendait avec jubilation la folie du pillage, du viol et de la beuverie ! Joannès, qui l'avait aidé à enfoncer cette porte, à Vitebsk, cette porte derrière laquelle hurlait une jeune fille, pourquoi était-il devenu brusquement ce soudard au rictus féroce, pourquoi n'était-il pas mort avant de basculer dans l'ignominie ? Si Jean avait vu son copain Petit-Batave déchiqueté par les rafales de l'artillerie russe, à la bataille de la Moscowa, il eût été moins désespéré que de le savoir dans le désir exalté de cette fête qu'il espérait à Moscou... À Moscou, endormie dans un silence qui rendait plus tragique encore le souvenir des cris de la jeune fille de Vitebsk.

Elle venait juste de se taire, lorsque la porte avait cédé sous la poussée de Jean et de son ami. Ils étaient là-dedans une dizaine de cuirassés saxons, l'un d'eux s'acharnait encore à son plaisir sur une fillette dont les yeux fixes, la tête renversée, disaient qu'elle avait cessé de souffrir. Ils s'étaient enfuis sous les plats de sabre de Joannès et de Jean, et celui-ci qui continuait à besogner le petit cadavre, ils avaient dû l'empoigner à deux, pour le relever. L'homme roulait des yeux plus stupéfaits qu'effrayés, en prononçant des phrases précipitées, dans sa langue natale que Jean ne comprenait pas. Joannès avait répondu, lui qui connaissait tous les parlers de cette Tour de Babel qu'était la Grande Armée. Il avait hurlé quelques mots aux accents terrifiants, avant de frapper au bas-ventre avec la crosse de sa baïonnette. Puis il avait fermé les yeux de l'enfant martyrisée, arrangé sa chevelure, il pleurait.

Un long moment après avoir quitté la maison de l'horreur, Joannès tremblait encore, Jean lui avait demandé :

— Que disait-il, ce scélérat ?

— Il disait que... ce n'était rien qu'une roulure de petite... le mot français m'échappe... de petite...

youpine, qui n'avait que l'argent pour honneur, comme ceux de sa race ! Il assurait les connaître, ils étaient la plaie de son pays. Ce n'était qu'une pute juive, et ils s'apprêtaient à la payer, si elle n'était pas... crevée, oui, c'est le terme, il n'a pas même dit : morte.

— Et toi, que lui as-tu crié, avant de le...

— Que j'étais juif aussi, et que l'enfant devait avoir douze ans, comme ma jeune sœur.

Ils avaient marché longtemps sans parler, dans les rues de Vitebsk. Pour rompre ce douloureux silence Jean avait fait remarquer à son ami qu'en le voyant si blond, si clair de peau et de regard, nul ne pouvait deviner qu'il était juif !

— Je ne le suis pas. Seulement lorsqu'on les persécute. Mais j'ai vraiment une petite sœur. Blonde, aux yeux bleus.

Comment s'était-il ainsi dévoyé, l'ami de naguère, le généreux, le valeureux Joannès ? De quelles orgies rêvait-il, celui qui avait pleuré en fermant les yeux d'une enfant brune ? Et à quelles richesses insensées aspirait-il, après avoir évoqué avec tant d'émotion la prospérité tranquille de la Hollande, sa patrie ? « Et que la fête commence ! C'est pour la fête que je suis venu ! » C'était au tour de Jean de verser des larmes, sur une amitié morte, violée, assassinée. Et aussi sur une illusion définitivement perdue : ni justice ni fraternité n'émergeraient jamais des horreurs de cette guerre.

Le lendemain, vers midi, la Garde avait fait son entrée comme à la parade dans la ville abandonnée, derrière l'Empereur monté sur Émir, le plus remarquable de ses chevaux arabes, la monture qu'il préférait pour les défilés glorieux. Les sonorités triomphales de la marche d'Austerlitz, d'Eckmühl ou de Wagram, les accents d'allégresse des cuivres, des tambours et des timbales jouant « La Victoire est à nous ! » rendaient plus menaçantes encore les fenêtres vides, plus sinistres les larges avenues désertées de toute vie.

Les nouvelles circulaient cependant, quoiqu'il fallût hurler pour se faire entendre dans le fracas de la musique. « Faites passer ! Faites passer ! » L'inlassable gazette de la troupe résistait au pas cadencé, survivait au malaise engendré par les palais inhabités, renaissait derrière les ordres des officiers gueulant à la tenue et à la tête haute ! On faisait passer. « Quoi ?... Pas possible... T'as rien compris ! Conneries... » Et l'on transmettait aux copains de derrière le pas possible... le rien compris... les conneries... qui prenaient davantage de crédibilité au fur et à mesure de l'avancée.

— Et l'odeur, c'est ta sœur qui fait des crêpes ?

L'odeur, elle se faisait de plus en plus convaincante : l'odeur du feu, ils connaissaient, elle les avait précédés depuis le passage du Niemen, à Kowno. Aujourd'hui elle ne disait pas l'incendie des récoltes, les décombres calcinés de cabanes en bois. Elle semblait porter des relents de mauvaise cuisine, huiles graillonnées, sucres noircis, et à l'évidence c'étaient des cendres grasses que le vent apportait, et qui collaient aux uniformes. Sur l'origine de ces feux, les informations, une fois de plus, divergeaient.

— À votre avis, sergent ?

— Je ne sais pas. Si vous fermiez vos clapets ? Entre les tambours et vos beuglements, on n'entendrait même pas si on nous tirait dessus depuis les toits ou les fenêtres !

Il n'avait pas mis de persuasion dans son injonction au silence. « Si vous fermiez... », de la part du sergent Lotte, c'était juste une réflexion, une observation sans importance, il employait un autre ton et d'autres termes lorsqu'il voulait être obéi ! Et même, l'évocation d'une possible fusillade avait fait figure de plaisanterie, il en sortait de bonnes, le sergent, quelquefois... Les Ruskos, on en était certains à présent, ils avaient filé comme des lapins, des dégonflés, des sans-couilles ! Comme on était sûrs, maintenant, que quelque chose cramait dans Moscou, la question qui se posait, et soulevait les désaccords, c'était de savoir qui avait foutu le feu !

— Quand on était en sentinelle cette nuit — pas vrai sergent ? — on a vu par-ci par-là comme qui dirait... des feux de cheminée. Même que j'ai pensé : les andouilles qu'ont été envoyés en reconnaissance, ils risquent les arrêts, ou le peloton, s'ils font flamber ces maisons à dorure. Alors que nous autres, on nous a même pas supporté une braise pour cuire la soupe, par crainte de bouter le feu à des cabanes à cochons !

— Tu fais chier, Jaulin, avec tes feux de cheminée ! Je me tue à te répéter, c'est pas nos éclaireurs qui sont responsables, et c'est ça qui fout la trouille ! Paraît qu'ils ont attrapé des espèces de... de forçats. De la fripouille, de la vermine d'assassins, que le gouverneur a fait sortir des prisons pour qu'ils flanquent le feu à Moscou, et que nous on y grille comme des...

Quoique le voltigeur Brémaud prétendît avoir surpris cette information dans les propos de deux officiers à cheval qui serraient la colonne, il avait été interrompu par des protestations incrédules :

— Faudrait quand même qu'ils soient couillons, en plus d'être assassins...

— Parce qu'ils risquent d'y griller avec nous...

— On s'étonne plus de rien, avec les Ruskos, mais quand même...

— Écoute, Brémaud, et tâche d'être moins bouché que de coutume. Si ça se passait chez nous, à Paris — tu me suis ? — qu'est-ce qu'ils feraient, les canailles de nos prisons ? Hein ? Ils en profiteraient pour se carapater, merci et bonjour chez vous, gouverneur de Paris, juré, je reviendrai à Pâques... ou à la Trinité, avec ma petite chandelle. Et salut, gouverneur !

Le salut était accompagné d'un bras d'honneur, dont on pouvait supposer qu'il s'adressait à Brémaud, et non au gouverneur de Paris. Il n'avait pas réagi à l'insulte, et répondu en haussant les épaules, d'un geste d'incompréhension :

— Paraît qu'on leur a promis la liberté.

— C'est la meilleure ! Et toi, d'où qu'on t'a sorti ? De l'asile ? Ils y sont pas déjà, en liberté, d'après tes fumisteries ? Pourquoi donc qu'ils se rôtiraient le cul, plutôt que de filer sans demander leur reste ? Même une vermine russe peut pas être aussi con ! Sauf si elle te ressemble ! Tu débloques, Brémaud. Sergent, vous qu'êtes fortiche pour les explications, vous pouvez pas lui faire comprendre, à cet enfoiré ?

Si la discipline de la Garde n'avait pas imposé de maintenir une impeccable cadence pour défiler derrière l'Empereur, à coup sûr les voltigeurs Brémaud et Jaulin en seraient arrivés à se battre : aucun des deux ne voulait décrocher de sa position, l' « enfoiré » répliquant par « empaffé », lequel enchaînait sur « fausse couche », ce qui avait amené un déferlement d'injures entrecroisées, où étaient mis en cause le ventre de leurs mères respectives, et l'animal qui les avait baisées pour fabriquer un pareil connard... un trou du cul... une merde molle...

— Je te crèverai dès qu'on fera halte !

— T'auras pas le temps, je te bousillerai avant !

Dans les moments d'extrême tension, il arrivait que les meilleurs copains en viennent à des assauts d'une violence forcenée, on avait eu à déplorer des morts et des blessés dans des rixes, au sein de nombreuses unités. Jean avait entrepris de calmer les deux enragés, sans employer le ton de l'autorité militaire, qui n'aurait fait qu'étouffer les colères, les laisser mûrir et s'enfler en silence, pour les voir exploser à la première occasion.

— Écoutez-moi, vous deux. Moi aussi, j'ai entendu la conversation des officiers, au sujet des prisons ouvertes, et...

— Tu attrapes ça, Jaulin, vieille bourrique ?

— Attends, attends, Brémaud ! Ton copain, c'est normal qu'il ne t'ait pas cru, ça paraît tellement invraisemblable que...

— Prends ça dans les narines, Brémaud, tête de pioche !

Déjà les injures se faisaient presque cordiales, Jean s'en était ressenti de la fierté : ces deux hommes prêts à se déchirer comme des chiens, il avait suffi de jeter entre eux l'amorce d'une discussion qui leur reconnaissait à chacun une dignité, pour voir s'éloigner la violence et la haine. Il avait continué, comme se parlant à lui-même :

— Oui, ça semble incroyable, des prisonniers qu'on met en liberté... en leur promettant la liberté !

Brémaud l'avait reconnu volontiers : lui, qui avait entendu les officiers de ses propres oreilles, il se demandait encore ce que cachait une telle ânerie...

— Et c'est la raison pourquoi je me suis monté un peu, fais excuse, Jaulin.

— Pareillement. On passe l'éponge. Tu vois, non camarade, même le sergent il pige pas, alors nous autres...

— Maintenant que vos canons sont refroidis, allez-vous me laisser parler ? Pour eux, la liberté, ce n'est pas seulement d'être tirés de la prison. Dans ce pays, il y a des millions et des millions d'êtres humains qui appartiennent à d'autres hommes. Comme en France le bétail. On peut les vendre, les échanger...

— Ben merde, alors ! Encore plus dégueulasses que je pensais, les Ruskos ! Ils peuvent les tuer, aussi, comme chez nous les vieilles carnes ?

— En principe, non. Encore que si cela arrive, on ne cherche pas trop noise au propriétaire, qui présente toujours de bonnes raisons.

— Comme des esclaves, quoi...

— Un peu. Même beaucoup. On dit des serfs, comme dans notre pays aux temps anciens. Et si on leur a promis la liberté, la vraie, celle qui consiste à ne plus appartenir à quelqu'un comme un animal, ça vaut bien de courir le risque de... se rôtir le cul, comme tu disais, Jaulin.

Ils en étaient tombés d'accord et s'étaient félicités d'avoir un sergent aussi calé en instruction : eux, pauvres ignorants, ils étaient prêts à se bouffer le nez, uniquement parce qu'ils ne savaient pas que la liberté, en Russie, pouvait être autre chose que la porte ouverte d'une prison ! Ils n'en étaient pas rassurés pour autant ; ces gens, sans doute ils devenaient vraiment des animaux, à force d'être traités ainsi. Et surtout, ceux qu'étaient fermés au cachot, ça devait pas être la crème, il avait quand même fallu qu'ils fassent une grosse énorme connerie !

— Tu as une promise, Jaulin ?

— Que oui ! Et une belle, je vous prie de croire. Vous le savez, puisque c'est vous qu'écrivez mes lettres.

— C'est vrai, je me rappelle, même son nom est superbe : Rosa. Tu en as de la chance, mon gars ! Alors si ton patron te disait : pas question, tu te maries avec ma commise Annette, celle à qui il manque deux dents sur le devant, et qui est mauvaise comme une teigne, et crasseuse... Qu'est-ce que tu ferais ?

— Premièrement, je répondrais poliment qu'il aille se faire foutre, et qu'il la renifle lui-même pour voir d'où qu'elle pue, sa grognasse brèche-dent. Deuxièmement... peut-être mon poing dans la gueule, parce que j'aime pas qu'on mette son nez dans mes affaires. Et enfin, au revoir patron, bien du plaisir avec Annette, moi je veux ma Rosa qui sent bon et qui rit tout le temps ! Vous me faites déconner, sergent, avec vos histoires à la godille. Mais qu'est-ce qu'elle vient faire, Rosa, dans ce qu'on disait avant ?

— Tu vas comprendre. Si tu étais serf en Russie, au lieu d'être ouvrier boulanger à Paris, tu te retrouverais fers et boulets aux pieds, dans le fond d'un cachot, si tu t'obstinais à te marier à ton idée, et non pas à celle de ton maître. Pour le poing dans la gueule, ce serait le knout — un beau petit martinet plombé, on en réchappe rarement. Ce que je veux dire : ce ne sont peut-être pas des canailles d'assassins, qui ont été tirés des prisons de Moscou, mais des hommes prêts à tous les sacrifices pour avoir leur Rosa. Ou seulement pour se sentir des hommes...

— Ça fait froid dans l'échine, sergent, ce que vous racontez. Mais, chapeau ! Vous seriez pas un peu maître d'école, en plus de braconnier ?

Jaulin et Brémaud s'étaient tus, ils continuaient à marcher au rythme de la musique qui proclamait leur victoire. L'expression tourmentée de leur visage montrait qu'ils n'étaient pas à l'unisson de cette certitude triomphante : ils avaient peur, peur de ces hommes-bêtes sortis de l'ombre des prisons avec l'espoir de devenir des hommes libres, peur de sentir leur propre vie menacée par cette liberté !

— Je crois pouvoir vous rassurer, les gars : les odeurs qui nous arrivent proviennent de feux éteints, et ceux qui les avaient allumés doivent être loin maintenant ! Je peux même vous dire avec certitude ce qui a brûlé : du suif, de la farine, de l'eau-de-vie de genièvre... De la mélasse aussi, et du sucre. Tout cela fait de la belle flamme, vite calmée. Il n'en reste que des braises : vous pouvez faire confiance à Braco, avec son flair de chien de chasse !

— Eh bien tant mieux, sergent, si ça leur a suffi de nous priver de sucre dans le caoua, à ces pauvres types, pour qu'ils puissent baiser la femme de leur goût !

Les deux amis, visiblement rassérénés, s'étaient mis à plaisanter entre eux : s'il ne restait plus de bouffe dans Moscou, on continuerait plus loin, pourquoi pas jusqu'en Chine ?

— Et comme ça, au retour on dira : on arrive à pied de la Chine. Qu'est-ce que tu penses de celle-là, Brémaud ?

— Quoi ? De quoi ?

— À ch... À ch...

— T'es con, Jaulin. Hache ! Hache ! Ça veut rien dire, t'es vraiment minable ! Y'a pas un mec qu'aurait voulu de toi pour bestiau, même en Russie !

— À ch... À chi... À chier de la...

Brémaud avait hurlé de joie, et pardon-excuse, son copain Jaulin, les boyards se seraient battus pour l'avoir comme serf, serf spécialiste en rigolades !

— Vous croyez pas, sergent ?

Il avait fait semblant de ne pas entendre, et marqué le pas un instant pour se retrouver à l'arrière de la compagnie : les plaisanteries et les rires des deux ennemis réconciliés ne faisaient que mieux souligner son abattement, son remords. En décrivant aux jeunes hommes les iniquités du servage en Russie, il avait été bouleversé de découvrir l'aveuglement qui l'avait conduit à s'engager vers ce qu'il croyait être la propagation, le rayonnement des Droits de l'Homme « qui naissent... et demeurent... libres et égaux... en droits... ».

Il se répétait leur fraternelle affirmation, comme on répète une prière. Et il se demandait comment il avait pu occulter, dans l'enthousiasme de son adolescence, l'ignominie de cet arrêté de Bonaparte rétablissant l'esclavage sur les terres lointaines des colonies. Le temps était encore rythmé par la poésie du calendrier républicain : le 30 floréal de l'an X, au mois de l'espoir, au mois des fleurs, le Premier Consul avait barré d'un trait de plume la plus belle conquête de la Révolution, et de nouveau des humains naissaient, demeuraient... et mouraient dans la servitude de l'esclavage et la négation des Droits de l'Homme.

Comment était-il possible qu'aucune révolte,

aucune indignation, ne se fussent alors levées dans le cœur et la cervelle d'un garçon de dix-sept ans, qui se croyait dans la lignée généreuse des siens en s'exaltant pour Napoléon Bonaparte ? Lorsque la nouvelle était parue dans le *Journal officiel du département des Deux-Sèvres,* il n'y avait pas prêté plus d'attention qu'à la vente de la Louisiane aux États-Unis d'Amérique : c'était loin, c'était ailleurs, cela ne le concernait pas. Ce qui l'avait transporté d'allégresse, ce jour-là, c'était l'annonce de la création, le 29 floréal, de l'ordre de la Légion d'honneur — le 29, juste à la veille de refermer les chaînes d'esclavage dans les plantations, sur les grandes îles du sucre !

Dix ans plus tard, en défilant derrière Napoléon Ier dans une ville morte, il se sentait au désespoir. Il lui semblait que pesait sur lui la réprobation de tous les siens, et que jamais plus son pépé René ne viendrait en défense de l'enfant qui avait confondu la grêle avec le sel, un soir d'orage, non plus que du jeune homme qui avait cru suivre la liberté, et marchait sur les pas d'un général qui avait perdu l'honneur au lendemain de l'avoir glorifié.

Chapitre VIII

Le piège étincelant

La présence invisible qui les oppressait dans l'obscurité de Dorogomilov, qui les inquiétait lorsqu'ils avaient défilé dans des rues désertes, cet ennemi sans nom, sans visage et sans voix, il s'était soudain déchaîné quelques heures après leur entrée dans Moscou. Il avait surgi de partout à la fois : la même main semblait jeter au même instant la dévastation de l'incendie, l'horizon flambait où que l'œil se tournât. Ce n'était pas comme à Smolensk la progression inéluctable de la fournaise, c'étaient des foyers épars qui s'allumaient tous ensemble, des brûlots gigantesques qui se rejoignaient en océan de feu.

La nuit n'était pas tombée sur la cité aux coupoles dorées, ce soir-là. Les tourbillons de fumée s'éclairaient très haut dans le ciel du jaillissement des flammes, et des explosions d'étincelles soulevées par la chute des charpentes et des toits. Les clameurs « au feu ! » s'élevaient de partout, le Bazar chinois aux constructions de bois ronflait comme une forge, le Palais du Gouverneur s'embrasait derrière ses colonnes de marbre... Le vent commençait à tourner et portait des brandons vers le Kremlin jusque-là épargné. Le Kremlin, où l'on disait l'Empereur endormi dans la chambre des tsars, dans laquelle il avait fait déplier son lit de camp aux rideaux verts — selon la gazette de la troupe — comme s'il avait craint quelque maléfice à occuper la couche qui avait abrité les maîtres de ce pays insensé, où l'on ne respectait même pas les lois impérieuses de la tactique militaire et de la guerre !

Les Russes avaient décroché, reculé, battu en retraite pendant deux longs mois, laissant l'illusion d'une victoire facile contre une armée de pouilleux commandée par des lâches... Enfin, ils avaient offert leur vieille capitale au vainqueur, dans sa splendeur préservée : les croix, les dômes et les bulbes avaient brillé comme un appel, une invite, une irrésistible sollicitation. Et lorsque Napoléon et sa Garde s'étaient engagés dans le piège étincelant, lorsqu'ils avaient été cernés par ses murs aux couleurs de rêve, les torches des incendiaires avaient allumé l'enfer. Les Russes faisaient un bûcher de leur substance même, ils brûlaient leur ville sainte comme ils avaient brûlé leur terre devant l'envahisseur. À la différence que cette fois ils tenaient l'Empereur des Français et la fleur de son armée, la Garde, dans la nasse de Moscou en feu.

« Les barbares ! Les sauvages ! Les misérables ! » C'étaient les cris qui montaient dans le cauchemar de l'incendie, ils étaient fous, les Ruskos, complètement dingues, pour détruire eux-mêmes tant de richesses ! Et on en avait la preuve, ce n'étaient pas seulement des forçats qui semaient le ravage : on avait arrêté beaucoup d'hommes en uniformes une torche à la main. Des brutes ! Des bêtes ! Des démons !

Jean était seul à ne pas pousser ces gueulements de rage et d'effroi, en luttant contre l'incendie. Il se demandait à quels sommets de désespoir et de haine la guerre avait poussé les barbares... les sauvages... les démons... pour les amener à ces sacrifices extrêmes.

La chaleur intense du brasier ne portait plus d'autres perceptions que la brûlure, l'étouffement. Si Brémaud et Jaulin survivaient à cette nuit d'horreur, ils n'auraient sans doute pas le culot de demander à Braco s'il avait senti l'odeur du suif, du sucre ou du genièvre dans l'embrasement de Moscou... Il y avait seulement quelques heures qu'ils étaient entrés dans la ville, mais c'était une éternité qui avait passé depuis que les musiques s'étaient tues, devant le Kremlin.

Ils avaient reçu l'ordre de halte lorsque leur régiment avait débouché sur une place immense, bordée sur sa longueur par les murs du Kremlin. La forteresse semblait plus impressionnante encore que du haut du Poklonnaïa. Les tours massives, les murailles rouges disaient la puissance militaire, la résistance à l'invasion, et au pied de cette formidable machine de guerre, la Garde s'installait tranquillement, la cavalerie et l'artillerie gagnaient leurs positions, les batteries à pied formaient le parc en carré, les officiers plaçaient des pièces aux angles, des compagnies de grenadiers et de chasseurs avaient déjà pris la faction aux portes du Kremlin, sur lequel flottait le drapeau français : l'Empereur était entré sans combat au cœur de la redoutable enceinte qui symbolisait la Russie éternelle. Les musiques ne jouaient plus, la parade était terminée, la victoire était à nous... et il ne s'agissait plus à présent que d'une organisation routinière. La gazette de la troupe affirmait qu'on allait prendre les quartiers d'hiver à Moscou, et que ça serait du gâteau, du nanan ! « On repartira au printemps, pour flanquer la pile aux Ruskos — et définitif, cette fois, faudra bien qu'ils arrêtent un moment ou l'autre, ils peuvent pas toujours foutre le camp, quand même, ces ordures ! »

— J'ai pas raison, sergent ? Votre nez qui sentait si bien le sucre et le genièvre, il vous fait pas flairer la bonne vie qui nous attend ?

Brémaud avait poussé du coude son ami Jaulin, comme pour lui dire : « Gaffe, faut quand même pas trop l'asticoter, Braco, avec la gueule qu'il fait en ce moment ! » L'avertissement avait été compris, Jaulin s'était tu, en faisant mine de ne pas attendre de réponse. Sans doute le sergent Lotte, en cet instant, ne devait pas sembler accommodant pour la conversation : à l'opposé de l'endroit où stationnait le 1er Voltigeurs, devant une élégante façade jaune paille ornementée de sculptures en marbre, il avait aperçu une masse claire qui tranchait sur la vivacité de couleurs des autres régiments : les grenadiers hollandais s'installaient. Il avait cru voir au milieu d'eux des toilettes de femmes, non point les rudes vêtements des cantinières ou des blanchisseuses, mais des étoffes légères et chatoyantes qui mettaient des mouvances de bleu, de vert, de mauve, parmi les uniformes blancs.

Il avait détourné les yeux, il ne souhaitait plus revoir Joannès, jamais : son mépris, son chagrin, il les sentait prêts à exploser en colère meurtrière à leur première rencontre ; et il comprenait aussi qu'à travers ce désir de violence et de mort, c'était également contre lui-même qu'il se retournait, c'étaient ses propres errements qu'il châtiait. Ils étaient à mettre dans le même sac, le Petit-Batave venu pour la fête, et le Grand-Voltigeur venu pour la liberté !

— Sergent ! Je voudrais vous demander...

Il s'était forcé à reprendre une expression de cordialité attentive, comment des hommes à qui il avait évité de s'entre-tuer auraient-ils pu imaginer qu'il était à cet instant possédé du désir de meurtre, et indifférent à tout ce qui pouvait le tirer de cette obsession ?

— Oui, Jaulin ?

— Vous croyez que c'est une église, cette espèce de machin à l'autre bout de la place ?

Le « machin », c'était un invraisemblable monument hérissé de bulbes à écailles, à spirales, à cabochons, tous différents de formes et de couleurs, violents, tourmentés, barbares, et cependant incroyablement harmonieux. C'était une architecture inhumaine et sublime à la fois, il entendait la voix de l'ami perdu : « Cela prend aux tripes, la première fois... »

— Il semblerait, puisqu'il y a des croix, que ce soit une église, en effet.

— Alors ça doit être l'église Saint-Oignon. Tu trouves pas, Brémaud, qu'on dirait des gros oignons que des mômes ont taillés et peinturlurés ?

— Ah là là, tu vas me faire pisser de rire, mon pauvre Jaulin. En fait d'oignons, c'est nous autres qu'on va prendre racine. J'aimerais bien savoir pourquoi on glande, plutôt que d'écouter tes réflexions à la noix !

L'attente sur la place du Kremlin avait duré longtemps, pour eux. Enfin les ordres étaient arrivés : la Jeune Garde prenait ses cantonnements plus loin... vous verrez bien... suivez le rang... autour du Palais du Gouverneur... avant ! marche ! Ils avaient repris la cadence, une-deux, et les récriminations que ne couvraient plus les éclats des cuivres n'avaient pas été contenues par les officiers — qui visiblement étaient ulcérés de devoir s'éloigner du Kremlin.

— Toujours les mieux servies, les Vieilles Moustaches !

— Les plus près du feu qui se chauffent !

— Ils marcheraient à quatre pattes, si le Tondu leur demandait !

Si les rancœurs et les jalousies étaient ardentes envers la Garde dans son ensemble, de la part des troupes de la Ligne, elles existaient aussi, quoique moins virulentes, entre les « Jeunes » et les « Vieux ». La Vieille Garde, c'était l'enfant chérie de l'Empereur, celle qui le suivait depuis ses premières campagnes. Au milieu de ses Vieux, murailles de chair fidèle, il était mieux protégé qu'au sein d'une forteresse, et les traitements de faveur qui venaient récompenser ce dévouement et cette foi sans limites déclenchaient des animosités, des aigreurs, des envies, dans les rangs de la Jeune Garde.

— Toujours eux mieux placés, et nous au diable Vauvert, y'en a marre !

— Pense donc à ceux de la Ligne, qui vont pieuter dans les faubourgs. Et puis pleure pas, mon mignon : t'as plus que trois ans à tirer, et tu y seras, dans les Vieilles Moustaches ! Comme ça, s'il lui vient un autre héritier, au Tondu, tu pourras te couper les poils sous le nez, pour bourrer un oreiller : c'est ce qu'ils ont fait l'an passé, pour la naissance du mouflet *.

— Enfin quoi ? Le mouflet ?... Tu pourrais causer plus poliment de Sa Majesté le Roi de Rome !

— Torlotin, t'es qu'un fayot et un lèche-cul ! Un mouflet, un môme, un lardon, c'est pareil pour tout le monde, à la fabrication et à la sortie. C'est après que ça change, que ça devient des Majestés, ou que ça reste des andouilles comme toi.

Le sergent Lotte, cette fois, avait mis fin à la

* En 1811, pour la naissance du Roi de Rome, fils de Napoléon et de Marie-Louise, les sous-officiers de la Vieille Garde ont coupé leurs moustaches pour faire un oreiller à l'héritier du trône impérial !

querelle sans prendre de gants. « Vos gueules, ou ça va chier ! » Les voltigeurs Pacreau et Torlotin s'étaient calmés, en échangeant des regards éloquents : si leurs opinions divergeaient quant aux marques de déférence dues à un mouflet Roi de Rome, elles se rejoignaient pleinement sur le caractère imprévisible du sergent Lotte, que l'on n'avait pas habitude d'entendre donner des ordres avec une telle crudité de langage !

Après avoir maudit les chouchouteries et les petits soins du Tondu pour ses Vieux, les formations de Jeune Garde avaient été plutôt réjouies de cantonner à l'écart du Grand État-Major et de ses ordres stricts concernant l'approvisionnement, les mêmes depuis le début de la campagne : « Trouver à manger, mais sans piller. »

« Trouver... » était devenu un mot essentiel du vocabulaire de la troupe : l'important était de ne pas se faire pincer à démolir une cave pour trouver de la bière à Wilna, ni à défoncer une échoppe pour trouver des galettes d'orge à Vitebsk ! Trouvailles de maigre importance jusqu'ici, même la Garde avait faim en arrivant à Moscou.

Lorsque le 1er Voltigeurs avait fait son entrée sur la Place du Gouvernement, il était visible que cette fois le hasard de la découverte avait été généreux : les premiers arrivants avaient déjà trouvé, et leur bonne fortune ne s'était pas bornée aux provisions de bouche ! La place ressemblait à ces marchés exotiques dont Jean avait lu autrefois des descriptions : cris, mouvements, couleurs, étoffes à ramages, parfums d'épices... Des hommes étaient accroupis devant des entassements hétéroclites, et d'autres couraient avec des chargements plus hauts qu'eux d'où dépassait un pied de chaise, une pendule ! Adossé au portique d'un palais à fronton grec, un tirailleur avalait des fruits confits en roulant des yeux fous, puis vomissait, reprenait à goinfrer, et de nouveau dégueulait sur son uniforme.

Il avait été impossible de mettre un semblant de discipline dans cette foire — le mot commençait à circuler, la foire de Moscou ! Les officiers s'étaient retirés dans le Palais du Gouverneur, après avoir désigné les sous-officiers de piquet, lesquels s'étaient empressés, pour la plupart, de se joindre à la curée. Les hommes de la 3e compagnie avaient disparu sitôt qu'arrivés sur la place, et Jean s'était retrouvé spectateur ahuri et indigné d'un tel déferlement de désordre et de pillage.

Il y avait même dans cette foule frénétique des grenadiers, des hussards, des vélites — tous de Vieille Garde — qui déclaraient que le filon était meilleur dans ce coin, et que personne ne risquait de s'apercevoir de leur absence sur la Place du Kremlin : c'était là-bas aussi une joyeuse ripaille, mais fallait quand même faire gaffe, si près des gros galons de l'état-major ! Tandis qu'ici c'était la vraie bringue, la bamboche, la foire, quoi... sans trop de risques !

Un moment, Vive-la-Joie était passé auprès de Jean. Il ne portait que son havresac et sa giberne, il s'était éloigné en secouant la tête avec accablement, après avoir dit que, pour une fois, il était d'accord avec Lotte, c'était pas un beau spectacle, plutôt un carnaval qu'une armée ! Mais que d'un autre côté, fallait pas trop leur en vouloir, ils en avaient roté, pour venir jusqu'à Moscou, ils se rattrapaient...

Jean avait été étonné par l'attitude du sergent-major, et quelque peu réconforté : après avoir clamé son envie de « baiser Moscou comme une belle salope », Vive-la-Joie ne se mettait pas à l'unisson de la foire. L'indulgence désabusée qu'il venait d'exprimer, Jean ne la partageait pas pour autant. Lui, il était sans complaisance et sans pardon dans son jugement : le tirailleur qui continuait à engloutir et régurgiter ses sucreries lui semblait symboliser, au milieu de ses vomissures, la furie de jouissance et de possession qui s'était emparée de la troupe. Au-delà des besoins, au-delà des appétits, ils dégueulaient pour bâfrer encore, ils se débarrassaient d'un butin d'étoffes chamarrées pour pénétrer dans une maison de laquelle ils ressortaient chargés de fourrures, qu'ils jetaient à nouveau avant de défoncer les fenêtres d'un palais.

— Salut ! Tu veux un coup de rhum ? Une merveille... Qu'est-ce que tu fous, contre ce mur ?

Il avait fait semblant de ne pas entendre. D'ailleurs, il ne reconnaissait pas l'homme qui venait de s'adresser à lui. Seul, un plumet vert dépassait du collet en hermine de l'immense manteau de femme dans lequel il était drapé. Il avait posé un ballot à ses pieds, et s'était adossé près de Jean.

— Moi j'arrive de la Place du Kremlin. T'as vu les femmes, en passant ? Enfin... des dames, à ce qu'il paraît, des actrices, on m'a dit, et françaises s'il te plaît* !

Jean s'était éloigné de quelques pas. Le nouvel arrivant n'avait pas interrompu pour autant son bavardage, il avait seulement parlé plus fort.

— C'est pas des personnes pour les simples soldats, ni pour les sous-offs. Ou alors, faut être avantagé par la tenue, comme ces m'as-tu-vu d'Hollandais ! Faut croire qu'elles les ont pris pour des collègues, des chanteurs d'opéra pas moins : à peine ils stationnaient qu'elles étaient déjà à leurs basques, et que je te fasse des sourires, et des mines, et des agaceries ! T'es sûr que tu veux pas trinquer ? C'est salissant, le blanc, mais c'est beau, y'a pas dire : c'est les mieux fringués, les z'Hollandais...

Jean regardait au loin, avec l'envie de frapper, de faire taire l'inconnu qui lui rappelait que là-bas, au Kremlin, il y avait Joannès et sa trahison. Le vélite — son plumet vert était le seul élément identifiable — s'était agenouillé, avait ouvert son ballot, et il en détaillait le contenu avec un accent d'enthousiasme. Sympathique, d'ailleurs, cette voix, et même chaleureuse, comme cherchant à faire partager sa joie et pourquoi pas son butin avec un vieil ami ! « Un pistolet de parade : ça sert à rien, mais les pierreries de la crosse, vise un peu !... Une robe chinoise en soie, avec des broderies de bêtes cornues : en or, attention, du beau travail,

* La colonie française était nombreuse à Moscou, en 1812, et n'avait pas eu la permission de quitter la ville.

soigné... Deux tableaux, en argent, y'en a un qui figure Neptune, ça je suis sûr, l'autre je sais pas, des bonnes femmes, tu sauras peut-être, toi qu'es instruit... Des saucissons, trop d'ail dedans... Rhum... Thé... Girofle... Sucre blanc... Christ en or... Tabac... Harengs secs... Vase en porcelaine... Et même... »

— Et même, tu vas pas me croire : de la moutarde de Dijon ! Écrit sur le pot, oui mon vieux. C'est con, mais si loin de la France, ça m'a fait plaisir : de Dijon. Et pourtant j'aime pas la moutarde, ça emporte la gueule. Et toi, tu...

— Mais je te connais pas, dégage ! Fous la paix, fous le camp, avec ton épicerie !

— Enfin, Lotte ? Qu'est-ce qui te prend ? Pourquoi que tu me fais cet œil mauvais, soudainement ? As-tu déjà pris une cuite, pour pas me remettre ?

L'homme avait baissé le collet d'hermine qui lui engonçait le visage... Jean avait reconnu le sergent-vélite Bourgogne, un joyeux compagnon dont la bonne humeur, la générosité, le courage étaient unanimement appréciés. Ses superbes moustaches, ses favoris épais, paraissaient si incongrus sur l'éclat de la fourrure et du velours, que la tension nerveuse de Jean s'était dénouée en fou rire incontrôlable, il n'avait pas souvenir d'avoir jamais manifesté une telle hilarité ! Il hoquetait : ce con de Bourgogne... Il bégayait : t'as... t'as l'air d'une... Il postillonnait : un pistolet de p... parade... Il bramait : de la moutarde de Dijon ! C'est la meilleure, elle est bien bonne, parce que Dijon, c'est en Bourgogne !

— T'es malade, Lotte ? Ça va pas, mon pauvre gars ? J'ai toujours pensé que tu tenais mal la route, pour la bouteille.

Les premiers cris « Au feu ! » avaient retenti à cet instant, Bourgogne avait vivement rassemblé son attirail et renoué son ballot.

— Merde, ça recommence ! Et tu vas moins rigoler, Braco, je t'en avertis, tu seras vite dessaoulé. Moi, j'étais dans les éclaireurs, la nuit dernière : on a éteint deux ou trois feux, avec des seaux et des balais. Parce qu'ils sont si arriérés, dans ce putain de pays, qu'ils connaissent même pas les pompes à incendie !

Il avait vite fallu se rendre à l'évidence : les Moscovites n'ignoraient pas la pompe à incendie, ni son utilité dans une capitale où de nombreux quartiers étaient construits en bois. Ils méconnaissaient si peu leur importance qu'ils les avaient emportées — en laissant sur place quelques pièces identifiables, comme pour mieux narguer — ou bien ils les avaient mises hors d'usage, et l'on n'en retrouvait que des débris sur lesquels demeuraient visibles les traces de la hache qui s'était acharnée à la destruction.

Il avait tout prévu et combiné, Rostopchine, le diabolique gouverneur de Moscou : non seulement il détruisait sa ville par le feu, mais il laissait l'envahisseur démuni, désarmé, avec le seul recours de balais et de seaux pour endiguer le brasier ! Une telle impuissance décuplait l'exaspération de voir s'évanouir en fumée des trésors dont la Garde avait eu le temps d'évaluer la richesse. La rage était plus forte que la peur, et la chasse à la canaille, à la vermine porteuse de torches devenait un exutoire à la fureur. On fuyait une rue en feu — ils y sont plus, c'est pas la peine — pour les traquer dans les quartiers encore épargnés, non pas pour sauver sa peau, mais pour se venger d'eux.

L'ordre était de les faire prisonniers. Comment contenir la barbarie, dans une telle géhenne ? Jean et Vive-la-Joie, qui avaient réussi un moment à maintenir la discipline dans leur patrouille, avaient vite été débordés.

— On va peut-être crever, mais toi d'abord, salope !

— De la part de ton copain Rostopchine, ordure !

Dans un moment de relative accalmie, le sergent-major avait fait remarquer qu'ils étaient des imbéciles : et si personne ramenait une de ces bêtes abominables comme preuve ? Voilà ce qu'on dira : que c'est nous autres qu'avons foutu le feu...

— Alors celui-là, je m'en charge.

Dans le contre-jour d'une impasse au fond de laquelle des flammes venaient de jaillir, on distinguait une silhouette mal dissimulée dans un renfoncement de porte, et l'on voyait nettement la lueur résineuse d'une torche.

— Suivez-moi, prêts à intervenir au besoin.

L'homme ne s'était pas enfui à leur approche. Il

avait enfoncé la porte d'un coup d'épaule, brandi sa torche, comme s'il provoquait le Français : « Tu ne m'empêcheras pas de la lancer... » Il portait un uniforme, et non pas les hardes loqueteuses des prisonniers. Pour cette raison, sans doute, Vive-la-Joie lui avait intimé, en termes militaires :

— Halte-là ! Je t'arrête !

L'homme avait ri, Jean était certain de ne jamais oublier le défi de son regard, et puis il avait levé le bras, comme un lanceur à la fronde qui ajuste son coup, la flamme s'allongeait, attisée par le moulinet... L'éclair d'un sabre avait brillé, dans l'ombre de l'impasse, et la torche avait roulé à terre — avec une main crispée qui la tenait toujours. Le sergent-major avait reculé :

— Merde, j'avais pas visé sa main...

Durant que Vive-la-Joie exprimait son étonnement horrifié, l'incendiaire avait ramassé la torche. Il l'avait brandie à nouveau, la main coupée y restait agrippée, cela ressemblait à un horrible chandelier qui s'égouttait d'une cire rouge... L'homme riait et hurlait : « Ia ruskoï !... Ia ruskoï !... » Et il avait jeté la torche, et sa main sanglante, à travers la porte qu'il venait d'enfoncer.

La patrouille ne l'avait pas arrêté : sans qu'aucun ordre de repli n'ait été donné, ils avaient quitté au pas de course l'impasse où le feu commençait à crépiter. Ce n'était pas le danger des flammes qu'ils fuyaient, c'était ce dément qui continuait à hurler : « Ia ruskoï ! Ia ruskoï ! » en agitant un moignon mille fois plus terrifiant qu'une torche.

— Lotte, qu'est-ce que tu crois qu'il criait : « Yarouskoye, yarouskoye ! » J'ai plus un poil de sec, tant que ça semblait dire : vous allez tous crever. Bordel ! Jamais rien ne m'a fait autant peur que ces « yarouskoyes », on aurait cru un loup prêt à nous bouffer, ce gars...

— Je pense que ça veut dire seulement : je suis russe. J'ai... j'avais un ami qui connaissait leur langue.

— Quoi ? Je suis russe ? Eh bien, ça me fout encore plus la trouille, et j'ai pas honte de le reconnaître. Faut être capable de tout, pour gueuler ça quand on vient de vous trancher la main. Moi, je visais la torche, tu me crois ?

— Oui, je vous crois.

Il n'avait pas répondu : « Oui, sergent-major ! » comme l'imposait la hiérarchie. Ce n'était pas le sous-officier tatillon et gueulard qui venait de lui poser cette question angoissée, c'était l'homme et non le militaire qui s'obsédait de cette main coupée, qui s'effarait d'un tel courage et d'une telle haine. Des cris : « À la Place... tous à la Place... le feu gagne... » avaient mis fin à cette tension. Vive-la-Joie était redevenu le chef de patrouille et avait ordonné :

— Allons-y. Plus de conneries. Et que j'en voie pas un qui profite de la pagaille pour ramasser... ce qui traîne.

C'était en effet le plus étonnant de cette nuit d'horreur : l'incendie n'arrêtait pas le pillage. Lorsque la petite troupe avait débouché dans une rue où le feu faisait rage, ils avaient aperçu à quelques pas devant eux un bizarre attelage : deux Russes étaient attachés aux brancards d'une charrette lourdement chargée. Ceux-là faisaient visiblement partie des condamnés tirés de la prison. Leurs cheveux longs, leur blouse resserrée par une corde, leurs pieds nus, indiquaient leur condition avec certitude. Et ils trottaient, en tirant leur chargement, excités à la course par des coups de plat de sabre. Ce n'étaient pas des coups violents, d'ailleurs, cela ressemblait plutôt aux claquements du fouet sur la croupe d'un cheval, presque un geste machinal de cocher qui oblige à maintenir l'allure lorsque la bête a tendance à ralentir. Deux énormes tonneaux bringuebalaient sur la charrette, et, dans l'un des postillons manieurs de sabre, Jean avait cru reconnaître Bourgogne, toujours drapé dans son manteau de velours !

Il n'était pas facile de retrouver sa route dans les rues que les décombres et les nouveaux foyers d'incendie rendaient méconnaissables. Il n'y avait plus de repères. Une heure avant, on avait cru passer ici, il s'y dressait une construction blanche, une sorte de temple... Et à présent, des poutres encombraient la chaussée, surmontées d'un enchevêtrement de tôles brûlantes : l'explosion des toits révélait que l'or entrevu du haut du Poklonnaïa était en réalité du cuivre doré que la chaleur du brasier marquait d'irisations vertes.

Ils avaient dû rebrousser chemin plusieurs fois, l'effondrement des façades montait devant eux des barrières infranchissables. Un moment, ils s'étaient vus cernés par l'incendie, en quelque direction qu'ils se lancent ils étaient arrêtés par des amas incandescents où couraient des flammèches : le feu allait survivre longtemps à l'écroulement de Moscou.

— Par-là !

— Non, ça va nous tomber dessus...

— Moi j'y vais, c'est la seule chance, je veux pas crever là-dedans !

— Arrête, je te dis, c'est un ordre, Gibert ! Reviens !

Avait-il pu passer, avant que le clocher en bois d'une église ne se soit abattu par le travers de la rue, en projetant jusque sur leurs uniformes des étincelles et des braises qu'ils avaient dû éteindre à grandes claques ? Non, sans doute, ils avaient tous pu entendre un cri terrible, qui avait un bref instant émergé du fracas provoqué par la chute des madriers en flammes.

— Sûr qu'on le reverra jamais, pauvre gars !

L'oraison funèbre de Gibert prononcée par Vive-la-Joie avait amené des propos d'un pessimisme désespéré... lui au moins, le veinard, il avait pas mis longtemps à crever... préférable que de languir des heures... envie de s'y foutre, là-dessous, avec Gibert...

— De l'eau. Il faut trouver de l'eau.

— Guère le moment de la ramener, Lotte. Je te croyais pas aussi couillon. Crache donc sur le feu, avec ta grande gueule, ça suffira à l'éteindre, puisque t'es toujours plus mariolle que...

— La ferme, Vive-la-Joie ! De l'eau, juste un peu, pour mouiller des étoffes et nous entortiller la bouche et le nez : de cette façon, on pourra passer à travers la fumée — là, derrière nous — sans tomber d'asphyxie.

Personne, pas même le sergent-major, n'avait relevé un tel manquement aux « marques extérieures de respect ». La ferme ! avait clamé le simple sergent à son supérieur, et celui-ci avait seulement répondu que ça, c'était une idée, et une bonne, il pouvait pas y penser plus tôt, cet âne bâté, ce demeuré ?

Dans l'une des rares maisons encore intactes de la rue — une riche habitation en pierres de taille, un palais plutôt, dont les flammes éclairaient la façade rose — ils avaient découvert un vaste sous-sol, une suite de caves voûtées qui prenaient jour par des soupirails à barreaux que l'incendie illuminait de vives lueurs. C'était une caverne encore fraîche au cœur de la fournaise, ils avaient allumé de longues chandelles de cire aux braises que le vent poussait à travers les soupirails, et ils avaient découvert un entassement de provisions, une invite à la bombance après tant de privations et de dangers. Les cris montaient, se répercutaient sous les voûtes de pierre : du champagne français ! des jambons ! du saindoux ! du rhum ! du sucre ! Personne ne criait : « De l'eau ! » Ils avaient oublié, devant une telle abondance de boissons et de victuailles, qu'ils étaient entrés pour trouver de l'eau !

Les premiers bouchons de champagne avaient été sabrés vivement, la mousse glougloutait sur les visages, ça fait du bien par où que ça passe, les gars, j'avais le gosier comme une râpe à fromage ! D'instant en instant, une nouvelle découverte amenait des clameurs de joie : des jarres d'huile ! du confit ! de la saucisse ! Vive-la-Joie venait de décapiter sa troisième bouteille de champagne, et il s'était assis par terre, adossé à un tonneau de poisson fumé : il tenait à la main un hareng, c'était extra pour entretenir la soif, le hareng saur... À vos amours, les enfants, et vive la joie, nom de Dieu !

— Il faut trouver de l'eau, sergent-major, je me permets de vous le rappeler.

— Sergent... Comment que tu t'appelles, déjà ?... Habit ? Culotte ? Sergent Lotte, c'est ça... je t'emmerde en long, en large et en travers ! Pas vrai, les gars, on lui pisse au cul, au pisse-froid !

— On lui pisse au cul ! À la volée !

— Ici... (La troisième bouteille, vidée jusqu'à la dernière goutte, Jean avait évité de justesse de la recevoir en plein visage.) Envoyez m'en une autre, mes bons petits. Merci. Donc, je disais : ici — il est bon, un peu sucré, mais bon — on risque plus rien. Et ceux qui sont d'accord avec Vive-la-Joie — je me rincerais plutôt avec du rhum à présent, merci — ceux qu'en ont marre comme Vive-la-Joie de cavaler au travers d'un four, ils attendront dans cet endroit de bénédiction que ça se passe ! Tu veux un hareng, Braco, je l'ai eu au collet...

— Vous risquez d'être pris sous l'éboulement, d'être enterrés vifs. Je suis certain qu'on peut trouver de l'eau, et sortir de ce piège !

— Pour les pièges, tu t'y connais, d'accord. Mais nous autres on s'en fout, hein, les enfants ? On reste.

— On s'en fout ! On reste !

Vive-la-Joie s'était levé avec difficulté, avait cherché un moment son équilibre, puis il avait déclaré sur le ton emphatique des ivrognes :

— Je t'empêche pas de... chercher de la flotte, Lotte ! De la flottelotte, c'est beau, ça ! Mais moi je reste ici, parce que le yarouskoye ! yarouskoye !... il m'attend dehors, oui, et que je veux plus jamais le voir, même en enfer il doit pas exister de diables aussi terribles que ce yarouskoye. Y'a rien d'autre que du rhum, à présent ? Ils aiment pas le gros rouge, ces cons de yarouskoyes ?

Jean s'était éloigné de la ripaille, en tenant une chandelle, ornementée de papier doré à sa base comme un cierge d'église. Il s'étonnait de n'éprouver ni mépris ni colère envers les camarades vautrés dans la saoulerie, au risque de leur vie. Cette guerre insensée, déraisonnable et démesurée comme la Russie elle-même, les avait amenés à la folie. Il n'était plus qu'envers Joannès qu'il éprouvât haine et ressentiment. Avait-il trouvé une cave fraîche, le Petit-Batave, et du champagne, et une belle fille, consentante ou non ? Faisait-il la fête dans Moscou en flammes ?

Jean avait marché longtemps à travers les caves qui se succédaient, toutes emplies d'une montagne de provisions qui disaient l'opulence, la table bien garnie d'un riche moscovite amateur de vins fins et de bonne chère... Il s'était soudain ressenti faim, et soif, lui aussi : il avait décroché un saucisson parfumé d'épices inconnues, brisé le goulot d'une bouteille. Un vin doux, au goût de caramel, l'étiquette portait « vinho de Madeïra », cela donnait un mélange bizarre et cependant délicieux avec le piquant du saucisson, il faisait descendre d'énormes bouchées en buvant au goulot, c'était bon, revigorant, une muraille de « vinho de Madeïra » se dressait devant lui, et des chapelets de saucissons à la saveur brûlante qui attisait la soif... soif... soif... Il s'était entaillé la bouche à la cassure du goulot, et la douleur quoique légère l'avait tiré de son vertige d'abandon, il avait jeté la bouteille.

Il était enfin arrivé dans une vaste pièce dont les soupirails grillagés avaient presque la taille d'une fenêtre, la lumière des incendies y révélait un foyer de briques surmonté d'une chaudière, de grands cuveaux en bois, des panières d'écorce tressée emplies de linge : il se trouvait dans la buanderie d'un seigneur russe, et il y reconnaissait la poéloune des Terrassier, des Laclie, la poéloune où l'on cuisait la bernée des cochons, où l'on chauffait l'eau des lessives ! Les cuveaux, malgré leur taille impressionnante, ils ressemblaient à la ponne de pierre dans laquelle sa tante Annette entassait le linge des bugeailles, en y intercalant des sachets de racine d'iris.

Était-ce l'émotion de retrouver un peu de ses souvenirs d'enfance et de jeunesse, dans cette ville où tout était disproportion, différence, mystère ? Il lui avait semblé un moment respirer la senteur de racine d'iris, en dépit des effluves d'incendie qui pénétraient dans la cave. Et l'odeur de violette, aussi, et celle de la verveine, le doux parfum qui montait du jupon de Cliette, dans la grange des noces... L'évocation de Cliette en un tel instant lui avait fait mal — il sentait des larmes couler sur son visage — et en même temps l'avait poussé à l'action : il n'allait pas crever là-dedans, tout de même ? Revoir Cliette... revoir Cliette... a-t-elle pu le réparer, ce loquet de bois qui coinçait à sa barrière ? « Le vinho de Madeïra, qui me brouille la tête ! Il a raison, Bourgogne, je tiens mal la bouteille ! »

Il avait fini par découvrir une pompe, dans un renfoncement obscur de la buanderie, un monumental engin de cuivre et de fer dont la présence avait pour lui plus de valeur que les dorures du Kremlin, les fabuleuses églises aux couleurs barbares, ou les entassements de bouteilles ! Il avait fallu qu'il actionne longtemps le balancier, il ne venait que des gargouillis inquiétants de la tuyauterie. L'eau enfin était arrivée, trouble, rouillée, un filet crachotant qui coulait comme une bave jaunâtre de la tête de lion dont s'ornait le bec de la pompe. C'était ridicule et misérable, si peu d'eau sale suintant de cet assemblage majestueux, et cependant il avait poussé un cri de victoire, et réussi à s'arroser la tête sans arrêter de manœuvrer le levier, dans la crainte que la pompe ne se désamorçât : la fraîcheur de l'eau avait paru chasser son début d'ivresse.

Le débit s'était affermi peu à peu. Jean avait pu tirer jusqu'à lui une panière de linge, le jet boueux tachait les toiles fines, surchargées de broderies. Un moment, il avait imaginé l'oncle François, et son bonnet de nuit, et sa barbe hérissée, sur les festons et les dentelles de ces draps, et il s'était mis à rire ! Le vinho de Madeïra, il en aurait volontiers bu encore... « Halte-là, Jean Lotte, ça ne sera pas dans la clairière des Fayes, que tu cuveras ta saoulerie ! Malade à crever, Jean Lotte... mais cette fois tu crèveras vraiment, sous un palais écroulé ! Gare à mon coup de sabot, je t'en avertis ! Et souviens-t'en, je ne veux pas de sac-à-vin pour mari ! » Il s'était entendu répondre :

— Compris, je n'y toucherai plus, à ce vin qui paraît si doux sur la graisse poivrée du saucisson. D'accord, mon aimée, mon adorée, ma superbe, alors pas de coup de sabot !... Un baiser, ta bouche ma Cliette, et ton beau corps, et ta poitrine contre moi...

Devenait-il fou ? Voilà qu'il parlait seul, et qu'il prononçait tout haut des mots d'amour et de désir, des mots brûlants d'impudeur, de chair, de caresses secrètes. C'était tellement insensé, dans cette cave que l'incendie éclairait plus vivement d'instant en instant, tellement aberrant d'évoquer les seins de Cliette en un moment aussi chargé de menaces, qu'il s'était cru égaré dans le délire qui précède la mort : il avait entendu des agonisants revivre la chaleur, le bonheur des corps enlacés, au moment de leur dernier souffle.

— Les Russes, ils font la bordure des paniers à cinq brins d'osier, comme moi... et... c'est... très... solide... très...

Il avait enfin pris conscience, en faisant cette réflexion saugrenue sur des méthodes de vannerie, qu'il était au bord de l'asphyxie, que l'air se raréfiait dans les profondeurs de la cave, et qu'il devait faire vite afin de revenir vers les copains sabreurs de bouteilles pour les forcer à quitter cet endroit où les guettait une mort aussi douce que certaine !

Il avait rebroussé chemin, chargé de linge mouillé. Il avançait avec peine, économisant son souffle, convaincu que chaque respiration lui apportait une bouffée d'un poison insidieux et fatal. Il n'avait pas parcouru plus d'une trentaine de mètres lorsque une trappe en bois qui surmontait un escalier avait cédé, précipitant dans la cave un éboulis incandescent de poutres, de meubles, de lames de parquet, même un lustre de cristal qui avait explosé en s'abattant : derrière sa façade intacte, le palais devait brûler depuis longtemps. L'appel d'air avait attisé le brasier, les bouteilles éclataient, l'alcool se répandait en traînées de flammes bleues : une muraille de feu séparait Jean de la patrouille vautrée dans son ivresse, ils allaient mourir sur les bouteilles vides, les harengs saurs et les saucisses...

Il était revenu vers la buanderie. Au prix d'efforts sans mesure avec l'obstacle, il avait réussi à ouvrir le cadre grillagé d'une fenêtre : juste un verrou à tirer, et il lui avait semblé s'y acharner durant des heures. Il s'était retrouvé dans une rue encombrée de ruines fumantes. Malgré l'intolérable chaleur qui s'en élevait encore, il avait eu l'impression de respirer un air frais, vivifiant, au sortir de l'étouffement qui l'avait menacé dans la cave. Il marchait au hasard dans les décombres, le visage entortillé dans la toile mouillée. La semelle de ses chaussures ne le protégeait pas d'une insupportable brûlure, il rêvait de ses sabots en souche de noyer, ses sabots insensibles à toutes les intempéries qui auraient résisté aux braises de Moscou, aux flammes de Moscou, à l'horreur de Moscou !

Le cuir de ses semelles dégageait une odeur âcre de corne brûlée : les sabots du cheval sous le fer rouge, la couenne du cochon qu'on grille. Et sans doute la même puanteur devait monter des corps humains calcinés. Il espérait que les hommes de sa patrouille étaient morts avant d'être touchés par les coulures de rhum enflammé. « Les Russes, Grand-Voltigeur, ils font flamber de formidables punchs, cela leur réchauffe le terrible hiver... » Il tentait de chasser Joannès de sa mémoire, et il retrouvait Vive-la-Joie : il souhaitait que l'ivresse et l'asphyxie lui eût apporté pour dernière vision une femme aimée et caressante, et non pas un fantôme qui hurlait : « Ia ruskoï ! Ia ruskoï ! » en agitant un moignon sanglant.

— Te voilà ! Et moi que je te croyais mort ! Je pensais pas qu'un jour je serais si content de revoir ta sale gueule, vingt dieux ça fait plaisir !

À force de tourner en rond, Jean avait fini par revenir sur la Place du Gouvernement, plus qu'à moitié cernée par les flammes, et l'homme qui courait depuis un moment auprès de lui, c'était Vive-la-Joie !

— Moi de même, heureux de vous retrouver, sergent-major. Les autres ?

— Ils se sont endormis. Pas moyen de les réveiller, et pourtant j'y allais pas de main morte pour les secouer. Ces jeunots, c'est rien que des femmelettes. Deux-trois bouteilles et pof ! plus personne...

— Mais vous... comment... vous vouliez rester dans...

— Quoi ? De quoi ? Moi je suis un soldat, un dur-à-cuire. Elle est bonne celle-là, t'as saisi, dur à... cuire ! Non ? T'es un vrai ballot, enfin passons. Quand j'ai entendu que ça gueulait dehors : « Au Kremlin ! Au Kremlin ! L'Empereur ! » j'ai vivement décanillé de l'endroit. Frais comme l'œil. Me regarde pas comme ça, t'as vraiment l'air idiot. Ouste. On suit la colonne, direction le Kremlin. Et si tu t'endors toi aussi, mon salaud... Demain, je vous prédis un foutu mal de crâne ! Et les arrêts, en prime !

Lorsqu'ils étaient arrivés en vue de la forteresse — elle était comme une île encore épargnée — le sergent-major avait de nouveau éructé sa rogne contre les petits mignons qui faisaient gentiment dodo, là-bas, au milieu des bouteilles vides, en riant aux anges — parce qu'en plus ils s'étaient endormis en rigolant, oui ! —, contre les ordures qui cuvaient leur vin, qui pionçaient tranquillement durant que leur Empereur était en danger !

— Ils ne dorment pas, sergent-major. Ils sont morts.

— Tu te fous de moi ? T'en as vu, toi, des macchabées qui se tordent de rire ? Tiens, tu me fais marrer, et c'est guère le moment !

Et de fait, le sergent-major riait, et Jean se sentait gagné par la contagion de cette gaieté, malgré la certitude de la mort des jeunes voltigeurs au fond de la cave, il devait se contrôler pour garder son sérieux.

— Ce doit être l'asphyxie, sergent-major, qui produit cet effet.

— La quoi ?

— Le manque... d'air. Moi, dans la cave, je pensais à la barbe de mon oncle, et je...

Il n'avait pas pu continuer, le sergent-major s'étranglait de hoquets, il allait pas s'arrêter, ce couillon de Lotte, de le faire poiler pareillement ? Poiler, la barbe de tonton, c'était au poil, se poiler d'une barbe...

— Et moi, mon vieux, ce qui me faisait bidonner, en sortant de ce trou, c'était le yarouskoye... j'en peux plus, merde ! Le yarouskoye qu'a jeté sa main... avec... avec sa torche ! Vlan ! Tout le paquet d'un coup !

Ils s'étaient dévisagés un instant, Jean pouvait lire dans l'expression du sergent-major le reflet de son propre étonnement, et il s'était rappelé avoir lu, sur un traité de médecine, la description des effets hilarants de l'asphyxie, dont Vive-la-Joie lui donnait une illustration saisissante en s'esclaffant sur le terrible souvenir de l'incendiaire à la main coupée.

Un lieutenant du Génie avait mis fin à cette scène de délire : on avait besoin de gars sérieux, et ces guignols — un sergent-major, tu n'as pas honte ? —, s'ils continuaient, leurs galons allaient sauter...

— Toi, le grand, ça va te dessaouler de monter sur les toits : colonne de droite, au pas de course. Et toi le vieux, à la rivière, tu puiseras de l'eau, ça te rafraîchira les idées : colonne de gauche, en vitesse. Non, mais ? Qui m'a foutu des gugusses pareils ?

Jean avait regardé Vive-la-Joie s'éloigner. Le sergent-major faisait le geste de tirer une barbe imaginaire, et il agitait l'autre main en riant toujours, ses doigts bougeaient comme pour la comptine des marionnettes : ainsi font... font... font...

« La Garde au feu ! La Garde au feu ! » C'étaient les cris de révolte qui avaient retenti à la bataille de la Moscowa, lorsque l'Empereur refusait obstinément de jeter ses troupes d'élite dans la mêlée. « La Garde au feu ! » hurlaient les soldats de la Ligne qu'on envoyait vers la boucherie... Mais l'Empereur avait tenu bon, sa Garde était le dernier recours, l'ultime ressource, elle était restée l'arme au pied — de réserve : et comme à Essling, à Wagram, les seuls morts de ses unités étaient tombés sous les boulets de l'artillerie ennemie, sans avoir combattu.

Jean Lotte pensait à ces clameurs de la Moscowa, en déversant sur les tôles brûlantes d'un toit des seaux d'eau qui lui arrivaient à moitié vides, pour être passés entre trop de mains, depuis les fossés : la Garde était au feu, en ce jour du 16 septembre, même si ce n'était pas le feu de la mitraille.

Les troupes de la Ligne campées en avant de Moscou devaient imaginer les efforts démesurés et inutiles de la lutte contre l'incendie, et sans doute on ne plaignait pas dans leurs rangs le sort de la Garde : ils y étaient enfin, au feu, les Messieurs ! Ils s'y grillaient les moustaches et les cadenettes *, les Immortels ! Cela devait sembler une revanche aux survivants de la Moscowa, où la Ligne avait laissé vingt mille morts, relevé dix mille blessés — et sans doute abandonné autant d'agonisants !

— Tu rêves, toi, là-haut ? Les canailles ! Les misérables ! Il ne restera rien de tant de richesses... Regarde, là-bas.

Jean avait attrapé le seau que lui tendait un tirailleur, déversé l'eau sur la tôle surchauffée où elle se vaporisait aussitôt en sifflant. Il avait jeté le seau vide, il n'était même plus besoin de crier « Gare en dessous », la chaîne fonctionnait avec une régularité de noria, les récipients — on avait même vidé les cuisines du Kremlin de leurs chaudrons, de leurs marmites — repartaient vers les fossés au remplissage, revenaient, la vapeur

* Les *cadenettes :* certains corps d'élite de la Vieille Garde avaient le privilège des cheveux longs, et les portaient en queues tressées.

fusait. Recevoir. Arroser. Renvoyer. Malgré l'épuisement, le danger, la brûlure des poumons, les yeux injectés de sang qui brouillaient la vue d'un voile rouge, les hommes qui luttaient pour sauver la forteresse trouvaient encore l'énergie de gueuler leur colère, les cris montaient jusqu'aux toits du Kremlin, les salauds ! les ordures ! les criminels !

En dépit de cette rage, et de cette fatigue au-delà des limites humaines, ils se laissaient prendre aussi à la fascination primitive du feu, à la mortelle beauté de Moscou en feu. Cela venait encore d'être perceptible dans la voix du tirailleur qui répétait : « Regarde, regarde... » en montrant un nouveau foyer d'incendie, au nord du Kremlin, un jaillissement bleu, qui s'effrangeait de volutes cuivrées.

— Les brutes ! Les sauvages ! Regarde ! Regarde !

Dans cette intonation, Jean retrouvait les accents d'émerveillement incrédule qu'il avait entendus sur le Mont-du-Salut. La vision magique qui les avait alors envoûtés, elle explosait en volcans de flammes, les coupoles dorées tournoyaient en nuées ardentes, les spirales des clochers bulbeux renaissaient dans les tourbillons de fumée, le rayonnement des croix montait en fusées d'étincelles. L'incendie de la ville en reproduisait les formes, les structures, parallèles et opposées comme la représentation de l'enfer et du paradis sur le vitrail d'une église.

— Oui, je vois. Ce doit être un entrepôt

d'alcool, qui brûle. C'est... horrible ! C'est... beau !

Il avait prononcé ces mots malgré lui, et le tirailleur qui laissait entrevoir sa propre exaltation dans sa façon de dire « Regarde ! » en avait été scandalisé au point de proférer des menaces et des injures.

— Salaud ! Répète un peu, si t'es un homme !

— Fous la paix. Le seau ! Passe-le, nom de Dieu, tu vois pas que tu bloques ?

— Carne ! Charogne ! Attends que je monte, et tu verras si c'est beau, quand tu seras en bouillie sur les pavés, en bas ! Répète, si t'es pas un dégonflé !

— Tu m'emmerdes. Le seau, vite ! Tu penses comme moi, mais t'es trop bouché pour savoir ce qui se passe dans ta propre cervelle ! Tu m'as dit : regarde... regarde... oui, sur ce ton, pauvre connard, faux jeton !

Jean ne se reconnaissait pas dans ce débordement ordurier, ni dans cette fureur à vouloir persuader un homme de l'ambiguïté de ses émotions face à l'incendie. Quelle importance, dans cet instant où leur vie était à ce point menacée, que le tirailleur admît ou non la réalité d'un accent d'admiration, dans les paroles qu'il avait prononcées en montrant à Jean le brasier bleu ? L'homme levait vers lui un visage ravagé de haine et de colère, et il restait à Jean juste assez de lucidité pour imaginer que lui-même, incliné sur le rebord d'une corniche étroite, il devait ressembler à une effrayante, diabolique gargouille ! Pour eux, à ce moment, la guerre, la peur, le danger s'effaçaient derrière une férocité passionnée, l'envie de tuer l'autre pour un mot, une intonation, un regard. On s'énervait au-dessous d'eux, qu'est-ce que vous foutez, y en a marre, grouillez, c'est pas le moment de discuter, les mecs... Le tirailleur avait tendu le seau.

Il l'avait tendu, et ne l'avait pas lâché. Entre eux, il était devenu une arme de mort, chacun cherchait par violentes saccades à déséquilibrer l'adversaire, ils luttaient en silence, presque sans gestes, Jean penché sur le vide, l'homme cramponné au dernier barreau de l'échelle... Ils avaient dû perdre l'équilibre en même temps et l'amorce de la chute au même instant les avait éveillés de leur folie, ils s'étaient retenus l'un l'autre, étayés mutuellement : Jean ne savait plus qui basculait, qui soutenait, qui s'accrochait ou supportait... Cela avait dû être très bref, au point de passer inaperçu. Lorsqu'ils avaient retrouvé la stabilité, on leur avait crié :

— Merci, les gars, pour l'arrosage ! Ça rafraîchit, mais vous êtes manchots ou quoi, de pas savoir vous passer un seau sans nous le vider sur la gueule ?

En reprenant le rythme de la chaîne, Jean s'était horrifié d'avoir entrevu en lui une telle sauvagerie, et sans doute le même sentiment troublait-il le tirailleur ; leurs regards se rencontraient, puis se fuyaient, ils n'avaient pas échangé une parole depuis qu'ils avaient failli s'écraser ensemble sur les pavés du Kremlin...

Il était impossible de mesurer le temps écoulé : les fumées, les vapeurs cachaient le ciel. Y avait-il toujours un soleil, un air vivant et frais, au-delà de cette voûte opaque ? Encore un seau, un chaudron, une marmite, encore, encore. La durée ne se marquait plus que par un ralentissement des gestes, une pesanteur douloureuse des membres. Peut-être les avait-on oubliés, ceux qui s'acharnaient à rafraîchir ce bâtiment du Kremlin : ce n'était pas une riche architecture ornementée de croix, de dorures, de sculptures, on les avait oubliés autour d'une construction sévère et sans nul intérêt, ils allaient continuer à protéger un hangar... une remise... pendant l'éternité de l'enfer de Moscou...

— J'ai envie de pisser. Pas toi ?

— Si. Monte à côté de moi, tu seras mieux d'équilibre. Arrêtez un moment, les gars, faut quand même qu'on pisse.

Jean avait hissé le tirailleur sur la corniche, et dans l'humilité de ce besoin naturel soulagé en commun, ils avaient trouvé le courage de se regarder en face. Avant de redescendre sur son échelle, le tirailleur avait dit :

— Faut plus qu'on y pense, mon pauvre vieux, faut plus qu'on y pense, on deviendrait dingues ! Et tu sais ce que c'est, ce bâtiment où qu'on a failli s'envoyer l'un l'autre descendre la garde* ?

— Non. Je me le demandais, justement.

— C'est l'arsenal. Le dépôt de munitions du

* Descendre la garde : mourir, être tué.

Kremlin. Vraoum ! Ça fera sûrement un beau feu d'artifice, mais nous deux, on risquera plus se massacrer sur la question de savoir si c'est chouette ou pas ! Oui, j'arrive, gueulez pas tant ! Avec mon copain, on a pissé au moins deux seaux chacun, ça remplace la flotte ! Et ça soulage, pas vrai, mon camarade ?

« Krasnaya Ploschtchad ! » Jean se rappelait avec certitude le nom de la Place du Kremlin, Joannès l'avait répété plusieurs fois, sur le Mont-du-Salut. « Cela veut dire la Belle Place, Grand-Voltigeur. Ou encore la Place Rouge. Parce que « rouge » et « belle » ne font qu'un seul et même mot dans ce pays : « krasnaya. »

« Krasnaya... » c'était rouge, en cet instant : rouges les brandons que le vent poussait vers le Kremlin, rouges les murailles de l'enceinte colossale illuminée par l'incendie, et rouge le sang qui allait gicler avec la poudre dans l'explosion de l'arsenal ! Krasnaya Ploschtchad, la Belle Place, la Place Rouge de la mort... Un tendre nom de femme, krasnaya, krasnaya... Il devait avoir parlé tout haut.

— Qu'est-ce que tu déconnes ? T'as pas entendu ce que j'ai dit ?

— Je... Non... Quoi ?

— L'Empereur a quitté le Kremlin. Et on va être relevés de ce merdier !

La gazette de la troupe circulait avec les seaux et les marmites, les tirait de l'isolement et de la peur.

« Il voulait pas s'en aller, le Tondu. Il en a, pas de doute, il démordait pas de rester. Caulaincourt, et le Prince Eugène, qu'ont fini par le décider... Paraît qu'il est parti à pied, si c'est pas une honte, saleté de Ruskos, foutre l'Empereur à pied ! Plus prudent qu'à cheval, c'est des bêtes qui deviennent folles, par le feu ! »

Ils avaient encore un moment continué à déverser leurs goulées d'eau sur le toit de tôles, le rythme s'accélérait avec l'espoir. « On va être relevés. C'est Mortier qui prend le commandement... Le duc de Trévise ? Avec lui, sûr que ça va barder, pour l'organisation ! » Et de fait, peu de temps après l'annonce du départ de l'Empereur, comme si la certitude de sa sécurité dénouait les tensions et les affolements générateurs de chaos, l'ordre et la méthode avaient succédé à l'agitation brouillonne des premières heures.

Des compagnies de sapeurs avaient fait le cordon autour de l'arsenal, dégagé les échelles et pris la place de la troupe disparate où se mêlaient les divers uniformes de la Garde. Cela n'avait pas été sans insultes ni vociférations : « Qui c'est, le maboul qu'a mis n'importe quoi, ce qui lui tombait sous la main, justement à l'endroit qu'il fallait les plus capables ? Dégagez de là, bande d'abrutis ! Tout risquait sauter, à cause de vous... »

Personne parmi les « abrutis » n'avait réagi à l'algarade, dans le soulagement d'être éloignés de cette poudrière où un inconscient les avait postés. La discipline reprenait le pas sur la pagaille, les sapeurs enveloppés du tablier de cuir semblaient déjà faire reculer le danger, du seul fait de leur présence.

Les membres de la Jeune Garde avaient été renvoyés — et sans ménagements — vers les quartiers qui leur avaient été assignés à l'arrivée. Jean avait même reconnu, dans l'un des officiers qui ordonnait à leur départ, le lieutenant du Génie qui s'était emporté contre les deux « gugusses » avant de les diriger, l'un vers les toits de l'arsenal, l'autre vers les fossés du Kremlin ! Avec la même violence de ton et de langage, le lieutenant gueulait qu'ils n'avaient rien à foutre ici, les jeunots !

— Qu'est-ce que c'est que ce bordel ? Qu'est-ce que vous êtes venus fouiner dans le Kremlin ?

— Mon lieutenant, c'est vous qui...

Jean n'avait pu terminer, le lieutenant semblait vouloir faire oublier, en donnant de la voix, qu'il était justement un des mabouls — selon les sapeurs — responsables d'avoir envoyé à l'arsenal des voltigeurs et des tirailleurs peu familiers des explosifs !

— Oui, c'est moi, qui vous dis ouste, direction Place du Gouvernement, voir si j'y suis pour vous botter le cul ! Parce que durant que vous vous baguenaudiez ici — hein, quoi, t'as quelque chose à dire, toi ? — le Palais du Gouverneur brûle ! Abandon de poste... désertion... renvoi dans la Ligne... peloton... Allez-vous dégager, avant que je me foute en pétard ?

Vive-la-Joie n'avait pas reparu. Jean l'avait cherché longtemps, il avait longé les murs d'enceinte extérieure, et il était arrivé près de la rivière, à l'entrée d'un pont où se tenaient quelques grenadiers, l'arme au pied. La sentinelle l'avait interpellé :

— Halte-là, ou je tire. Un voltigeur, qu'est-ce qu'il branle ici, celui-là ? Régiment ? Compagnie ?

— Sergent Lotte. 1er Voltigeurs, 3e compagnie. Je cherche un... un camarade. Il était un peu patraque, il a dû se perdre.

— Tu veux dire saoul comme une bourrique, oui ! La honte de la Garde, doit y en avoir la moitié d'ivres morts à cette heure ! Au large !

— Je voudrais traverser le pont. De l'autre côté, peut-être que... Je ne suis pas saoul.

— Je le vois, petit. Mais personne ne passera ce pont, personne, à moins de nous tuer : on est six, tu peux toujours essayer !

— Mais... pourquoi...

— C'est par là que l'Empereur est parti, c'est par là qu'il reviendra, on lui garde le passage libre. Si ton copain est de l'autre côté, il traversera quand le Tondu sera de retour.

— Combien de temps, et...

— On sait pas. On s'en fout. On restera tant qu'il sera pas revenu. Va-t'en, t'as une bonne gueule, je tiens pas à te tirer dessus. T'as rien à bouffer ? Non ? Dommage. Nous non plus, et on la saute.

Héroïsme et sauvagerie ! Le grenadier était prêt à tuer qui oserait s'aventurer sur ce pont, comme il était prêt à mourir en attendant le retour de son

Empereur ! Jean s'était éloigné, après avoir fait le salut militaire : une impulsion irraisonnée lui avait arraché ce geste, il saluait la grandeur et la folie, le courage et l'aveuglement. Le grenadier avait présenté les armes, comme s'il eût été de garde à l'entrée des Tuileries !

Jean avait mis longtemps à retrouver la Place du Gouvernement, sans doute la nuit entière d'une marche en aveugle à travers les nuages de fumée, de cendres brûlantes, où il devinait cependant des silhouettes alourdies de butin, où il entendait des cris, des appels : « Par ici... du vin... des pièces d'argent... de la viande... » Le pillage continuait...

Le jour devait se lever lorsque enfin il avait reconnu la place. Aucune construction n'était indemne, cependant l'écroulement des murailles de pierre avait dû jouer le rôle de coupe-feu, et l'incendie n'y progressait plus. Il avait perçu des cris, des rires, et même des chants, qui s'élevaient d'un édifice dont la façade était ornée d'une enseigne à demi détruite par les flammes. Il avait descendu quelques marches, poussé une porte aux vitres éclatées.

Il n'avait pas dormi depuis que la diane avait sonné, à deux heures de la nuit, le quatorze septembre. On devait être au matin du dix-sept, du dix-huit, il ne savait plus. Il s'était écroulé dans une encoignure de la pièce, après avoir dégagé à coups de pied les bouteilles vides qui l'encombraient. Durant les quelques secondes qui avaient précédé son sommeil, il s'était dit que la fatigue, l'épuisement, les limites dépassées de la résistance humaine amenaient d'étranges hallucinations : il avait cru voir des Chinois, des Cosaques, des Turcs, des marquis de l'ancien temps et même des danseuses grotesques, qui s'agitaient dans un bouleversement de mobilier doré et de tentures rouges... rouges... krasnaya... krasnaya...

À son réveil, il avait pu constater qu'il n'avait pas été la proie d'une illusion démente, avant de s'abattre dans le sommeil : la vaste salle était emplie de dormeurs qui avaient endossé sur leurs uniformes des oripeaux extravagants de richesse et de couleurs. De lourdes chaussures militaires dépassaient sous les délicates soieries brochées, des shakos s'entortillaient de turbans orientaux, des favoris hirsutes et des barbes de trois jours se couronnaient de perruques poudrées... Il reprenait ses esprits, et se retrouvait au milieu d'une mascarade, d'un mardi-gras déchaîné dont tous les participants avaient déclaré forfait sous l'emprise de l'ivresse : il était le seul à être debout, dans ce pêle-mêle de corps effondrés, de victuailles, de vaisselle et de bouteilles !

Il s'apprêtait à sortir lorqu'il avait aperçu deux grosses femmes qui lui faisaient des signes, en s'esclaffant — les danseuses qu'il avait cru voir à son arrivée ! Elles lui faisaient comprendre, par mimiques et par gestes, qu'il devait boire, et chanter, et rire, lui aussi ! Il avait été à tel point ahuri de leur présence qu'il avait demandé :

— Qu'est-ce que ça veut dire ? Que faites-vous ici ?

Sans doute l'expression de son visage avait-elle traduit clairement ses paroles : l'une des femmes lui avait montré un homme qui ronflait, étendu de son long sur un billard dont le drap vert avait été déchiré. Un manteau de velours noisette, un collet d'hermine... En s'approchant, Jean avait reconnu le sergent Bourgogne, la grosse femme lui tapotait la joue, puis montrait sa compagne, et elle-même, revenait à Bourgogne. À n'en pas douter, elle voulait faire comprendre que c'était celui-là, qui les avait amenées à la bacchanale, et l'une et l'autre en semblaient satisfaites, et même reconnaissantes !

— Pivo, pivo, dobro pivo * !

C'était une scène insensée. Une danseuse obèse cajolait les ronflements de Bourgogne et l'autre présentait à Jean une cruche suintante de buée en répétant comme une invite : « Pivo, pivo... » Il avait tendu la main, saisi la cruche — et il avait bu une bière incroyablement glacée, une merveilleuse, invraisemblable fraîcheur après la morsure brûlante des cendres et de la fumée, une cascade, un torrent de bière légère, mousseuse, froide, froide ! Il avait rendu la cruche vide, en disant merci, merci beaucoup, madame...

Elle avait ri — un rire léger, harmonieux, qui ne semblait pas venir de cette énorme créature — elle répétait merrrci, spassiba, merrrci, et elle lui avait

* *Pivo :* bière ; *dobro :* bon.

mis dans la main des beignets poisseux de confiture. Elle poussait sa compagne du coude, elle gloussait de moquerie gentille en le regardant engloutir ses pâtisseries. Était-il possible qu'il eût assez soif, assez faim, pour se donner pareillement en spectacle ? Elle lui avait redonné des beignets, et même lui avait tapé sur le ventre en répétant : « Dobro, dobro... »

Bourgogne s'était réveillé à cet instant, il avait rejeté le manteau de velours, s'était étiré longuement, enfin il avait remarqué la présence de Jean, encadré des deux femmes qui riaient toujours en le regardant avaler ses beignets...

— Eh là, mon camarade ! Tu vas pas nous les soulever, ces mignonnes ? C'est moi qui les ai trouvées, on se les garde pour la compagnie. Comme... blanchisseuses. C'est plus gentil que ribaudes ou putains, hein, mes toutes belles, même que vous comprenez pas, c'est plus... délicat. Elles savent déjà dire : merci.

— Merrrci, merrrci... spassiba... merrrci.

— Merci, sergent Bourgogne. Répétez...

— Bourrroye... Bourrroye...

— Bon ça va, la paix vous deux !

L'air malcommode et le ton bourru du sergent Bourgogne rendait superflue la compréhension du langage : les deux femmes s'étaient éloignées vers le fond obscur de la pièce.

— Elles étaient avec un de ces bandits incendiaires, cachées dans une maison. Lui, on l'a balancé du haut d'une échelle, elles sont contentes de pas avoir pris le même chemin que leur coquin !

Elles sont pas bien belles, je te l'accorde, enfin c'est des putes, pas vrai, et faut se contenter de ce qu'on trouve. Mais elles sont pas trop sales, et de bon caractère, ça oui... Va, c'était manière de plaisanter, on sera pas regardants à les prêter, nos blanchisseuses ! T'as mangé ? T'as bu ?

Jean avait été soulagé que la conversation s'éloignât des « blanchisseuses », et lui permît ainsi de ne pas répondre à une offre que le sympathique Bourgogne jugeait sans doute fort généreuse.

— Oui, merci. Cette bière... Comment est-il possible qu'elle soit aussi fraîche ?

— Ah ça, ils sont pas cons pour ce qui est de la boustifaille et de la boisson ! Dans les caves, ils entassent des quantités de glace — ça doit pas leur manquer, la glace, durant l'hiver... De cette façon, même à la fin de l'été, il reste encore des blocs qui sont pas fondus. Non non, ils sont pas si idiots qu'on croit ! Les œufs, tiens, par exemple... Malheur, ça me fout en rogne rien que d'y songer : une omelette, j'en ai la salive au bec ! On avait trouvé...

On avait « trouvé »... et l'histoire horrible que lui racontait le brave, le bon Bourgogne, apportait à Jean la confirmation qu'il ne s'était pas trompé lorsqu'il avait cru le reconnaître derrière l'attelage de prisonniers ! Et la preuve aussi que la guerre pouvait mettre des pierres en place du cœur, chez le meilleur des hommes.

— Deux grands tonneaux pleins d'œufs conservés dans la paille, frais comme pondus d'hier. Par chance, on avait trouvé aussi une charrette, on y a attelé nos prisonniers, ils renâclaient pas trop pour tirer...

— Oui, je sais, je t'ai vu...

— Ah tiens, pas moi, t'aurais dû faire signe. Un moment, ça flambait devant, on les a envoyés, pour voir si on pouvait traverser. Là, il a fallu insister pour qu'ils avancent... Et vlan, le grand malheur : juste comme ils arrivaient, ça s'écroule en feu sur la charrette ! Des œufs comme pondus d'hier, ah je te promets j'en ai gros sur le cœur. On a dû attendre un moment pour pouvoir passer, tu imagines que nos œufs c'était plus la peine d'y espérer. Ah ça, je regrette, oui !

— Et les prisonniers ?

— Quoi ? Ah oui, les prisonniers ? Brûlés, calcinés et raccourcis *. Tout ça pour te dire que les Ruskos, ils en connaissent un rayon pour la conserve de boire et de manger. Y'a de la bouffe à Moscou pour tout l'hiver, et au-delà !

— Est-ce que par hasard tu saurais où est cantonné le 1er Voltigeurs, je me suis égaré.

— Oui, c'est un peu la pagaille, faut reconnaître. Mais comment ça se fait que t'es perdu ?

— J'étais au Kremlin, sur les toits.

— Merde, c'était pas la bonne place, et c'est la raison bien sûr que t'as rien pu ramener. Mais rassure-toi : nous les sous-officiers, on a droit au moins à vingt pour cent de ce que nos hommes rapportent. Au moins... Je sais pas ceux qu'ont

* Brûlés, calcinés et raccourcis... Ce sont les propres termes employés par le sergent Bourgogne dans ses Mémoires, lorsqu'il évoque la perte des tonneaux pleins d'œufs...

décidé de ça, dans ce bordel, mais c'est certain, et vingt pour cent, c'est intéressant. Essaie donc les écuries et les remises du petit palais, tout près du Gouvernement. Je crois bien que j'ai vu Belhomme y entrer.

— Merci. Salut, Bourgogne.

— Salut. Et n'oublie pas : vingt pour cent !

Il s'était éloigné sans avoir le courage de discuter, de s'indigner contre Bourgogne, son omelette perdue, ses prisonniers calcinés, et son pourcentage sur les butins ! Pouvait-il encore se permettre de juger, lui qui avait failli tuer un camarade pour un mot, un regard, une intonation ?

Avec des rémissions suivies de recrudescences violentes, avec des accalmies trompeuses qui préludaient à de nouveaux assauts, l'incendie avait duré trois jours et quatre nuits, au terme desquels l'Empereur était revenu au Kremlin. Le feu avait ensuite repris de façon sporadique, jusqu'à ce qu'une pluie torrentielle noyât les dernières braises, jusqu'à ce qu'une place se couvrît de potences où l'on pendait les incendiaires après les avoir fusillés.

« Quand on a tué un Russe, il faut encore le pousser pour qu'il tombe. » On prêtait ce mot à l'Empereur, au lendemain de la bataille de la Moscowa. Les incendiaires, eux, il convenait sans doute de les tuer deux fois, pour avoir la certitude de leur mort ! Sur la « Place des Pendus » — elle avait vite été baptisée de ce nom — un cadavre à la main coupée semblait encore défier les vainqueurs : la mutilation, le peloton d'exécution, la corde n'avaient pas réussi à effacer le terrible rictus de haine et de menace. Le pendu à la main sabrée continuait à hurler en silence : « Ia ruskoï ! Ia ruskoï ! »

Jean évitait de passer sur cette place, sauf obligation de service. En revanche, elle était devenue un lieu de promenade pour de nombreux occupants de Moscou, qui y trouvaient un témoignage rassurant de la fin du cauchemar, et une occasion d'insulter une fois de plus les charognes qui avaient détruit les deux tiers de la ville aux inestimables trésors ! Plus leur butin s'alourdissait, et plus ils maudissaient les bandits qui les avaient empêchés de s'enrichir davantage.

La rentrée de l'Empereur au Kremlin et la fin des incendies avaient amené dans Moscou une situation paradoxale : en apparence, c'était le retour à la discipline de caserne, postes de garde, appels, revues... Et derrière cet ordre de façade se développait une invraisemblable anarchie, à la fois clandestine et tolérée — en maintes occasions Jean avait eu la preuve que l'on n'ignorait rien de cette pagaille, en haut lieu !

Revue au Kremlin, dix heures pétantes ! Les sous-officiers veillaient aux apprêts, on fourbissait les armes, et que ça brille !... On astiquait les gibernes, et impeccables, hein les gars, comme pour la Saint-Napoléon ! Mais les gradés devaient rameuter plusieurs compagnies pour atteindre l'effectif d'une seule et masquer l'absence d'une grande partie de leurs troupes : les uns continuant les recherches — il restait beaucoup à « trouver » dans les décombres de Moscou — les autres montant la garde auprès des fastueuses rapines qui risquaient d'être « trouvées », si on les laissait sans surveillance !

Les « vingt pour cent et même plus… » évoqués par le sergent Bourgogne rendaient solidaires la troupe et les gradés. Vingt pour cent… ce n'était pas trop cher payer une virée de deux jours dans les caves moscovites, pour le simple soldat. Vingt pour cent… c'était un salaire honnête qui rétribuait le risque pris par le sous-officier acceptant de fermer les yeux sur des absences répétées, à l'appel. Et c'était chaque soir un inventaire des richesses accumulées, inventaire auprès duquel le barda du brave Bourgogne, au lendemain de son arrivée, faisait figure d'étal de foire !

Le sergent Lotte était impuissant à contenir ce déchaînement de convoitise et de possession. Il avait tenté de réagir, au début, mis aux arrêts trois voltigeurs de sa compagnie — « Votre part, sergent, c'est conséquent, regardez ce qu'on a trouvé… » —, il avait dispersé à coups de pied non seulement la part sensée lui revenir, mais dans le même élan la totalité de la trouvaille, avant de conduire les hommes vers le poste de garde, où en principe devaient être sanctionnés les manquements à la discipline. Moins d'une heure plus tard, il avait vu arriver l'adjudant-major et le lieutenant en second — « Mauvais esprit, Lotte, forte tête, hein, attention ! ». Le capitaine avait cassé les arrêts, et on lui conseillait, au sergent Lotte, de se montrer un peu moins... un peu plus...

Désavoué par ses supérieurs, Jean s'était dès lors tenu dans un retrait hautain, on ne lui avait plus offert ses « vingt pour cent... » et il se cantonnait à l'exécution des ordres : revue de détails... transmission au quartier général... patrouille de reconnaissance... Vive-la-Joie n'était pas revenu : sans doute aurait-il été le seul à partager avec la forte tête, le mauvais esprit, cette indignation et cette tristesse devant la folie d'amasser qui transformait des soldats en brocanteurs cupides !

L'ordre était pourtant formel : « Halte au pillage ! » Il était ignoré, nul et non avenu, puisque au plus haut de la hiérarchie l'exemple était donné des exactions : l'Empereur lui-même, qui avait menacé du peloton d'exécution quelques pilleurs d'églises, n'avait pu résister aux grandioses tentations qui brillaient au Kremlin ! Abattus, les aigles des tours, les croix, les statues ! Entassés dans les fourgons impériaux avec les armes de parade incrustées de pierrerie, avec les ciboires et les ostensoirs, avec les brocarts, les fourrures, et la vaisselle d'orfèvrerie !

Jusqu'à la croix du Grand-Ivan, qui éclipsait par sa taille et son éclat les scintillements dorés de la forteresse, au matin de l'arrivée sur le Mont-du-Salut ! Jean se trouvait dans l'enceinte du Kremlin, le jour où la croix avait été descendue : il y était en service commandé, pour apporter un pli du capitaine Célerier à l'État-Major. En temps ordinaire, il évitait l'endroit, il craignait d'y rencontrer

Joannès et de retrouver à nouveau cette violence meurtrière qu'il avait ressentie, sur le toit de l'arsenal, et dont il gardait encore le remords.

On avait fait venir les charpentiers du train des équipages, la hauteur démesurée de la croix obligeant à des précautions extrêmes. Encordée comme le grand mât d'un navire, enchaînée comme une pièce d'artillerie sur le pont d'une frégate, la croix avait longtemps résisté aux tractions des charpentiers. Enfin elle avait commencé à bouger, lentement, avec une solennelle majesté : elle semblait donner une gigantesque bénédiction à la foule des fidèles venus pour une grand-messe.

Et c'était encore à Joannès que Jean avait pensé, en voyant osciller la croix, au Petit-Batave qui racontait si bien les pays, et leur histoire, et leurs légendes, comme celle de la Mère des Cloches — qui s'est... comment dit-on... cassé la gueule ! La croix tanguait en ondes pendulaires de plus en plus amples, de plus en plus lentes, les charpentiers cramponnés aux chaînes et aux cordes étaient impuissants à retenir ce balancier colossal... attention... attention... reculez...

— Elle va se casser la gueule, c'est certain.

Jean avait sursauté, il avait cru reconnaître la voix, et l'accent, il s'était retourné : derrière lui, un vieux grenadier regardait la scène, et répétait que c'était certain, parce qu'ils s'y étaient pris comme des manches, des manches...

— Chez moi, à Beaune, on s'y connaît, voilà comme ils devraient faire...

Il s'était arrêté dans sa leçon de charpentage, le grenadier bourguignon : avec des craquements de tonnerre, avec des détonations de canonnade, la croix s'était abattue à terre. Elle s'était brisée en touchant le sol, révélant ainsi une structure de bois recouverte d'épaisses lames de cuivre. La croix du Grand-Ivan, ce n'était que du bois noir, et du cuivre plaqué de minces feuilles d'or dont les débris volaient en poussière ténue !

Il avait fallu dégager deux charpentiers pris sous l'enchevêtrement de madriers et de métal. Ce n'était pas leur mort probable qui soulevait des cris de colère : c'était la déconvenue de constater que le Grand-Ivan les avait bernés, avec cette croix à l'éclat trompeur. Fallait s'attendre à tout, avec ces saletés de Ruskos ! Du bois doré ! Un attrape-couillon, comme ces vieilles pouffiasses qui se plâtrent les rides sous la poudre et le rouge !

L'ordre avait cependant été donné de transporter les tronçons de la croix vers les remises du Kremlin. Le symbole du Grand-Ivan abattu par l'armée impériale allait briller, malgré son lustre factice, dans le trésor de guerre de Napoléon Ier. En quittant la forteresse, Jean s'était reconnu un début d'indulgence, un soupçon de miséricorde envers les soldats pillards, les sous-officiers profiteurs et les officiers insatiables : ils ne faisaient après tout que se mettre à l'unisson de leur Empereur !

À Moscou, le 13 octobre 1812

Bien chère Marie, et tes respectés père et mère,
Je n'ai pas écrit les deux derniers jours, parce que j'étais volontaire pour fourrager* aux alentours de la ville. On n'a guère trouvé, les malheureux chevaux on leur voit les os, et d'après vu-dire, il en a été abattu pour les manger, il faut qu'ils aient grand-faim les gars autour de Moscou pour manger du cheval. Hier il est tombé de la neige. Elle a vite fondu, et maintenant c'est une espèce de bouillasse qui vient, des saletés mêlées de givre et d'eau, comme chez nous quand le vent de bas vire à galerne. Il ne fait pas grand-froid, mais moi je sais venir là-derrière des masses de gelée et de neige, parce que le vent qui nous arrive il a passé sur des montagnes de glace, je le sens. On va partir bientôt, il paraît, prendre les quartiers d'hiver à Smolensk, c'est loin. J'ai fini mes sabots, heureusement, parce que les souliers de cuir ils ne résisteront pas longtemps. Et aussi je prévois des belles ripades avant d'arriver à Smolensk, les sabots tiennent mieux d'équilibre sur le verglas, te rappelles-tu le mariage de Jeannette ? Ma Cliette, mon adorée, je bénis pour toujours ce regel qui t'a amenée aux noces de ma sœur. Je t'aime, Cliette, je pense à toi tout le temps, et

* Fourrager : chercher du fourrage, dont l'approvisionnement a vite posé des problèmes insolubles à la Grande Armée.

aussi je pense à ce que m'a dit ton père, le jour de mon départ, il avait raison de douter sur la justice de ces guerres, elles ne sont que carnages décidés par un tyran.
Je suis pour toujours votre affectionné,
Jean Lotte

Il relit sa lettre, et il la déchire. Il a écrit presque chaque jour depuis le 22 septembre, quoique les seuls courriers à partir de Moscou soient ceux de l'Empereur et des hauts dignitaires de son état-major. Les lettres de la troupe, elles s'entassent dans les fourgons de la Poste aux lettres, avec les vagues promesses que oui peut-être, elles partiront... Peu à peu, dans la certitude qu'il ne s'agissait que de missives-fantômes, qu'elles finissaient toujours en menus morceaux éparpillés, qu'elles ne seraient jamais lues et relues en famille, chez les Laclie, il s'est laissé aller à parler, dans ses lettres, et non pas à écrire.

Il se décharge un moment des drames, des déchirements : Vive-la-Joie est mort ; la compagnie a perdu seize hommes dans l'incendie ; je n'ai plus d'ami hollandais... Il raconte aussi des scènes de comédie : les moustaches de Bourgogne étaient si ridicules sur la jolie fourrure que j'en ai beaucoup ri ; un nommé Savoye, canonnier, était tellement saoul qu'il a pris un officier pour son cheval, il le fouettait au sabre pour le faire avancer en l'injuriant de tous les noms... Il ose dire son amour à Cliette : je t'aime, je t'aime, j'ai peur de ne jamais te revoir...

La bien chère Marie, ses respectés père et mère, et pour toujours l'affectionné Jean Lotte sont les seuls vestiges qui donnent encore à ce monologue d'écriture l'aspect d'une correspondance conforme aux usages. En réalité, il parle à Cliette... Il encadre de formules convenues des mots indignes d'être écrits, ripades... vent de galerne... quelle importance puisqu'ils ne seront pas lus ? Pendant qu'il les prononce au fil de sa plume, Cliette est là, auprès de lui : elle le félicite pour ses sabots, elle s'attriste de la perte d'un ami ; elle rit en renflant sa belle gorge à l'évocation du canonnier Savoye et de son officier-cheval ; elle assure qu'elle partageait les avis de son père, au sujet de la guerre, mais qu'un cabochard comme lui, il avait bien fallu le laisser partir pour qu'il se rende compte ! Et toujours elle répond : « Tu reviendras... » lorsqu'il lui avoue son angoisse de ne plus la revoir.

Il range son écritoire. Demain 14 octobre il la rouvrira : bien chère Cliette et tes respectés père et mère... Et à la suite de ces mots contraints et affectés, il dira à Cliette son amour, ses révoltes, ses amertumes et ses remords avec des phrases simples, naïves, crues, qu'elle ne lira jamais, et auxquelles cependant elle répond toujours.

Le 1er Voltigeurs a son cantonnement dans les ruines d'un vaste palais proche de la Place du Gouvernement. Les officiers logent dans les pièces de la belle demeure que l'incendie a épargnées, les sous-officiers occupent le quartier des domestiques, demeuré presque intact, comme si le feu avait jugé inutile de détruire d'aussi piètres demeures. Le mobilier rudimentaire y a vite été remplacé par un ameublement luxueux quoique disparate : fauteuils aux boiseries dorées, tables de marqueterie, coussins, soieries et fourrures, vaisselle fine, argenterie... « La belle vie ! Et cet idiot de Lotte qui reste dans sa cabane à outils ! On le savait braque, on le croyait pas marteau ! » Jean s'est forcé à l'insensibilité, à l'ignorance des railleries, il n'y répond plus : il lui suffit d'un certain regard pour qu'aussitôt l'interlocuteur tourne les talons en bredouillant de vagues excuses, il disait ça, façon de parler, t'as raison, chacun ses affaires...

Dans la « cabane à outils » miraculeusement indemne derrière un écroulement de pierres, devait œuvrer un remarquable artisan du bois : les outils en ordre parfait, les ouvrages laissés en suspens par l'exode, les sculptures ébauchées témoignent d'un amour du métier, d'un savoir-faire où Jean ressent la fraternité des gestes du travail. « Il emmanche ses gouges comme moi, l'attaque du bois est plus ferme si la lame est un peu de biais. Une meule à affûter, c'était mon rêve, la pierre ne donne pas un pareil tranchant. Il doit être gaucher, d'après l'usure de cette tarière. »

Il lui semble le connaître, le serf-menuisier qui travaillait ici, qui fabriquait des objets simples de la vie quotidienne, et non pas des meubles de parade alourdis de dorures. Jean a trouvé plaisir à terminer un ouvrage inachevé : un jouet d'enfant, des poupées creuses s'emboîtant avec exactitude, depuis une toute minuscule comme une dent de lait, jusqu'à une grosse, renflée comme une cruche. Il y a affiné les détails esquissés, modelé des bouches souriantes, tracé des chevelures avec une pointe rougie. La plus grande, celle qui cache dans ses flancs rebondis les douze figurines de tailles décroissantes, il lui a dessiné un jupon à rayures, un devantier fleuri, une corselette lacée sur une guimpe à broderies, une coiffe en dentelle : il en a fait une belle paysanne poitevine, et il a signé de ses initiales, J.L. Si elles n'évoquent rien pour le serf-menuisier — pas davantage que pour Jean les mystérieuses géométries de l'alphabet russe — peut-être y verra-t-il quand même un message, un signe de connivence : « Avec nos mains, avec nos outils, nous parlons le même langage. »

Il a aussi tracé le dessin de deux sabots, sur une planche, et il a écrit : « Merci. Spassiba. » Il espère qu'il comprendra, le compagnon gaucher qui avait rangé ses outils dans la fente de l'établi, avant de fuir avec ses maîtres : l'ennemi français les lui rend, aiguisés de neuf, alignés sous le sourire de treize poupées. La cabane du menuisier sera l'unique endroit intact dans le palais détruit, dévasté, pillé. Dira-t-il « spassiba », en la retrouvant en ordre parfait ?

À Moscou, le 14 octobre 1812.

La date qu'il vient d'écrire le force à s'arrêter : cela fait donc un mois, jour pour jour, qu'ils ont découvert le spectacle magique de Moscou, dans la lumière dorée d'une douce fin d'été. Hier, alors qu'il rentrait après la recherche infructueuse du fourrage, il a revu Moscou du haut du Poklonnaïa. La bise lui envoyait au visage des paquets de neige molle, fondante, et la ville offrait à la vue ses décombres noircis, ses pans de murs ruinés, ses clochers éventrés. Seul le Kremlin, quoique décapité de ses aigles et de ses croix, demeurait tel qu'à leur arrivée : puissant, massif, vaguement menaçant d'être resté debout, guerrier en armure défendant encore une armée calcinée.

Jean a la certitude de l'arrivée prochaine d'un hiver aux rigueurs inconnues, démesurées, et nul ne semble s'en tourmenter : on va partir, mais quand ? — « Le plus tard sera le mieux, les gars ! C'est la bonne vie, à la foire de Moscou, on n'est pas pressés de reprendre la route ! » D'ailleurs, l'Empereur lui-même semble vivre dans l'insouciance, malgré l'apparition de la première neige. La gazette de la troupe répand des bruits optimistes, qui apaisent les rares inquiétudes. « Le Tondu, il est si tranquille sur la suite des événements, qu'il s'occupe à écrire un décret pour mieux organiser la Comédie-Française ! Si y'avait risque à glander dans Moscou, il perdrait pas son temps à mettre de l'ordre à Paris, chez les baladins de théâtre ! »

Mis en confiance par les futilités auxquelles l'Empereur emploie son temps, les hommes ont le seul souci d'arrondir davantage leur magot, sans réfléchir à la charge qu'ils vont ajouter au barda réglementaire : encore ces lingots d'argent, encore ces livres aux reliures frappées d'or, encore ce samovar et ce vase de Chine... La Garde va quitter Moscou chargée comme les caravanes du désert, bosselée de vaisselle précieuse, entortillée de brocart, bardée de flacons de rhum et de genièvre ! Un jour, Jean a fait remarquer à Bourgogne la démesure du chargement qu'il prétendait rapporter en France. En clignant un œil malicieux, le sergent Bourgogne lui a répondu pas de problème...

— Parce que je prévois de laisser ici ma culotte blanche de parade, pour faire moins lourd. Mais toi qu'es fort comme un Turc, que vas-tu ramener ?

— Des sabots. Et des vêtements en peau de mouton que j'ai... trouvés (le mot avait peine à lui passer le gosier, tant il avait été dévoyé de son sens) que j'ai trouvés en déblayant les pierres, devant ma porte.

Bourgogne avait ri de bon cœur, sans intention blessante, sur la richesse invraisemblable de ce butin.

— Méfie-toi quand même : vois-tu qu'on te prenne pour un serf russe, et qu'on te foute avec les prisonniers ? Un conseil : ne compte pas trop sur les rations de route, prends un peu de bouffe. Salut. Je reviendrai te voir, un de ces jours. Un copain charpentier m'a donné un bout de la croix du Grand-Ivan. Beaucoup trop gros, vu que c'est sans valeur, sauf pour souvenir : faudra que tu m'y tailles un morceau de moindre importance.

Jean s'apprête à reprendre sa lettre, à Moscou le 14 octobre 1812... lorsqu'il entend des pas sur les marches qui donnent accès à l'atelier de menuiserie. Ils sont rares, ceux qui viennent le visiter dans cette retraite sévère, où n'attendent ni trinquerie, ni sièges à capitons de soie. C'est Bourgogne, sans doute, et son trop encombrant vestige du Grand-Ivan... Il replie la feuille de papier, il reprendra plus tard la conversation avec Cliette, il pourra lui raconter qu'ainsi passe la gloire des empereurs, tailladée par le ciseau d'un menuisier... Il en choisit un d'avance, suffisamment robuste : trois siècles ont durci comme pierre la croix d'Ivan III le Grand*. Les pas se sont arrêtés devant sa porte, il se retourne.

Dans le contrejour de l'embrasure, ce n'est pas la silhouette de Bourgogne qui se dessine. C'est la haute stature, c'est l'uniforme blanc d'un grenadier hollandais, c'est Joannès qui se précipite sur lui en poussant un terrible cri. Jean affermit sa prise sur le manche du ciseau, et puis il le laisse glisser à terre... Joannès verse des larmes, Joannès le serre dans ses bras en hurlant de joie :

— Mon ami... Mon frère... J'en étais certain, que tu étais resté tel que je t'appréciais : un homme, Grand-Voltigeur, un homme véritable, pas un charognard !

Les « r » de Joannès roulent une merveilleuse harmonie d'amitié retrouvée. Et se mêle à ce bonheur l'indicible honte d'avoir cru le Petit-

* Ivan le Grand : 1462-1505.

Batave vautré dans la foire de Moscou, et de ne pas pouvoir lui répondre : « Moi non plus, je n'ai pas douté de toi. »

— Joannès, laisse-moi te dire...

— Oui, je sais, je suis un furieux bavard, mais c'est si merveilleux de te retrouver. Serment : je ne prononce plus un mot, ou j'accepte que tu m'assommes ! À toi. Raconte...

En effet, il est toujours aussi bouillonnant de paroles, le Petit-Batave, et Jean n'a guère eu loisir que de placer quelques exclamations, des bribes de phrases sitôt interrompues, des oui ou des non pas même formulés, juste des signes de la tête qui relançaient aussitôt Joannès dans un torrent de propos impossible à contenir. Jean d'ailleurs trouve une rémission à cette écoute forcée, et peu à peu s'affermit dans la décision qu'il a prise : c'est l'estime de lui-même qu'il va perdre, s'il ne fait pas à Joannès l'aveu de son manquement à la confiance, à l'amitié, s'il garde secrète cette monstrueuse erreur de jugement qui a été la sienne.

— Joannès, c'est toi sans doute qui seras en droit de m'assommer, quand je t'aurai raconté ce...

— Eh bien, je n'aurai dans ton palais de rêve que l'embarras du choix ! La hache ? Le maillet ? Le... Mille excuses : je suis déjà parjure, ce sera à toi de me porter le premier coup. Trêve de plaisanterie, à présent, je... comment dit-on... je le ferme ? Non : je la ferme. Très dur, le langage français.

Le rire de Joannès, son regard chaleureux rendent la confession plus difficile encore. Se reconnaître en tort a toujours été pour Jean un insurmontable obstacle, comme une trahison des commandements de famille et des impérieux « Droit debout, Petit-Jean ! » qu'il conserve du souvenir de mémé Soize. Il se rend compte cependant que dans le cas présent, le véritable manquement à l'honneur des Lotte, ce serait le silence.

— Laisse-moi parler, je t'en prie, c'est suffisamment dur à passer. Voilà. Nous nous sommes quittés, tu te rappelles, sur le Mont-du-Salut, et...

— Sur le Poklonnaïa, exact, mais...

— Tais-toi. J'ai eu la certitude de t'avoir entendu crier, et tu riais aussi : « Et que la fête commence ! C'est pour la fête que je suis venu ! » Non, tais-toi, écoute encore : j'ai cru que tu étais... que tu voulais... comme les autres, piller, amasser, violer peut-être. Comme les autres... J'ai cru cela, Joannès, et je n'y ai pas d'excuses : le souvenir de ta droiture ne m'a pas fait douter un seul instant que tu aies réellement prononcé ces mots abjects. Et je t'ai... méprisé, honni, et j'ai regretté que tu ne sois pas mort avant de tomber dans une telle ignominie. Tu as sans doute perdu le souvenir de ce que tu as dit en me quittant, ce matin-là, et c'est sans intérêt de le savoir. L'important — et j'en suis conscient l'injustifiable — c'est ce que j'ai compris, sans jamais le remettre en question.

Joannès ne l'a pas interrompu de hurlements ni d'injures, il ne manifeste nulle fureur, nulle amertume : il y a juste dans ses yeux une lueur étonnée, encore est-ce à lui-même qu'il semble adresser ce questionnement. Le silence qui suit, et ce regard intérieur de Joannès sont plus éprouvants qu'une explosion de violence. Le Hollandais n'a rien compris de ce que Jean lui exposait... Il a parlé trop vite, dans sa hâte d'en terminer, et en adoptant des termes et des tournures recherchés, inconnus de Joannès. Rien compris. Il va falloir reprendre plus lentement, avec des mots simples, comme on explique à un enfant...

— Ainsi donc, Grand-Voltigeur, même lorsque j'ai illusion de me parler à moi-même, il semble que je m'époumone jusqu'à couvrir les roulements de tambour ? Tu as parfaitement saisi ce que j'ai... chuchoté, soupiré, murmuré en sourdine — ou peut-être gardé-je des illusions sur le timbre de ma douce voix. Te dirais-je que je suis comblé, et fier de ton jugement... féroce ? Il m'aurait offensé que tu trouvasses — j'adore votre conjugaison subjonctive, à l'imparfait — que tu trouvasses des justifications à ton plus cher ami, après avoir entendu de tels propos. Et c'eût été à mon tour de te désavouer. Me suis-je exprimé avec un vocabulaire suffisamment choisi pour te persuader que j'avais compris ton discours ? Tu semblais en douter, et tu montrais sur ton visage la même expression que je te vois à l'instant : troublée, voire ahurie, un tantinet stupide, en un mot tu avais l'air con — exploitons jusqu'à l'extrême mes connaissances de la langue française. Dans mes bras, Grand-Voltigeur ! À présent, je sais que je peux te parler à cœur ouvert, à tripes ouvertes ! Même si tu gardes l'air aussi con...

Il n'y a que Joannès pour entremêler avec un pareil talent l'émotion et la trivialité, la bouffonnerie et le sérieux. Il prétendait qu'une lointaine aïeule, dans les siècles d'occupation espagnole, avait dû succomber au charme brûlant d'un bel Andalou, lequel portait lui-même un lointain métissage mauresque : et de ce fait, il sentait circuler dans son sang les froides marées de la Mer du Nord, et la chaleur tempétueuse de la Méditerranée !

Il est aussi le seul à pouvoir traiter Jean Lotte de con, sans essuyer en retour une réaction musclée. Le seul à s'entendre répondre, après une telle injure :

— Merci, ami. Je t'écoute.

Joannès a d'abord tiré des basques de son habit quatre bouteilles de vin de Chambertin.

— Pillage ! Pour trinquer à nos retrouvailles, j'ai risqué ma vie. Pas dans les caves de Moscou, non, ne prends pas ta mine de frère-prêcheur. Ces vénérables flacons — 1788, grande année pour les vins de Bourgogne — je ne les ai pas... trouvés. Je les ai volés. Dans les fourgons de Sa Majesté en personne. Il est de méchante humeur s'il ne boit pas de ce nectar à chacun de ses repas *. Si j'en juge par la quantité de bouteilles, il a prévu un long

* Il en a bu, même durant la terrible retraite, à chaque repas !

périple. Ou peut-être a-t-il conscience des faiblesses humaines, et il aura ajusté ses calculs en conséquence : il a eu raison, les gardes près des fourgons étaient fin saouls... Santé !

Le vin est velouté, somptueux. Est-ce la joie de retrouver Joannès, ou un début d'ivresse, qui transportent Jean d'un tel bonheur ? Il a allumé une chandelle de résine, sa lueur fumeuse apporte dans l'appentis du menuisier une intimité tranquille de veillée. Ils sont sur une île de paix, d'amitié, une île où n'arrivent plus les fracas des tempêtes et des naufrages. Ils ont la nuit entière pour parler, ils ont du vin, des provisions de chandelles qui éclairent des poupées souriantes et des boucles de copeaux, qui font luire le tranchant d'outils familiers... Joannès félicite son ami pour les sabots :

— Bien. Parfait. Peut-être pas pour marcher, mais en ajoutant une voilure ils feront des morutiers remarquables ! Combien d'hommes d'équipage prévois-tu ?

Joannès s'esclaffe, et il rit encore, avec une nuance d'émotion, en découvrant la planche où Jean a gravé ses remerciements.

— Donne. Je vais y tracer des caractères cyrilliques. Cela fera plus chaleureux, même s'il ne sait pas lire, ton serf-menuisier, il y reconnaîtra au moins le visage de son pays. Voilà : « СПАСИБА ». Mais je ne sais écrire cette langue qu'en majuscules : je ne suis qu'un ignorant, un inculte négociant hollandais, tu me l'as fait comprendre il y a un instant ! Santé !

Joannès verse deux autres gobelets de Chambertin. La chaleur du vin n'amène pas l'ivresse, elle laisse à Jean la tête claire, tout en le déliant de cette pudeur qui l'empêche d'exprimer ses sentiments, qui le garrotte dans une retenue austère.

— Ce genre d'écriture te convient parfaitement, Petit-Batave : tu es toi-même un homme... majuscule. Tu voulais me parler à cœur ouvert, as-tu dit. Et j'attends encore que tu le fasses — car je ne pense pas que tu aies engagé des révélations exceptionnelles en raillant la taille de mes sabots : un caporal parisien les a déjà comparés à des péniches.

— Loin de moi la pensée ! Il te suffira de deux autres pieds de table, comme grands mâts ! Non, non, j'ai garde de me foutre de tes...

— Laisse-moi continuer. Superbe, ton vin. Donc je disais, ce n'est pas non plus en te foutant de ma prétention que tu abordes l'essentiel.

— Crois-tu ? Ta prétention est assez considérable pour être qualifiée d'essentielle !

— Salaud !

— Crâneur !

Ils s'insultent en riant, ils trinquent, ils parlent sur des vétilles, trois semaines de garde au château de Peterskoïé *, mortel ennui pour Joannès... Au Kremlin, Jean avait cru reconnaître son accent de rocaille... L'un et l'autre, ils semblent vouloir retarder le moment d'une douloureuse, indicible vérité. C'est Joannès qui rompt cette comédie de

* L'Empereur s'était replié à Peterskoïé, durant l'incendie.

faux-semblants, après avoir vidé coup sur coup deux gobelets de Chambertin. Il parle sans regarder Jean, en arpentant la minuscule pièce, comme font les bêtes sauvages enragées d'être prisonnières.

— Je te dois la vérité. La fête pour laquelle je suis venu, c'est une fête de haine et de vengeance. Je suis ici pour voir le monstre déchiré, abattu, mortellement blessé par sa propre folie. Je suis en Russie pour le bonheur de découvrir comment il va être dévoré, cet ogre qui a un jour décidé : « Je mangerai la Hollande ! » Oui, ce sont là ses propres termes, et il a mangé mon pays, enrôlé les jeunes hommes, ruiné les habitants, étranglé les libertés dans l'étau de sa police et de sa censure ! Il a bâfré la Hollande, ce Corse bedonnant, il a englouti l'Europe entière dans son empire, dans ses ambitions, dans sa fringale jamais assouvie ! À présent, il veut bouffer la Russie ! Et moi, je suis ici pour jouir du spectacle de sa défaite ! Pour voir la proie démesurée à laquelle il s'attaque l'engloutir, le broyer dans sa terrifiante mâchoire. C'est cette joie que j'ai hurlée, sur le Poklonnaïa, alors qu'il se pensait au sommet de la victoire, ton Empereur... Notre Empereur, puisque mon malheureux pays est devenu département français !

Dans le silence qui suit la diatribe frénétique de Joannès, l'implacable éloquence de Joannès, les bruits de la nuit moscovite arrivent jusqu'à l'atelier : des rires, des cris joyeux, des chants d'ivrognes, un brouhaha qui dit l'insouciance du lendemain, la bonne vie, la foire de Moscou... Jean est penché sur l'établi, le visage caché dans ses mains : la terrible harangue de son ami l'a convaincu davantage encore de ses naïvetés, de ses erreurs, de son aveuglement. Il sent la main de Joannès qui se pose sur son épaule.

— Je te quitte, Grand-Voltigeur. Tu es français, tu ne peux partager ma haine. Sache que je t'ai en estime : tu es un homme droit, généreux, passionné derrière ton apparente froideur, et tu as seulement été berné par un démon génial. Oui, le mal a parfois ses génies. Je penserai à toi, ami, lorsque la France sera dévorée à son tour par ses victimes coalisées : mais le souvenir de notre amitié ne m'empêchera pas de participer à la curée. Ce n'est pas toi que je combattrai, c'est lui — ce qu'il en restera après la Russie.

Jean entend s'éloigner les pas de Joannès, ils résonnent, lents et lourds, comme chargés d'un poids énorme de tristesse, d'accablement. Il se redresse, il appelle :

— Joannès !

Le Petit-Batave paraît hésiter un instant au sommet de l'escalier de bois, puis il descend, s'arrête à la porte. Il reste debout, un pied sur la dernière marche, je n'entre pas, je m'enfuis de cette impossible confrontation de nos points de vue, qu'as-tu à me dire d'autre qu'un adieu ? Il ne parle pas, seul son regard interroge.

— Joannès, je dois te dire : je n'ai pas été enrôlé de force comme toi, je me suis engagé. Rien ne m'y obligeait, une merveilleuse jeune fille m'avait demandé pour époux, et le mariage m'aurait épargné la conscription. Je me suis engagé parce que je croyais servir une juste cause, propager les idées chères à ma famille, la justice, les Droits de l'Homme. Je n'ai pas attendu tes terribles révélations pour reconnaître combien je m'étais égaré. Et je t'envie, Joannès, d'être animé par une ardeur de vengeance. Moi, je ne ressens qu'amertume et remords. Pourquoi ris-tu, Joannès ? Doutes-tu de ma sincérité ?

Il faut un long moment avant que le Petit-Batave puisse répondre, tant il est agité par le rire, sous le regard de Jean qui le considère avec un étonnement grandissant : imprévisible Joannès, qui passe de la tragédie à la farce dans le même instant !

— C'est que j'imagine cette demande en mariage ! Ici ! Exécution ! Consommation ! Garde à vous ! Présentez arme ! Je la vois, ta douce compagne...

Et Joannès se tord davantage encore des bafouillis de Jean qui s'empêtre, se reprend, s'enfonce, perd pied, se raccroche sans réussir à calmer l'hilarité de son ami.

— Non ! Tu te trompes ! Elle m'a donné des coups de pied ! Elle est belle... Je me suis saoulé. Elle m'attend. Je l'aime... et un loup... et la bête des Fayes... et le loquet de sa barrière... Marie... Je l'appelle Cliette.

Le nom semble les tirer tous deux de leur délire, Joannès ne rit plus, Jean se tait, et reprend à voix basse au bout d'un long moment :

— Pourrais-je oublier un jour que j'ai été volontaire pour ces monstrueuses tueries ?

— Non, sans doute, et c'est à ton honneur. Et pardonne-moi d'avoir ri : je suis certain qu'elle est à ta mesure, la belle Cliette. Viens.

Joannès l'entraîne dans la nuit de Moscou. Et prétend que, finalement, ce que l'un et l'autre viennent de s'avouer est sans réelle importance, et qu'ils vont se saouler plutôt que de philosopher. Il reste des centaines et des centaines de bouteilles dans les fourgons du monstre corse. Ils vont se saouler pour fêter leur indestructible estime et amitié. Pas d'importance, le regret ou la vengeance, la haine ou le repentir. Pas d'importance, puiqu'ils ont toutes chances de mourir. De crever dans les terribles mâchoires de l'hiver russe, dans sa gueule de glace et de neige. Les cadavres gelés n'éprouvent plus ni exécration ni remords, ils sont dans une éternelle et rigide indifférence, le Chambertin et la mort nous appellent, nous allons nous saouler, Grand-Voltigeur.

— Ne sommes-nous pas déjà un peu ivres ?

— Si. Mais nous devons l'être de façon insensée, démesurée, effroyable... à l'image de ce qui nous attend.

Chapitre IX

L'enfer sans limites

Il s'oblige à garder la notion du temps écoulé. Aujourd'hui, 6 décembre, quarante-neuvième jour de la retraite.

Chaque instant, Jean se dit que les limites sont atteintes. Qu'il sera désormais impossible de s'enfoncer plus avant dans l'horreur. Qu'il n'existe rien au-delà, ils sont arrivés aux confins de l'enfer, aux frontières inexplorées qui séparent l'atroce de l'insoutenable. Et toujours il survient un supplément de cauchemar.

Hier, à la nuit tombée, l'Empereur a abandonné les débris de la Grande Armée pour regagner Paris. La gazette de la troupe depuis longtemps n'est plus qu'un murmure essoufflé, elle en a cependant répandu la nouvelle au matin. Indifférence fataliste du plus grand nombre, pour lesquels l'acharnement à survivre est l'unique obsession, « ça n'y change rien qu'il ait foutu le camp, puisqu'on est foutus... ». Les fidèles d'entre les fidèles, s'ils ne se révoltent pas de ce départ, ont désormais perdu l'espoir, « on ne s'en tirera pas, sans lui... ». Pour Jean, c'est l'abominable certitude que cette fuite va amplifier encore le règne du chacun pour soi, dans la horde qui reprend sa progression désespérée, dérisoire, forcenée, vers les limites toujours reculées de l'enfer.

Chacun pour soi, il s'y refuse, il ne veut pas sombrer dans cette mortelle insensibilité à l'autre ! Au matin du 6 décembre, Jean Lotte a égorgé un camarade.

Il le soutenait depuis trois jours, le traînait sur ses pieds gelés entortillés de chiffons. Aux premiers signes du mal — des taches bleues marbrées de noir — il avait voulu lui donner ses sabots. Après dix pas, le copain hurlait, impossible de marcher avec ces lourdes masses, il souffrait le martyre... Jean avait découpé des lanières dans sa veste en peau de mouton, enveloppé les pieds de Louis Besson. Et bientôt les mêmes cris, le cuir était trop dur, mes chiffons, mes chiffons, il n'y a que ça que je supporte !... Des lambeaux de chair étaient venus, lorsque Jean avait déroulé les bandes de peau raidies par le froid.

Trois jours à soutenir Besson... Trois jours au cours desquels, peu à peu, ses pieds s'étaient mis à sonner sur la neige durcie comme les sabots d'un cheval. Et chaque soir lutter pour l'écarter du feu, pour l'éloigner de la terrible tentation des flammes dont la chaleur gangrenait en quelques heures les membres gelés. Ce matin, au réveil, Jean l'a retrouvé souriant, les pieds enfoncés dans les braises : il était bien... il n'avait plus mal...

Jean l'a pris sur son dos, et il a rebroussé chemin : il voulait trouver une voiture d'ambulance, où le chirurgien Larrey et ses aides continuaient à s'acharner pour panser, amputer, adoucir les souffrances. Lorsque Jean se sentait au bord de l'abattement, en constatant à quelle déchéance l'horreur de la retraite avait amené certains soldats, il pensait à Larrey et à ses compagnons qui ne renonçaient pas à leur mission de vie, quoiqu'ils la sachent désespérée : l'honneur de l'humanité survivait intact, dans les ambulances de Larrey.

Au bout d'une heure, Louis Besson n'était plus que hurlements torturés, arrête-toi, arrête-toi ! Jean l'a allongé, s'est assis auprès de lui, et bientôt les cris ont cessé : Besson avait le visage apaisé de ceux qui se sentent couler vers la mort, et la souhaitent, et l'attendent comme une délivrance. Il souriait, comme au matin, lorsque Jean l'avait trouvé avec ses moignons calcinés dans les braises. Et soudain, un terrible sursaut :

— Non ! Pas ça ! Tue-moi, je t'en supplie !

Cinq hommes s'avançaient lentement vers eux, avec des prudences de loup, s'arrêtaient, guettaient leurs mouvements... C'étaient des paysans russes, armés de pieux et de faucilles, ceux qui harcelaient les isolés, et qu'on avait fini par redouter davantage encore que les Cosaques. On les disait moins avides de butin que de vengeance, on prétendait qu'ils faisaient payer d'une mort lente les malheurs et les dévastations que la guerre leur avait infligés : interminables supplices de pal, de chaudron.

— Vite ! Tue-moi !

— Je ne veux pas ! Je ne... peux pas. Je vais me battre !

— Ils sont cinq, tu auras la chance de mourir tout de suite ! Et moi... Je t'en prie... Aie le courage...

Jean a tiré son briquet, s'est penché, et avant de frapper il a entendu :

— Sois béni. Et tes parents qui t'ont fait généreux.

Jamais il n'oubliera le gargouillis du sang, vite figé en grappes noirâtres. Lorsqu'il s'est redressé, il devait avoir l'air si sauvage, et hagard, et meurtrier, que les cinq hommes ont reculé. Il a repris sa marche. Désespéré, et cependant animé d'une force nouvelle, pour avoir retrouvé sa place dans la lignée de ceux qui se voulaient droit debout. Il entaille une coche plus profonde, sur le bâton où il marque l'écoulement du temps.

Quarante-neuf jours qu'ils ont quitté Moscou. Un étirement démesuré, une éternité balisée de quarante-neuf encoches. Un calendrier où les souvenirs se chevauchent, se bousculent, sans autre chronologie que la douleur, ou l'héroïsme, ou la barbarie. Une éphéméride où l'avant et l'après n'ont plus de sens, qu'il parcourt au hasard en avançant dans un infini de neige et de douleur.

Trente-septième encoche. 25 novembre. Une large rivière dont les eaux noires roulent et entrechoquent des blocs de glace. Malgré le froid extrême — au-dessous de moins trente certaines nuits — la Bérézina n'est pas encore figée par le gel, tant son courant est rapide : une barrière d'eau sombre et de glaces charriées a coupé la retraite. Les Russes ont détruit l'unique pont, à Borissov.

— C'était... abominable. J'ai pas cru possible, quand je vous ai vu arriver.

— Je sais. Je l'ai lu dans les regards. Et même dans le tien, encore en ce moment.

— Toi pourtant, tu sembles mieux en état que sont les autres. Mais cette tenue de peau de bête... et ces sabots... On te supporte ce mardi-gras, au 1er Voltigeurs ?

— Il n'y a plus de 1er Voltigeurs, depuis Krasnoïé. Peut-être deux ou trois s'en sont tirés.

À Borissov, s'était opérée la jonction avec le 9e corps du maréchal Victor et le 2e corps du général Oudinot, qui n'avaient pas suivi la progression vers Moscou. Ils étaient restés « de couverture », et s'ils avaient repoussé de durs assauts, ils conservaient la cohésion et la prestance de régiments en campagne. Ils avaient assisté à l'apparition des survivants de la retraite. Sur leur visage, une expression horrifiée renvoyait aux rescapés l'image de leur malheur, leur faisait mesurer l'ampleur de la catastrophe : dans un silence de cimetière, les hommes de Victor et d'Oudinot regardaient s'avancer le fantôme de la Grande Armée.

Jean avait retrouvé à Borissov un chasseur à cheval qu'il avait rencontré à Kowno, au départ. Fantassins et cavaliers ne se fréquentaient guère, se côtoyaient sans se mêler. C'était l'accent, et les mots prononcés par le jeune chasseur, qui avaient amené Jean à l'interpeller : il voulait faire boire son cheval, au bord du Niémen, et la bête avait peur, reculait en hennissant.

— Queu rique ! D'hazard qu'o te f'drait une coussotte, ou bé une mogue, per que tu veuillisses bouère ? Eh be nin, si t'as sé, o faut que tu pouéses à même !

— De vour que t'es, chassou ?

— I sé de Françâs. Est do couté de la Creuche. Es-tu de cho lin, té tou* ?

Jean Lotte, qui s'attachait à ne parler qu'un français académique, avait passé une heure de réel bonheur en conversant avec le chasseur Charles Nicolas, dans le langage de leur Poitou d'origine. Une heure au terme de laquelle le chasseur natif de François lui avait fait remarquer, toujours dans le patois profond de leur pays, qu'il ne devait pas avoir que du bon temps, le voltigeur, à ne parler qu'avec les mots des paysans poitevins. Lui, dans son régiment, les gradés — surtout les sous-officiers, sale race les sous-offs — ils faisaient mille misères de moquerie aux pauvres gars qui parlaient mal le français, mal ou pas du tout, les

* « Quelle rique ! Peut-être qu'il te faudrait une coussotte, ou une mogue, pour que tu veuilles boire ? Eh bien, non, si tu as soif, il faut que tu puises dedans. — D'où es-tu, chasseur ? — Je suis de François. C'est vers la Crèche. Es-tu de par là, toi aussi ? »

Bretons par exemple étaient pas à la noce ! Lui, Charles Nicolas, il avait eu la chance d'être instruit au français par le curé de Breloux...

— Et o me monque, le patois, o foué qu'i cause de même à mon bidet. Mais li, pa ré, jamoué le m' dessit rin, que d'richagna, et o m'a foué grond piaisi que té, tu me répinyisses*.

— Pareillement à moi. Et tu peux juger, le curé de Lorigné était aussi bon maître que celui de Breloux.

Tout en parlant, Jean avait remis son habit, que la chaleur étouffante de l'été polonais lui avait fait enlever pour profiter de l'air plus frais, au bord du fleuve. Le visage de Charles Nicolas s'était figé :

— Je... Je vous... Vous êtes...

— Qu'est-ce qui te prend, de me dire vous ?

Il avait vu le regard du jeune homme fixé sur ses galons, et s'était rappelé les propos de Nicolas sur les gradés, spécialement les sous-offs — sale race !

— E cheu ? Te tabusses pas, y'en quenneu mé d'un qu'étons bé quemme t'o dessis** !

À Borissov, ils n'ont pas repris leur patois poitevin. Les souvenirs de paix et de bonheur rendraient plus impitoyable encore l'instant présent. Oublier... oublier qu'il y a à Queue-d'Ageasse, à François, des maisons refermées sur des feux où cuit la soupe, des femmes qui filent la

* « Et cela me manque, le patois, cela fait que je parle ainsi à mon cheval. Mais lui, pas vrai, jamais il ne m'a rien dit, que de hennir, et cela m'a fait grand plaisir que toi tu me répondes. »

** « C'est cela ? Ne te tracasse pas, j'en connais plus d'un qui sont bien comme tu as dit ! »

quenouille, des hommes qui rentrent des derniers labours d'automne et grattent sur le seuil la terre de leurs sabots. Jean Lotte, qui trouvait une sensation d'emprisonnement sous un toit, d'étouffement auprès d'une cheminée, veut en chasser jusqu'au souvenir, tant la seule évocation d'une telle sérénité le plonge dans la détresse. Il en va de même pour Charles Nicolas, sans aucun doute : le Poitou ne doit plus exister, sur les bords de la Bérézina, s'ils veulent survivre, et c'est en français qu'ils se parlent.

Le jeune chasseur a sorti un morceau de pain de son havresac, il est gelé, sonnant comme une pierre, il a dû le fendre avec son sabre. Et plus inestimables encore que le pain, les informations qu'il donne ramènent Jean à l'action, le tirent de cette fuite aveugle, de cette marche dont aucun chef, depuis Krasnoïé, n'indique aux hommes le but ni la stratégie.

— Ça n'est pas à Borissov qu'on va passer. Trop large. Trop profond. À six lieues en amont, la cavalerie de Corbineau a trouvé un gué. Un gué, façon de parler. Au milieu, faut nager, et le courant est si fort que beaucoup de chevaux n'ont pas résisté. Surtout avec la glace : des morceaux gros comme des canons, et pointus... Le capitaine l'a vu, il nous a raconté, l'eau devenait rouge tant les pauvres bêtes étaient tailladées. Il nous a dit aussi que c'était le seul endroit possible pour jeter un pont. Alors voilà : direction nord, Studienka ça s'appelle. Les pontonniers d'Éblé y sont déjà partis.

— Merci Nicolas, tu...

— Un malheureux bout de pain, pas la peine, vu l'état qu'il était ! Heureusement que tu es bien denté.

— Merci, je te répète, et pas seulement pour le pain. Tu vois, le plus terrible pour moi, c'était de ne rien savoir, d'avancer comme une bête qu'on pousse. Avec toi j'ai retrouvé... je ne sais comment dire... mais je t'en remercie. J'espère qu'on se reverra, à Studienka.

— Et comment, qu'on se reverra ? C'est qu'on ne va pas se perdre de vue d'ici là. Enfin... c'est surtout mon échine que tu vas regarder. En croupe, voltigeur ! Mon bidet est fort contrariant pour boire, mais je lui connais que ça de mauvaiseté, il voit pas d'inconvénient à nous porter tous les deux.

À Borissov, la chaleur humaine, la fraternité attendaient Jean Lotte, en la personne de Charles Nicolas. Malgré le fracas menaçant de la Bérézina, malgré la perspective d'une mort probable, ce sont neuf lieues de félicité sans mélange pour Jean, en croupe derrière le jeune chasseur natif de François, « do couté de la Creuche ».

— C'est pas croyable, je dois tomber fou ! Ils résisteront pas !

Jean partage la stupéfaction horrifiée de Charles Nicolas. Ils viennent de mettre pied à terre, à Studienka. Plusieurs centaines d'hommes sont dans le fleuve jusqu'au ventre. Deux ponts ! Dans cet enfer de glace et d'eau mêlées, dans ce froid qui fige aussitôt l'haleine en givre, les pontonniers du général Eblé ont déjà amorcé le départ de deux ponts ! *

— Et même s'ils réussissent à joindre l'autre bord : regarde, là-bas.

Sur l'autre rive, au bord du fleuve, on aperçoit les survivants de la brigade Corbineau, un petit groupe d'hommes et de chevaux. Sur de faibles hauteurs, à moins d'une portée de canon, les feux de bivouac de l'armée russe brillent, innombrables.

— Lotte, as-tu une idée de la raison pourquoi ils n'attaquent pas ? Avec leur artillerie, il leur suffit d'une heure. Une heure de tir, et ils nous auront tous !

— Je crois qu'ils ont... le temps.

Il n'en dit pas davantage. Le temps. Comme certains chasseurs, lorsqu'ils attendent que le loup pris au piège se soit rongé la patte, pour l'abattre au moment où il s'enfuit. Le temps de jouir du désespoir, de la souffrance. Le temps de savourer la vengeance. « L'heure est venue, Joannès. As-tu imaginé un aussi impitoyable châtiment, avant de disparaître toi-même dans la tourmente russe ? Est-ce qu'une telle certitude aura pu adoucir tes derniers instants ? Si tu étais ici, Joannès, tu penserais que le prix à payer est trop fort, pour abattre le tyran. » Deux pontonniers viennent de lâcher prise, morts de froid, ils dérivent et bientôt

* Aucun d'eux n'a survécu. Le général Eblé lui-même est mort peu de temps après, à Kœnigsberg.

s'engloutissent. Deux autres les remplacent dans la monstrueuse soupe de glace et d'eau. Les bivouacs russes clignotent au loin : ils ont le temps, immense et meurtrier comme leur pays. « Trop injuste, valeureux Joannès : où que tu sois, tu ne peux penser autrement. Lui, le monstre corse comme tu l'appelais, je viens de le voir passer, au milieu de son Escadron sacré*. Bottes sèches, chaudes fourrures, et toujours cette bedaine qui le dit préservé de la faim. Et de la soif, aussi : le Chambertin... »

— Le temps... Oui, je comprends ce que tu veux dire. Lotte, on peut pas rester à regarder leur martyre : encore un qui vient de tomber, ce cri, t'as entendu ? On va se joindre à la corvée de bois. Viens.

Les masures de Studienka fournissent la matière première en abondance. Les sapeurs y sont à l'ouvrage, une chaîne humaine transporte les rondins et les poutres. Sur les visages se lit l'énergie du désespoir : ils savent leurs efforts voués à l'échec, et cependant ils s'acharnent, vite, toujours plus vite ! Si l'héroïsme ne fait pas reculer la mort, au moins il épargne de l'attente, et l'action, même vaine, doit apporter l'illusion d'avoir encore une faible, vacillante prise sur le destin. Charles Nicolas attache son cheval à un pieu, et répète :

* L'Escadron sacré : les maréchaux et généraux dont les troupes avaient été anéanties formaient une Garde d'honneur, dans laquelle des généraux de brigade se retrouvaient lieutenants en second.

— Viens. Tu parais encore de force. Et crever pour crever, autant que ce soit à l'ouvrage. Tu ne sembles pas d'avis...

— Si. Moi, j'y vais. Toi, tu rejoins ta compagnie.

— Et pour qui tu te prends, de me donner des ordres ? Non mais ? Tu les as gardés, tes galons de sergent, sous ta pouillerie en peau de mouton ? Bien moi, simple troupier, je te dis merde, et j'ai regret de pas t'avoir laissé à Borissov. Vire-te d'lé, ou i t'ébeurne la goule * !

— Écoute, Charles. Écoute-moi. Les autres... ceux que tu as vus arriver, à Borissov : ils seront là bientôt. Et les chevaux... il faut que tu saches...

D'abord, il se tient dans une réserve têtue, Nicolas : bon d'accord, on n'est sans doute pas regardants quand on a faim, un cheval crevé c'est quand même de la viande. Lui pour sûr il n'y toucherait pas, mais enfin... Et peu à peu, une expression d'épouvante envahit son visage, au fur et à mesure que progresse l'horreur, dans ce qu'il entend.

Aux premiers jours de la retraite, les chevaux épuisés qui s'abattaient sous le poids de la charge, une balle dans la tête les achevait. Ils étaient vite découpés comme au billot de boucherie, une chair noire, molle...

— Tu en as mangé ?

— Non. Je n'ai pas pu. Guère mieux : j'ai mangé jusqu'à des corbeaux... Des éperviers... Du

* Ôte-toi de là, ou je t'écrase la figure.

loup... Les bêtes à charogne, elles sont devenues grosses et grasses, sur nos traces. Laisse-moi continuer.

Au bout de deux semaines, il n'y avait plus de coup de grâce. Dès que l'animal tombait, une meute humaine se battait autour de lui. Et le dépeçait vivant, malgré ses soubresauts, et ses terribles hennissements de douleur. Les plus rapides, les plus forts, ils éventraient pour atteindre le foie. Un jour, il avait vu un homme plonger la tête dans le ventre ouvert d'un cheval — encore vivant, oui — et lui dévorer le foie. Et pire encore. Les chevaux les plus vigoureux, qui continuaient à tirer les chariots de précieux butin, les voituriers y taillaient de minces tranches, de fines lanières, aux endroits charnus des reins et de la croupe, comme dans un jambon que l'on veut voir durer longtemps. Et peu à peu écorchée vive, la bête continuait à avancer quelques jours avant de s'effondrer. La curée se ruait alors autour d'une carcasse sanglante où l'on voyait pointer les os, et qui palpitait encore.

— C'est pourquoi tu dois rejoindre ta compagnie, plutôt que de porter du bois. Pour ceux qui arrivent, un cheval, beau et fort comme le tien, c'est... un énorme tas de viande. Ils le dévoreront vivant. Et même, c'est te dire jusqu'où on peut descendre, par la faim : moi je n'ai pas vu, mais un ami m'a assuré qu'un homme mort, pour certains malheureux, c'est aussi de la...

— Arrête, je t'en supplie ! Oh Seigneur, comment pouvez-vous ? Je sens que je vais dégueuler. Laisse-moi.

Jean s'éloigne de quelques pas. Charles Nicolas a passé un bras au garrot de son cheval, il ne vomit pas, il pleure. Lorsqu'il se retourne, les larmes gelées sur son visage lui font un masque tragique :

— J'y vais. Jean Lotte, j'ai idée qu'on se reverra pas. Faudra qu'ils me tuent, avant de toucher à mon cheval. Et ils l'auront pas vivant non plus. Breton. Il s'appelle Breton.

Charles Nicolas, il l'a revu moins d'une heure après. Joannès, c'est à la douzième encoche, le 30 octobre, qu'il l'a perdu. Retrouvées, pour trois jours seulement, la chaleur, l'amitié, la bouillonnante énergie du Petit-Batave... trois jours seulement, et adieu Joannès, à la douzième encoche...

Le 27 octobre, l'hiver russe attaque en force, et il est aussitôt reconnu comme un adversaire redoutable. Les bivouacs se réveillent sous un demi-pied de neige déjà dure, et les jurons s'élèvent pour trouver place au plus près des feux : merde, tire-toi un peu de là que je me chauffe, t'es pas tout seul à les avoir ratatinées !

Les plus optimistes, ou les mieux endurcis, trouvent encore le cran de plaisanter : les Ruskos, ils ont au moins un général qu'est pas borgne, ni trouillard, ni impotent comme ce vieux con de Koutouzov ! Tout de suite il fait péter sa grosse artillerie, le général Hiver ! Mais qu'il compte pas les avoir, ce salaud, ils ont de quoi répondre avec la gnôle, il réussira juste à leur faire bander les moustaches, le général Hiver !

C'est en ce premier matin de glace que le sergent Lotte assoit définitivement sa réputation d'excentricité, de bizarrerie — aux limites du dérangement de tête ! Alors que les hommes se couvrent d'un entassement de manteaux, de fourrures, Jean Lotte comme chaque matin au départ du bivouac se dévêt entièrement pour s'épouiller, et se frotte de neige avant de se rhabiller.

Les poux, dans la promiscuité crasseuse de la retraite, c'est un tourment de chaque instant. Les soldats se grattent avec frénésie en marchant : ils ont la « mie de pain » ! Les militaires, au langage si inventif en obscénités épaisses, n'ont que cette image décente et ménagère pour évoquer les insupportables démangeaisons qui les persécutent. La plupart d'entre eux préfèrent encore se déchirer jusqu'au sang plutôt que de se dévêtir pour traquer la vermine.

Les rares qui s'épouillaient encore, jusqu'à ce premier jour de grand froid, y renoncent et sont les plus acharnés à déclarer qu'il est fou, complètement frappé, Lotte ! La congestion, qui le guette : pof, il va s'écrouler mort, à poil, et les corbeaux ils auront plus que l'embarras du choix ! D'habitude ils commencent par les yeux, leur régal, mais peut-être que les couilles gelées ils préfèrent mieux ça, surtout les couilles sans morpions !

Jean a décidé une fois pour toutes de rester insensible à ce genre de railleries, que ce soit au sujet de ses sabots pendus en travers du barda, de son refus à manger du cheval, ou de son épouillage. Il sait qu'il ne doit pas gaspiller sa force, son énergie, en bagarres stériles. Il a appris à maîtriser son caractère ombrageux, à répondre sur le même ton blagueur aux railleries, et quoiqu'il lui en coûte, il fait remarquer aux rieurs qu'avec eux, les corbeaux n'auront pas le choix, à force de se gratter, il ne va pas leur en rester, de couilles...

— Bien envoyé, sergent ! T'as vu s'il est capable de te moucher la chandelle ? Moi, si j'avais pas la poitrine fragile de naissance, je ferais comme lui !

— Fragile, petit trésor, voyez-moi ça ! Maman va donner bonne tisane à poupon chéri.

Les derniers rires, sans doute, et la dernière tournée de gnôle partagée... Le 27 octobre, l'apparition de l'hiver va transformer en chaos le désordre de la retraite.

Quarante mille voitures avaient quitté Moscou, à ce qu'on prétendait. S'il est impossible de les dénombrer avec exactitude, il arrive que l'on puisse mesurer du regard l'incroyable défilé des attelages où se mêlent chariots et carrosses, fourgons et berlines emplis de butin. Leur avancée entrave la marche des fantassins — eux-mêmes surchargés comme des animaux de bât. Dès le premier jour, les chevaux les plus faibles sont tombés. Aubaine de viande. Et un supplément de richesses à transporter : on est encore en force, on ne va pas abandonner la moindre parcelle des dépouilles de Moscou !

De jour en jour les voitures sont plus nombreuses à verser, répandant leurs prises de guerre sur la route. Et le drame, c'est de devoir choisir, évaluer le profit : quoi jeter du butin déjà trop lourd, pour prendre ce samovar ou ce plat d'argent ou ce lingot... Déchirante décision ! Et d'autant qu'elle doit être rapide : les amateurs se pressent, bousculent, cognent. Jean observe ces mêlées furieuses, ces ruées impitoyables impossibles à contenir, et ce désespoir qui bouleverse les visages, lorsqu'il faut se résoudre à l'abandon d'un fragment des trésors de la Russie !

Le premier objet que Jean a vu balancé au fossé, c'est un livre à la reliure enrichie d'or en filigrane, de cabochons en pierres vertes. Il l'a ramassé, et a constaté avec surprise que c'était un livre français, *L'Histoire de Charles XII.* D'un auteur qu'il connaissait, Voltaire : il avait reçu en héritage *Le Traité sur la Tolérance,* dans le précieux coffre à paperasses des Lotte. Jean n'a pas rejeté le livre : la lignée des Instruits, il en a la certitude, ne se scandalise pas de son unique rapine. Il en a même entamé la lecture, tout en marchant, et lorsqu'il lève les yeux il voit des regards ahuris, parfois même un index toqué contre la tempe : en voilà-t-il pas, un cinglé, qui s'amuse à lire ? Le seul à ne pas avoir paru surpris, c'était Bourgogne : lui-même était plongé dans le tome XXI de l'*Histoire Naturelle* de Buffon, et ça l'emmerdait de pas avoir trouvé aussi le tome XXII, parce que c'était rudement instructif !

Jean ne lit pas, le 27 octobre. La neige tombe, et sitôt sur le sol elle est soulevée en nuages opaques par les rafales de vent du nord. On n'y voit rien à dix pas devant. Dans cette obscurité blanche les régiments de la Garde s'éparpillent, se mélangent, des vélites se retrouvent parmi les chasseurs, on interpelle des ombres, t'as pas vu passer le 2e Tirailleurs, je me suis paumé... Les voitures éventrées augmentent la pagaille, bloquent un moment l'avancée, les artilleurs gueulent, dégagez, nom de Dieu, dégagez !

— Ce n'est déjà plus une retraite, cela ressemble fort à une débandade. Et je m'en réjouis doublement, puisque je t'y retrouve !

— Joannès ! Je te croyais en avant-garde. On m'avait dit que les grenadiers hollandais...

— Certes. Mais aujourd'hui, rien n'est plus facile pour un grenadier blanc que de se fondre dans le paysage : quoique au voisinage de l'Empereur l'ordre se maintienne encore — je reconnais, les Vieux ont du panache —, j'ai pu quitter les rangs sans qu'on me remarquât, et je me suis dit que l'occasion était bonne pour te revoir. Et te faire partager mes trouvailles.

Tout en marchant, Joannès fouille son havresac. Voyons, je te propose...

— Pain blanc cuit de la nuit, bœuf rôti, côtelettes de mouton, riz, lentilles, fèves, et naturellement, de même source, une bouteille de Chambertin !

— Quoi ? Sais-tu ce que tu risques, à filouter dans les fourgons de l'Empereur ?

— Bah ! Je me suis offert ce dernier plaisir. Et rassure-toi : si je n'étais pas un honnête négociant, j'aurais pu faire un superbe voleur. Ton choix ? Je te préviens, les fèves c'est... je cherche le mot qui convient — c'est dégueulasse. Lui, il en exige chaque jour. Un homme qui mange cette cochonnerie en l'arrosant de Chambertin, je te l'affirme solennellement, n'a pas le droit de vivre.

— Les fèves. Donne-moi les fèves.

— Mon malheureux ami...

Et Joannès continue à plaisanter, durant que Jean mange à pleines mains le ragoût presque gelé. Il y retrouve un goût d'enfance, de parcimonie paysanne. La tante Annette disait que les fèves donnaient vilain noir au bouillon, mais que ça faisait service, du bourratif, qui tenait bien au corps... Il a honte de sa gloutonnerie, il racle jusqu'au fond de la gamelle pour n'en rien laisser, et soudain hurle sa colère :

— Et il aime les fèves, l'Empereur ? Le salaud !

Mimique étonnée du Petit-Batave. Jean se trouve dans l'impossibilité de s'expliquer, c'est tellement diffus, incommunicable... Ce légume de pauvreté, de petites gens, on en prend le goût dans une enfance, une jeunesse marquée de frugalité et d'économie ! Loin de s'attendrir à l'idée que l'Empereur ait conservé de ses origines un penchant vers d'humbles nourritures, Jean Lotte se révolte d'autant plus de sa métamorphose en despote avide de gloire ! Il renonce à le faire comprendre à Joannès, secoue la tête, ne fais pas attention, une idée à moi, sans importance... Il récupère la dernière parcelle, le Petit-Batave rit

— Toi aussi, à ce que je constate, tu apprécies cette... merde. Je retire donc mon affirmation, il semble qu'on puisse aimer ce brouet et le Chambertin sans être forcément criminel !

Ils marchent sur le bas-côté, à l'écart de la file. Sous la neige que le vent balaie, le sol est bosselé de mottes dures, crevassé de fondrières. C'est une marche difficile, mais qui les isole un moment de la triste cohue. Joannès, soudain, bouscule son ami, le renverse au fossé.

— Qu'est-ce qui te prend ?

Un caisson est passé au ras de leurs jambes ; des cris affreux s'en élèvent, des supplications, des gémissements. Le conducteur harcèle les chevaux pour forcer l'allure, malgré le terrain cahoteux. Joannès se relève.

— Viens. Rejoignons la colonne, nous y serons moins en risque d'être piétinés. Tu parais étonné : est-ce donc la première fois que tu vois passer le char de la mort ?

— Je ne comprends pas. Qui peut crier si fort, dans ce caisson d'intendance ? Et pourquoi le conducteur roule-t-il si grand train, justement aux endroits les plus difficiles ? Il est fou !

— Non point. Dans peu de temps, il va modérer ses chevaux et quitter les ornières. Écoute : tu vas voir comment cela remonte vite, la barbarie. Ce cocher fou, il était peut-être un bon chrétien, un fils aimant, un ami généreux. Avant que l'ogre ne le mît en situation de devenir un monstre.

C'est l'ignominie, que raconte Joannès. Les ambulances n'étant pas en nombre suffisant, chaque caisson, chaque voiture d'intendance ou de cantine avaient été chargés d'un ou plusieurs blessés : les survivants de la bataille de la Moscowa, ceux pour lesquels la halte de Moscou avait été insuffisante pour cicatriser les mutilations et les plaies. Joannès raconte l'abjection, avec une verve triviale qui rend plus atroce encore la réalité.

— Sache, mon ami, qu'un blessé cela gueule, cela pue, cela demande de l'aide pour boire, pour chier et pour pisser, et surtout cela prend... de la place. Ne s'empile pas comme les barils de rhum. Ne se plie pas en ballots comme les fourrures. Ne s'accroche pas aux ridelles comme les saucissons. Tu ne te doutes pas combien c'est emmerdant, un blessé, et en premier lieu encombrant. Tant de place perdue, que pourrait occuper... cette statue dorée dont un fantassin vient de se défaire, ce fauteuil, ce coffre... Un crève-cœur pour le bon voiturier, qui calcule le volume qu'il pourrait gagner, s'il n'avait pas en charge ce salopard de blessé ! Tu devines où je veux en venir ?

Jean est incapable de répondre autrement que par un signe de tête. Il sait que Joannès ira jusqu'au bout de son mépris, de sa haine. Tout en parlant, le Petit-Batave donne des coups de pied dans la neige, comme s'il voulait écraser, chasser une insupportable obsession.

— Et fouette cocher ! Bien sûr, le malheureux conducteur devra supporter avec un ferme courage que ce putain de mutilé, d'éventré, d'estropié, gueule encore plus fort durant un moment, sous le choc des cahots : c'est sensible et douillet comme un nourrisson, cette engeance ! Il endure les cris patiemment, le voiturier, et sans doute il prie le

Bon Dieu que les blessures rouvertes n'aient pas gâché de sang et de pus sa marchandise. Silence, enfin ! Et balancé par-dessus bord, l'emmerdeur. Peut-être encore un peu vivant, mais si peu ! Combien il regrette de n'y avoir pas songé plus tôt, le bon voiturier, parce que les fantassins ont vraiment présumé de leurs forces, et abandonnent des fortunes derrière eux. Alors il ramasse, il entasse, il empile jusqu'à toucher les bâches — un blessé montre l'exigence impensable de respirer : que de place perdue au-dessus d'un blessé ! Le bon voiturier repart d'une allure plus mesurée, avec des samovars, des fauteuils, des lingots, qui jamais ne demanderont à boire, à pisser, à chier, à respirer. Astucieux, ne trouves-tu pas ? Je dirais même : génial. C'est un de ces braves cœurs, que tu viens de voir passer.

Ils restent un moment sans parler. Joannès conserve une expression de violence passionnée, il s'arrête, saisit son ami aux épaules :

— L'heure va venir de son écrasement, à l'ogre corse. Il faudra le payer de milliers et de milliers de vies, de la tienne, de la mienne, j'en accepte le prix. L'inadmissible, et je mourrai avec cette fureur au cœur : c'est que seuls survivront les barbares ! Tu n'avais donc pas rencontré de tels attelages ? Je m'en étonne, pour ma part j'en ai croisé des dizaines, en remontant la colonne.

— Je n'ai pas dû prêter attention...

— Les cris montent pourtant assez haut pour qu'on remarque ces convois macabres.

— C'est que j'ai... beaucoup lu, depuis trois

jours. Un livre qui avait été jeté. Voltaire. *L'Histoire du...*

Le rire flamboyant, rugissant, du Petit-Batave ! Imprévisible Joannès, qui passe en un instant de la frénésie de colère au déchaînement de gaieté ! Lorsque enfin il s'apaise, il assure à Jean que finalement, les barbares ne seront pas les seuls à s'en tirer, du moins il l'espère : échapperont aussi à l'anéantissement les rêveurs et les fous qui lisent en marchant au trépas, leur audace insouciante décourage la fatalité.

— Un conseil cependant : essaie de te soustraire à l'intérêt de tes lectures lorsque tu entendras le hourra * cosaque. Ils sont plus acharnés que la mort elle-même, et complètement insensibles à la philosophie de Monsieur de Voltaire.

Joannès n'a pas rejoint son unité, au soir de leurs retrouvailles. Les grenadiers hollandais étaient un régiment de panache et de prestige, et l'heure n'étant plus au faste des revues, leur présence à l'avant-garde était ressentie comme une entrave au déploiement guerrier qui conservait sa rigueur militaire autour de l'Empereur. Aux dires de Joannès, on le leur faisait comprendre à maintes rebuffades : « Essayez au moins de pas gêner le mouvement... c'est pas de baladins qu'on a besoin maintenant... les soldats de parade, c'est plus le

* *Hourra :* nom donné aux attaques des Cosaques, en raison du cri qu'ils poussaient.

moment qu'on les trouve en travers de nos pattes... »

— Nous n'avions, semble-t-il, Grand-Voltigeur, d'autre utilité que de défiler dans les villes conquises, sous les vivats des femmes subjuguées par nos splendides uniformes. Ce qui paraît avoir engendré certaines jalousies !

— Je sais. Un copain vous a comparés à des chanteurs d'opéra. « Les m'as-tu-vu d'Hollandais qui sont les mieux fringués... » Ce sont ses propres termes.

— Merci. J'apprécie l'hommage involontaire. M'as-tu-vu... je ne connaissais pas le terme. Je disais donc les femmes subjuguées par notre uniforme blanc, et tu dois l'admettre par notre prestance : minuscule race, auprès de nous, que nos conquérants français ! Un Petit-Batave, cela regarde quand même de très haut un Grand-Voltigeur... Surtout, que mon bavardage ne t'empêche pas de lire, j'en serais désolé...

Une journée heureuse, dans la tempête de neige, qui fait descendre la nuit plus tôt encore que de coutume. Il n'est pas trois heures, et l'obscurité est totale. Ordre de halte. Et de nouveau les hommes s'interpellent : « T'as pas vu la 4e du 1er Tirailleurs ? — Démerde-toi, moi je cherche le 2e Chasseurs ! » « 3e Voltigeurs ? J'ai grand-faim ! — Dégage, nous c'est le 2e. »

— Joannès, jamais tu ne retrouveras le 3e Grenadiers !

— Et je n'en ai pas l'intention, pour ce soir au moins. Personne ne s'y préoccupera de mon absence : un grenadier blanc perdu dans la tempête blanche, cela fait un gêneur de moins. Sergent ! Votre compagnie acceptera-t-elle de voir un... m'as-tu-vu, à son bivouac ?

— Sûrement, puisque tu n'arrives pas les mains vides : du pain, de la viande amèneront un accueil chaleureux. N'en distribue pas la totalité, et veille sur le reste, si tu veux demeurer un moment avec nous. S'ils ne sont pas devenus des barbares, ils sont suffisamment affamés pour éloigner de leur pauvre rata celui qui n'y met pas sa quote-part !

Le rata de la compagnie, ce soir-là, c'est une marmite de sang. Sang de cheval. On le fait cuire avec la poudre des cartouches — le sel manque. Les visages se marquent d'effrayantes traînées rouges, un festin sauvage de sang. Joannès vide son havresac, et l'on se bat autour de lui pour une bouchée de pain, une bribe de viande, une poignée de riz... Il reste encore des bidons de rhum, d'eau-de-vie : au premier soir de l'assaut du froid, personne ne partage, chacun pour soi !

— Le début de la déroute, Grand-Voltigeur. La plus terrible des débâcles, celle de l'humanité. Bonne nuit !

Le lendemain matin, Joannès a retrouvé sa verve joyeuse. En s'épouillant, tout nu en compagnie de Jean, il déclare qu'il vient enfin de comprendre pourquoi il s'est choisi pour ami ce voltigeur un peu fou, renfrogné, solitaire : c'est parce qu'il est l'unique Français, dans cette glorieuse armée, à ne pas puer comme une porcherie !

Ils reprennent la marche sous une neige moins drue. Une chute tranquille de flocons qui semblent dire : nous sommes avec vous pour l'éternité. Aucun souffle de vent. La neige tombe doucement depuis les hauteurs vertigineuses de l'infini. Sans fureur de rafales. Tranquille. Éternelle. L'horizon disparaît dans une douceur pâle et froide et floue, il neige, il neige doucement pour l'éternité.

— Les Cosaques... Ils suivent notre avancée. Regarde, là-bas. Ils attendent l'instant propice à l'attaque.

Jean ne voit rien d'autre qu'une masse incertaine, à leur gauche, une image brouillée où il ne distingue nul mouvement, dont n'arrive nul bruit. Une troupe de cavaliers en armes, il a la certitude que ses sens aiguisés d'homme de la nature en décéleraient la présence.

— Ce ne sont que des arbres, Joannès, et des buissons. Des cavaliers prêts à la charge, cela s'entend, au cliquetis d'éperons, d'étriers, de fers. Même la neige ne peut me masquer ces bruits. Je suis un fameux braconnier, sans me vanter, et j'ai l'oreille assez fine pour te rassurer ! Des arbres, je te le certifie.

— Des Cosaques. Ils sont le silence absolu, homme et cheval. Sans éperons ni étriers, cuir contre poils, peaux et fourrures. Et le déshonneur, pour un Cosaque, c'est de faire cliqueter ses armes. Un Cosaque, son cheval et son armement ne forment qu'un seul être de silence et de mortelle rapidité. Tiens-toi prêt.

Les hourras s'élèvent, arbres et buissons hurlent et s'élancent... Aux armes ! Aux armes ! Genou à terre, il faut tirer avant que ne jaillissent les lances et les flèches... Les coups de feu crépitent un moment, les cavaliers tournent bride ; Jean a eu le temps de voir les petits chevaux aux crinières sauvages, les hommes qui font corps avec eux, penchés sur le garrot. Deux voltigeurs ont été cloués au sol par des lances : morts sur le coup, la neige tombe dans leurs yeux grands ouverts.

Un Cosaque a été abattu : son cheval ne s'enfuit pas, reste sur place. Un coup de feu : de la viande fraîche.

Et des fourrures moelleuses et chaudes, des bottes de cuir souple, une toque à longs poils lustrés. Ils sont six à dépouiller le Cosaque agonisant, qui montre un visage de résignation consentante : il va mourir et l'accepte. Lorsqu'il est entièrement nu, sur la neige, un sachet de cuir apparaît, sur sa poitrine. Et l'homme alors referme dessus ses mains et hurle :

— Eto maya ziemlia ! Eto maya ziemlia !

Ses yeux en même temps menacent et supplient, eto maya ziemlia, maya ziemlia... Ils s'acharnent à desserrer les mains crispées, quel est donc ce joyau pour que cette brute à moitié morte le défende avec un tel acharnement, maya ziemlia, ziemlia ! Le sachet enfin est arraché avec des cris de joie, ouvert d'un coup de sabre... Il s'en échappe une poignée de terre.

— Merde ! Ce con ! De la terre !

Ils s'éloignent, commencent le partage :

— Moi, les bottes !

— Pas de raison !

— Si, c'est moi qui l'ai touché en premier !

Si rapide et violente cette attaque, et cette ruée autour du Cosaque abattu, que Jean est demeuré encore en position de tir... Il voit Joannès s'approcher du petit homme toujours vivant, nu sur la neige... Joannès ramasse une pincée de la terre échappée du sachet de cuir, la pose sur la poitrine sanglante... Et les yeux du Cosaque se renversent dans la fixité de la mort, avec une expression de reconnaissance infinie.

Ils reprennent la marche, sans parler durant un long moment. C'est Jean qui se décide enfin à interroger :

— Que s'est-il passé, Joannès, avec cet homme ?

Encore un espace de silence, la neige, la neige, et Joannès qui ne répond pas. Jean veut savoir, insiste :

— As-tu compris ce qu'il disait ? Et pourquoi as-tu...

— Tu es un petit Français questionneur et fouineur, comme ton cher Voltaire. Il disait : c'est ma terre. Rien d'autre. C'était un Cosaque du Don. Leur pays, c'est leur cheval. Et cependant, ils portent toujours un peu de la terre d'Ukraine : la certitude de la revoir après leur mort. S'ils la perdent, ils erreront durant l'éternité, et jamais leur âme ne trouvera le repos. Ridicule croyance, n'est-ce pas, jeune philosophe voltairien ?

— Joannès... Tu es... un homme.

Il juge sa réflexion ridicule, étriquée, il s'en veut de ne pas mieux exprimer les sentiments qui l'habitent... Le Petit-Batave le regarde un instant avec émotion, et puis il rit, effectivement il est un homme, et bien des femmes s'en sont trouvées aise !

Le lendemain, un hourra cent fois plus meurtrier s'abat sur la colonne, ils ne les ont aperçus qu'au dernier instant, les lances ont fusé en même temps que les clameurs. Quelques secondes à peine de mêlées, et les Cosaques décrochent, disparaissent dans les lointains brouillés où la terre et le ciel se confondent. Des dizaines d'hommes ne se relèvent pas... « Un Cosaque, son cheval et ses armes ne forment qu'un seul être de silence et de mortelle rapidité... » Joannès ! Il était aux côtés de Jean, au moment de l'attaque : il n'est plus là, ni parmi les morts, ni au milieu des rescapés.

Jean le cherche longtemps, en vain. L'adjudant-major finit par lui dire qu'il fait chier, Lotte, en réclamant partout son copain hollandais. Ils l'ont fait prisonnier, c'est tout, et il a de la chance : d'après ce qu'il sait des Cosaques, lui, Belhomme, ils paradent un moment de leurs prisonniers, ces sauvages — pas longtemps, ils le tuent vite, et proprement. Oui, de la chance ton Hollandais ! Les Russes... ordinaires, eux, paraît qu'ils vendent les prisonniers pour deux roubles, aux partisans. Et je t'explique pas ce qu'ils deviennent...

— C'est la raison qu'on a ordre de ne plus faire de prisonniers, et de leur casser la tête à coups de crosse, parce qu'il faut aller à l'économie pour les munitions.

Disparu le douzième jour, au galop d'un cheval de silence, le généreux Petit-Batave qui avait rendu sa terre d'Ukraine, pour l'éternité, à un Cosaque du Don...

Ce n'est qu'en retrouvant Charles Nicolas, le 25 novembre, que Jean Lotte a senti remonter en lui un reste de confiance en la nature humaine. Et il s'est peu à peu apaisé de sa déchirante douleur : Joannès avait eu le temps de voir se dessiner la chute de l'ogre qui avait « bouffé la Hollande », et il s'était préparé à payer de sa mort cette fête pour laquelle il était venu.

Épuisante, la chaîne de transport du bois vers les forges roulantes qui assemblent les chevalets pour les ponts de Studienka... Jean y ressent cependant un dérivatif, c'est une fatigue tonique, revigorante, et non pas cette lassitude accablée d'une fuite sans fin. Il retrouve sa force, son énergie, il peut encore arracher, soulever, porter, il reprend possession de ses muscles, de son corps, qui lui semblaient anéantis par ce cheminement désespéré. Les sapeurs auxquels il est mêlé lui disent d'aller plus doucement, ils peuvent pas suivre, serait-il pas un ancien bûcheron, ce voltigeur, pour balancer pareillement les billots ?

— Lotte ! J'ai besoin de toi.

C'est Charles Nicolas qui l'appelle — il a suivi le conseil de Jean, il tient son cheval bride courte, et il a son sabre dégainé à la main.

— On a demandé des volontaires, pour renforcer le restant de la brigade Corbineau. Un voltigeur en croupe derrière chaque chasseur, et à la bâille pour joindre l'autre bord ! Y'a pas eu foule à se présenter, il a fallu désigner les voltigeurs qui paraissaient encore costauds pour le voyage, et ça faisait guère de monde. Moi j'ai dit : je l'ai, le mien, pour sûr. C'est pourquoi je viens te chercher je ne crois pas m'être trompé.

— Non, je viens de m'apercevoir que j'ai encore de la force.

Il y a quelques remarques de moquerie, lorsqu'ils arrivent au bord du fleuve : Nicolas, il aurait peut-être mieux fait de choisir un canon, comme voltigeur, plutôt que ce gaillard en sabots... Moins de risque de couler raide à pic... Est-ce qu'au moins il avait demandé l'avis de son cheval... Sans doute éloignaient-ils en plaisantant la hantise d'une possible disparition dans ce chaos de glaces tourbillonnantes où ils allaient devoir entrer. Rigolez toujours, assurait Charles Nicolas, le bouillon qu'on va boire, vaut peut-être mieux faire cul-sec à l'écuelle, pof, d'un seul coup, plutôt que d'y goûter à la petite cuillère pour faire durer le plaisir !

— Pas d'accord, Lotte ?

— Si fait. J'arrime mes sabots, pour mieux plomber, en cas de malheur. Cul-sec ! Il a trouvé le bon mot, Nicolas, vous croyez pas les gars ?

Il a peur lui aussi, Jean Lotte. Peur de ce flot noir, hérissé des arêtes vives de la glace, peur de ce courant qui choque les blocs avec un bruit allègre de gigantesque trinquerie. Et comme les autres il tente de conjurer cette frousse intense, indicible, en riant et bouffonnant sur le poids de ses sabots : qu'il ne s'inquiète surtout pas, hein, Nicolas... Suffira qu'il lui attrape juste l'ongle du petit doigt, pour que les sabots les fassent descendre jusqu'au fond, vite fait, qu'il se tracasse pas...

— Vos gueules ! Prêts pour le commandement !

Ils se taisent, et la peur investit le silence et l'attente, plus d'échappatoire ! Pas même en face de soi un adversaire à haïr, à tuer, un ennemi qui fouette le sang d'un élan sauvage, c'est lui ou moi ! La peur nue, face à l'indifférence meurtrière de la nature, eau et glaces mêlées...

— En avant !

Jean entend son compagnon pousser un soupir de soulagement, et il éprouve le même sentiment de délivrance. La peur vient de les quitter à l'instant même où ils ont senti le long de leurs jambes la morsure brutale de l'eau, du froid, de la mort qui les menace : ils l'ont trouvé, l'ennemi, en s'enfonçant dans la Bérézina, et ils vont se battre.

Plusieurs chevaux s'affolent avant d'avoir atteint le milieu du fleuve, là où les bêtes devront nager. Les blessures provoquées par les arêtes de glace les font cabrer, ruer, s'abattre, entraînant avec eux les cavaliers. Quelques hommes se relèvent, regagnent le bord. D'autres dérivent un moment, saisis par le froid : ils flottent sur le ventre, bras en croix, et disparaissent dans le courant.

Charles Nicolas maintient son cheval, il le force à l'écart, à l'avancée, il le fait louvoyer à travers le danger de la glace avec une intelligence, une subtilité de manœuvres auxquelles Breton obéit sans broncher, en totale confiance avec son maître.

— Lotte, c'est maintenant. Un cheval qui nage, on peut plus le guider. C'est de toi que cela va dépendre. Accote, voltigeou !

Prévoir le trajet de cette masse tranchante, bander ses muscles, supporter le choc, et sitôt repoussé le danger voir arriver un nouvel assaut plus terrible encore, qui résiste, tournoie, frôle et menace les flancs du cheval... Accote, voltigeou, accote ! Le courant les frappe sur leur droite, le cheval nage droit devant, à présent dirigé par l'unique instinct de survie qui lui commande d'atteindre la rive. Nicolas a dégagé son pied de l'étrier pour tenter lui aussi d'écarter la glace, c'est miracle s'ils se tiennent encore d'équilibre, tous les deux... Dans le remous créé par le cheval, et le tourbillon des glaces déviées de leur parcours, ni l'un ni l'autre n'ont vu le danger sur leur gauche : Jean reçoit sur son sabot un coup qui le prend de plein fouet, il talonne une fraction de seconde en retard, l'eau devient rouge, un hennissement de douleur...

Le cheval reprend pied à cet instant, la rive est

proche : on les attend, on les tire, bravo les gars, mais pardon, vous êtes fous ou quoi ? D'ici, on a remarqué, vous avez choisi le moment que ça arrivait le plus gros pour passer !

Choisi le moment ! Heureusement, Nicolas est occupé à son cheval, juste une éraflure, t'inquiète pas Breton, et Jean est trop épuisé pour répondre... Des vêtements secs, du feu : les survivants de la brigade Corbineau accueillent les rescapés de la nouvelle traversée. À peine la moitié ont réussi, encore y a-t-il parmi eux des blessés, aux jambes profondément ouvertes par la glace, et des chevaux qu'il va falloir abattre. Ils ont la certitude que personne, désormais, ne pourra plus passer. Que les pontonniers ne réussiront pas dans leur héroïque tentative, qu'ils vont mourir pour rien et qu'ils le savent. Et eux, cavaliers et voltigeurs isolés sur l'autre rive, ils sont conscients aussi que leur courage a été inutile. Les feux des bivouacs russes clignotent derrière eux, innombrables : au matin, ils attaqueront.

Ils en ont la certitude, et cependant ils sont emplis de cette euphorie fataliste qui permet de vivre uniquement l'instant présent : ils s'en sont tirés, de cette putain de rivière, et de ses canons de glace ! Ils s'endorment, enroulés dans des capotes sèches. « Et merde, j'ai cassé les talons de mes sabots ! » C'est la dernière pensée de Jean Lotte, avant de tomber dans un sommeil tranquille — à moins d'une portée de canons de l'armée russe, qui les écrasera sous ses boulets, au matin. Juste avant, Nicolas lui a dit qu'il était content : rien qu'une graffignure de rien du tout, Breton, ça saignait déjà plus...

Au matin, ce n'est pas un tir d'artillerie qui les réveille, c'est le bruit d'un piétinement militaire : les hommes d'Oudinot s'avancent, sur le premier pont. Les Russes ont quitté leurs positions, durant la nuit*. Cris de joie, embrassades, dix mille hommes bientôt sur la rive droite de la rivière, on les a eus, on les a eus, la victoire de la Bérézina ! Quelques heures plus tard, le deuxième pont est terminé. Les pontonniers d'Éblé ne seront pas morts pour rien.

En deux jours, c'est l'effroi qui succède à l'espoir. La masse des traînards qui s'attardait sur l'autre rive se rue aux ponts, quand les Russes commencent à tirer. Les voitures écrasent, les chevaux piétinent les corps, il monte de cette cohue un grondement sourd que dominent soudain des cris aigus, des clameurs, des imprécations. Un pont se brise, et la poussée que rien n'arrête déverse une masse hurlante dans le courant... Les pontonniers se jettent encore à l'eau, en deux heures le pont est réparé.

Le tir russe a cessé. Et l'inconcevable se produit : sur la rive gauche on rallume les feux, des milliers et des milliers d'hommes se chauffent,

* La construction des deux ponts à Studienka était une entreprise si folle que l'état-major russe a cru à une manœuvre de diversion, et porté ses forces à Borissov.

les ponts sont libres, et ils attendent, ils se chauffent, ils passeront demain.

Le lendemain, à neuf heures du matin, l'Empereur a donné l'ordre de brûler les ponts : les Cosaques de Platov fonçaient vers Studienka.

Depuis l'autre rive, on voit les efforts désespérés pour traverser les flammes, torches vivantes qui se jettent à l'eau, et d'autres qui tentent de fuir à la nage, vite engloutis.

Ils doivent être encore dix mille, à Studienka, lorsque les Cosaques déboulent. Les madriers en feu s'effondrent dans la Bérézina, entraînant dans leur chute des cascades humaines torturées de flammes. La vapeur fuse, dans le courant de glace, son sifflement s'éteint aussi vite que les cris.

Il a fallu moins d'une semaine pour que les beaux soldats d'Oudinot et de Victor se fondent dans la horde, pour que leurs régiments se défassent, s'éparpillent, et que plus rien ne les différencie des naufragés de Moscou

Jean a perdu la trace de Charles Nicolas, dans cette déroute. Lorsqu'il voit une carcasse de cheval émergeant de la neige, un squelette rongé, pétrifié, il se dit qu'il est peut-être là, le chasseur natif de François, lui qui voulait défendre son cher Breton au péril de sa vie.

Les sabots de la liberté

Jean Lotte a tué un copain, au quarante-neuvième jour de la retraite. Le lendemain matin, au terme d'un sommeil habité de cauchemars dans lesquels il égorgeait sans fin Louis Besson, il sait pourquoi il ne cédera pas à la terrible tentation de repos et de mort qui couche dans la neige des hommes souriants, apaisés, délivrés. Lui, ce qui le pousse et le soutient, c'est le désir passionné de témoigner pour l'avenir. Sa décision est prise, désormais : si la débâcle russe ne parvient pas à abattre l'ogre aux féroces appétits d'ambition, de conquêtes, c'est par la désertion que Jean clamera son refus et sa haine. C'est par la désertion qu'il retrouvera les chemins d'honneur et de liberté où les siens l'ont précédé.

Jean Lotte assure fermement ses sabots, et il continue à avancer, à s'acharner pour vivre droit debout, à marcher, à marcher, vers les limites toujours reculées de l'enfer.

Glossaire

ACHETIS (d') : ce que l'on achète, par opposition à ce que l'on produit.
ACCUEILLAGE (foire d') : foire où se gageaient les valets et les servantes.
AGÂT (aller à l') : laisser le troupeau pâturer sur le bien d'autrui.
ATTIGNER : taquiner, provoquer.
AVIRE-MOUCHES : gifle.

BABOUINERIE : singerie.
BÂILLE : cuveau en bois ; à la bâille : à l'eau.
BALLIN : grande toile servant à transporter le fourrage.
BARGE : meule de paille.
BATTERESSE (sujette à) : femme battue.
BENAISE : bien aise, heureux, content.
BENASSE : le bien, les terres qu'on possède.
BERLAU, BERLAUDÉ : ver, véreux.
BERNÉE : pâtée des cochons.
BÊTISES : grossièretés, jurons, histoires scabreuses.
BONNES-GENS : exclamation de pitié et de sympathie.
BOT : sabot.
BOT À COLLET : sabot surmonté d'une forte guêtre en toile.
BOURRAILLOUX : baudet au pelage bourru.
BOUSIN : bruit, tapage, remue-ménage.
BRAILLER : pleurer.

BROCHERIE : tricot.
BUFFER : souffler.
BUFFOU : soufflet.
BUGEAILLE : lessive annuelle.

CABERNOT : creux, en parlant d'un tronc d'arbre, d'une noix.
CABINET : armoire à une porte.
CAILLEBOTTE : caillé frais.
CALET : nu.
CALVIRÉ : dérangé (en parlant de l'esprit).
CHÂLINE : orage.
CHAMPI : enfant sans père, conçu « dans les champs ».
CHARAIL : petite lampe à huile.
CHARPISSER : mettre en charpie.
CHENASSE, CHENASSIER : homme à femmes, coureur.
CHÉTIVETÉ : méchanceté.
CHICHETTE (à la) : avec parcimonie.
CLIE : claie.
COGNER (se) : s'enfoncer, se cacher.
CORPORANCE : carrure, formes du corps.
COTER : s'arrêter, ne plus savoir que dire.
COURLANDIN : bohémien.
COUSSOTTE : récipient à manche creux, pour puiser l'eau dans le seau.

DÉBAGOULER : déverser des paroles malveillantes.
DÉBARBOUILLOU : torchon pour la toilette.
DÉTREVIRER : renverser ; bouleverser.
DEVANTIER : tablier.
DRIGAIL : entassement, désordre.
DRÔLE, DRÔLESSE : garçon, fille, sans intention péjorative.

ÉBUFFÉ : essoufflé.
ÉCASSER : s'enfoncer dans la boue.
ÉCHAPPER : sauver, garder en vie.
ÉPARÉ : répandu.
ÉPIRAILLER (s') : crier fort.
ÉRALÉ : déchiré.
ÉRIGUETTE (en) : joyeux sous l'effet de la boisson.

FANTAISIE (se mettre en) : se fâcher, surtout en parlant d'une femme.
FERLASSOU : bruyant, bavard.
FOIGNE : boue épaisse.
FUMELLE : femme, avec intention péjorative.

GALERNE : nord-ouest (vent de galerne).
GALOPIN : bohémien.
GALOUFRE : glouton, gros mangeur.
GASSOUILLET : flaque d'eau.
GAVAGNER : gaspiller.
GINGLOTER : trembler.
GOSSER : raboter, et par extension tout le travail de menuiserie.
GOULE : bouche, et aussi visage.
GOULÉE : bouchée, ou gorgée, ou petite quantité ; « une goulée de benasse » : un peu de bien.
GOUTTE AUX DENTS : mal de dents.
GRAFFIGNER : griffer, égratigner.
GRAFFIGNURE : égratignure.
GRÂLER : griller.
GRENOTTE : corbeille en vannerie de paille et d'écorce.
GUARET : guéret, terre labourée et non ensemencée.
GUIAS : verglas.

HASARD (d') : peut-être, sans doute.
HUCHER : héler, appeler.

JAU : coq.
JOUQUER : se jucher pour dormir, en parlant des poules ; jouquer comme les poules : se coucher tôt.

LEVRÂCHE : femelle du lièvre.
LÉZINARD : paresseux, lent.

MALÉNER : avoir du mal à faire quelque chose.
MÊME (de) : ainsi, de cette façon.
MÉNINE : jeune fille noble, au service des familles royales d'Espagne. Employé ici par dérision.
MÉTEIL : mélange de seigle et de froment.
MOGUE : récipient à boire, en verre ou faïence.

MUSSE : trou, passage dans une haie.
MUSSER : passer à travers une « musse ».

NÉNÈNE : marraine.
NIFLER : renifler.
NINE (poule) : poule naine.
NORDET : vent de nord-est.

OUILLETTE : entonnoir.

PALISSE : haie vive.
PÂTIS : petite « pâture », terrain herbeux près des bâtiments.
PATTER : avoir de la boue, de la terre qui colle aux semelles.
PETASSÉ : rapiécé.
PETIT (un) : un peu.
PÉTRASSE : situation difficile, embarrassante : être dans le pétrin !
PIERRE DE GENOU : rotule.
PITALOUS : pauvres gens, qui ont du mal à gagner leur vie.
PLACE : sol d'une pièce.
PLUMAIL : plumeau fait avec l'extrémité d'une aile de volaille.
POÉLOUNE : chaudière installée à demeure dans un petit bâtiment.
PONNE : grand cuveau en pierre.
PRUNES SECOUETTES : petites prunes de mauvaise qualité, que l'on récolte en secouant l'arbre.

RABALER : au sens propre, mettre le grain en tas avec un râteau sans dents ; au sens figuré, rabaler les oreilles : lasser de paroles.
RABÂTER : faire du bruit en frappant, spécialement du bois ; par extension, une rabâtée : une volée de coups.
RAPIAMUS : bavardages, commérages.
REVILER (se) : revenir à la vie.
RIFLES : copeaux de bois.
RIGOURDAINE : histoire drôle.
RIMER : attacher au fond de la casserole, brûler.
RIOCHER : ricaner.
RIPER, RIPADE : glisser, glissade.
RUETTE : ruelle, espace entre le lit et le mur.

Glossaire

SABER : enlever l'épiderme.
SAUNÈRE : coffre à sel.

TAPER : fermer (une porte, un couteau, etc.).
TABUSSER (se) : se tracasser.
TIRETTE : tiroir.
TIROLÉE : chapelet, kyrielle, succession.
TROUFFE : pomme de terre.

VASSER : lasser, fatiguer.
VENT (de bas) : vent du sud.
VENT (de haut) : vent du nord.
VIRATOURS : détours.
VIROUNIS : tournement de tête.
VU-DIRE : déformation de ouï-dire, ce qui se dit, se raconte.

Table

Ouvrage réalisé en photocomposition
par l'imprimerie BUSSIÈRE
et imprimé sur presse CAMERON
dans les ateliers de la S.E.P.C.
à Saint-Amand-Montrond (Cher)
en mars 1989

ISBN 2-228-88169-4

— N° d'impression : 7368-210. —
Dépôt légal : mars 1989.

Imprimé en France